I0573492

DIFENDERE RAVEN

Mercenari di Montagna, Libro 7

SUSAN STOKER

Titolo originale: *Defending Raven*
Traduzione dall'inglese: Eleonora Maggi per Well Read Translations
Correzione bozze: Emanuele Mazzola

Versione inglese già pubblicata da Amazon Publishing

Salvare Casey
Salvare Sadie
Salvare Wendy
Salvare Mary
Salvare Macie
Salvare Annie (Feb 2022)

Armi e Amori

Proteggere Caroline
Proteggere Alabama
Proteggere Fiona
Il Matrimonio di Caroline
Proteggere Summer
Proteggere Cheyenne
Proteggere Jessyka
Proteggere Julie
Proteggere Melody
Proteggere il Futuro
Proteggere Kiera
Proteggere i figli di Alabama
Proteggere Dakota

CAPITOLO UNO

Dave "Rex" Justice non riusciva a darsi pace. Lui e i sei uomini con cui lavorava ormai da qualche anno erano su un aereo privato diretti a Lima, in Perù, insieme a Zara Layne.

Nessuno aveva detto molto dall'imbarco, probabilmente ancora sotto shock per aver appreso che l'uomo che conoscevano come il barista del loro locale preferito, il The Pit, era in realtà il leader dei Mercenari della Montagna. La tensione sull'aereo era quasi insopportabile, e la squadra era di certo abituata a vivere situazioni tese. Dave sapeva che probabilmente avrebbe dovuto dire qualcosa per alleggerire l'atmosfera, ma riusciva a pensare solo a una cosa. A sua moglie.

Stava per riabbracciarla dopo dieci lunghissimi anni di agonia.

In tutto quel tempo non era riuscito a trovarla. Ironico, considerando la quantità di soldi, il tempo e gli sforzi per cercarla.

"Perché non ti siedi, Dave?" suggerì Gray.

Dave lo ignorò. Non riusciva a sedersi. Non riusciva a mangiare, non riusciva a dormire. Sapere di essere così vicino a rivedere sua moglie lo rendeva incapace di fare qualsiasi cosa oltre a camminare in modo agitato lungo il breve corridoio.

E se fosse scomparsa nei pochi mesi trascorsi dall'ultima volta che Zara l'aveva vista?

E se le fosse arrivato così vicino, solo per perderla di nuovo?

Quel pensiero era ripugnante e inaccettabile.

"Credo sia giunta l'ora che ci racconti tutta la storia di Rex e dei Mercenari di Montagna, Dave," disse Black.

Dave si voltò a guardare per un lungo momento gli uomini che aveva reclutato e assunto, poi sospirò. Black aveva ragione, meritavano delle risposte. Da quando si erano rifiutati di lasciarlo partire per il Perù da solo, Dave era stato troppo stressato per riuscire ad articolare suoni più complessi di un grugnito.

Si sedette sul bordo di uno dei sedili di pelle dell'aereo e affrontò gli uomini che ormai considerava fratelli. Per loro, tuttavia, era stato semplicemente Dave, il barista. Non avevano mai sospettato che potesse essere lui l'inafferrabile "Rex", il loro responsabile e capo. Aveva potuto tenere occhi e orecchie su di loro perché passavano molto tempo al The Pit, il bar che Dave possedeva da anni.

Da quando avevano trovato ciascuno una donna da amare e da proteggere, però, passavano sempre meno tempo al bar, Rex sapeva che le cose stavano cambiando.

Sì, quegli uomini straordinari si erano guadagnati delle risposte. Ma dopo che Zara, la fidanzata di Meat, aveva riconosciuto la sua Raven[1] da una foto affissa dietro il bancone del bar, Dave non era riuscito a pensare ad altro che a raggiungere la moglie.

Sospirando di nuovo, si passò una mano tra i capelli castano scuro. Non sapeva da dove iniziare. Gli ultimi dieci anni erano stati una delusione schiacciante dopo l'altra, quando si trattava della ricerca di Raven; essere così vicino al trovarla lo stava letteralmente facendo impazzire.

"Come ora sapete, sono l'uomo che conoscevate come Rex," iniziò. Il suo accento del sud era più pronunciato, probabilmente perché non aveva dormito molto nelle ultime ventiquattro ore. Era stato impegnato a organizzare un volo per il Perù e a vagliare diversi scenari su come poteva andare il ricongiungimento con la moglie perduta da tempo.

"Dopo la scomparsa di mia moglie, le forze dell'ordine di Las Vegas hanno fatto il possibile per trovarla, ma il loro tempo e le loro capacità erano limitati. Quando il suo caso è finito nel dimenticatoio, ho iniziato a imparare il più possibile sull'industria del traffico sessuale. Ho setacciato internet e ho imparato rapidamente quanto depravata possa essere l'umanità. Durante la ricerca di mia moglie, però, mi sono imbattuto in altre donne scomparse... anche bambini. Ma non avevo modo di aiutarli. Tutto quello che potevo fare era girare le informazioni alle forze dell'ordine delle loro città e sperare che agissero di conseguenza. Era frustrante e nauseante. Così ho iniziato a chiedermi..."

"...e se mettessi insieme un gruppo di uomini tutto mio, uomini che possono andare a salvare le persone che trovo attraverso le mie ricerche? E se potessi restituire mogli, sorelle, bambini, alle loro famiglie? So cosa avrebbe significato per me, se qualcuno avesse trovato Raven e l'avesse aiutata a tornare a casa. Attraverso le mie ricerche e la mia capacità piuttosto sorprendente di trovare le persone, avevo già delle buone conoscenze nel governo e contatti con altre persone molto potenti. Quando si è sparsa la voce su quello che stavo facendo, su come riuscivo a rintracciare con successo le vittime di rapimenti, ho cominciato anche a ricevere... donazioni. Non credereste alla quantità di denaro che mi è piovuta addosso. Parenti delle persone che abbiamo trovato, organizzazioni che sostengono le persone scomparse e abusate, persone e gruppi di ogni tipo erano disposti a dare soldi per aiutare la causa."

"Una volta che ho capito di aver bisogno di uomini sul

campo, dato che trovare persone al computer non era abbastanza, ho iniziato a cercare uomini di cui potessi fidarmi per andare a salvare le vittime indifese che avevo trovato. Ho fatto ricerche su ognuno di voi: vi ho scelto in base al vostro curriculum militare e alla vostra esperienza in diversi settori."

"Black, tu sei il miglior negoziatore che abbia mai visto. Meat, tu, naturalmente, sei un genio con i computer. Ro, la tua abilità con le auto e i motori è impareggiabile. Gray, la tua abilità di essere invisibile nelle missioni è leggendaria... e Ball, non c'è nulla che possa ostacolarti. Per quanto riguarda te, Arrow... sei semplicemente un tipo tosto. Avevo bisogno del meglio del meglio, e voi siete i migliori."

"Allora, volevi che trovassimo tua moglie?" chiese Ro. "Diavolo, Rex... ehm... Dave, non sapevamo nemmeno di tua moglie, fino a circa un anno fa."

Dave scosse la testa. "Sì e no. Voglio dire, se l'avessi trovata, volevo sicuramente degli uomini di cui potermi fidare per andare a prenderla, ma c'è dell'altro." Scosse la testa. "Suppongo di dover cominciare dall'inizio."

Sette paia di occhi guardavano Dave intensamente senza interromperlo, cosa che lui apprezzò.

"Mia moglie si chiama Margaret. La sua famiglia la chiama Mags. Ho pensato che fosse carino e ho iniziato a chiamarla Magpie. Non mi sembrava adatto a lei, però, così alla fine ho optato per Raven. Con quei lunghi capelli neri e lisci, era un bel soprannome. Comunque, una decina di anni fa, siamo andati a Las Vegas per festeggiare il nostro quinto anniversario. Eravamo più innamorati che mai, era da un po' che nessuno dei due si prendeva una pausa dal lavoro. Avevo comprato il locale poco prima che ci incontrassimo, avevo lavorato sodo per farlo funzionare. Lo adoravo e avevo successo, quindi volevo dare a mia moglie qualcosa di speciale. Un viaggio da ricordare."

"Raven lavorava come assicuratrice. Avevamo vite completamente normali e noiose, quindi passare una settimana a Las

Vegas ci sembrava eccitante e stravagante. La nostra quarta notte, abbiamo deciso che invece di andare a vedere un altro spettacolo, avremmo esplorato i club più popolari. Sapevamo entrambi di dover stare attenti ai nostri drink e di non perderli di vista. Voglio dire, sono un barista, so tutto sulle droghe da stupro. Eravamo prudenti, ma ci stavamo anche divertendo, bevendo e godendoci il tempo insieme."

Dave si fermò e fece un respiro profondo. Odiava pensare a quella notte, al terrore che aveva provato. C'erano così tante cose che avrebbe voluto fare diversamente, aveva passato tutti gli anni successivi a rimproverarsi aspramente per essere stato così negligente con la sicurezza di sua moglie.

Continuò, sapendo che lo doveva agli uomini intorno a lui.

"Erano circa le due del mattino o giù di lì, eravamo in uno dei club di un casinò. Raven aveva bisogno di usare il bagno. Non ho pensato di accompagnarla. L'ho baciata e le ho detto che avrei ordinato un altro giro mentre era via. Lei si è girata e mi ha mandato un bacio prima di sparire nella folla di persone dall'altra parte del bar, vicino ai bagni. Ecco. Quella è stata l'ultima volta che l'ho vista."

"Dopo circa dieci minuti, ho iniziato a preoccuparmi perché di solito non ci metteva così tanto. Così sono andato a cercarla. C'era la fila per entrare nella toilette, ma nessuna delle donne presenti aveva visto Raven. Ho anche fatto controllare l'interno del bagno, ma Raven non c'era. Forse era tornata al tavolo e non ci eravamo incrociati. Beh, no. Dopo un altro paio di minuti, non sapevo più cosa fare. L'ho chiamata al telefono ma è partita subito la segreteria. Forse si era sentita male ed era tornata nella nostra stanza d'albergo?"

"Stupidamente, ho lasciato il bar e sono andato verso il nostro hotel, ma quando sono arrivato, la stanza era vuota. A quel punto sono andato nel panico. Non avevo idea di cosa fare. Ho chiamato la polizia, ma si sono messi a ridere dicendo che molto probabilmente si sarebbe fatta viva presto.

Eppure, sentivo che qualcosa non andava, ma non riuscivo a farmi credere da nessuno. Era Las Vegas, dopo tutto. I poliziotti pensavano che Raven fosse semplicemente ubriaca, o che avesse avuto un rapporto occasionale con qualcuno che aveva incontrato. Solo dopo due giorni, senza alcun segno di lei, i poliziotti hanno iniziato a prendermi sul serio. Ma a quel punto era troppo tardi. Troppo tardi, cazzo.”

Dave fece un respiro profondo per cercare di controllare le sue emozioni.

“Hanno controllato le telecamere di sorveglianza?” chiese Meat.

Dave annuì. “Sì. Era appena uscita dalla toilette quando un tizio si è avvicinato per metterle un braccio intorno alle spalle. Si è chinato e le ha detto qualcosa... lei è uscita dal corridoio, attraverso la folla, dritta fuori dalla porta, verso il casinò. Non mi ha chiamato, né ha cercato di fare segnali a nessuno in alcun modo.”

“Quindi l’ha minacciata,” suppose Gray.

“Immagino che le abbia detto che mi era successo qualcosa, o che mi sarebbe successo qualcosa se avesse lottato o avesse attirato l’attenzione su di sé,” concordò Dave. La voce iniziò a incrinarsi. “Mi sono incazzato con lei per questo per un bel po’,” ammise. “So che probabilmente era preoccupata e spaventata, ma guardatemi...” Spalancò le braccia muscolose. “Non sono esattamente il tipo di persona con cui si scherza facilmente.”

Dave sapeva che intimidiva tutti quanti. Era un uomo enorme, con grandi bicipiti − si allenava molto ed era orgoglioso di avere un aspetto abbastanza spaventoso, scoraggiava chiunque volesse mettersi contro di lui. La barba che si era fatto crescere gli dava un aspetto ancora più selvaggio. Tra l’altezza, la mole e l’aspetto, la gente lo lasciava stare. Aveva la pelle leggermente scura, dieci anni prima non aveva la grande cicatrice che gli scendeva lungo il lato del collo, conferendogli un aspetto ancora più truce.

"La polizia non aveva nessuna pista?" chiese Zara a bassa voce.

Meat si era opposto al fatto che la sua fidanzata andasse con loro in Perù, soprattutto perché Zara non aveva un buon ricordo del tempo che ci aveva passato, ma lei era stata irremovibile. Tanto per iniziare, parlava bene lo spagnolo, avrebbero avuto bisogno di lei per parlare con gli abitanti dei bassifondi dove Mags era stata vista l'ultima volta. Se Raven si era spostata, Zara poteva parlare con le persone che conosceva e sperare di scoprire dove fosse andata. Dave non era entusiasta di doverla rimettere in una situazione che avrebbe potuto farle riaffiorare ricordi dolorosi, ma non era mai stato così vicino a trovare la moglie come in quel momento, e avrebbe usato qualsiasi aiuto possibile per salvare la sua Raven.

Nel corso degli anni, vari agenti di polizia, detective e investigatori privati gli avevano suggerito di voltare pagina, sua moglie era molto probabilmente morta; ma Dave si era sempre rifiutato. Forse era una follia, ma sentiva davvero che c'era ancora qualche speranza. Sapeva anche se Raven fosse morta, lui l'avrebbe percepito almeno istintivamente.

Quando Gray si schiarì la gola, Dave si ricordò che Zara gli aveva fatto una domanda.

"Nessuna degna di nota. Non ho idea di cosa le sia successo. Un secondo prima era lì, e quello dopo non c'era più. Anche con tutte le telecamere di Las Vegas, nessuno ha potuto rintracciare dove l'abbia portata quello stronzo. L'ha aiutata a salire su una berlina a quattro porte che aspettava davanti all'hotel, ma i finestrini erano oscurati. Le targhe erano rubate, un vicolo cieco. La polizia ha fatto del suo meglio, ma è stato tutto inutile. Lei era sparita. Puff. Dopo un po' avevano altri casi da risolvere... siccome io non vivevo neanche lì, non potevo mantenere il tipo di pressione che avrei voluto sui detective. Raven era diventata una dannata statistica. I poliziotti la davano per morta e mi esortavano ad andare avanti con la mia vita."

Dave sbuffò. "Certo, come se potessi riuscirci. Raven era tutto per me. Era la luce della mia oscurità. Non mi ero nemmeno reso conto di quanto avesse smussato le mie asperità finché non se n'è andata. Ho mantenuto operativo il The Pit semplicemente perché se in qualche modo fosse riuscita a scappare dai suoi rapitori, avrebbe saputo dove andare... dove trovarmi. Ma dopo un altro anno, sapevo che non sarebbe apparsa miracolosamente alla mia porta. Toccava a me trovarla."

"È stato allora che ho iniziato a fare ricerche. Ho imparato più di quanto avrei mai voluto sul traffico sessuale, scoprendo quante donne e bambini finiscono in quella rete maledetta ogni anno. Ho studiato i casi di donne che erano riuscite a fuggire e ho imparato come funzionavano le operazioni. Mi sono fatto un'istruzione su internet, chattando con gente che mi ha insegnato i pro e i contro dell'hacking e della videosorveglianza. Non ho dormito molto, ho tenuto nascosto quello che stavo facendo ai pochi amici che non mi avevano abbandonato."

"Allora, sono curioso," lo interruppe Ball. "Davvero non hai alcuna esperienza militare?"

Dave scosse la testa.

"Come cazzo hai fatto a parlare di tattiche e armi, a pianificare missioni, e fondamentalmente a dare l'impressione che avessi passato tutta la vita nell'esercito?" chiese Arrow.

"Ve l'ho detto. Ho fatto molte ricerche," rispose Dave. Vedendo l'incredulità sui volti di tutti, scrollò leggermente le spalle. "E questo è il motivo per cui non vi ho mai detto chi ero."

"Avresti dovuto," disse Gray, chiaramente arrabbiato.

"Perché?" ribatté Dave. "Per vedervi rifiutare? Considerarmi uno scarto perché non ero delle forze speciali? Avevo bisogno che voi vi fidaste di me, che mi consideraste come un prezioso membro della squadra. Se aveste saputo che ero solo un uomo alla disperata ricerca di sua moglie... e solo un barista, per giunta... qualcuno di voi avrebbe accettato il lavoro?"

La domanda fu accolta da un silenzio imbarazzato.

"Esattamente," disse Dave, con tono più tranquillo. "So che quello che ho fatto è stato subdolo. Ma il misterioso e inafferrabile Rex è l'unico motivo per cui esistono i Mercenari di Montagna. Ho lasciato a voi le cose pericolose e pratiche, scovando tutte le informazioni di cui avevate bisogno per avere successo. Non ho intenzione di scusarmi o implorare il vostro perdono. Siamo una squadra dannatamente buona, e anche se non sono mai stato nelle forze speciali, Delta, SEAL o SAS, non sono stato un super soldato come voi, non significa che non mi sia fatto il culo per tenervi al sicuro ogni singola volta che siete andati in missione. Mi sono fatto in quattro per creare contatti e coltivare relazioni di valore. Sì, all'inizio volevo solo una squadra che andasse a salvare le donne e i bambini che trovavo mentre davo la caccia a mia moglie, solo per poter dormire la notte, ma i Mercenari di Montagna sono diventati rapidamente più di questo. Siete diventati miei amici, anche se non sapevate chi fossi. Mi preoccupavo per voi, pregavo di rivedervi ogni volta che ve ne andavate in missione."

"Devo ammettere che non sono entusiasta di tutto quello che hai fatto," disse Meat. "Ma nessuno di noi avrebbe partecipato a quelle missioni, se non ci fossimo fidati delle tue informazioni. Sei un leader straordinario, nonostante la tua mancanza di addestramento; non posso parlare per tutti gli altri, ma ti affiderei la mia vita e quella della mia donna, ogni giorno della settimana."

"Lo stesso vale per me," ammise Gray. "Ti sei esposto tante volte per noi. In realtà, è fottutamente sorprendente che tu abbia imparato da solo tutto quello che sai."

"Sono d'accordo," disse Ball. "Il fatto che tu abbia praticamente imparato le tattiche militari dalla sola ricerca e abbia guadagnato così tanti sostenitori è un piccolo miracolo."

"Quindi... ora che sappiamo la verità, qual è il piano quando arriveremo in Perù?" chiese Black.

"Soprattutto perché non sei un militare," aggiunse Arrow. "Potresti essere bravo a pianificare una missione, ma questo non si traduce esattamente nell'essere un tiratore scelto o nel sapere come infiltrarsi nella roccaforte di un nemico."

"Sono d'accordo. E ho bisogno del vostro aiuto più che mai. Riesco a malapena a trattenere un pensiero abbastanza a lungo per elaborare un piano. Mi piacerebbe andare nei bassifondi, prendere Raven e andarmene, ma dopo aver parlato con Zara della persona che Raven è diventata, e con tutto quello che abbiamo appreso dall'ultima missione, non sono sicuro che funzionerà," disse Dave.

"Sappiamo che quei postacci sono pericolosi, non possiamo fare troppo gli spacconi," disse Meat. "È quello che mi ha messo nei guai l'ultima volta. Possiamo andare lì a fare un sopralluogo. Ma c'è la possibilità che Mags non sia nemmeno più nello stesso posto."

Dave strinse i pugni. Raven doveva essere lì. Doveva, dannazione. Non poteva esserle arrivato così tanto vicino solo per fallire.

"Credo che sarà ancora lì," l'assicurò Zara. "È abbastanza radicata nel quartiere, con le altre donne che aiuta e tutto il resto."

"Giusto. Ok, allora entriamo, controlliamo i bassifondi, poi puoi avvicinare tua moglie," concluse Meat. "Se è nervosa o non è sicura di voler andare... dovrai convincerla, immagino."

Dave ridacchiò, ma senza alcun divertimento. "Raven è sempre stata piuttosto difficile da convincere a fare qualcosa che non vuole. Voglio dire, spero che sarà felicissima di vedermi, ma immagino che la sua situazione sia molto più complessa di quanto immaginiamo."

"D'accordo, allora," disse Gray. "Ti copriremo le spalle mentre ti incontri con lei, e partiremo da lì."

"Non è un gran piano," commentò Ro.

Dave fece spallucce. "Spero davvero che sia una cosa facile da fare, ma se non è così, possiamo perfezionare man mano le nostre mosse. Ho tenuto aggiornato il passaporto di Raven usando una foto aggiornata tenendo conto dell'età, me l'ha fatto un amico dell'FBI. Non è esattamente legale, ma ho abbastanza persone che mi devono dei favori. Sono sicuro che nessuno pensava che avrei mai trovato Raven e che avrei avuto la possibilità di usare quel passaporto," disse Dave.

"Ci fingeremo turisti," disse Ball. "Migliaia di persone lo fanno ogni anno. Sono sicuro che nessuno controllerà il suo passaporto così da vicino."

"Mentre siamo lì, mi piacerebbe vedere di trovare un posto per allestire una clinica gratuita," propose Zara. "La gente che vive lì ne avrebbe davvero bisogno. E se succede qualcosa, potete fare finta che sia questo il motivo per cui siamo lì. I bassifondi non sono esattamente una destinazione turistica."

"Buona idea," disse Meat, mettendole un braccio intorno alle spalle. "Uno sforzo umanitario come motivo della nostra visita ci metterebbe un sacco di occhi addosso, ma se la situazione si fa critica, possiamo tirarlo fuori come motivo per cui siamo in quel quartiere."

"Del Rio potrebbe creare un problema per la clinica, tuttavia. Gli piace tenere le persone dipendenti e sotto il suo controllo, mentre si comporta come un leader benevolo che aiuta i meno fortunati. La presenza di una clinica gratuita potrebbe togliergli parte dell'attenzione che tanto brama," disse Zara.

"Cazzo. Ancora quel tipo?" chiese Black.

Zara annuì.

Gli occhi di Dave si restrinsero in due fessure. Tutti sapevano chi fosse Roberto Del Rio. Era uno dei peggiori trafficanti di sesso che Dave avesse mai incontrato. Non aveva morale, non aveva scrupoli. L'ultima volta che erano stati in Perù, avevano saputo che oltre alle donne rapiva anche i bambini.

Un paio di mesi prima, Dave era stato più che felice di offrire i Mercenari di Montagna come volontari per andare a Lima, in Perù, per collaborare a una missione per salvare dei bambini locali destinati al commercio sessuale, ma era andato tutto storto. Soprattutto perché Del Rio non voleva che la loro missione avesse successo. Aveva molta influenza nel paese. Da allora, Dave aveva imparato che la maggior parte delle forze di polizia, la gente del posto e persino i militari erano sotto il suo controllo o erano pagati per guardare dall'altra parte.

Ma onestamente, al momento, Dave faceva fatica a preoccuparsi di qualcosa che non fosse Raven. Da quello che aveva detto Zara, Raven odiava Del Rio e non aveva più niente a che fare con lui; quindi, per il momento, Del Rio *non* era il loro obiettivo. Lo scopo era trovare Raven.

Dave si sporse in avanti e disse con un tono un po' stanco: "Senza offesa, Zara, sono felice di aiutare ad allestire una clinica e corrompere chiunque sia necessario, ma il mio obiettivo principale in questo viaggio è andare in quel quartiere, prendere mia moglie e andarmene."

"Probabilmente non sarà così facile," gli disse Zara.

Dave annuì. "Lo so. Io e Raven siamo stati separati più a lungo di quanto siamo stati insieme. Ha passato un inferno che non riesco nemmeno a concepire. Ma non me ne vado senza di lei." Pronunciò l'ultima frase un po' più duramente di quanto avesse voluto, ma non gli importava. Non avrebbe lasciato il paese senza Raven.

"Potrebbe non volersene andare," aggiunse Zara a bassa voce.

Dave strinse i denti per evitare di lasciarsi sfuggire qualche parola di cui si sarebbe pentito.

"La Mags che conosco è indipendente come chiunque altro abbia mai incontrato," continuò Zara. "È intelligente e non mostra molte emozioni. Quando stava cercando di convincermi a dire a Meat che sono americana, per condividere la mia storia e convincerlo a riportarmi negli Stati Uniti, le ho chiesto se sarebbe venuta con me. Sapevo che aveva lavorato per Del Rio, ma per me era anche lei cittadina americana. Non sembrava molto felice di essere dov'era, ma quando le ho chiesto di venire con me ha scosso la testa e ha detto che la sua vita era in Perù."

Quelle parole colpirono Dave come una pugnalata.

Non aveva idea del perché Raven non avesse colto l'occasione di tornare negli Stati Uniti, di tornare da lui.

"È tenuta prigioniera?" chiese.

Zara scosse lentamente la testa. "Non che io sappia. Ma ho sempre pensato che ci fosse qualcosa che non andava, nella sua situazione. Tre giorni alla settimana stava via quasi tutto il giorno senza dire a nessuno dove andava. Ma tornava sempre nei bassifondi prima del tramonto. Nessuno la seguiva, non si comportava come se fosse minacciata. Beh... non più del solito, almeno."

"Cosa vuoi dire?" chiese Meat, mettendo la mano sul ginocchio della sua fidanzata.

"Per una donna, specialmente senza un marito, la vita tra i bassifondi è dura. Dovevamo sempre preoccuparci che Ruben o uno dei suoi amici non ci rubasse il cibo che eravamo riuscite a trovare, o... sapete cosa intendo."

Dave vide tutti gli uomini aggrottare le sopracciglia per la rabbia. Sì, sapevano cosa intendeva Zara. Aveva già detto loro tutto di Ruben Martinez e dei suoi scagnozzi. Zara pensava che avesse circa vent'anni. Ruben credeva di essere una sorta di dono di Dio alle donne, oltre che una specie di intoccabile cazzuto. Lui e la sua banda molestavano tutti quanti, nei bassifondi, e non esitavano a prendersi ciò che volevano, usando la forza quando necessario.

Erano anche quelli che avevano picchiato Meat e Black. Ognuno dei Mercenari di Montagna sperava di avere un incontro ravvicinato con la banda, anche solo per una piccola vendetta.

"Dico solo," continuò Zara, "che di tutte le donne che ho conosciuto, Mags è l'unica che non ha mai parlato di lasciare i bassifondi. Sembrava semplicemente accettare la sua situazione. Tutte le altre sognavano o di trovare un marito abbastanza ricco che le portasse via da lì, o speravano di tornare dalle loro famiglie, nei paesi da cui erano state rapite per lavorare per Del Rio."

"La vita di Raven non è in Perù," affermò Dave. "È in Colorado, con me."

Vedendo gli sguardi inquieti e pietosi dei suoi amici, Dave non poté più sopportare di stare fermo. Scattò in piedi e riprese a camminare.

Non sapeva perché Raven non avesse cercato di contattarlo. Non sapeva cosa avesse passato negli ultimi dieci anni, anche se poteva immaginarlo. Ma niente di tutto ciò aveva importanza. Quello che importava era che lei era ancora la donna che lui amava con tutto il cuore. Niente di quello che lei aveva fatto, o che era stata costretta a fare nel corso degli anni, l'avrebbe mai cambiato.

Dave non aveva idea a cosa sarebbe andato incontro quando finalmente avrebbe ripreso contatto con lei, ma non avrebbe rinunciato a sua moglie, non dopo tutti quegli anni.

Impaziente, Dave guardò l'orologio e imprecò. Ci stavano mettendo troppo tempo per arrivare. Ogni minuto che passava era un minuto in più durante il quale Raven poteva svanire di nuovo dalla sua vita senza lasciare traccia. Qualcuno poteva farle del male, o poteva essere rapita... un'altra volta.

"Sto venendo a prenderti, tesoro," sussurrò mentre camminava. "Tieni duro finché non arrivo."

CAPITOLO DUE

Margaret "Mags" Crawford Justice trattenne un gemito mentre si spostava silenziosamente sulla terra battuta della sgangherata capanna che stava condividendo con altre cinque donne. Avevano almeno tutte dieci anni meno di lei, facendole sentire ogni giorno il peso dei suoi quarantadue anni.

La vita certamente non era andata come si aspettava, ma doveva andare avanti. Un giorno alla volta. Era stato il suo motto negli ultimi dieci anni.

Sospirò per la delusione di dover passare tutto il giorno nei bassifondi con le sue amiche. Non che Gabriella e le altre non le piacessero, anzi, era proprio il contrario. Era solo che preferiva di gran lunga il lunedì, il mercoledì e il venerdì.

Lo stomaco era vuoto, ma non era una novità. Si era abituata ai crampi della fame, così come al degrado e alla sporcizia che la circondavano.

Mags si girò e si mise in piedi. Fuori c'era ancora buio, ma ultimamente non aveva dormito bene. Era preoccupata per la sua amica Zara, che era tornata negli Stati Uniti qualche mese prima. Era preoccupata per Maria e per le altre donne con cui viveva. Si preoccupava di Ruben e della sua banda di stronzi che pattugliavano i bassifondi giorno dopo giorno. Si preoccupava di dove trovare abbastanza cibo per la giornata...

E si preoccupava di suo marito.

Non le capitava spesso di pensare a Dave, ma per qualche ragione non era riuscita a toglierselo dalla testa, ultimamente. Probabilmente perché Zara era tornata negli Stati Uniti.

Mags avrebbe tanto voluto andare con lei.

Un tempo, avrebbe fatto qualsiasi cosa per tornare in Colorado, da Dave. Avrebbe ingoiato la profonda vergogna che provava per tutto quello che aveva fatto, se solo avesse potuto rivedere suo marito, avere di nuovo le sue forti braccia a cingerla, per farla sentire al sicuro, amata.

Ma ormai era passato troppo tempo. Non solo era una persona completamente diversa da quella che era prima, ma suo marito probabilmente era andato avanti e si era risposato. Semplicemente, Mags non poteva andarsene. Lima era diventata la sua casa, nel bene e nel male.

Cercando di fare meno rumore possibile, Mags si diresse dietro una lamiera di metallo messo su come un rozzo séparé per la privacy e fece i suoi bisogni in un secchio, cosa che l'avrebbe disturbata dieci anni prima, ma ormai non ci pensava nemmeno più. Non era rimasto molto cibo, Mags voleva arrivare in fretta al panificio per avere la prima scelta del pane vecchio di un giorno che veniva buttato via ogni mattina. Il negozio era a circa un miglio di distanza, doveva andare.

Ma prima si fermò a controllare le altre donne, che stavano ancora dormendo.

Gabriella era cresciuta nei bassifondi. Era l'unica nativa peruviana tra tutte loro. Teresa e Bonita erano brasiliane. Carmen diceva di essere venezuelana e Maria veniva dal Messico. Erano un gruppo eterogeneo, ma condividevano un legame che la maggior parte della gente non riusciva a capire. A parte Gabriella, erano state tutte "ospiti" di Del Rio. Erano state usate, abusate e buttate via senza alcun rimorso, una volta diventate inutili per lui. A parte Maria e Carmen, che già lo parlavano, avevano tutte imparato lo spagnolo dopo essere state rapite e parlavano tutte con accenti diversi, ma erano in grado di capirsi senza problemi.

Teresa aprì gli occhi e Mags si accovacciò per terra accanto al suo giaciglio. "Vado dal panettiere. Tornerò il prima possibile," disse a bassa voce.

L'altra donna annuì. "Vuoi che venga con te?"

Mags scosse la testa. "Non serve, grazie. Abbiamo bisogno di acqua. Se tu e le altre ve la sentite, potreste fare un giro per l'acqua?"

"Ok. Certo. Mags?"

"Sì?"

"Pensi che Zara stia bene?"

Sorpresa, Mags annuì. "Sì. Perché?"

"Non lo so. Ho fatto un sogno su di lei."

"Un sogno bello o brutto?" chiese Mags.

"Bello," disse Teresa rapidamente.

"Beh, forse significa che presto avremo sue notizie. Ha detto che quando sarebbe tornata in America, avrebbe fatto il possibile per mandarci sue notizie, una volta sistemata."

"Speriamo," disse Teresa. "Vai, prima che sia troppo tardi e che qualcun altro prenda il pane."

Mags sorrise e annuì. "Sii prudente mentre sono via." Si alzò e si passò velocemente una mano tra i capelli, ma a parte quel gesto non pensò affatto al suo aspetto. Aveva i capelli unti e sporchi, tutti aggrovigliati, ma non poteva sopportare di tagliarli. Erano molto più lunghi di quanto fossero stati dieci anni prima, le arrivavano quasi al sedere. In alcuni momenti si era scocciata e li aveva tagliati, ma mai troppo corti.

Le balenò in mente un ricordo di come Dave amava farle scorrere le dita tra i capelli. Teneva sempre in mano una ciocca di capelli. Ogni volta che erano seduti uno accanto all'altra, che fossero soli a casa o in un ristorante affollato, lui le metteva un braccio intorno alle spalle e si passava una ciocca tra le dita. Amava i suoi capelli nero corvino, l'aveva soprannominata Raven proprio per quel motivo.

Sarebbe rimasto scioccato nel vedere i suoi capelli in quel momento. Punte spezzate, unte, coperte di sporcizia, spente e flosce.

Una volta Mags era molto orgogliosa del suo aspetto, ma ormai non dava più importanza all'aspetto fisico. L'unica attenzione consisteva nel raccogliere i capelli in una coda di cavallo dietro la nuca per tenerli lontani dal viso.

Scivolò fuori dalla capanna e rimise a posto il pezzo di metallo ondulato che usavano come porta, prima di dirigersi lungo uno dei vicoli polverosi verso l'uscita dei bassifondi. Pregando di non incontrare Ruben o qualcuno dei suoi amici, trattenne il respiro... e lo lasciò uscire quando riuscì a raggiungere una delle aperture nel muro sul lato sud del quartiere. Era un po' troppo presto perché girasse qualcuno dei soliti bulli. Molto probabilmente stavano ancora smaltendo gli effetti dell'alcol che erano riusciti a rubare la sera prima.

Mags chinò il capo e cercò di apparire il più modesta possibile mentre si dirigeva verso la panetteria. Era di altezza media per una donna, anche se quando camminava accanto a Dave si sentiva minuscola.

Maledicendo sottovoce il modo in cui i suoi pensieri continuavano a rivolgersi a suo marito, Mags fece un respiro profondo. Sospettava di aver pensato a lui ultimamente anche a causa degli americani che erano apparsi nel quartiere qualche mese prima. Suo marito non era un militare, ma c'era qualcosa in loro che le aveva ricordato Dave. Comprese la loro lealtà e la loro determinazione.

Dave era intelligente. Uno degli uomini più intelligenti che avesse mai conosciuto. E aveva successo. Almeno, dieci anni prima era così. Aveva comprato un edificio fatiscente, aveva mantenuto l'aspetto esterno per lo più uguale (secondo le foto che le aveva mostrato quando si erano conosciuti) e aveva ravvivato l'interno del bar, rendendolo confortevole e accogliente, non così sofisticato da intimidire la gente del quartiere operaio impedendo loro di fermarsi per una birra dopo il lavoro. Era protettivo nei confronti dei suoi avventori, insisteva nell'accompagnare le donne sole alle loro auto e cacciava via chiunque osasse dare del filo da torcere a un altro cliente.

Nessuno dei due all'epoca aveva molti amici, ma non ne avevano bisogno, non quando avevano l'un l'altra. I ricordi di loro che vegetavano sul divano, guardando la televisione e mangiando cibo da asporto, erano abbastanza dolorosi da costringerla a fare del suo meglio per respingere tutti i ricordi di suo marito in qualche angolo recondito della memoria.

Dave faceva parte del passato. Non c'era posto per lui, nel presente... e tanto, lui non avrebbe sicuramente voluto avere a che fare con la donna che era diventata.

Arrivò appena in tempo nel vicolo dietro la panetteria. Guardò uno degli impiegati che sbatteva il coperchio del bidone della spazzatura dietro il negozio e tornava dentro. Mags si affrettò verso la spazzatura e aprì il coperchio. L'odore di cibo marcio e latte cagliato era opprimente, ma ci si era abituata. Non c'era molto, quel giorno, ma Mags tirò fuori il sacchetto di plastica che si portava sempre dietro, per sicurezza, e lo riempì di pane raffermo. C'era anche un panino alla cannella; dopo averlo ripulito da alcuni fondi di caffè, Mags lo raccolse, sapendo che Gabriella ne sarebbe stata entusiasta.

Sapeva di doversene andare, così chiuse silenziosamente il coperchio del bidone della spazzatura e si girò per tornare nei bassifondi.

Ma si fermò sui suoi passi.

In piedi dietro di lei c'era un ragazzino, probabilmente sugli otto anni o giù di lì. Aveva guance così scarne e un aspetto così malandato che un colpo di vento lo avrebbe spazzato via, probabilmente. Non l'aveva mai visto prima, si sentì male per lui. Avrebbe voluto ignorarlo e continuare per la sua strada, ma sapeva di non poterlo fare.

"Ciao," gli disse in spagnolo.

Lui non rispose e si allontanò di un passo da lei.

"Sei qui in cerca di cibo?"

Lui annuì una volta.

Sapendo di avere già preso la maggior parte del pane commestibile dai rifiuti, Mags si inginocchiò per terra, tirò fuori dalla borsa una delle lunghe pagnotte e gliela porse. "Ecco. Prendi."

Quando il ragazzino non si fece avanti, lei disse: "Va tutto bene. Non ti farò del male. Hai una famiglia da qualche parte?"

Lui le fece un altro piccolo cenno.

"Scommetto che anche loro hanno fame, eh?"

Lui annuì di nuovo.

"Bene, allora dai, prendi questo pane prima che arrivi qualcun altro e decida di prenderlo per sé."

Il ragazzino si mosse così velocemente che Mags quasi non lo vide. Un secondo prima stava aveva lei il pane in mano, quello dopo lo teneva lui sotto la magliettina sgualcita e si stava allontanando da lei ancora una volta. Mags non poté fare a meno di esserne impressionata.

"Un consiglio... vieni qui un po' prima, il lunedì, il mercoledì e il venerdì, avrai il cestino tutto per te e potrai ottenerne molto di più. Io sono qui il martedì e il giovedì, e a volte i fine settimana. Ci divideremo il bottino. Ok?"

Sapeva che il ragazzino non doveva per forza essere d'accordo con lei, ma lui annuì comunque, poi si girò e corse fuori dal vicolo.

Sospirando, Mags si alzò. I capelli castani del ragazzo erano disordinati, il suo viso era coperto di sporcizia, come quello di molte delle persone che vivevano nei bassifondi. Non poteva fare a meno di immaginare come avrebbe potuto essere quel ragazzino qualche anno prima. Prima di aver perso completamente la sua innocenza. Prima che la vita nei bassifondi lo cambiasse.

Non dovette pensarci troppo; indovinò facilmente che aspetto potesse avere. Poteva immaginare chiaramente come l'eccitazione di un nuovo giorno potesse brillargli negli occhi, magari provava un grande piacere nelle piccole cose.

Ma i bambini dovevano crescere in fretta, da quelle parti, fatto triste e straziante.

Sapendo di non poter indugiare, per evitare che altri arrivassero e prendessero con la forza il pane di cui lei e le sue amiche avevano così tanto bisogno, Mags fece un respiro profondo e tornò indietro da dove era venuta.

Quando arrivò verso casa, il sole era già alto. C'era già gente in giro; anche se Mags conosceva la maggior parte dei passanti, la gente del posto tendeva a stare per conto proprio. Per lo più per autoconservazione.

Quando girò un angolo per dirigersi verso la capanna che condivideva con le altre, Mags si bloccò.

Teresa, Gabriella, Bonita, Carmen e Maria erano tutte in piedi, con Ruben e Marcus che le sorvegliavano.

Imprecando sottovoce, Mags si affrettò verso di loro.

Non aveva esattamente paura della banda di Ruben, ma non era nemmeno un'idiota. Li aveva visti picchiare due degli americani abbastanza facilmente; se potevano ferire quei colossi, potevano uccidere le sue amiche.

"Che succede?" chiese con tutta la spavalderia possibile.

"Grazie per la colazione!" esclamò Marcus mentre cercava di strapparle il sacchetto di plastica dalle mani.

Mags si aggrappò al sacchetto, rifiutandosi di lasciarlo andare. Ma Ruben si avvicinò e la colpì in faccia con calma, ma senza esitazione.

La testa di Mags rimbalzò all'indietro e cadde per terra, battendo sul coccige.

"Quello che vogliamo, ce lo prendiamo," ringhiò Ruben. "Se vuoi continuare a vivere qui, devi pagare i tuoi debiti."

Mags si portò una mano al viso e rimase a terra, fissandolo. Quanto odiava quel posto e quegli stronzi.

Fortuno, Eberto e Alfonso uscirono dalla capanna delle donne portando una pentola che Carmen aveva trovato il giorno prima, una grande brocca d'acqua che una delle donne aveva probabilmente recuperato e due borse di plastica piene di altre cose che le donne avevano recuperato con molta fatica.

"Sembra che voi ragazze ci abbiate tenuto nascosto qualcosa," sogghignò Eberto. "Non siamo molto contenti. Se fossi in voi, farei il possibile per rimediare. Gabriella, che ne dici? Sono sicuro che passare un po' di tempo a tu per tu con Ruben sarebbe molto utile per ammorbidirlo. Forse ti lascerebbe persino tenere alcune delle cose che hai trovato così faticosamente. La tua casa sembra un po' spoglia."

Mags si morse la lingua per trattenersi dal dire a Eberto che razza di stronzo fosse e dal dichiarare che Ruben non avrebbe messo un dito su Gabriella finché fosse stata viva. Ovviamente il capo del gruppo di teppisti voleva la donna più giovane.

Maria aiutò Mags ad alzarsi, tutte fissarono con odio gli uomini che ridevano mentre passeggiavano nel vicolo verso il loro prossimo obiettivo.

"Stai bene?" chiese Bonita.

"Fammi vedere," ordinò Carmen, facendole spostare la mano che Mags usava per coprirsi la guancia.

"Sto bene," disse loro Mags. "Non è niente che non abbia già sperimentato prima. Forza, andiamo a vedere qual è il danno."

Entrarono tutte nella capanna, Mags si infuriò per lo sfacelo davanti ai suoi occhi.

Alfonso e gli altri avevano gettato tutto all'aria. I giacigli su cui dormivano erano stati tagliate con dei coltelli, probabilmente per assicurarsi che non avessero nascosto nulla di valore in quel materiale sottile. Avevano lasciato le cose che erano già rotte e che non valeva la pena prendere, come alcune tazze, piatti rotti e alcuni vestiti fatti a brandelli.

Era passato un po' di tempo da quando la loro capanna era stata perquisita e saccheggiata l'ultima volta, ma Mags era stanca di quei soprusi. Davvero tanto stanca.

Era colpa anche di quei vermi se avevano fame. Tutto quello che voleva fare era sedersi nel fango e piangere.

La vita faceva schifo. Ma non aveva né il tempo né l'energia per sedersi e autocommiserarsi. Se volevano mangiare, dovevano mettersi al lavoro.

Mags ebbe un secondo per ringraziare il cielo che la loro "ambulanza", in realtà una bicicletta con un carrettino, era nascosta in un vicolo vicino, mimetizzata tra i rifiuti accumulati, che non erano mai stati rimossi dai netturbini della città. Marcus e gli altri avrebbero sicuramente rubato anche quella, se l'avessero vista.

"Prendo la bicicletta e vado alla discarica," disse Mags alle amiche. "Vedo cosa posso recuperare."

"Verrò anch'io," dichiarò Gabriella.

"Io e Bonita vedremo se riusciamo a trovare un angolo per mendicare," disse Carmen.

"E io pulirò qui," disse Maria.

"Conosco un tizio che mi darà dei soldi," dichiarò Teresa.

Mags scosse immediatamente la testa e si avvicinò a Teresa. Le mise le mani sulle spalle e la fissò. Era minuta, proprio come Zara, era una delle donne più giovani del loro gruppo. "No. Vendere il tuo corpo non è il modo giusto. Del Rio può averci costretto a farlo, ma noi non siamo più così."

"Cosa dovremmo fare, allora, Mags?" chiese Teresa con rabbia. "Ogni volta che riusciamo a ottenere qualcosa che ci faciliti la vita, Ruben e i suoi amici vengono e si prendono tutto. Non possiamo trovare lavoro, non possiamo continuare a scavare nella spazzatura per tutta la vita. A volte penso che le cose fossero più facili con Del Rio, avremmo dovuto sforzarci di più per restare."

Mags scosse la testa e strinse la presa sulle spalle di Teresa. Guardò anche le altre mentre parlava. "Un altro giorno," disse, a bassa voce ma con fermezza. "Questo è quanto. Prendiamo un giorno alla volta; dobbiamo solo resistere un altro giorno. Le cose miglioreranno. Sì, avremo delle battute d'arresto, ma vivere qui con nient'altro che i vestiti che abbiamo addosso è meglio che essere usate da Del Rio. Meglio così di quel coglione che vende i nostri corpi e non ci dà nulla in cambio."

"Ma almeno avevamo da mangiare," disse Bonita dolcemente, "e un tetto sulla testa che non gocciolava, quando pioveva."

"E non dovevamo preoccuparci ogni giorno che Ruben e i suoi amici ci derubassero," aggiunse Maria.

"Quindi preferite avere a che fare con i clienti di Del Rio, che prendevano quello che gli piaceva a prescindere da quello che volevate? Quelli che ci picchiavano a sangue solo perché li faceva sentire forti e potenti? Quelli che non si preoccupavano di chiederci i nostri nomi prima di farci spogliare e metterci in ginocchio? Non avevamo nemmeno un nome. Eravamo semplicemente dei buchi in cui infilare i loro cazzi. Senza volto e senza nome. Preferirei vivere qui, affamata, bagnata quando piove, piuttosto che lasciare che un uomo mi tocchi ancora," disse Mags con fervore.

"Sappiamo che ci torni tre giorni a settimana!" ribatté Teresa. "Vuoi provare a dirci che non stai ricevendo cibo e trattamenti speciali mentre sei lì?"

Il petto di Mags si irrigidì all'istante. Non voleva parlare del patto che aveva fatto con il diavolo in persona. Ma Teresa e le altre avevano il diritto di interrogarla. Lei avrebbe fatto lo stesso, se fosse stata al loro posto. "Non vado al complesso di Del Rio, lui non vende più il mio corpo. Non mangio niente. Non ricevo nessun trattamento speciale. Quando devo vederlo, mi tratta come lo sporco della suola delle sue scarpe," spiegò.

"Eppure, tu vai via chissà dove, settimana dopo settimana. Perché?" chiese Bonita.

Mags voleva rispondere. Voleva spiegare perché camminava per cinque miglia e ritorno fino a una casa di proprietà Del Rio, tre giorni alla settimana. Ma non poteva. Non sarebbe stata in gioco solo la sua vita se Del Rio l'avesse scoperto. Lui le aveva detto senza mezzi termini che se avesse detto a qualcuno dove stava andando e cosa stava facendo, se ne sarebbe pentita. E lei sapeva senza dubbio che lui avrebbe mantenuto la sua parola, aveva modi di farle del male mille volte peggiori che permettere agli uomini di usarla come volevano. Non voleva rischiare. Per nessuno.

"Farei qualsiasi cosa per voi," disse Mags sinceramente, "e ve lo direi, se potessi. Ma non posso. Sapete che Del Rio ha occhi e orecchie ovunque. Non posso rischiare. Ma giuro sul mio onore che non ho un trattamento speciale. Niente cibo. Se così fosse, lo porterei qui e ve lo darei prima di mangiarlo io stessa."

Non pensava che le altre avrebbero lasciato perdere, ma alla fine Carmen, che era stata prigioniera di Del Rio per lo stesso tempo di Mags, annuì. "Se dici che non ci stai nascondendo nulla, allora ti credo. Solo... fai attenzione. Non ci si può fidare di Del Rio. Tu lo sai. È una serpe, e fare qualsiasi tipo di accordo con lui è pericoloso."

"Lo so," sussurrò Mags. Oh, lo sapeva... fin troppo bene. Ma ormai era troppo tardi.

"Ok, allora andiamo," disse Carmen. "Teresa, resta qui con Maria. Sarà più sicuro. Noi altre troveremo qualcosa da mangiare per cena. Promesso."

"Sii prudente", dissero Maria e Teresa allo stesso tempo.

Tutte annuirono, poi uscirono una alla volta dalla capanna e si diressero verso le loro destinazioni. Mags partì prima di Gabriella e la attese nel vicolo con la bicicletta. Nel giro di dieci minuti la ragazzina sgattaiolò dietro l'angolo e senza una

parola di protesta salì nel vano segreto del carretto, sistemandosi dentro.

Mags chiuse il coperchio e si assicurò che la spazzatura in cima fosse posizionata strategicamente, in modo da dare l'impressione che stesse semplicemente tirando un carico di plastica e legno senza valore. "Ecco fatto," disse a Gabriella.

Non era facile trainare un carretto così pesante, Mags sentiva ogni anno della sua età, ma non c'era nessun altro in giro per fare quello che doveva essere fatto.

"Un giorno alla volta," mormorò. Poi, stringendo i denti e ignorando il dolore alle cosce, si diresse verso la discarica più vicina.

CAPITOLO TRE

Dave era nervoso da morire, oltre che impaziente. Avrebbe voluto uscire dall'aeroporto e dirigersi nei bassifondi il prima possibile. Ma prima avevano dovuto passare la dogana, poi affittare un paio di minivan, e ci avevano messo una vita. Dopodiché erano rimasti bloccati in un ingorgo, cosa che lo aveva irritato moltissimo. Poi, siccome qualcuno non aveva fatto il pieno a uno dei minivan, erano quasi rimasti in panne sull'autostrada.

Stava andando tutto storto, Dave dovette impegnarsi al massimo per mantenere la calma. Quando finalmente arrivarono al motel dove avrebbero alloggiato, proprio vicino al vecchio quartiere dove viveva Zara, Dave borbottò: "Se tutto va bene, possiamo essere fuori da questo cazzo di posto e tornare negli Stati Uniti entro domattina."

Zara fissò Meat sconcertata. "Fa sul serio?"

"Immagino di sì."

Lei scosse la testa. "Mi dispiace, ma non credo proprio che andrà così," disse loro Zara, ribadendo l'opinione che aveva condiviso sull'aereo.

"Perché lo pensi?" chiese Meat.

"Non voglio fare la guastafeste, ma Dave... tua moglie ha

vissuto una vita completamente diversa per dieci anni. Non ha mai parlato a nessuna di noi della sua vita negli Stati Uniti, o di te. Nessuna di noi ha mai parlato molto di ciò che ci ha portato nei bassifondi, ma so che Mags... ha sofferto."

Dave si accigliò alle parole di Zara. Sapeva che aveva sofferto. Non era passato un giorno negli ultimi dieci anni senza che lui pensasse a che razza di inferno avesse dovuto affrontare Raven. E il solo pensiero che la sua bella moglie soffrisse era sufficiente a fargli venire voglia di uccidere qualcuno. Ma essere così vicino, eppure sentirsi ancora così lontano da lei, lo stava torturando.

"E no, non posso dirvi specificamente come ha sofferto, perché non conosco i dettagli. Ma penso che sia ovvio. Una volta ci ha detto che l'unico motivo per cui le è stato permesso di lasciare l'impiego di Del Rio era per la sua età, per loro era diventata troppo vecchia. Il bastardo è piuttosto esigente riguardo alle donne che costringe a lavorare per lui, ed è per questo che anche le altre (Teresa, Bonita, Maria e Carmen) sono state cacciate. Non so cosa sia successo a loro, ma sono tutte molto grate di essere state licenziate. La vita, nel complesso di Del Rio, era un inferno. Non è un'esperienza da cui una donna può davvero riprendersi del tutto. Io..." Scosse la testa. "Non credo che Mags accetterà semplicemente di andarsene, quando ti vedrà."

Dave detestò ogni parola proferita da Zara. Sapeva che non sarebbe stato facile, ma Raven era sua *moglie*. Si amavano. I cinque anni in cui erano stati sposati erano stati i più felici della sua vita. Perché mai non avrebbe voluto andarsene dal Perù, dopo tutto quello che aveva passato, per tornare a casa con lui? Non aveva risposta a quella domanda, e la cosa lo infastidiva parecchio.

"Ha ragione," intervenne Arrow. "So cosa ha passato la mia Morgan, cercando di riprendersi da tutto quello che le è successo, e se tua moglie è stata nel giro del sesso sotto schiavitù per anni, sarà una persona completamente diversa.

Potrebbe non essere ansiosa, o persino capace di riprendere la vostra vita insieme."

Dave strinse i denti. "State tutti girando intorno a quello che so già. So perché mia moglie è stata rapita. È fottutamente bella, qualche stronzo ha deciso che sarebbe stata l'aggiunta perfetta alla sua scuderia di donne. Non ho dubbi che sia stata violentata per anni. Non so con certezza cosa sia successo tra il momento in cui mi è stata portata via a quando è arrivata nei bassifondi, ma quello che non state capendo è che *non me ne frega un cazzo*. Ho giurato di stare con lei in ricchezza e in povertà. In salute e in malattia. Di amarla finché morte non ci separi. E dannazione, la morte non ci ha separato, io la amo oggi tanto quanto l'amavo quel giorno di dieci anni fa, quando mi è stata strappata via!"

"L'amore non è solo stare con qualcuno quando le cose vanno bene. Amo Raven. Con tutto me stesso. Ho passato gli ultimi dieci anni a cercarla. Non sono nemmeno stupido. So che non salterà di gioia, non mi abbraccerà e non si lascerà portare subito a casa. Ma non aspetterò un minuto di più per farle sapere che sono qui... che è al sicuro. E che d'ora in poi, tutto andrà meglio."

"Almeno lascia che mi avvicini a lei per prima," lo implorò Zara. "Posso spiegarle cosa sta succedendo e dirle che sei qui per parlarle."

"No," sbottò Meat. "Non tornerai in quel posto di merda da sola. Non esiste, cazzo."

Zara si voltò verso il suo fidanzato. "Non intendevo andare da sola. Immagino che Ruben e la sua banda di stronzi siano ancora in giro, e se li incontrassi da sola, sarei in grossi guai. Ma penso davvero che vederla prima io, parlarle da sola mentre voi aspettate nelle vicinanze, sarebbe la cosa migliore."

"Non posso sopportare il pensiero che tu torni lì," disse Meat un po' meno duramente.

"Lo so, ma pensaci. Se vi presentate tutti e sette insieme

chiedendo di Mags, la gente darà di matto. Ma se entro io e spiego cosa sta succedendo, Dave avrà più possibilità di riuscire a parlare con Mags senza che si trasformi in un'enorme guerriglia di strada. E credimi, Dave, Mags è testarda. Ha dovuto esserlo. Inoltre..." continuò, "...le donne non si fidano molto degli uomini. Non hanno vissuto una vita facile. In ogni istante, dall'alba al tramonto, tutti cercano di derubarle di quel poco che hanno. O di prendersi con la forza quello che loro non vogliono dare. Tutti voi uomini forzuti che vi presentate con l'aria incazzata... non funzionerà."

"Per quanto non mi piaccia, ha ragione," ammise Arrow.

Zara si rivolse a Dave. "So che vuoi vedere tua moglie e che è doloroso dover aspettare, ma credimi, è meglio così. Mags è una delle donne più straordinarie che conosca. Mi ha aiutato più di quanto potrei mai spiegare. Ma sta anche soffrendo. Lo vedevo ogni volta che la guardavo negli occhi. Se ti presenti all'improvviso e cerchi di costringerla ad andarsene... rischi di perderla per sempre. Non è la Raven che conoscevi. Lei è Mags."

"Sarà sempre la mia Raven," argomentò Dave. "E non mi sorprende che ti abbia aiutato, è nella sua natura. Ma sono passati dieci anni, Zara. Tu puoi capire meglio di chiunque altro quanto io abbia bisogno di vederla con i miei occhi, di toccarla."

"Non ti sto chiedendo di aspettare giorni," disse Zara. "Solo un paio d'ore, o poco più. Lascia che vada avanti io a parlare con le mie amiche, dire loro quanto siete tutti meravigliosi. Vi spiano po' di strada."

"Potremmo andare a fare compere nel frattempo," suggerì Meat. "Non per corromperle, chiaro, ma scommetto che hanno bisogno di alcune cose."

Zara annuì freneticamente. "Sarebbe fantastico. Posso fare una lista. Ma... Ruben e i suoi compari razziano le baracche in continuazione. Qualsiasi cosa procuriamo per loro dovrà essere facile da nascondere, quindi non esagerate."

Dave fece del suo meglio per controllare l'impazienza. La cosa che meno gli piaceva, nel mandare in missione i Mercenari di Montagna, era la mancanza di controllo che aveva su molti aspetti. Anche se non era un soldato, odiava stare semplicemente seduto ad aspettare di sapere se la missione fosse stata un successo o meno. Poteva fare tutte le ricerche che voleva, prima che partissero, ma una volta sul posto, a meno che non avessero bisogno di informazioni o dell'aiuto di uno dei suoi contatti, poteva fare poco se non aspettare di conoscere l'esito.

Era più o meno così che si sentiva in quel momento. Non voleva aspettare. Voleva rivedere Raven con i suoi occhi. La pelle si stava accapponando, stava sudando da matti, e sentiva che se non l'avesse vista in questo momento, sarebbe letteralmente imploso.

Ma sapeva anche che Zara aveva ragione. Non potevano presentarsi tutti insieme, così all'improvviso. Sette uomini enormi avrebbero dato troppo nell'occhio. Avrebbero anche spaventato le donne, e l'ultima cosa che voleva era costringere sua moglie a soffrire ancora di più.

"Bene. Ma ho bisogno che tu le porti qualcosa da parte mia. Immagino che sarà scettica, forse non crederà nemmeno che io sia davvero qui." Dave prese il portafoglio e tirò fuori una monetina schiacciata. L'aveva portato con sé ogni giorno per dieci anni. Lui e Raven l'avevano presa mentre erano a Las Vegas. Subito dopo, lei aveva messo una banconota da venti dollari in una slot machine e aveva vinto mille dollari. Lei si era messa a ridere e aveva detto che era tutta colpa di quella monetina, era il loro portafortuna.

La porse a Zara e lei la guardò minuziosamente, ispezionandola, poi riportò lo sguardo su di lui. "Mi assicurerò che la riceva," gli disse dolcemente.

Scesero dal minivan, aspettando che Black, Ro, Ball e Gray uscissero dal loro mezzo e li raggiungessero prima di entrare nell'atrio del motel fatiscente. Dopo che Dave li ebbe sistemati in diverse stanze, Arrow disse: "Dovremmo aspettare il crepuscolo. Potremo dare meno nell'occhio."

Dave voleva protestare. Voleva dire alla sua squadra che avrebbero solo messo gli zaini nelle stanze e sarebbero scesi subito per esplorare i bassifondi, ma sapeva che Arrow aveva ragione.

Voleva credere che Raven gli desse una sola occhiata e lo pregasse di portarla a casa. Sperava che fosse così, non importava cosa suggerisse Zara. Voleva tornare negli Stati Uniti con sua moglie il prima possibile.

Il solo pensiero di vedere Raven, di abbracciarla di nuovo, era travolgente. Il giorno in cui era scomparsa, Dave aveva perso una parte di sé. Aveva perso la testa, reso folle dal dolore e dalla rabbia. Voleva sentirsi più calmo; era più vicino a sua moglie di quanto lo fosse stato per anni, ma tutto ciò che riusciva a sentire era una rinnovata rabbia per il fatto che gli era stata portata via, sentiva un nervosismo familiare che gli stringeva la gola.

Mentre uscivano tutti dalla hall per andare nelle loro stanze e prepararsi per la visita nei bassifondi nel tardo pomeriggio, Dave non poteva fare a meno di essere apprensivo. Gli sembrava che più aspettava di vedere Raven, maggiore era la possibilità che lei sparisse di nuovo in una nuvola di fumo.

Zara uscì dal motel qualche ora dopo. Camminava circa un isolato davanti a Meat, ma sapeva che lui era dietro di lei, a vegliare su di lei. Sapeva che non l'avrebbe convinto a lasciarla andare da sola nei bassifondi, ma era riuscita a convincerlo a seguirla a una certa distanza.

Quando lei e Meat erano arrivati nella loro stanza, lo aveva convinto che sarebbe stata una buona idea andare nei bassifondi anche prima di quanto avevano discusso con Dave. Sapevano entrambi quanto il capo di Meat fosse ansioso di vedere Mags, e sarebbe stato quasi impossibile trattenerlo se l'avesse accompagnata per la prima volta.

Meat non era contento di aver ingannato Rex, ma tutto sommato era d'accordo sul fatto che fosse un buon piano.

Zara non poteva fare a meno di ricordare, tuttavia, quanto male avesse subito Meat l'ultima volta che era stato in quelle zone. Lei non si mimetizzava più come una volta, ma non aveva dubbi che se qualcuno l'avesse molestata, Meat sarebbe stato al suo fianco in un attimo. Non le avrebbe mai permesso di andare incontro a un potenziale pericolo da sola. Lei poteva anche arrabbiarsi, insistere che non aveva bisogno di essere sorvegliata; dopo tutto, aveva vagato per quelle strade infernali per quindici anni, sempre da sola. Ma sapeva che ciò non avrebbe fatto alcuna differenza per Meat. Lo amava ancora di più per quel motivo.

Pregando che il suo fidanzato rimanesse nell'ombra e passasse inosservato, Zara rivolse i suoi pensieri a Mags. Le dispiaceva per Dave. Le dispiaceva *davvero*. Ma doveva pensare anche alla sua amica. Non avrebbe mai creato traumi emotivi alla sua amica: ne aveva già passate troppe. Mags era intelligente ed empatica, ma c'era anche un profondo pozzo di dolore che teneva nascosto al mondo. Zara lo aveva scorto perché aveva provato un dolore simile. Ma non sapeva cosa avesse causato la sofferenza di Mags, nello specifico. Non si era mai sentita abbastanza a suo agio per chiederglielo.

Sperava con tutto il cuore che il ricongiungimento con suo marito permettesse a Mags di cominciare a guarire.

I suoni e gli odori che assalirono Zara mentre si dirigeva verso il quartiere erano spaventosi e familiari allo stesso tempo. Una volta, quello era tutto il suo mondo. Nonostante non avesse problemi ad orientarsi, la zona le sembrava aliena. Straniera. Non era certo una bella sensazione.

Una volta entrata nel quartiere, si guardò continuamente intorno nervosamente mentre camminava, sollevata nel non vedere Ruben o qualcuno dei suoi amici. La maggior parte della gente era rintanata nelle capanne a dormire, nella parte più calda della giornata. Zara sperava di trovare almeno una delle sue amiche nella vecchia capanna che condividevano. Ma era possibile che si fossero spostate in un altro quartiere, in un'altra capanna.

Zara si avvicinò alla baracca in cui era stata l'ultima volta qualche mese prima, i ricordi minacciarono di sopraffarla. Bussò leggermente al pezzo di metallo ondulato che veniva usato come porta e chiamò in spagnolo: "Permesso? Gabriella? Carmen? C'è nessuno?"

In pochi secondi, il metallo fu spinto di lato e Zara fissò gli occhi di Teresa.

"*Madre de Dios*," disse l'altra donna senza fiato, per poi scoppiare in lacrime.

Zara si spinse all'interno e vide subito che c'erano tutte tranne Mags.

Cominciarono a parlare e a piangere tutte insieme. Passarono diversi minuti prima che Zara riuscisse a controllare le proprie emozioni abbastanza da spiegare cosa stava succedendo. Ricadde nell'uso dello spagnolo con la stessa facilità con cui aveva imparato l'inglese.

"Cosa ci fai qui?"

"Non sei andata in America?"

"Sei bellissima!"

Zara sorrise alle amiche. "Datemi un secondo e vi spiegherò tutto!"

Tutte si calmarono e Zara passò qualche minuto a raccontare velocemente di Meat, del Colorado, dei nonni e dello zio. Quando ebbe finito, tutti la fissavano incredule.

"Sono ricca," disse lei dolcemente. "Tutti questi anni e i miei nonni non si sono sforzati molto per trovarmi. Così ho deciso di usare i soldi per fare del bene. Non mi servono, tanto. Sono qui per vedere Daniela e voi ragazze, e per aprire una clinica in modo che la gente come noi possa avere cure mediche quando ne ha bisogno. E in futuro, vorrei anche istituire un banco alimentare." Era seria, intendeva farle davvero quelle cose, anche se quella non era quella la vera ragione per cui era lì.

Tutte ricominciarono a parlare insieme e Zara poté solo sorridere. Le erano mancate quelle donne. Erano state una parte molto importante della sua vita per tanto tempo. Allye, Morgan e le altre in Colorado avevano fatto molto per farla sentire la benvenuta, ma quelle donne ne avevano passate tante insieme.

"Aspetta che Mags ti veda!" disse Gabriella eccitata.

"Dov'è?" chiese Zara.

"È mercoledì," spiegò Carmen.

Zara annuì. "È vero, l'avevo dimenticato." Accidenti. Nessuna sapeva dove andasse Mags tre giorni alla settimana. Lei non ne parlava, così si erano abituate al fatto che non ci fosse in quei giorni. Nessuno faceva troppe domande, nei bassifondi.

Zara non aveva intenzione di rimanere lì così a lungo, ma non aveva nemmeno intenzione di andarsene senza aver visto e parlato con Mags. Non poteva tornare al motel e dire a Dave che avrebbe dovuto aspettare fino al giorno seguente. Era già abbastanza pesante dirgli che avrebbe dovuto aspettare il resto della giornata, ma non potevano fare altrimenti.

Si preoccupava anche per Meat, che si aggirava fuori e la sorvegliava, ma doveva accettare che lui sapesse badare a se stesso.

Una parte di lei aveva avuto paura che le sue amiche non fossero più in quella capanna, era sollevata di averle ritrovate. Altrimenti Zara sapeva che Dave avrebbe perso la testa.

"Come sono andate le cose qui?" chiese Zara. "Ruben e i suoi amici sono stronzi come al solito?"

Maria si acciglió. "Peggio. L'altro giorno sono entrati e hanno rubato o distrutto quasi tutto quello che avevamo."

Guardandosi intorno, Zara vide che la capanna era quasi vuota. Scosse la testa per la frustrazione. "Mi dispiace tanto."

Bonita scrollò le spalle. "Come al solito."

"Beh, allora ho buone notizie per voi. Non solo sono tornata con il mio ragazzo, ma anche con tutti i suoi amici. E oggi faranno compere. Ho dato loro una lista di cose utili. Dovremo trovare un modo per nascondere tutto ai bulli di Ruben, in modo che non vengano a derubarvi di nuovo, ma credo che sarete felici di quello che vi porteranno."

Ricominciò il chiacchiericcio eccitato.

Zara era entusiasta di vedere le sue amiche così felici, anche se solo per un momento. La vita non era facile da quelle parti, era fantastico poter restituire loro il favore, dopo tutto quello che avevano fatto per lei.

Non aveva detto loro che aveva anche intenzione di comprare una casa vicino a quella di Daniela, una casa in cui sperava di farle trasferire tutte; avrebbe rivelato quella notizia in un secondo momento. Non poteva salvare tutti nel quartiere, ma poteva fare qualcosa per le donne che le avevano mostrato cosa fosse la vera amicizia.

Parlò con loro per almeno un'ora, ma Zara sapeva che si stava facendo tardi. Era ancora preoccupata per Meat e per il fatto che Dave si sarebbe semplicemente presentato all'improvviso, se avesse scoperto che l'avevano abbandonato. L'ultima cosa che voleva era che Mags lo incontrasse per caso. Doveva essere avvertita della sua presenza. Ma una parte di Zara non voleva andarsene. Era troppo bello rivedere Bonita, Carmen e le altre. Anche se non le mancava la sua vecchia vita, le mancavano le sue amiche.

Proprio quando Zara pensava che avrebbe dovuto andarsene e tornare il giorno dopo per parlare con Mags, il pezzo di metallo che copriva la porta scivolò indietro, ed ecco Mags.

Zara si alzò rapidamente e sorrise incerta all'altra donna. Era sempre stata una specie di figura materna per lei. Zara apprezzava la sua opinione e teneva molto a quello che Mags pensava di lei.

"Zara? Sei davvero tu?" chiese Mags.

"Sono io."

"Vieni qui e abbracciami!" le ordinò.

Zara sospirò di sollievo e andò ad abbracciare l'amica. Puzzava di sudore e della robaccia che impestava il quartiere, ma Zara non se ne accorse nemmeno.

"Mi sei mancata," sussurrò Zara in inglese.

"Anche tu," le disse Mags.

"Non sembri così sorpresa di vedermi," notò Zara.

Mags ridacchiò, ma non era per nulla divertita. Anzi, sembrava esausta. Più del solito.

"Beh, non lo sono. Ci sono tre uomini che si aggirano qui intorno, ovviamente non appartengono a questo posto. E se non mi sbaglio, uno di loro è l'uomo che ti ha riportato negli Stati Uniti."

Zara chiuse gli occhi e sospirò. Se Mags aveva visto tre uomini, significava che probabilmente c'era anche Dave. "Sapevo che Meat mi stava aspettando, ma gli ho detto di rimanere nascosto," disse.

"Suppongo che le cose siano andate bene, con lui," disse Mags.

Sentendosi timida, Zara annuì.

"Bene. Ho una buona sensazione su di lui," disse Mags. "Ora, perché sei qui?"

Le altre donne iniziarono a parlare tutte insieme, raccontando a Mags della clinica e del banco alimentare che voleva costruire Zara. Quando ebbero finito, Mags sollevò una mano e accarezzò la guancia di Zara. "Ti sei sempre preoccupata di tutti quelli che avevano meno di te."

Zara afferrò la mano di Mags e la tenne stretta. "Non è l'unica ragione per cui sono qui."

Mags inclinò la testa, guardandola perplessa.

In inglese, Zara disse: "Gli amici di Meat fanno parte di un gruppo che viaggia per il mondo, salvano donne e bambini che sono stati abusati o che sono stati rapiti. La moglie del loro capo è scomparsa dieci anni fa... e lui ha passato gli ultimi dieci anni a cercarla freneticamente. Ha assunto il mio ragazzo e gli altri per formare la squadra, perché lui non aveva alcuna esperienza militare."

Ad ogni parola di Zara, la faccia di Mags diventava sempre più bianca, fino a quando sembrava che stesse per svenire.

"Ti ho riconosciuta da una foto che era dietro il bancone del bar, il The Pit. Appena Dave ha saputo dov'eri, ha fatto di tutto per venire qui."

Mags si accasciò bruscamente sul pavimento. Le ginocchia non l'avevano retta.

Zara si inginocchiò di fronte a lei e si mise una mano in tasca, tirando fuori la monetina che le aveva dato Dave. Gliela mise in mano. "Mi ha detto di darti questa, per provarti che è tuo marito."

Mags fissò il pezzo di rame come se fosse un serpente che le avrebbe morso la mano, se l'avesse preso.

"È qui, Mags. E a differenza dei miei parenti, non ha mai smesso di cercarti."

———

Mags fissò la monetina, e i ricordi le frullarono nel cervello come se stesse guardando un vecchio film. Dave che sorrideva alla sua reazione nel vedere la macchina spacca-monetine. Mags che gli metteva le mani in tasca in cerca di spiccioli... e lo prendeva in giro allo stesso tempo, dicendogli che dovevano trovare una monetina fortunata per poter vincere alla grande. Ed era andata proprio così. Ricordava come Dave avesse giurato che avrebbe portato quella monetina sempre con sé, prima di infilarla in una tasca del suo portafoglio.

Chiuse gli occhi in preda alla disperazione. Aveva tentato di rimuovere tutti i ricordi del marito, per non diventare matta. Pensare a Dave e all'amore che condividevano era estremamente doloroso; era stato particolarmente difficile nel primo anno in cui erano stati separati. Le cose che le avevano fatto fare (e sopportare) erano state così orribili che ogni pensiero di come era la sua vita prima era pura tortura. Non poteva ricordare quanto lui la facesse sentire bene. Quanto fosse speciale e amata. Tutto quello che riusciva a pensare era sopravvivere un giorno. Poi il successivo. E il successivo.

Ma dopo aver tenuto a bada per anni quei ricordi, avevano cominciato a tornare di soppiatto... soprattutto negli ultimi anni. Dopo aver visto Zara trovare l'amore con il suo uomo, Mags non poteva fare a meno di pensare ancora più spesso al marito perduto da tempo, alla sua vecchia vita.

Vedere quella moneta nel palmo della mano di Zara le riportò alla mente così tanti ricordi dolorosi che Mags pensò di star male fisicamente.

"Non posso vederlo. Non lo farò!" sussurrò Mags.

Poi capì quello che aveva detto Zara.

Se c'erano quegli uomini, Dave era lì.

Lì vicino.

Un tempo, sarebbe stata entusiasta di vederlo, sapendo che lui era venuto per portarla via dal Perù e da quello che era diventata la sua vita. Ma le cose erano cambiate. Non poteva andarsene. Non voleva.

Sconvolta, Mags si guardò intorno nella capanna e cercò di pensare. Doveva uscire di lì prima che arrivasse Dave. Doveva nascondersi.

Le altre la fissavano con occhi spalancati e confusi. Non capivano, ma d'altra parte non conoscevano tutta la sua storia. Mags aveva dovuto tenerla nascosta. Nemmeno le donne che erano diventate come figlie e sorelle per lei sapevano tutto quello che le era successo.

"Zara?" chiamò una voce maschile dall'altro lato del fragile pezzo di metallo che usavano come porta.

Mags si alzò immediatamente e si allontanò. Il cuore le batteva un milione di volte al minuto e non riusciva a far entrare abbastanza aria nei polmoni. Sarebbe fuggita dal retro della capanna attraverso la piccola porta nascosta che avevano costruito proprio per situazioni come quella; ma Maria e Bonita erano proprio lì davanti.

Zara sussultò e Mags riconobbe l'uomo che avevano fatto uscire di nascosto dai bassifondi qualche mese prima. Era alto, ma non quanto il suo Dave.

No.

No, no, no, no!

Mags non riusciva a gestire i ricordi di Dave, che iniziarono a riaffiorare violentemente. Era sopravvissuta a malapena, dopo averlo perso la prima volta. Non sarebbe stata in grado di farcela una seconda volta.

Ma poi non fu più in grado di pensare.

Dietro l'uomo di Zara ce n'erano altri tre. Ma Mags aveva occhi solo per uno di loro.

Prima respirava troppo velocemente, ma in quel preciso momento non riusciva ad inalare nemmeno un po' di ossigeno.

Quante notti si era stesa sul pavimento, picchiata e sanguinante, pregando di rivedere Dave? Quante volte aveva giurato di fare tutto il necessario per sopravvivere finché suo marito non l'avesse trovata? Quante volte aveva desiderato di morire, piuttosto che dover dare ad altri uomini quello che aveva giurato sarebbe appartenuto solo a suo marito?

Troppe volte per contarle.

Aveva smesso di desiderare e sperare qualsiasi cosa che riguardasse la sua incolumità circa cinque anni prima.

Ma... eccolo lì. Ecco l'uomo che aveva amato con tutto il cuore. L'uomo che amava ancora, ma che non poteva più avere. Cosa diavolo ci faceva lì? Avrebbe dovuto rifarsi una vita, ormai... trovare un'altra donna che lo confortasse e lo amasse.

"Raven," disse Dave in un sussurro rotto. Poi fece un passo verso di lei.

In preda al panico, Mags sgattaiolò freneticamente all'indietro e si imbatté in Gabriella e Teresa, che erano in piedi proprio dietro di lei. La presero prima che potesse cadere a terra.

Lo sguardo sul volto di Dave mentre lei indietreggiava minacciò di distruggere la sua integrità mentale.

Era *devastato*.

Cadde lentamente in ginocchio e chinò la testa, come se il collo gli si fosse fatto improvvisamente troppo pesante per reggerla. Quando Dave alzò di nuovo lo sguardo, lei gli vide negli occhi una moltitudine di emozioni. Frustrazione, paura, determinazione... amore.

Quell'ultimo sentimento fu un colpo troppo forte da sopportare.

L'uomo di Zara lanciò un'occhiata di sbieco alla fidanzata. "Chiaramente, siamo stati seguiti. Ho cercato di tenerlo lontano per darti più tempo per parlare con lei," disse, "ma quando l'ha vista passare, non sono più riuscito a fermarlo. L'ho bloccato il più possibile."

Mags non poteva distogliere lo sguardo dal marito. Era assorbita dai suoi occhi. Aveva un bell'aspetto. Davvero bello. Ma era cambiato. Aveva un aspetto molto più duro. Era stata lei a renderlo così, ne era certa. Non di proposito, ovviamente, ma la sua scomparsa aveva pesato su entrambi.

I bicipiti di Dave erano grandi, proprio come se li ricordava lei. Quanto le era piaciuto accoccolarsi contro di lui e appoggiare la testa su quelle braccia possenti. Poteva sollevarla senza il minimo sforzo. Tra i capelli aveva delle striature grigie che non c'erano, l'ultima volta che l'aveva visto, insieme a piccole rughe che gli circondavano occhi e bocca. Anche la barba presentava delle striature grigie, rendendolo se possibile ancora più seducente.

Ma lei fissò con preoccupazione la grande cicatrice che gli serpeggiava lungo il collo, finendo nella scollatura della camicia. Cos'era successo? Era una brutta cicatrice, probabilmente era quasi morto. Come se l'era procurata? C'era stato qualcuno in ospedale con lui, mentre si riprendeva?

Mentre Mags fissava l'uomo che non avrebbe mai pensato di rivedere, tutto il resto sparì nella stanza. Probabilmente aveva un aspetto orribile, lo sapeva bene. Non si lavava i capelli da... chissà quanto tempo. Aveva lo sporco incrostato sotto le unghie, sapeva di puzzare, sia per il sudore dopo la lunga camminata di quel giorno, sia per non aver mai avuto acqua pulita con cui lavarsi. Si sentiva lontana anni luce dalla donna spensierata che era stata l'ultima volta che aveva visto Dave, tanto da farsi venire un capogiro.

Ma lui non la guardava con disgusto. Sembrava più in soggezione.

Deglutendo a fatica, Mags distolse lo sguardo da quello di Dave. C'erano altri tre uomini in piedi nella capanna, rendevano estremamente angusto lo spazio, già piccolo. Vicino alla porta c'erano quattro borse che ovviamente erano state portate dagli amici di Zara.

"Vorrei presentarvi alcuni dei miei amici," disse Zara in spagnolo. "Questo è Meat, il mio ragazzo. È quello che abbiamo trascinato fuori dal vicolo, quello che ho portato da Daniela. Noi... ehm... viviamo insieme, io lo amo. Loro sono i suoi amici, Arrow e Gray. E lui è... Dave. Sono qui per aiutarmi con le pratiche della clinica."

Mags era contenta che Zara non avesse detto altro su chi fosse Dave. Non era pronta.

Non sarebbe *mai* stata pronta.

Le altre donne non erano stupide, comunque. Dalla reazione di Mags, era più che ovvio che Dave non fosse un amico qualsiasi di Zara.

Ad ogni modo si salutarono, e l'uomo che Zara aveva chiamato Gray si girò, prese le borse e le porse verso di loro.

"Vi ho detto che ho dato loro una lista di cose da comprare," disse Zara. "Dovremo nascondere tutto, o portare qualcosa da Daniela per conservarle in modo che Ruben e gli altri non le rubino."

Teresa allungò una mano e prese una borsa, Gabriella e

Bonita fecero lo stesso. Guardarono dentro e spalancarono gli occhi in modo quasi comico.

Mags guardò Dave... e ancora una volta, non riuscì a respirare. Lui non le aveva tolto gli occhi di dosso. Era come se la stesse assorbendo. Ma invece di trarre conforto, Mags si sentiva esposta. Nuda. Le sembrava che lui potesse vedere attraverso di lei, leggere i suoi segreti più profondi e oscuri. Cose di cui lei non avrebbe mai parlato. Né a lui, né a nessun altro. Quei fardelli di vergogna, da portare e sopportare, erano solo suoi.

Zara stava facendo da traduttrice, ma Mags non riusciva nemmeno a sentire quello che diceva.

Dave non si alzò dalle ginocchia. Rimase sul pavimento, guardandola intensamente. Mags sapeva che se avesse dovuto sopportarlo per un altro secondo, sarebbe impazzita.

"Raven," disse Dave dolcemente. "Volevo credere a Zara. Volevo credere che la donna che lei conosceva come Mags fossi davvero tu... ma non volevo nemmeno sperare troppo. Sono stato deluso così tante volte che sapevo di non poterlo sopportare di nuovo. Ma sei tu. Sei davvero tu."

Mags lo fissò senza battere ciglio.

"Stai... Stai bene?"

Mags voleva sbuffare. Stava bene? No, certo che no.

"È un duro colpo, Dave," disse l'uomo chiamato Arrow, mettendogli una mano sulla spalla. "Devi darle un po' di tempo."

"Non posso andarmene," disse Dave, con la voce rotta. "L'ho appena trovata. Non posso andarmene!"

Mags si irrigidì. Non poteva restare. Doveva farglielo capire. "Non ti voglio qui," gli disse con la voce più dura che poteva. Sfortunatamente, venne fuori più come una supplica che come una richiesta, da parte della donna responsabile che era dovuta diventare nel corso degli anni.

Rimase scioccata quando vide le lacrime formarsi negli occhi di Dave, per poi riversarsi sulle guance barbute. Ma lui non alzò una mano per asciugarle, continuò semplicemente a fissarla.

"Dieci anni," le disse dolcemente. "Dieci anni, ventidue giorni, quattro ore e trentasei minuti. Questo è il tempo trascorso da quando sei scomparsa. Ti ho cercato per ogni singolo secondo di quel tempo. Ho pregato per sentire di nuovo la tua voce... e la realtà è molto meglio dei miei sogni."

Quelle parole lenirono una ferita che lei non sapeva neanche di avere, e allo stesso tempo la punsero come se fossero state mille api. Dave aveva ovviamente sofferto. L'uomo che conosceva non avrebbe *mai* pianto. Soprattutto non davanti agli altri. Non riusciva a parlare per il groppo alla gola.

"Dovresti andare. Solo per stanotte," disse Zara. "Mags ha bisogno di tempo per elaborare tutto."

Dave aprì la bocca per protestare, ma Gray parlò prima che potesse farlo.

"Mi sembra una buona idea. Possiamo tornare domani."

"Non resterai qui," disse Meat a Zara.

"Starò bene," gli disse dolcemente.

"No."

Mags era d'accordo con l'uomo di Zara. Era protettivo e ovviamente preoccupato per la sicurezza della sua donna. Per quanto Zara fosse cresciuta lì, non era un posto sicuro. Nemmeno per lei.

"Forse possono venire tutte al motel con noi?" gli chiese lei.

"Se stiamo via troppo a lungo, Ruben o qualcun altro potrebbe prendere possesso della nostra casa," disse Maria.

Zara rilassò le spalle, delusa. "Sì."

"Torneremo domattina presto e porteremo del cibo," disse Meat, rassicurando sia Zara che le altre donne. "Se vi viene in mente qualcos'altro di cui avete bisogno, domani andremo di nuovo a fare compere e ve lo prenderemo. Dobbiamo anche andare a trovare Daniela."

Le donne erano tutte d'accordo, Mags sapeva che erano ansiose di esaminare le borse di provviste che gli uomini avevano portato e di parlare di quello che stava succedendo.

"Non voglio andare," argomentò Dave.

Meat mise una mano sulla spalla di Dave e la strinse. "Ha bisogno di tempo," disse a bassa voce.

Nessuno disse niente per un lungo momento.

Poi, dalla sua posizione in ginocchio sulla porta, Dave disse: "Ti amo, Raven."

Mags si preparò a guardarlo di nuovo.

"Ti amo. So cosa succede alle giovani donne che vengono prese senza il loro consenso, la tua vita è stata un inferno. Ma ti ho trovata e farò tutto il necessario per dimostrarti che ora sei al sicuro. Il mio amore per te non si è smorzato per la tua scomparsa."

"Le persone cambiano," disse lei dolcemente. "Non sono la donna che conoscevi una volta."

"E io non sono la stessa persona che hai sposato," ribatté Dave. "Sono più duro. Più testardo. Molto meno fiducioso. Ma una cosa non cambierà mai: quanto sei importante per me. Quanto ti amo."

"Non ti amo più," mentì Mags.

Dave apparve impassibile. "Tornerai ad amarmi."

Mags sentì la frustrazione invaderle il petto. Aveva *bisogno* che lui se ne andasse. Perché non si arrabbiava? Perché non se ne andava? Lei aveva troppo da perdere, se lui non se ne fosse andato. "La mia vita ora è qui in Perù," gli disse il più severamente possibile. "Non me ne vado."

Dave la guardò per un lungo momento, Mags si rifiutò di cedere sotto il suo sguardo. Poi si alzò lentamente, Mags si costrinse a resistere e a non indietreggiare di fronte all'intensità di quegli occhi, un tempo così familiari. Le lacrime si erano asciugate, di fronte a lei torreggiava un uomo molto determinato.

"Non ho detto ai tuoi genitori che sarei venuto in Perù. Le

loro speranze sono state alimentate troppe volte, e altrettante volte sono state deluse. I miei genitori hanno sofferto insieme a me. Ma loro non contano. Nessuno conta, tranne te. La mia vita è ovunque tu sia," disse Dave, senza alcuna traccia di irritazione o insicurezza. "Se devo trasferirmi a Lima per stare con te, lo farò."

In qualsiasi altro momento, Mags si sarebbe gettata sul suo uomo e lo avrebbe pregato di portarla via da quel postaccio. Da Lima. Dal Perù. Ma non poteva farlo.

Era all'inferno. Era come se le venisse offerto tutto ciò che desiderava, ma sapeva che se avesse osato prenderlo, avrebbe potuto perdere qualcos'altro che amava altrettanto.

Sentì Gabriella supplicare Zara di tradurre ciò che veniva detto, ma Mags non distolse lo sguardo da Dave.

"*Te amo*," le disse dolcemente, sollevando sospiri silenziosi dalle altre donne.

Mags scosse la testa ostinatamente.

Sapeva che Dave sarebbe rimasto lì tutta la notte, se il suo amico Gray non gli avesse preso l'avambraccio e non lo avesse tirato verso l'uscita. "Andiamo, Dave. Lasciale un po' di spazio. Torneremo domani."

Mags mantenne il contatto visivo con Dave finché non fu fuori dalla capanna (Gray lo aveva letteralmente trascinato via). Poi lasciò uscire un enorme respiro di sollievo.

Ma tornò di nuovo il panico.

Dave sarebbe tornato.

Mags sapeva che non si sarebbe fermato, le avrebbe fatto ammettere che anche lei lo amava ancora e l'avrebbe convinta a tornare negli Stati Uniti con lui. Per Zara era stato fantastico aver abbandonato la sua vita in Perù, ma Mags non aveva quella possibilità.

"Per favore, non scappare," le disse Zara in spagnolo prima di andarsene. "Promettimi che resterai a parlare con lui."

Mags non disse nulla. Zara sospirò e salutò il resto delle donne, facendo scivolare il pezzo di lamiera sopra l'entrata.

Tutte le altre cominciarono a tempestarla di domande, ma Mags non aveva l'energia o la voglia di rispondere. Andò verso il suo lettino e si sdraiò. Lo stomaco brontolava, ma lo ignorò. Non c'era modo di mangiare. Non in quel momento.

Proprio quando si era abituata alla vita che conduceva, ecco di nuovo un evento a sconvolgere tutto quanto.

Non aveva idea di cosa avrebbe fatto. Non poteva andarsene, ma non voleva nemmeno restare. L'arrivo di Dave era un sogno che si realizzava, ma peggiorava ulteriormente il suo incubo personale.

Dave poteva anche aver passato gli ultimi dieci anni a cercare di salvare donne in situazioni come la sua, ma non pensava di potergli fare capire ciò che aveva passato, e non c'era modo che lui potesse venire a patti con le scelte che lei aveva fatto. La vergogna che provava ogni giorno l'avvolgeva come una coperta pesante, che la appesantiva e la soffocava in modo inesorabile.

Ma Mags sapeva anche che Dave non le avrebbe semplicemente voltato le spalle per tornarsene in America tranquillamente. Anche se lei continuava a dirgli che non lo amava più, o che non voleva avere niente a che fare con lui. No, avrebbe voluto spiegazioni e risposte. Due cose che non avrebbe ottenuto. Non se lei poteva evitarlo. Non voleva proprio che la guardasse con disgusto, cosa che avrebbe fatto se avesse saputo *perché* non voleva andarsene.

L'altra ragione per cui sapeva che sarebbe rimasto era che Dave riusciva sempre a capirla. Sembrava sempre sapere quando non era sincera. Poteva dirgli più e più volte che non lo amava, che voleva che se ne andasse, ma lui avrebbe capito che stava mentendo... e che aveva disperatamente bisogno di lui per sistemare le cose nel suo mondo, anche se era impossibile.

Mentre Mags ascoltava le sue amiche che commentavano

eccitate ciò che Dave e i suoi amici avevano comprato, sentì una rara lacrima formarsi in un occhio e rigarle il lato del viso.

La vita era dura nei bassifondi di Lima, l'arrivo dell'unico uomo che avesse mai amato aveva appena complicato le cose. Di almeno dieci volte.

CAPITOLO QUATTRO

Dave tornò al motel abbastanza docilmente, ma dentro di sé stava già organizzando dei piani. Se Raven pensava anche solo per un secondo che se ne sarebbe andato senza di lei, si sbagliava. Non l'aveva cercata per dieci anni solo per andarsene così, come se nulla fosse. Non sapeva cosa le passasse per la testa, ma conosceva abbastanza vittime del traffico sessuale da sapere che molte di loro avevano seri problemi psicologici a causa di quello che avevano passato.

Ma c'era almeno una certezza: quella Mags era proprio la sua Raven. Sì. Aveva camminato tra le fiamme dell'inferno, aveva sofferto più di quanto chiunque avrebbe dovuto, le rughe sul viso lo dimostravano, ma per lui era ancora la donna più bella che avesse mai visto.

Non gli importava dei vestiti laceri e sporchi, o del modo in cui i capelli le ricadevano unti e appiccicati contro la schiena. Era stato trafitto dalla profonda agonia riflessa nei suoi occhi.

Sapeva cosa poteva esserle successo nel corso degli anni. Era stata venduta come un pezzo di carne, molto probabilmente era stata usata e abusata da innumerevoli uomini che si preoccupavano solo di riempirla di sperma.

Il pensiero che la sua Raven fosse stata presa contro la sua volontà era una verità difficile da accettare, ma la donna che aveva visto quel giorno era riuscita in qualche modo a sopravvivere a tutto quello che aveva dovuto affrontare per dieci fottuti anni. Lui poteva ancora vedere dei bagliori della Raven che conosceva, sepolti da qualche parte dentro di lei.

Però la profonda convinzione che non ci fosse modo di comunicare con lei gli rodeva l'animo. I segreti che gli nascondeva (non solo a lui, ma anche a chiunque la circondasse) erano profondamente radicati nella psiche di Raven. Un tempo erano stati molto amici. Più vicini di quanto lui fosse stato a chiunque altro in tutta la sua vita. Lei conosceva tutte le sue speranze, paure e sogni, così come lui conosceva quelli di lei. Ma in quel momento c'era un abisso tra loro, che sembrava largo come l'Oceano Pacifico, provocandogli un dolore immenso.

Ci doveva essere una ragione per cui non voleva lasciare il Perù, doveva scoprire quale fosse. Non le aveva mentito: se avesse dovuto trasferirsi a Lima e vivere lì per il resto della sua vita, per stare con lei, lo avrebbe fatto.

Sapeva che lei gli stava mentendo, per qualche motivo. Era sempre stato capace di leggerla come un libro aperto. Ciò la infastidiva e lo divertiva. Ma il divertimento era svanito. Perché Dave sapeva fin troppo bene che lei non voleva rimanere in Perù. Desiderava tornare a casa, in Colorado, ma c'era un segreto a trattenerla.

E accidenti, col cavolo che l'avrebbe lasciata lì anche solo per un'altra notte.

Aveva passato dieci anni senza sapere dove fosse, senza sapere se stesse soffrendo o aveva fame; ora che l'aveva trovata, non avrebbe passato una sola notte lontano da lei, se avesse potuto evitarlo.

Dave diede la buona notte agli altri e seguì Ball fino alla stanza che condividevano. La squadra si era riunita fuori nel parcheggio per discutere di quello che era successo nei bassifondi. Nessuno era contento che Raven non avesse accettato di tornare al motel con loro, ma erano in qualche modo tranquillizzati dal fatto che sarebbero tornati in mattinata.

Black, Gray e Meat (con Zara a tradurre) stavano andando a trovare Daniela. Volevano controllare il quartiere dove si trovava la sua casa e parlare con lei di ciò di cui aveva bisogno per la clinica.

Ball cercava di fare conversazione, di chiedere di Raven, ma Dave rispondeva solo con grugniti e scrollate di spalle, finché Ball non capì il messaggio e rinunciò. Dave non era ancora pronto a parlare di Raven. Non finché non avesse capito cosa diavolo stesse succedendo. Era particolarmente frustrante, perché non poteva nemmeno usare le sue conoscenze informatiche per risolvere la situazione. Oh, aveva il suo computer con sé, e tutte le conoscenze che si era fatto nel corso degli anni, i contatti che lo avevano aiutato a indagare, ma niente lo aveva aiutato a trovare Raven negli ultimi dieci anni. Anche se finalmente sapeva dov'era, nessuna abilità da hacker o di ricerca lo avrebbe aiutato a riconquistare sua moglie.

Doveva parlare con Raven, convincerla ad aprirsi su ciò che stava accadendo realmente.

Sapeva già più di quanto volesse sapere su Roberto Del Rio, l'uomo che sentiva essere il responsabile dietro il rapimento di sua moglie. Quello stronzo aveva un'influenza straordinaria a Lima, non era un segreto che gestisse un fiorente bordello. La polizia aveva fatto irruzione nella sua tentacolare tenuta più di una volta, ma ogni singola donna che avevano trovato in passato aveva giurato di essere lì di sua spontanea volontà. Il che non provava nulla, se non che avevano paura di dire la verità ai poliziotti, o che la polizia era stata pagata dallo stesso Del Rio. Entrambe le ipotesi erano plausibili.

Dave cercò di trarre conforto dal fatto che Raven non si trovava a casa di Del Rio in quel momento. Era già qualcosa.

Ma comunque ciò non lo faceva sentire molto meglio riguardo alla sua sicurezza. Non dopo aver visto dove viveva. Sapeva bene quanto fossero pericolose le bande di uomini come Ruben. Meat e Black ne erano la prova.

Dopo aver seguito Zara e Meat nei bassifondi Dave, Arrow e Gray avevano perlustrato la zona durante la lunga attesa. C'erano diversi uomini dall'aspetto sgradevole in agguato; probabilmente erano gli stessi che avevano attaccato Black e Meat quando erano capitati lì nell'ultima missione. Non c'erano le prove, ma non c'era bisogno di tirare a indovinare per sapere che quegli uomini stavano tramando qualcosa. Nessuno degli abitanti dei bassifondi li guardava. Quando li vedevano i più giovani, o scappavano in un'altra direzione, o sparivano in una delle baracche mal costruite che fiancheggiavano i vicoli.

Dave non avrebbe lasciato Raven, o le altre donne, senza protezione per un altro giorno. Raven non lo voleva tra i piedi, ma a lui non importava. La loro sola presenza nel quartiere aveva portato un'attenzione indesiderata su Mags e sulle sue amiche. Non avrebbe permesso che succedesse loro qualcosa, non sotto i suoi occhi.

Non solo, ma non era del tutto sicuro che Raven non sarebbe scappata. Lo sguardo nei suoi occhi gli aveva comunicato che voleva essere ovunque, tranne che in *quella* capanna. Dave si infuriò. Aveva sempre giurato che non avrebbe mai costretto una donna a fare qualcosa che non volesse fare... ma si trattava di sua moglie, aveva aspettato quella che sembrava essere un'eternità per rivederla. Non aveva intenzione di lasciarsela sfuggire tra le dita, o di metterla in pericolo solo per cercare di evitarlo.

Aspettò che Ball fosse al telefono con Everly e poi gli disse, mentre si dirigeva verso la porta: "Vado a prendere una Coca dal distributore automatico. Ne vuoi una?"

Odiava ingannare il suo amico, ma sapeva che Ball non gli avrebbe permesso di avventurarsi nei bassifondi da solo. Ma doveva farlo. Non era un ex soldato delle forze speciali come i suoi Mercenari, ma non era nemmeno completamente indifeso.

Ball si limitò a scuotere la testa, proprio come sperava Dave, troppo distratto dalla conversazione che stava avendo con la sua ragazza. Sgattaiolò fuori dalla porta ed entrò nella tromba delle scale. In pochi minuti stava camminando lungo le strade buie vicino al motel, era diretto verso i bassifondi. Non era minimamente spaventato; aveva troppa energia repressa per preoccuparsi che qualcuno lo derubasse o lo aggredisse.

Anzi, la cosa gli avrebbe fatto quasi *piacere*.

Ma naturalmente, dato che le braccia di Dave erano grandi come le cosce della maggior parte delle persone, nessuno con un minimo di sale in zucca lo avrebbe provocato.

Il quartiere era tranquillo, l'odore di qualche falò occasionale aleggiava nell'aria. Il cielo rimbombava di tuoni lontani, anche se Dave non si aspettava la pioggia. Trovò facilmente il vicolo che stava cercando. Al buio, tutto sembrava uguale, ma aveva memorizzato dove si trovava la sua Raven.

Sapeva che quello che stava per fare non era esattamente la cosa più intelligente. Era solo, Ruben o chiunque altro poteva cercare di colpirlo alle spalle, ma con il modo in cui si sentiva in quel momento, quasi desiderava che qualcuno ci provasse. Pensava che fosse più importante far sapere a chiunque stesse guardando che le donne di quella baracca erano *off-limits*. Erano protette. Poteva nascondersi nell'ombra, ma no... voleva essere visibile, così qualsiasi teppista locale ci avrebbe pensato due volte prima di molestare quelle donne, in futuro.

Non bussò alla porta improvvisata. Non attirò l'attenzione sul fatto di essere lì. Si abbassò semplicemente sul terreno fuori dalla capanna e si sdraiò parallelamente alla porta. Ascoltò le voci femminili che parlavano a bassa voce dall'interno della capanna alle sue spalle, ma non sentì Raven. Per un secondo, temette che forse se ne fosse già andata, ma poi la sentì parlare. Non riuscì a capire cosa stesse dicendo perché parlava in spagnolo, ma avrebbe riconosciuto la sua voce ovunque. Aveva sognato di sentirla di nuovo. Raven che lo prendeva in giro per qualche battuta... o che gli confessava il suo amore.

Rilassandosi come meglio poteva sulla terra battuta, Dave appoggiò la testa sui bicipiti e chiuse gli occhi. Non aveva dormito bene negli ultimi dieci anni, riposando solo in modo frammentario, non aveva certo intenzione di iniziare in quel momento. Se qualcuno fosse passato, o avesse minacciato di far del male a ciò che in qualche modo gli apparteneva, si sarebbe svegliato e se ne sarebbe occupato.

Non aveva trovato la sua amata dopo tutto quel tempo per perderla a causa di qualche poveraccio in agguato. La doveva proteggere, la doveva amare. Anche se lei non ricambiava più i suoi sentimenti, anche se doveva farla innamorare di nuovo, Dave non l'avrebbe mai lasciata.

Poco dopo, Dave sentì di avere compagnia. Si alzò rapidamente.

Vide Ball e Gray in piedi nelle vicinanze.

Si alzò e si diresse verso i due amici. "Tornate al motel," ordinò.

"Fanculo," disse Ball scuotendo la testa. "Sapevamo tutti che saresti tornato qui. Non c'era modo, dopo dieci anni, che tu la perdessi di vista."

Dave fece spallucce. "Questo non è un vostro problema."

"Non è un nostro problema?" ripeté Gray, col tono dannatamente incazzato. "È questo che hai pensato quando Allye è stata presa da quello stronzo che voleva tenerla come una specie di fenomeno da baraccone? O quando la sorella di Everly è stata rapita?"

Dave digrignò i denti ma scosse la testa.

"Giusto, quindi perché dovresti pensarla diversamente? Siamo venuti qui per aiutarti. Ovviamente Raven significa il mondo per te, quindi sgattaiolare via per mettere in gioco il tuo culo in questo modo non è stato solo stupido, ma anche dannatamente offensivo."

Dave pensò alle parole del suo amico e capì che aveva ragione. Dopo una lunga pausa, cercò di spiegare la sua logica, non senza esitazione. "Ogni notte, negli ultimi dieci anni, ho dormito accanto a un posto vuoto nel mio letto. Mi sono preoccupato di quello che mia moglie stava passando... o soffrendo. Non sono riuscito a smettere di pensare a lei che gridava aiuto, chiedendosi se la stessi cercando o meno. È stata una tortura. Non una tortura fisica, come avete sopportato voi in passato, ma mentale. Semplicemente non posso non essere qui. Il pensiero di perderla di nuovo è insopportabile."

"So di non aver agito in modo intelligente. Ma siccome non riesce a guardarmi negli occhi per più di qualche secondo, e siccome è ovviamente spaventata a morte da qualcosa... forse da me... Non posso tenerla tra le braccia e rassicurarla che tutto andrà bene. Forse non andrà mai tutto bene per lei, ma non esiste che io la lasci di nuovo sola."

Gray sospirò e Ball annuì.

"Va bene, ma almeno lascia che uno di noi resti qui fuori con te," disse Gray in un tono molto meno incazzato.

"Lo apprezzo, ma no. Sto bene. Nessuno mi darà fastidio," disse Dave.

Ball scosse di nuovo la testa. "Mi dispiace, ma anche no. Hai visto cosa è successo a Black e Meat. È successo proprio in questo stesso vicolo, lo sai? Stare qui senza armi è come sventolare una bandiera rossa davanti a un toro. Stai portando più attenzione e pericolo a Raven e alle altre donne, stando qui fuori."

Dave strinse i pugni. Non gli piaceva quello che stavano dicendo i suoi amici, ma in fondo sapeva che avevano ragione. "Sto cercando di mandare un messaggio agli stronzi di questo postaccio... queste donne sono off-limits. Inoltre... Non posso andarmene. Non posso e basta," disse.

"Allora neanche noi," disse Gray.

"Non ci siederemo qui con te, ma guarderemo di nascosto," gli assicurò Ball. "Io e Gray resteremo per stanotte, poi faremo a turno con il resto della squadra per tutto il tempo necessario."

Dave deglutì a fatica. Non se lo aspettava. Si era sentito solo nella ricerca di sua moglie, in tutti quegli anni. I poliziotti e i detective avevano fatto del loro meglio, ma non era stato abbastanza, e quando era passato del tempo, il caso era caduto nel dimenticatoio e avevano semplicemente dovuto passare ad altri casi.

"Cosa state facendo?"

Tutti e tre gli uomini si voltarono alla domanda, Dave vide Raven che guardava fuori dalla capanna davanti alla quale lui aveva dormito fino a pochi minuti prima.

Dave incrociò le braccia sul petto e le disse sinceramente: "Stiamo elaborando un piano per assicurarci che tu e le altre siate al sicuro durante la notte."

Sua moglie sgranò gli occhi e le ginocchia di Dave quasi cedettero. Aveva dimenticato il suo lato impertinente. Come poteva averlo dimenticato? Lei era fatta così. Alzava gli occhi al cielo o lo fissava in quel modo, quando lui si faceva troppo protettivo, o diceva qualcosa di sciocco. Vederla farlo in quel momento gli dava un assaggio della donna che conosceva, lo riempiva di speranza; proprio lì, dentro quel guscio di donna infelice e sofferente indossato per affrontare i mali peggiori, forse si nascondeva ancora la sua donna.

"Non c'è bisogno che portiate questo tipo di attenzione su di noi," disse Raven brevemente. "Andatevene e basta."

"Non succederà," disse Dave, camminando lentamente verso di lei. Non voleva spaventarla, ma voleva assolutamente farle capire che non se ne sarebbe andato da nessuna parte.

"Sul serio, Dave, vattene. Farai in modo che Ruben e i suoi

amici si chiedano cosa diavolo stai custodendo. Diventeranno abbastanza curiosi da irrompere di nuovo per rubare quello che tu e i tuoi amici avete portato oggi."

"Ancora?" chiese Dave in tono basso e furioso.

Raven sembrò rendersi conto di quello che aveva detto e distolse rapidamente lo sguardo.

Dave fece del suo meglio per controllare la rabbia. "Non posso andarmene," le disse onestamente. "Ti ho persa una volta perché ti ho tolto gli occhi di dosso. Ho imparato la lezione e non lo farò mai più."

"Non sono una bambina di quattro anni, Dave," disse Raven. "Sono una donna adulta che ha imparato un sacco di cose sul mondo negli ultimi dieci anni. So badare a me stessa."

A quelle parole, Dave abbassò la testa e si grattò la nuca. Che cazzo di situazione. Aveva immaginato tante volte di ritrovarla, nelle sue fantasie Raven era sempre felice di vederlo. In ogni scenario che aveva immaginato, lei gli sorrideva e gli saltava in braccio. In quel momento Dave si trovava in difficoltà e completamente spaesato, quella sensazione non gli piaceva neanche un po'.

"Non posso andarmene," sussurrò Dave.

Senza dire un'altra parola, Raven fece scivolare la porta di metallo per chiuderla. Il suono di quella chiusura fece salire la bile nella gola di Dave. Lui la respinse e raddrizzò le spalle. Lei poteva non essere contenta di lui, ma non importava. Lui sarebbe rimasto.

Sapeva che se mai avesse trovato sua moglie, avrebbero dovuto lavorare duramente per tornare ad essere la solida coppia di un tempo. Lei aveva i suoi demoni da sconfiggere. Ma Dave si rendeva conto di essere stato ingenuo, pensando che il suo amore l'avrebbe magicamente fatta tornare in sé, e che sarebbe stata felice di vederlo come lo era lui.

Il fatto che lei sembrasse addirittura *infastidita* dalla sua presenza lo feriva profondamente.

Ma ciò non gli fece venire voglia di andarsene. Al contrario, rese ancora più forte la determinazione di scoprire cosa diavolo stesse succedendo. Lui amava Raven e lei lo amava ancora. Poteva percepirlo. Glielo leggeva negli occhi. Ma lei si stava trattenendo.

Forse si vergognava. Forse si era davvero disinnamorata di lui, nonostante quello che lui pensava di vedere nei suoi occhi. Ma non importava. Avrebbe fatto qualsiasi cosa per farla innamorare di nuovo. Aveva bisogno di lei. Non era niente, senza di lei.

Dave si rimise a terra davanti alla porta della baracca e guardò Ball e Gray sparire nell'ombra del quartiere. Sarebbe stata una lunga notte, ma Dave sapeva che non era niente in confronto a quello che aveva sopportato sua moglie. Avrebbe dormito sulla dura terra ogni notte per il resto della vita, se ciò avesse significato tenere Raven al sicuro.

———

"Rimangono davvero là fuori tutta la notte?" chiese Teresa incredula, dopo che Mags ebbe trascinato la porta malconcia e fu tornata sul suo giaciglio.

"A quanto pare," mormorò lei.

"Sei arrabbiata," notò Carmen. "Perché?"

"Perché non faranno altro che attirare l'attenzione su di noi. Ruben e i suoi amici penseranno che abbiamo qualcosa di valore qui dentro," disse Mags in un soffio.

Carmen continuò a fissarla finché Mags non si mise sulla difensiva. "Cosa c'è?"

"Quell'uomo è tuo marito, vero?" chiese Carmen.

Sapendo che le altre donne stavano ascoltando attentamente, Mags si limitò ad annuire.

"E non ti vede da dieci anni?"

Mags annuì di nuovo.

"Non capisco perché sei così arrabbiata," continuò

Carmen. "Da tutto quello che ho visto, lui e i suoi amici sembrano essere buoni. Non è vero?"

Non volendo che Carmen o le altre pensassero male di Dave, Mags scosse immediatamente la testa. "No, sono bravi ragazzi. È solo che... dormire fuori dalla nostra capanna è come sventolare un'insegna al neon che dice: 'venite a derubarci', accidenti."

"So di essere la più giovane," disse Gabriella, "e non ho tutta l'esperienza che avete voi. Ma sono nata e cresciuta qui, non ho mai visto un uomo fare come sta facendo tuo marito. La maggior parte è più preoccupata di trovare alcol o di trovare un modo per fare soldi. Ho visto anche il modo in cui ti guardava, oggi."

Mags non voleva chiederlo, ma non riuscì a trattenersi. "E come mi guardava?"

"Come se tu fossi un miracolo vivente. Zara ha detto che ti ha cercato per dieci anni, senza mai arrendersi. Ha persino mandato i suoi amici in diversi paesi a fare quello che potevano per aiutare donne e bambini. Non capisco perché non sei felice di averlo qui."

Mags non riusciva a spiegarlo. Come avrebbe potuto Gabriella capire la profonda vergogna che provava fino al midollo?

Dopo tanti anni, Mags non poteva ancora fare a meno di pensare che avrebbe dovuto fare qualcosa di diverso, quando era stata rapita la prima volta. Aveva lottato duramente quei primi giorni. Era stata una furia, quando non era drogata e stordita. Ogni volta che qualcuno le si avvicinava, lei gli si scagliava contro, faceva tutto il possibile per cercare di scappare. Ma forse avrebbe dovuto essere più docile. Se l'avesse fatto, forse i suoi rapitori l'avrebbero lasciata andare. Forse non sarebbe stata portata fuori dal paese. Forse avrebbe vissuto una vita diversa.

Quando si era resa conto del suo destino, era troppo tardi. Era finita in Perù, nascosta nel complesso di Del Rio. Ci erano voluti diversi mesi per "addestrarla" al suo nuovo ruolo, Mags non riusciva a scrollarsi di dosso la vergogna che provava per essersi finalmente arresa, senza più combattere.

Come poteva ammettere all'amore della sua vita che era stata picchiata fino a lasciare che altri uomini le facessero tutto quello che volevano, e che lei non li aveva combattuti? O che aveva finto di godere delle loro mani sul proprio corpo, lo stesso corpo che Dave aveva passato molte notti a riverire con le mani e con la bocca?

Il punto fondamentale era che non poteva farlo.

Sapeva anche che lui non sarebbe mai stato in grado di perdonare quello che era successo più di cinque anni prima. Non avrebbe capito. Neanche per sogno.

"È complicato," disse infine a Gabriella.

"Beh, sono contenta che sia qui fuori," disse Maria con fermezza. "Questa notte posso dormire senza dovermi preoccupare che Ruben, Marcus, Fortuno o chiunque altro irrompa qui, pensando di poter avere ciò che Del Rio ha venduto così facilmente per così tanto tempo."

"Anch'io," ammise Teresa.

"Anch'io," commentò Bonita.

Tutte, tranne Gabriella, erano appartenute a Del Rio a un certo punto. Mags era diventata troppo vecchia per essere desiderata dai suoi clienti. Teresa e Maria non erano abbastanza esotiche, Carmen era riuscita a scappare dal complesso e probabilmente a Del Rio non importava, perché non si era preoccupato di mandare i suoi scagnozzi a recuperarla.

Bonita si era ammalata così tanto che Del Rio aveva pensato che sarebbe morta, l'aveva letteralmente scartata come un sacchetto di spazzatura. Daniela l'aveva trovata vicino a una delle discariche, l'aveva curata e presentata a Mags.

Quelle donne erano state un'ancora di salvezza per Mags. Ma non era stata completamente onesta con loro, non per molto tempo. C'era un enorme segreto che stava nascondendo. Un segreto che non pensava che loro avrebbero capito o approvato.

Ma se si sentivano più a loro agio con Dave che dormiva fuori dalla loro porta, di guardia, allora lei non si sarebbe più lamentata. In fondo, molto in fondo, anche Mags era contenta di averlo lì fuori. Non riusciva ancora a crederci, ma il fatto che lui non avesse smesso di cercarla le faceva battere il cuore e le faceva ardere la speranza nel profondo dell'anima.

Mags annuì alle sue amiche e decise di lasciare la capanna attraverso l'uscita posteriore segreta molto presto la mattina seguente. Non era uno dei giorni in cui percorreva miglia e miglia per occuparsi degli affari molto importanti di cui si era occupata ogni settimana negli ultimi quattro anni e mezzo. Non riusciva a stare vicino a Dave. Lui le faceva desiderare cose che non poteva avere. Doveva ricordare chi era diventata. Non era più la sua Raven. Le avevano tarpato le ali ed era diventata solo Mags. Ex prostituta. Poveraccia dei bassifondi. Capo del suo piccolo gruppo di amiche sventurate.

Mags si sdraiò, appoggiò la testa sul braccio e chiuse gli occhi. Ovviamente invece di pensare alla sua vita in Perù e agli abusi che aveva subito, tutto quello a cui riusciva a pensare era Dave. Un ricordo in particolare le iniziò a tormentare il cuore, decise di lasciarsi andare per qualche minuto. Era il loro terzo anniversario e Dave aveva fatto le cose in grande, non solo aveva cucinato una cena elegante per loro due, ma le aveva anche preparato una sorpresa.

"Dai, dimmi dove stiamo andando," implorò Raven.

"No, dovrai aspettare," disse Dave con una risata. Erano nella sua macchina e lui le teneva la mano mentre guidava.

"Odio aspettare," disse lei con un broncio.

Dieci minuti dopo, si erano fermati nel parcheggio del suo bar, il The Pit.

"Seriamente? Siamo al bar?"

Lui ridacchiò. "Sì."

"E io che pensavo di andare in un posto elegante," si lamentò per scherzo.

Dave si avvicinò al suo lato della macchina e le prese la mano mentre lei scendeva. "La solita diffidente," le disse con un sorriso. "Quando mai ti ho deluso?"

"Mai," disse lei senza esitazione.

"Esattamente. Ora andiamo."

Raven seguì il marito e si prese il tempo per mangiarsi con gli occhi non solo il sedere, ma anche le spalle larghe e le braccia possenti che non si sarebbe mai stancata di guardare. Lui era così forte che la faceva sentire femminile e minuta ogni volta che le stava vicino. Amava il modo in cui lui poteva gettarsela sulle sue spalle o spostarla esattamente dove voleva a letto senza alcuna fatica.

Le piacevano anche alcune delle posizioni più avventurose che avevano provato, perché poteva fidarsi che lui non la facesse cadere.

Dave aprì la porta del bar e le fece cenno di entrare prima di lui. Lanciandogli un sorriso civettuolo, lei entrò e si bloccò, sorpresa.

C'erano tante luci bianche di Natale appese su tutta la parte anteriore del bar. Mentre lei stava lì, ammutolita per quanto apparisse bello e trasformato quello spazio con le lucine scintillanti, Dave andò al jukebox e premette un pulsante. La canzone del loro matrimonio riempì l'aria... e tutto ciò che Raven poté fare fu chiudere gli occhi e cercare di non piangere.

"Mi concedi questo ballo?" chiese Dave.

Raven aprì gli occhi e vide il marito in piedi davanti a lei, che le tendeva la mano. Lei la prese, lui le avvolse l'altro braccio intorno alla vita, tirandola verso di sé fino a che non furono uniti dall'anca al petto. Gli appoggiò la testa sulla spalla mentre ondeggiavano avanti e indietro.

"Non è elegante, ma non riuscivo a pensare a niente che volessi fare di più che tenerti tra le braccia. Non volevo portarti a uno spettacolo dove saremmo stati circondati da estranei e non avrei potuto baciarti quando volevo," le disse dolcemente.

"Non ci sono stati ancora molti baci," disse Raven con un piccolo sorriso.

Con gli occhi scintillanti, Dave si chinò lentamente e le sfiorò le labbra con le sue. Una volta, poi due.

La barba le faceva il solletico, ma lei lo adorava. "Smettila di prendermi in giro," si lamentò per gioco Raven.

Le pupille di Dave si dilatarono per un momento, poi lui abbassò la testa, baciandola con una passione tale da farle tremare le ginocchia. Naturalmente Dave non la lasciò cadere. La raccolse immediatamente, senza interrompere il bacio, poi la portò nella stanza sul retro del bar, dove c'erano file su file di tavoli da biliardo. La posò sul più vicino e procedette a mostrarle esattamente quanto l'amava.

Poi la portò nell'ufficio, nella stanza sul retro, si sedette sulla sua sedia da ufficio mentre lei gli faceva un pompino fuori dal mondo. Poi la condusse di nuovo nel bar con le luci scintillanti e ballò con lei per un'altra ora. A un certo punto, tirò fuori la macchina fotografica Polaroid che teneva dietro il bar, quella che usava per fotografare i clienti, e mentre lei rideva come una matta, le scattò una foto.

L'aveva appuntata con orgoglio dietro il bancone e le aveva detto che da quel momento, quando lavorava, tutto quello che doveva fare era girarsi per vedere il suo bel viso ogni volta che voleva.

Quella notte era stata magica. Avevano parlato di allargare la loro famiglia. Entrambi volevano almeno due figli, ma a lei non sarebbe dispiaciuto averne tre. Quella notte avevano fatto l'amore a casa loro senza usare il preservativo, per la prima volta. Erano sicuri di sapere che il loro amore sarebbe durato per sempre; se tutto procedeva secondo i piani, entro un anno avrebbero ampliato quell'amore per includere un bambino.

Una lacrima cadde dall'occhio di Mags prima che potesse asciugarla. Naturalmente, le cose non erano andate così. Non c'erano stati bambini, anche se si erano sforzati di farli, e lei era stata rapita durante quello che era stato uno dei viaggi più divertenti della sua vita. Era stata così contenta di visitare Las Vegas. Non avrebbe mai immaginato che un viaggio innocente per celebrare il loro anniversario sarebbe finito in modo così orribile.

Mags ascoltò attentamente e non sentì nessun rumore provenire dall'esterno della loro capanna. Sapeva che Dave non se ne sarebbe andato. Si sentiva in colpa per il fatto che lui dormiva all'aperto sul terreno duro. Ma si sentiva anche... bene. Non si era mai aspettata di rivedere suo marito. Si era rassegnata a vivere il resto della sua vita lì in Perù. Voleva aggrapparsi a lui, dirgli di portarla via, che aveva pregato di rivederlo ogni giorno da quando erano stati separati. Ma non poteva farlo. Non solo non era la stessa persona di cui lui si era innamorato, ma aveva... delle responsabilità, lì.

Alzando la testa, Mags guardò intorno alla capanna. Riusciva a malapena a distinguere le altre donne, ma sapeva che erano lì. Sospirando, riabbassò la testa. Vedere Dave ogni giorno l'avrebbe resa sempre più debole. Più debole di quanto non fosse già. Non poteva lasciare che lui la convincesse ad andarsene con lui... e sapeva che ci avrebbe provato. Amava quell'uomo con tutta se stessa, ma lui non apparteneva al suo mondo.

Prendendo una delle decisioni più difficili che avesse mai dovuto prendere, Mags chiuse gli occhi. Il giorno seguente sarebbe uscita presto dal retro della capanna, prima che Dave si svegliasse. Sarebbe rimasta lontana tutto il giorno. Se lui non poteva parlare con lei, non poteva convincerla a tornare in Colorado.

Alla fine, avrebbe capito il messaggio e se ne sarebbe andato. Era meglio così. Per lui e per lei.

Si rifiutava di ammettere quanto fosse deprimente quel pensiero.

CAPITOLO CINQUE

Dave sospirò per la frustrazione. Ormai era trascorsa una settimana da quando era arrivato a Lima e aveva visto Raven pochissime volte. Lei lo stava evitando e ciò cominciava a irritarlo. Stava cercando di essere paziente, dandole lo spazio per elaborare il fatto che lui era lì e l'aveva trovata, ma il punto era che il rifiuto di stargli vicino lo devastava.

Quando aveva immaginato come sarebbe stato il ricongiungimento con la moglie, Dave non aveva mai considerato che lei non ne fosse entusiasta. Si aspettava un certo imbarazzo, magari Raven si sarebbe sentita a disagio, ma alla fine avrebbe capito quanto era stata fortunata e sarebbero tornati felicemente in Colorado. Ma la situazione si stava evolvendo in modo totalmente diverso, Dave non era sicuro di cosa fare.

Da quando era arrivato, aveva passato tutte le notti a dormire fuori dalla capanna che Raven chiamava casa. Ogni mattina, quando una delle altre donne spostava la lamiera di metallo, lui scopriva che la moglie era uscita di nascosto per non dovergli parlare.

Le altre donne, invece, sembravano apprezzarlo. Anche se non potevano esattamente avere conversazioni approfondite, trovavano il modo di comunicare. I Mercenari di Montagna portavano cibo e acqua ogni mattina, Teresa e le altre donne finalmente potevano cucinare. Ridevano e sorridevano, sembravano sinceramente felici di averli lì. Però Dave vedeva la moglie solo per pochi minuti ogni sera, sembrava sempre stressata e sofferente, lui voleva portarla al motel e costringerla a parlare.

Dopo essersi svegliato la prima mattina, si era reso conto che c'era una via d'uscita dalla capanna, ma invece di farla pedinare da uno dei suoi amici, aveva deciso di darle un po' di spazio per elaborare qualsiasi cosa le frullasse per la testa... però basta, dopo diversi giorni, si era stufato.

Zara era andata a fare colazione con le amiche, quella mattina (accompagnata da tre Mercenari, ovviamente; nessuno si aggirava nei bassifondi da solo) e faceva volentieri da traduttrice. Sembrava sorpresa e costernata di sentire che Raven era stata via ogni giorno, quella settimana. Secondo le altre, Raven non diceva mai nulla di cosa facesse, ma era ovvio che non mangiava bene e che sembrava sul punto di crollare.

"Come procedono i dettagli della clinica?" chiese Dave a Zara mentre erano seduti a mangiare sul pavimento sporco della capanna.

"Bene. Daniela è entusiasta. Dice che c'è una casa più grande non troppo lontana da quella che usa ora, sarebbe perfetta."

Dave ebbe un'idea. "Cosa succederà alla casa che sta usando ora?"

Zara fece spallucce. "Immagino che qualcun altro ci si trasferirà."

Dave si chinò verso di lei. "Voglio comprarla."

Zara sbatté le palpebre per la sorpresa. "Cosa?"

"Voglio comprarla. Teresa, Bonita, Gabriella, Carmen e Maria possono trasferirsi lì. Sarà più sicura di questo tugurio. Avrà una porta che si chiude a chiave, no?"

"Stavo già pensando di comprare loro una casa," rispose Zara.

"Beh, ora non devi farlo. Puoi risparmiare i tuoi soldi. O darli a Daniela per la nuova clinica," le disse Dave, senza tirarsi indietro.

Zara lo fissò per un momento, poi finalmente annuì.

Le altre donne guardarono lui e Zara, cercando di seguire la conversazione senza riuscirci. Ma quando Dave disse i loro nomi, Bonita toccò il braccio a Zara.

Lei si voltò verso di loro e rispose in spagnolo.

Tutte e cinque le donne guardarono Dave sotto shock. Avevano gli occhi spalancati, Carmen era addirittura a bocca aperta.

"*¿Por qué?*" chiese Maria a bassa voce.

"Perché sarebbe più sicuro," spiegò Dave, mentre Zara traduceva. "Perché nessuna donna dovrebbe avere paura di chiudere gli occhi per dormire la notte. Perché siete amiche di Raven. Perché avete bisogno di una pausa e io posso permettermi di darvela. Non ero lì ad aiutarvi quando ne avevate più bisogno, ma adesso posso aiutarvi e lo farò."

Gabriella iniziò a piangere in silenzio, anche le altre donne sembravano sul punto di scoppiare in lacrime per la gratitudine.

Dave era felice di aiutare. Non lo faceva per cercare di corrompere sua moglie. Diavolo, lei non gli concedeva nemmeno il tempo di fare più di un saluto la sera. Ma quelle donne erano le amiche di Raven. Avevano aiutato sia Raven che Zara, per lui era molto importante: avrebbe fatto qualsiasi cosa per cercare di assicurarsi che fossero al sicuro e in un ambiente sano.

Prima che qualcuno potesse dire altro, ci furono delle grida da fuori. Improvvisamente, tutte le donne sembravano terrorizzate.

"Cosa sta succedendo?" chiese Dave a Zara.

"Ruben," sussurrò lei. "Forse non sanno che siamo qui."

Ma subito dopo che Zara ebbe parlato, si sentì una voce maschile e Dave riconobbe il nome di Raven.

Si alzò immediatamente, felice che il tanto atteso confronto fisico stesse finalmente per avverarsi.

Zara tirò subito fuori il telefono, probabilmente per chiamare Meat.

"Restate qui," ordinò Dave alle donne, indicando il terreno per sottolineare l'ordine, dato che non potevano capirlo.

Rimasero tutte immobili, mentre lui fece scorrere indietro la porta di metallo e uscì. Si prese il tempo di chiudere la porta dietro di sé. Sapeva che se le cose fossero andate fuori controllo, Zara e le altre avrebbero potuto uscire dal retro della capanna, quindi non era troppo preoccupato che rimanessero intrappolate nel rifugio sgangherato.

Alzando lo sguardo, Dave vide un gruppo di uomini snelli con vestiti sporchi e sorrisi maligni sui loro volti. Dovevano essere Ruben e alcuni dei suoi amici. Erano i bulli del quartiere, la polizia e i militari non sembravano preoccuparsi di quello che facevano. Zara era sicura che fossero pagati da Del Rio per aiutarlo a recuperare bambini e donne indifese. Quello era stato uno dei motivi per cui l'ultima missione dei Mercenari di Montagna a Lima era stata un disastro. Sia quei bulli che il gruppo di militari con cui avevano collaborato di Mercenari non avevano intenzione di lasciare che la squadra riuscisse a salvare le donne e i bambini che dovevano essere consegnati a Del Rio.

Quel pensiero fece arrabbiare Dave ancora di più. Come osavano quegli 'uomini' a vendere la loro gente a feccia come Del Rio? Come si sarebbero sentiti se fossero stati venduti le loro mogli o i loro figli? D'altra parte, era ovvio che quei bulli non erano sposati, sicuramente non avevano figli da amare. Erano troppo pieni di sé per preoccuparsi di qualcun altro, ovviamente bramavano il potere che veniva dall'essere dei tiranni meschini.

Dave fissò quegli uomini in cagnesco. Erano gli stessi stronzi che avevano ferito Meat e Black. Ne era sicuro.

Avevano anche tormentato sua moglie e i suoi amici, per non parlare degli altri abitanti del quartiere. Lui non aveva paura di loro, anzi, aveva proprio bisogno di sfogare la sua frustrazione.

L'uomo di fronte agli altri (Dave suppose che fosse Ruben) disse qualcosa in spagnolo e Dave si limitò a incrociare le braccia sul petto. Non aveva bisogno di sapere cosa stessero dicendo; li capiva dal loro tono. Non erano contenti che lui fosse lì e volevano spaventarlo per farlo andare via. Beh, peggio per loro. Non se ne sarebbe andato senza la moglie, dato che lei non sembrava voler avere niente a che fare con lui, a quanto pareva sarebbe rimasto lì per *molto* tempo.

Li guardò accigliato e non si tirò indietro, il che sembrò farli imbestialire ancora di più. Invece di ascoltare le loro parole, che comunque non poteva capire, Dave si concentrò sul linguaggio dei loro corpi.

Ruben fece un gesto a due degli uomini, che si sparpagliarono nel tentativo di intrappolarlo su due lati. Dave lasciò cadere le braccia e ruotò la testa, sciogliendo i nodi del collo, irrigiditi per aver dormito sul terreno duro. Non vedeva l'ora che arrivasse il combattimento. Era da un po' che non si allenava, picchiare quegli uomini lo avrebbe aiutato a placare la frustrazione e la rabbia per la situazione in cui si era cacciato. Black e Meat potevano anche essere stati colti di sorpresa da Ruben e dalla banda, qualche mese prima, ma Dave era più che pronto.

L'uomo alla sua destra fece la prima mossa, saltando verso Dave con un urlo. Impugnava un ramo d'albero molto spesso e glielo stava scagliando contro la testa. Dave si girò verso il colpo, facendo letteralmente rimbalzare l'arma improvvisata sulla schiena, prima di girarsi e afferrare l'uomo più piccolo per il collo e tirargli in faccia un pugno potente. L'uomo cadde immediatamente e da quel momento il combattimento ebbe inizio.

Dave combatteva come un indemoniato. Odiava quei tizi,

che avevano terrorizzato Raven e le amiche per anni. Pensavano di essere i primi padroni del quartiere e non ci pensavano due volte a prendere quello che volevano, che fosse cibo, denaro, beni materiali o donne.

Dave non era un soldato, non si era mai addestrato nel combattimento corpo a corpo, ma era un uomo forte che possedeva un bar e aveva avuto a che fare con molti uomini violenti e ubriachi. Era anche determinato a dare una lezione a quegli stronzi. Gli sembrava di avere la forza di dieci uomini. Ogni volta che colpiva qualcuno, immaginava che fosse Del Rio o uno degli uomini che avevano violentato sua moglie.

Colpì con pugni e calci Ruben e i suoi amici, provando soddisfazione per ogni colpo messo a segno. Aveva la camicia ricoperta di sangue per gli scontri, sentiva le nocche ridotte a brandelli, ma non si fermò. Non stava perdendo la lotta, ma non stava nemmeno guadagnando molto terreno... soprattutto perché non appena metteva al tappeto uno dei teppisti, un altro si univa subito alla mischia.

Impossibile per Dave dire per quanto tempo lottò, ma con la coda dell'occhio a un certo punto intravide Meat, Ball e Gray correre nel vicolo verso di lui. Stavano pattugliando il quartiere e probabilmente erano stati avvisati dalla telefonata di Zara.

I rinforzi erano arrivati, dando a Dave una rinnovata carica di energia.

Con il loro arrivo, il vantaggio passò rapidamente ai Mercenari di Montagna. Cinque minuti dopo, i bulli rimasti in piedi erano scappati. C'erano diversi uomini che giacevano svenuti nel fango, Gray teneva Ruben semicosciente con la presa implacabile dei bicipiti.

Dave sentì la porta di metallo alle sue spalle aprirsi e non si preoccupò nemmeno di voltarsi per vedere quale delle donne fosse stata abbastanza coraggiosa da rischiare. Si avvicinò a Ruben, gli afferrò il collo con una presa brutale e lo costrinse a guardarlo.

"Stai lontano dalla mia donna," ringhiò Dave.

Zara tradusse quelle parole da dietro di lui. Dave non fu sorpreso di sapere che era stata lei a uscire dalla baracca. Probabilmente era stata a guardare per tutto il tempo. Grazie a Dio, però, era stata abbastanza intelligente da non uscire per partecipare. Dave l'avrebbe protetta, invece di concentrarsi a pestare a sangue chiunque si fosse avvicinato abbastanza da toccarla.

Ruben alzò gli occhi verso Dave.

"Dico sul serio. Queste donne sono *off-limits* per te. Ora e per sempre. Se le guardi anche solo di sfuggita, te ne pentirai."

Ruben sogghignò e disse qualcosa in spagnolo.

Zara tradusse immediatamente. "Oggi hai fatto un errore, *gringo*. Qui sono io ad avere il potere. Nel momento in cui te ne andrai, se ne andranno anche le donne. Ci penserà Del Rio."

Dave strinse la presa sul collo di Ruben finché la faccia dell'altro uomo non divenne viola. "Ascoltami, e ascoltami bene," disse Dave con un tono basso e mortale. "So che pensi di essere un pezzo grosso qui, ma io ho più potere di quanto tu ne avrai mai. Ho amici in tutto il pianeta. Pensi di essere al sicuro perché hai amici nell'esercito peruviano? Non sono niente in confronto ai miei amici. Tu hai una vita abbastanza comoda nei bassifondi, ma io posso far sbattere te e tutti i tuoi amici in prigione con una telefonata. Finché lasci in pace le mie amiche, puoi continuare ad essere il grande uomo che sei nel tuo piccolo mondo. Ma se solo le guardi ancora nel modo sbagliato e lo vengo a sapere, sei finito."

Ci volle un attimo perché Zara traducesse, ma Dave si accorse del momento in cui le sue parole furono comprese da Ruben, che perse rapidamente tutta la sua spavalderia.

Continuò a fissarlo, ma Dave poteva vedere il disagio nei suoi occhi.

"E Del Rio è un codardo. Si nasconde dietro persone come te, conta su di te per fare il suo lavoro sporco, mentre lui se ne sta seduto nella sua enorme villa con più soldi di quanti tu ne sappia fare. Sei un idiota a eseguire i suoi ordini. Ascolta bene: io e i miei uomini non abbiamo ucciso nessuno dei tuoi amici oggi, ma non ti sbagliare: se saremo attaccati di nuovo, non esiteremo a fare quello che deve essere fatto. E quei contatti di cui ho parlato... Si assicureranno che non finiremo in prigione, quindi fai la tua scelta con attenzione."

Non appena Zara finì di tradurre, Dave spinse Ruben lontano, Gray lo lasciò andare nello stesso momento. Ruben si accasciò a terra e rimase disteso per un lungo momento, prima di spingersi in piedi e allontanarsi senza dare un'occhiata ai suoi compagni caduti, ancora incoscienti nel fango.

Zara corse verso Meat e lo abbracciò.

"Dove sono le altre donne?" chiese Dave.

"Sono uscite dal retro," disse Zara.

"Perché non sei andata anche tu?" la rimproverò Meat.

Lei lo fulminò con lo sguardo. "Come se avessi intenzione di andarmene."

Meat scosse la testa e alzò gli occhi al cielo per quella testardaggine.

Dave scosse le mani ignorando il dolore che le attraversava e iniziò a camminare lungo il vicolo.

"Dove stai andando?" gli gridò Ball.

"Devo fare delle telefonate," disse Dave senza voltarsi. "Le donne devono andarsene da qui. Subito. La nuova clinica deve partire adesso, così Daniela può trasferirvisi e le altre possono avere la loro casa. Sono stufo di muovermi in punta di piedi con tutti. Questa merda finisce oggi, la clinica sarà pronta e funzionante il prima possibile. Non siamo venuti per questo, ma che io sia dannato se lascerò le amiche di Raven a cavarsela da sole, quando ce ne saremo andati."

Ignorò le risposte dei Mercenari mentre se ne usciva da quel maledetto quartiere.

Raven sarebbe stata via tutto il giorno, come aveva sempre fatto nell'ultima settimana, ma Dave aveva finito di darle spazio. Aveva bisogno di lei, a casa, al sicuro, in Colorado. Le aveva detto che sarebbe rimasto in Perù se fosse stato quello che lei voleva, ma quell'opzione non era più disponibile.

Lui non sarebbe rimasto in Perù, e nemmeno lei.

Era stata da sola per troppo tempo, ma quella solitudine era finita. Raven era sua moglie. Lui l'amava. Potevano risolvere tutto il resto... ma lei doveva smettere di nascondersi. Quella sera, quando sarebbe ricomparsa da qualsiasi nascondiglio in cui si rintanava ogni giorno, si sarebbe assicurato di farle sapere senza ombra di dubbio cosa provasse per lei, ma soprattutto non le avrebbe più permesso di allontanarlo. Potevano lavorare su qualsiasi cosa lei stesse nascondendo.

Niente lo avrebbe tenuto lontano dalla moglie. Niente.

CAPITOLO SEI

Mags ignorò il brontolio della pancia mentre sgattaiolava attraverso il quartiere. Era rimasta lontana dalla capanna sempre più a lungo, ogni giorno di più, perché sentiva l'attrazione verso suo marito sempre più forte ogni secondo che lui rimaneva. Anche se non aveva passato molto tempo con lui, tutto quello che Dave aveva fatto da quando era tornato nella sua vita le ricordava perché lo amava così tanto.

Era protettivo e gentile. Leale e forte. Era cambiato, sì, ma anche lei era cambiata. In lui, tuttavia, tutte le buone caratteristiche sembravano essere diventate più intense. Dormire nella sporcizia fuori dalla capanna in cui aveva alloggiato... era una follia, ma lui non sembrava averci pensato nemmeno due volte.

Lei sapeva che era solo una questione di tempo, avrebbe ceduto e gli avrebbe detto che lo amava ancora e che era spaventata. Aveva pensato che, evitandolo abbastanza a lungo, alla fine lui avrebbe capito il messaggio e l'avrebbe lasciata in pace.

Ma si stava prendendo in giro da sola. Non c'era modo che Dave se ne andasse. Non quando l'aveva trovata dopo dieci lunghi anni. Non era quel tipo di uomo. Anche se si fosse risposato e avesse avuto una famiglia, avrebbe comunque fatto tutto ciò che era in suo potere per riportarla negli Stati Uniti, per assicurarsi che stesse bene. Ma sapere che non aveva una famiglia, che non era andato avanti, rendeva ancora più ovvio che non l'avrebbe mai lasciata lì. Avrebbe fatto qualsiasi cosa per convincerla a parlare con lui.

Era molto combattuta. La verità era che non voleva che Dave se ne andasse... ma non era sicura di essere abbastanza coraggiosa da dirgli perché doveva restare.

Il sole era tramontato e faceva buio nel quartiere, ma lei riuscì a ripercorrere facilmente il vicolo fino alla baracca. Stranamente, poteva sentire delle risate provenire da alcune delle capanne vicine alla sua. Non riusciva a ricordare l'ultima volta che aveva sentito la felicità, in quel mondo triste e deprimente.

A pensarci bene, non aveva visto nemmeno Ruben o i suoi amici in agguato. Di solito vedeva almeno uno di loro, mentre si infilava nel quartiere. Sorvegliavano tutti quelli che andavano e venivano, ma quella sera Mags non aveva visto nessun occhio indiscreto.

Un po' preoccupata, attraversò l'ingresso posteriore della casa che condivideva con le sue amiche e si bloccò.

Dave era lì. Non stava dormendo fuori come aveva fatto nell'ultima settimana. Era seduto in mezzo al pavimento a giocare a carte con Gabriella, Maria e Teresa, mentre Bonita e Carmen erano sedute vicino a cucire. Erano tutti sorridenti e sembravano divertirsi, anche se non riuscivano a capire una parola di quello che diceva Dave.

Appena il gruppo la vide, però, smisero tutti di sorridere e la guardarono con preoccupazione.

"Stai bene?" le chiese Carmen.

"Naturalmente. Perché non dovrei?" chiese Mags. Non riusciva a smettere di fissare Dave. Per quanto si trattenesse, non riusciva a smettere di guardarlo. Mentre lo scrutava da vicino alla luce fioca, il cuore le si fermò solo per un secondo, prima di ripartire a doppio ritmo.

Dave aveva un occhio nero e sembrava anche avere dei lividi sul viso. Aveva le nocche escoriate, era più che ovvio che era stato coinvolto in una rissa.

"Cos'è successo?" chiese in spagnolo, poi in inglese.

Dave non rispose, si limitò a mantenere il suo sguardo intenso su di lei; Mags si sentì come inchiodata sul posto.

"Ruben ha deciso che era stufo di starsene a guardare e ha attaccato Dave," disse Teresa a Mags. "Non siamo rimaste a vedere, ma Zara ha detto che è stato incredibile. Ha affrontato Ruben, Eberto e Alfonso da solo. Poi si sono uniti Marcus, Fortuno e degli altri. Ma Zara ha chiamato il suo uomo e sono venuti tutti di corsa. Li hanno battuti, Mags! È stato fantastico!" Teresa raccontò l'avvenimento con foga, parlando il più velocemente possibile.

Gli occhi di Mags squadrarono Dave dalla testa ai piedi, voleva assicurarsi che stesse davvero bene. Ruben era uno stronzo e un tipico bullo, quando voleva, poteva sicuramente rendere la vita un inferno nel quartiere. Mags non riusciva a decidere se quello che Dave aveva fatto avrebbe migliorato o peggiorato le cose.

Ma poi si ricordò delle risate che aveva sentito. Sembrava che, per il momento, le cose andassero meglio.

"Dobbiamo parlare," disse Dave mentre si alzava lentamente.

Mags aveva sempre amato il modo in cui suo marito sembrava torreggiare su di lei. Era circa un metro e novanta, un uomo molto alto, ma grazie ai suoi muscoli sembrava anche più grosso. L'aveva sempre fatta sentire al sicuro... ma dopo tutto quello che aveva passato, quelle dimensioni la intimidivano.

Come se riuscisse a capire cosa stesse provando, Dave fece un passo indietro. "Non ti farò del male," le disse lentamente e con attenzione.

"Lo so," rispose subito Mags.

Dave scosse la testa. "Ovviamente non lo sai, a giudicare dal tuo linguaggio del corpo."

Costringendosi a rilassarsi, Mags scosse tristemente la testa. "Non sono la stessa persona che ero dieci anni fa," gli disse.

"Nemmeno io," le rispose. "Ma il mio amore per te non è cambiato. Anzi, credo che sia cresciuto d'intensità. Ho passato ogni momento degli ultimi dieci anni a cercarti. Così a lungo che è difficile credere che tu sia davvero di fronte a me. Anche se sto capendo solo ora che potresti essere qui fisicamente, ma mentalmente sei ancora lontana da me."

Mags fissò l'uomo che amava più di ogni altra cosa, sapendo che lo stava ferendo. Sapeva che sarebbe successo. Era uno dei motivi per cui non aveva cercato di mettersi in contatto con lui, dopo essere stata *licenziata* dal complesso di Del Rio. Era così incasinata nella testa che non riusciva nemmeno a ricordare chi fosse, prima di andare in Perù. La sua vita di assicuratrice e di moglie di Dave le era estranea, del resto nella sua vita precedente non si sarebbe mai immaginata di vivere nei bassifondi peruviani.

"Dimmelo," la implorò Dave. "Dimmi perché mi stai evitando. Perché non vuoi andartene da qui. Cosa c'è? Cosa ti trattiene in Perù?"

Non erano né il momento né luogo per avere quella conversazione, ma Mags non sapeva cosa fare per fermarla. Le altre donne guardavano lei e Dave con attenzione, seguendoli con gli occhi mentre parlavano. Anche se non potevano capire ciò che veniva detto, l'emozione dietro le loro parole era fin troppo chiara.

Mags scosse la testa. Non poteva dirglielo. Non poteva sopportare di vedere l'amore nei suoi occhi trasformarsi in disgusto.

"Dannazione, Raven, ho passato gli ultimi dieci anni a rivoltare ogni sasso possibile per trovarti! Ho imparato sul commercio del sesso più di quanto avrei mai voluto sapere. Ho salvato centinaia di donne e bambini e li ho riuniti alle loro famiglie. Ho visto alcune donne prosperare dopo essere tornate a casa, altre che non riuscivano ad ambientarsi. Alcune donne sono tornate a prostituirsi al loro ritorno, semplicemente perché non riuscivano a riprendersi."

Mags trasalì.

La voce di Dave si addolcì. "So cosa ti è successo, tesoro. E vorrei tanto che non fosse successo. Voglio uccidere ogni singolo figlio di puttana che ti ha messo le mani addosso. Ma niente di tutto questo cambia quello che provo. Tu sei mia moglie. La donna che ho promesso di amare nella buona e nella cattiva sorte. E se pensi che mi girerò e me ne andrò, ti stai illudendo."

"Non hai idea di quello che ho passato," gli disse amaramente.

"Purtroppo sì," disse Dave con tristezza. "Subito dopo che ti hanno preso... probabilmente ti hanno minacciata usando sia me che i tuoi genitori. Hai pensato che facendo quello che ti dicevano, saresti stata bene, io avrei pagato il riscatto che chiedevano e saresti tornata a casa in pochi giorni. Ma poi probabilmente ti hanno drogato. Quando finalmente sei tornata in te, eri finita qui. Anche se non avevi idea di dove fosse il 'qui'."

"Sei stata violentata ripetutamente il primo mese o due, probabilmente hai lottato come una dannata ogni volta. Alla fine, hai capito che non sarei più venuto a salvarti. La situazione in cui ti trovavi era permanente. Dopo un po', è diventato più facile fare solo quello che ti veniva detto. Magari ti avrebbero picchiata di meno e forse avresti avuto anche più cibo, se ti fossi mostrata più docile. Seguire quelle regole assurde ti mangiava l'anima... ma tu lo facevi comunque."

"Con il passare degli anni, probabilmente hai pensato sempre meno alla tua vecchia vita, ci pensavi solo la sera. Obbedendo avrai anche ottenuto un trattamento migliore, ti sei adattata alla tua vita di schiava e prigioniera. Poi un giorno sei diventata troppo vecchia o noiosa per attirare i clienti. Ne avranno avuto abbastanza, avranno voluto partner più giovani ed eccitanti. Allora ti hanno sbattuto sul marciapiede senza un posto dove andare e senza modo di contattare me o qualcun altro della tua vecchia vita. Così ti sei arrangiata con quello che avevi. Ti sei fatta delle amiche, ti sei sistemata."

"Ma, Raven, questa *non* è più la tua vita. Adesso ci sono qua io. Ti porterò a casa e capiremo come aiutarti a vivere di nuovo la tua vita."

Più Dave parlava, più Mags si irritava. Sì, vero, aveva indovinato la maggior parte delle cose. Con una precisione spaventosa, in effetti, considerando come si era svolta la sua vita dopo essere stata catturata.

Ma Dave era completamente fuori strada sul perché e sul come lei fosse uscita dal *business*. Del Rio non l'aveva affatto cacciata via, come avrebbe voluto lei. Era legata a lui in quel momento così come lo era stata la prima notte in cui era stata rinchiusa in una stanza del suo complesso.

Ma il racconto succinto del marito sull'incubo che lei aveva vissuto la faceva infuriare ogni secondo di più. Vedere il suo inferno personale ridotto a due minuti di narrazione era a dir poco deprimente.

Forse avrebbe dovuto essere contenta del fatto che lui non continuasse a parlare di quell'inferno.

"Avrai anche imparato molto sul traffico di esseri umani nel corso degli anni, ma io non sono uno dei tuoi casi caritatevoli. Non sono una vittima," sibilò.

"Allora parla con me," ribatté Dave.

"Non capiresti."

"Non farlo," disse Dave, all'apparenza arrabbiato.

Era la prima volta che le parlava in modo da mettere a nudo tutta la sua frustrazione, e per qualche ragione Mags lo preferiva così. Quasi le piaceva l'idea che lui stesse perdendo il controllo.

"Non fare cosa?" chiese lei.

"Non escludermi. Ho pregato ogni notte che il giorno dopo fosse quello in cui ti avrei trovata; quando Zara ti ha riconosciuto in quella foto, ho finalmente avuto un briciolo di speranza che questa volta ti avrei trovata davvero."

"Dave, e se non volessi essere trovata? Ci hai mai pensato?"

"No." La sua risposta fu immediata. "Tu volevi essere trovata tanto quanto io volevo trovarti. Ma non so cosa mi stai nascondendo. Ho anche chiesto a Zara, anche lei non lo sa."

"Hai interrogato le mie amiche?" chiese Mags, volendo gridargli di lasciar perdere.

"Interrogare è una parola piuttosto dura. Ma sì, ho parlato con loro, ho chiesto loro cosa sanno di te e dove sparisci durante il giorno," le disse Dave, senza usare alcun tono di accusa. "Ma devi sapere che farò tutto il necessario per capire cosa sta succedendo e per tenerti al sicuro."

Dave era diventato molto più testardo nel corso degli anni. Mags non lo ricordava così insistente, quando erano sposati. Era sempre stato affettuoso e non l'aveva mai spinta a fare o dire qualcosa, se lei non voleva, anche solo se non le andava di parlare. Trovava quella nuova persistenza frustrante, non sapeva come toglierselo di dosso, o come farlo andare via.

Ma forse c'era un modo...

Poteva dirgli la verità.

Sentendosi fredda e morta dentro, gli chiese: "Vuoi sapere cosa sta succedendo, Dave?"

"Sì," le disse immediatamente.

"Non sarai in grado di gestirlo," lo avvertì lei.

"Mettimi alla prova."

Era così sicuro che niente di quello che lei avrebbe potuto dire lo avrebbe influenzato, che fece infuriare Mags ancora di più. Non poteva avere idea di quello che lei aveva passato. Non importava con quante altre vittime avesse parlato. Dave non conosceva le scelte, i sacrifici che lei aveva dovuto fare nel corso degli anni. Dave pensava di sapere tutto sul traffico di sesso e su come funzionava il mondo, ma non sapeva cosa diamine le fosse successo.

Raven sapeva che parte di quella rabbia era dovuta al fatto che suo marito era riuscito a salvare centinaia di altre donne e bambini, ma non aveva trovato lei. L'aveva trovata praticamente per caso.

Sapeva anche che i suoi sentimenti erano irrazionali. Era ovvio che Dave aveva fatto tutto il possibile per trovarla; nel profondo, lei stava ancora lottando per venire a patti con la vita che si era ritrovata ad affrontare.

Così si scagliò contro l'unica persona che, nonostante tutto, era ancora al cento per cento dalla sua parte.

"Bene. Non sono stata licenziata dall'operazione di Del Rio perché ero troppo vecchia, anche se ormai è certamente così. Ho fatto un accordo con lui. Un patto con il diavolo."

Dave rimase immobile e, per la prima volta, Raven lo vide incerto nello sguardo. "Che tipo di accordo?" le chiese lui.

"Ho promesso che gli avrei permesso di aumentare il numero di clienti che vedevo ogni giorno, per sette mesi; in cambio doveva lasciarmi andare in pensione."

Dave si accigliò e deglutì a fatica. "E poi? Deve esserci qualcosa di più. Gli uomini come Del Rio non lasciano che le loro dipendenti prendano queste decisioni."

Dave aveva ragione. Ciò la irritò di nuovo. "Sì, beh, le 'dipendenti' di Del Rio di solito non implorano di poter tenere il bambino nato da una relazione con un cliente," ribatté Mags.

Ecco. L'aveva detto.

Ottenne esattamente la reazione che si aspettava.

Dave spalancò gli occhi e la bocca per lo shock. "Il bambino?" le chiese.

A quella parola, le altre donne si raddrizzarono e fissarono Mags a bocca aperta.

Lei le ignorò e mantenne lo sguardo fisso in quello del marito. "Sì, Dave. Sono rimasta incinta. È stato un miracolo."

Lei e Dave avevano provato per due anni ad avere un figlio, senza fortuna. I medici avevano detto che c'era un problema sia con il numero di spermatozoi di Dave che con la fertilità di Raven. Le probabilità di avere un figlio insieme erano estremamente basse. Ciò li aveva devastati entrambi, ma dopo un paio d'anni avevano deciso di provare la via dell'adozione.

Poi però lei era stata rapita, ed era finita lì.

"Come?" sussurrò Dave.

Mags fece spallucce. "Del Rio non richiede ai clienti di usare il preservativo, anche se la maggior parte l'ha fatto, quando ho insistito. A quanto pare, uno degli uomini che aveva pagato per il privilegio di stare con me è riuscito nell'impossibile... e io volevo quel bambino. Abbastanza da dire a Del Rio che sarei stata disposta a prendere più uomini, a fare più soldi per lui, fino al mio nono mese. Non crederesti al numero di uomini che hanno fantasie di farlo con una donna incinta."

Mags stava diventando deliberatamente crudele. Non riusciva a fermarsi. Voleva fare del male a Dave. Non era nemmeno sicura del perché. Forse perché sapeva che dopo quella conversazione lui sarebbe tornato negli Stati Uniti il prima possibile e lei sarebbe rimasta di nuovo sola. Non c'era modo che Dave volesse stare con lei, dopo aver sentito tutto quello schifo. Raven aveva bisogno che lui se ne andasse. Aveva bisogno di smettere di pensare al passato e di sognare un futuro impossibile. Era un'ex puttana, poco importava se fosse stata costretta a partecipare all'operazione malata di Del Rio.

"Così ho lasciato entrare nel mio letto tutti gli uomini che Del Rio voleva, per sette lunghi mesi, e ho fatto finta di goderne. Quando è arrivato il momento di avere il bambino, lui mi ha fatto chiudere nella mia stanza e mi ha detto che, se fossi sopravvissuta al parto, avrebbe considerato di lasciarmi andare. Ero terrorizzata... Non avevo idea di quello che stavo facendo. Ma l'ho fatto. Mio figlio è nato, era perfetto, dalla testa ai piedi."

"Dov'è adesso?" le chiese Dave, in un tono inquietante e sommesso.

Quella era la parte più difficile di tutte. La parte che rendeva Mags così arrabbiata che avrebbe potuto letteralmente uccidere Del Rio a mani nude.

"Se l'è preso Del Rio. Ha detto che potevo andarmene, ma non potevo portare il mio bambino con me. Lo tiene in una casa non troppo lontana dal suo complesso. Viene cresciuto da alcune donne che lavorano per Del Rio. È anche sorvegliato ventiquattro ore al giorno. È prigioniero come lo ero io, solo che riceve tre pasti al giorno ed è al sicuro. A Del Rio non gliene frega niente di David, ma non vuole nemmeno che lo tenga io. Gli piace sapere che non posso ancora andarmene, nonostante mi sia allontanata da lui. Mi lascia vedere mio figlio tre volte alla settimana, il lunedì, il mercoledì e il venerdì. Non mi è permesso di mangiare nulla, quando vado a trovarlo, e non posso portare nulla con me."

"Mio figlio è la cosa più importante della mia vita e non lo lascerò. Non posso."

Mentre parlava, il viso di Dave era diventato bianco, come la neve che cadeva fuori dalla loro casa a Colorado Springs. Erano passati dieci anni da quando Mags aveva visto la neve, ma si ricordava quanto fosse bianca e accecante dopo una nevicata fresca. Era esattamente l'aspetto di suo marito in quel momento.

"L'hai chiamato David?" chiese infine.

Merda!

Mags non aveva intenzione di lasciarselo sfuggire.

A malincuore, annuì. "Non ho idea di chi sia il padre. Sono stata messa incinta da uno delle centinaia di uomini che hanno pagato Del Rio per scoparmi," disse Mags chiaramente. "Ma lui è mio. Gli ho dato il mio nome da nubile, Crawford. E non so come, ma uno di questi giorni lo tirerò fuori da lì e vivremo una vita libera da Del Rio."

"Quanti anni ha?"

"Quattro e mezzo."

Mags mantenne lo sguardo fisso su quello di Dave con fermezza. Non si vergognava di avere avuto un figlio. Non importava come fosse stato concepito e cosa lei avesse dovuto fare per tenerlo in vita. L'unica cosa importante era che lui era suo, era un bambino bellissimo e per lo più felice.

Senza un'altra parola, Dave lasciò cadere lo sguardo, fece un cenno alle altre donne ancora sedute sul pavimento che fissavano lui e Mags, e si voltò verso la porta.

Poi fece scivolare la lamiera lontana dall'apertura e se ne andò, chiudendo silenziosamente dietro di sé.

Lo stomaco di Mags cedette e lei ebbe la sensazione di stare per vomitare.

Dave aveva fatto esattamente quello che voleva lei: se n'era andato. Non poteva accettare il fatto che lei aveva avuto un figlio da un altro uomo... non si era mai sentita così distrutta.

"Cos'è appena successo?" chiese Bonita con urgenza.

"Se n'è andato," disse Mags dolcemente in spagnolo.

"Seguilo!" la esortò Teresa.

Mags scosse la testa. "Non posso."

"Hai un bambino?" chiese Gabriella gentilmente.

Guardando la ragazza più giovane del gruppo, Mags annuì. "Hai capito?"

Gabriella scrollò le spalle. "Un po'. Ascoltavo te e Zara parlare, ho raccolto parole qua e là. Dov'è tuo figlio? Perché non sta qui con te?"

Mags voleva piangere. Voleva sdraiarsi e singhiozzare, per quanto era ingiusta la vita, ma le donne riunite intorno a lei avevano sperimentato tanto dolore nel cuore quanto lei. Invece, senza rispondere a Gabriella, si diresse verso il fuoco, dove trovò un pasto solitario, avvolto in un foglio di alluminio, pronto per essere mangiato.

Durante l'ultima settimana, Dave si era sempre assicurato di portarle ogni sera qualcosa da mangiare. Anche se lei lo evitava e lo trattava di merda, lui si era comunque preso cura di lei.

Mags si sedette e rimosse lentamente la pellicola.

Chiudendo gli occhi, sentì un dolore al petto. Dave aveva trovato in qualche modo le crocchette di pollo e le patatine. Era il suo pasto preferito, lui la prendeva in giro dicendo che si sarebbe trasformata lei stessa in una crocchetta, per quante ne mangiava.

Il cibo era tiepido e un po' gommoso, ma Mags non credeva di aver mai assaggiato un pollo migliore in vita sua.

Rendendosi conto di aver finalmente perso l'uomo che ancora amava con tutto il cuore, cominciò a raccontare alle sue amiche la storia di come era arrivata ad avere un figlio.

———

Dave entrò nella stanza del motel in cui non aveva passato molto tempo, sbattendo la porta dietro di sé abbastanza forte da scuotere il muro.

Ball si sedette sul letto e chiese: "Ma che cazzo? Cosa c'è che non va? Dov'è Raven?"

"Nel quartiere," disse Dave brevemente.

"E le altre?"

"Sono con lei."

"Sei venuto qui per cambiarti d'abito o qualcosa del genere?" chiese Ball.

"No. Stanotte dormo qui. Arrow è rimasto là a fare la guardia."

"Merda," disse Ball, che poi spostò i piedi dal bordo del letto per mettersi gli stivali, prese il telefono e cliccò su un nome. In pochi secondi, stava parlando. "Gray, sono Ball.

Dave è tornato. No... Non lo so. Arrow tiene d'occhio le donne; vado a controllare con lui. Sì, te ne sarei grato. No, non l'ha detto, e non sono sicuro che sia il momento di chiederlo. Ok, ci vediamo con Ro nell'atrio. Grazie. Ciao."

Dave non batté ciglio alla conversazione del suo amico. Era intorpidito. Si sdraiò sul letto e si mise un braccio sugli occhi.

Non riusciva a togliersi dalla testa l'espressione devastata sul volto di Raven. Lei era sembrata abbastanza provocatoria, quasi disinvolta nel dirgli con quanti uomini era andata a letto, ma lui sapeva semplicemente guardandola che ognuno di essi le aveva mangiato una parte dell'anima.

Un bambino. Un figlio.

Sua moglie aveva un *figlio*.

Sapeva di essere stato un codardo per essersene andato senza una parola. Probabilmente lei non lo avrebbe mai perdonato per quell'errore. Ma in quel momento, non poteva accettare il fatto che la sua Raven aveva un figlio.

Lui voleva disperatamente darle un figlio, ma non ci era riuscito.

L'aveva abbracciata forte, una sera, quando erano tornati dal dottore, dopo aver scoperto che non avrebbero mai avuto un figlio biologico. Era molto preoccupato per lei perché non smetteva di singhiozzare.

Aveva passato gli ultimi due anni prima del rapimento pregando di essere in grado, in qualche modo, di dare a sua moglie ciò che lei desiderava di più nella vita.

Non solo, ma un estraneo, qualcuno che non la amava, a cui non importava un cazzo di lei, era riuscito dove lui aveva fallito.

Il dolore era così opprimente che per Dave era stato un miracolo rimanere in piedi.

Avrebbe fatto qualsiasi cosa, pagato qualsiasi somma di denaro, per dare a Raven il bambino che lei aveva tanto desiderato. E invece lei aveva realizzato quel desiderio nel cuore dell'inferno.

Faceva fatica a elaborare tutto quanto. Non avrebbe dovuto lasciarla, lo sapeva dal momento in cui aveva fatto scivolare il pezzo di metallo… ma aveva bisogno di spazio per venire a patti con i propri fallimenti nei confronti della moglie.

Non era riuscito a trovarla.

Non era stato in grado di darle un figlio.

Sembrava che lei se la stesse cavando bene anche senza di lui.

Era tutto… troppo.

"Dave?" disse Ball dolcemente. "Sto andando al quartiere. Se hai bisogno di qualcosa, chiama Gray, ok?"

Dave annuì, ma non stava prestando molta attenzione all'amico. Stava ancora cercando di elaborare quello che aveva appena scoperto.

Era stato molto arrogante nel dire alla moglie che capiva quello che lei aveva passato. Invece non sapeva un bel niente.

Tecnicamente sapeva cosa le era successo, era stata usata e abusata. Emotivamente, però, non ne aveva idea. Si era lasciata usare volontariamente per salvare la vita del bambino. Probabilmente era stata terrorizzata quando era stata chiusa in una stanza per partorire da sola. Ma c'era riuscita. Aveva fatto ciò che era necessario, l'aveva fatto ogni giorno da quando era stata catturata.

Non aveva bisogno che lui si prendesse cura di lei o che la proteggesse. Aveva fatto un lavoro straordinario anche da sola.

Un bambino. *Fanculo*.

Quattro anni e mezzo. Suo figlio aveva quattro anni e mezzo. Parlava, ed era in un'età molto impressionabile. Le altre donne si prendevano cura di lui quando Raven non poteva stare con lui? E perché Del Rio lo teneva con sé? Qual era il suo piano finale? Lo stava facendo solo per torturare

Raven? Era possibile, ma per qualche ragione, Dave non lo credeva.

Aveva fatto molte ricerche su Del Rio e conosceva altri come lui. Quell'uomo non faceva nulla solo per bontà d'animo. Stava tenendo il figlio di Raven per un motivo. E sapere che Del Rio non aveva problemi a trafficare sia bambini che donne non era di buon auspicio per quel bambino.

Il figlio di Raven.

David.

Dave si mise seduto sul letto con gli occhi spalancati, senza vedere realmente nulla.

Raven aveva chiamato il figlio come lui.

Lui non era arrivato a salvarla, non era stato in grado di trovarla. Eppure, Raven aveva comunque dato il suo nome alla cosa più importante per lei.

La nebbia in cui Dave si era perso, da quando aveva saputo che sua moglie aveva dato alla luce un figlio avuto da un altro uomo, cominciò lentamente a diradarsi. Era stato sotto shock, non aveva pensato chiaramente.

Trasalì. Si era semplicemente voltato e aveva lasciato la capanna, quando lei gli aveva detto del figlio. Avrebbe dovuto prenderla tra le braccia e dirle che tutto sarebbe andato bene. Sì, aveva bisogno di elaborare quello che lei gli aveva detto, ma avrebbe dovuto farlo lì, con lei. Aveva fatto molti errori nella vita, ma andarsene proprio quando lei si era finalmente confidata era stato l'errore più grande in assoluto.

Alzandosi, Dave andò al tavolo e prese il suo portatile. Doveva tornare da Raven e sistemare le cose con lei, se possibile, ma prima aveva molto lavoro da fare. Aveva bisogno di altre informazioni su Del Rio.

Doveva sentire i suoi contatti per vedere di far preparare un altro passaporto.

Sarebbe stato difficile, dato che il bambino non era nato

negli Stati Uniti e probabilmente non c'era nemmeno un certificato di nascita.

Il motivo per cui Raven non voleva lasciare il Perù era chiaro, finalmente. Dave non aveva dubbi che la moglie avrebbe trovato il modo di uscire dal paese e tornare da lui, se non fosse stato per il figlio. Non c'era modo che Raven lasciasse un bambino innocente nelle grinfie di Del Rio, specialmente il proprio figlio.

Dave si sentì uno stronzo. Non meritava Raven, ma avrebbe lavorato duro per il resto della vita per assicurarsi che lei e David non avessero mai più bisogno di nulla.

Non poteva fare a meno di pensare che lui e Raven avevano perso molto tempo, ma ormai era fatta. Lei aveva avuto dei motivi validi per tenergli nascosta l'esistenza di David, ma ora che lui sapeva del bambino, sapeva perché lei non voleva lasciare il Perù, avrebbe fatto di tutto per riportare a casa madre e figlio.

La squadra era già nel paese da più tempo di quanto avesse previsto. Dave si aspettava di arrivare, di ricongiungersi con Raven e di ripartire subito. La faccenda si era fatta molto più complicata, ma non per niente Dave era il responsabile dei Mercenari di Montagna. Sarebbe stato in grado di risolvere anche quel pasticcio.

Primo, doveva procurare un passaporto a David Crawford Justice.

Secondo, doveva sviluppare un piano per allontanare il bambino da Del Rio.

Terzo, doveva fare tutto ciò che era in suo potere per far sì che la moglie tornasse ad amarlo.

Dave fece una pausa e fece un respiro profondo.

David Justice.

Era stato uno stronzo insensibile quando aveva saputo del figlio di Raven. Era rimasto sbalordito, non poteva negarlo. Voleva essere lui a dare un figlio a sua moglie. Si era comportato come un moccioso petulante che non riceve il dolcetto dopo cena. Ma dopo aver avuto un po' di tempo per abituarsi alla notizia, aveva capito che David era un fottuto miracolo.

A Dave non importava chi fosse il padre biologico, sarebbe stato lui il padre del bambino da lì in poi.

Pensare a un bambino con il DNA di Raven sperduto nel mondo lo rendeva ancora più protettivo. Niente e nessuno gli avrebbe mai fatto del male. Perché fare del male al bambino avrebbe fatto del male a Raven, e ciò era inaccettabile. Lei aveva già passato abbastanza guai nella sua vita, non voleva che spendesse un solo minuto in più a preoccuparsi per il futuro di suo figlio.

Dave desiderava tornare subito al quartiere e rassicurare Raven che avrebbe portato via dal Perù non solo lei, ma anche David. Non poteva, però. Non ancora. Ball, Ro e Arrow avrebbero tenuto le donne al sicuro mentre lui si sarebbe occupato di ciò che andava fatto per loro figlio.

Quel pensiero lo colpì duramente.

Loro figlio.

Quando la sua mente trasformò la parola *suo* in *loro,* non era sicuro. Fu quasi istantaneo. Ma una volta formulato il pensiero, era fatta.

Dopo aver scoperto che non potevano avere figli insieme, avevano parlato di adozione. Avevano deciso che non importava come un bambino sarebbe entrato nelle loro vite, ma solo che sarebbero stati una madre e un padre. Quella situazione, in fondo, non era poi così diversa. David poteva non essere biologicamente suo, ma Raven lo amava, e lui amava la moglie. Pertanto, quel bambino faceva parte della vita di Dave. Punto.

Sentì rinascere una nuova determinazione. Del Rio aveva preso abbastanza dalla sua famiglia. Non avrebbe preso anche quel bimbo.

Aprì il suo programma di posta elettronica e mandò un rapido messaggio al contatto che gli aveva procurato un passaporto per Raven. Aveva bisogno di una foto e di una prova che David fosse il figlio biologico di Raven, ma non aveva dubbi che avrebbe potuto ottenere entrambi. Far uscire il bambino dalla prigione in cui era rinchiuso sarebbe stato più complicato, specialmente considerando quanto erano sorvegliate le proprietà di Del Rio. Ma conoscendo i suoi prodi Mercenari di Montagna, si sarebbero inventati qualcosa.

Per la prima volta da quando si era riunito con Raven, Dave si sentiva sicuro che sarebbero tornati a una parvenza della relazione che avevano prima che lei sparisse. Ci sarebbero stati degli ostacoli, ma ce l'avrebbero fatta. Insieme.

CAPITOLO SETTE

Mags non era sicura di cosa l'avesse svegliata.

La sera prima si era sdraiata sul suo giaciglio, rigirandosi per troppo tempo prima di riuscire finalmente a prendere sonno. Quel giorno era venerdì, sarebbe riuscita a vedere David. Avrebbe potuto sentire la sua risatina infantile, vedere il suo bel sorrisino. Lui era l'unica cosa che la manteneva in vita.

Tuttavia, soffriva per Dave.

Aveva segretamente sperato che lui capisse in qualche modo, che volesse sia lei che il figlio. Però sapeva che era troppo da chiedere. Anche se suo marito era un uomo fantastico, non sarebbe mai stato capace di accettare il figlio di un altro uomo come proprio. E dopo che Dave se n'era andato senza dire una parola, Mags sapeva di avere ragione. Come poteva un uomo voler stare con lei, dopo aver sentito la cruda verità su quello che le era successo?

Dave era magnifico, ma se Mags riusciva a malapena ad affrontare quello che era diventata la sua vita, come poteva farlo *lui*?

Sospirando pesantemente, cominciò a girarsi quando sentì

un braccio cingerle la vita e un corpo premuto contro la schiena.

"Sono io," le sussurrò Dave.

Invece di dare di matto e allontanarsi terrorizzata, qualcosa nel profondo di Mags si stabilizzò all'istante. Fu come se il suo corpo riconoscesse che Dave non era un nemico. Non era completamente a suo agio con lui che la toccava, ma non si sentiva nemmeno minacciata.

Una volta era una coccolona, ma da quando era stata rapita, la sensazione di un uomo troppo addosso la faceva star male fisicamente. Aveva un po' di nausea al momento, ma non abbastanza da vomitare la cena della sera prima.

"Come hai fatto a entrare qui senza che nessuno ti sentisse?" gli chiese, cercando di ignorare i sentimenti suscitati dal grande uomo alle sue spalle.

"Sono un ninja," disse Dave con un leggero umorismo nel suo tono. "Ora zitta e ascoltami."

Mags aprì la bocca per rispondere, ma lui non le diede la possibilità di dire nulla.

"Mi dispiace di essermene andato, prima. Ero scioccato. Diavolo, ero sbalordito. Mai nei miei sogni più fantasiosi avrei pensato che la ragione del tuo non volertene andare fosse un *bambino*. Ma una volta che sono tornato al motel e ho avuto la possibilità di pensare, ho capito che David è un miracolo... proprio come sua madre. E avevi ragione, sono stato un idiota a dire che sapevo cosa avevi passato. Non so un bel niente. Ma una cosa che *so* è che ti amo, Raven. Non importa quanto tempo ci vorrà, porterò te *e* nostro figlio fuori di qui e a casa, dove dovete stare entrambi. Tutti noi meritiamo un lieto fine e sono determinato a farlo accadere."

Mags non poteva credere a quello che stava sentendo. Aveva ascoltato solo in parte, cercando di combattere la reazione del suo corpo ad averlo vicino, ma quando lui aveva iniziato a parlare di suo figlio, non poteva *non* ascoltare.

"*Nostro* figlio?" gli sussurrò.

"Nostro figlio," confermò Dave.

"Dave," sussurrò lei, ma lui non aveva finito.

"Voglio venire con te, oggi. Per vederlo."

Lei scosse violentemente la testa. "No, non puoi! Del Rio lo scoprirà e non mi permetterà più di vederlo!"

Dave la girò delicatamente in modo che lei fosse sulla schiena e lo guardasse.

Mags non poteva farci niente. Si fece prendere dal panico. Era passato molto tempo da quando era stata in balia di un uomo, ma certe cose non potevano essere dimenticate.

Nel momento in cui lei cominciò a perdere il controllo, Dave capì cosa stesse succedendo. Li fece rotolare delicatamente fino a che lei si trovò a cavalcioni su di lui.

Il cambiamento di posizione le fece diminuire un po' il panico. Non era ancora a suo agio, si sentiva ancora troppo vulnerabile, ma lui aveva alzato le braccia e gliele aveva messe lungo i fianchi, quindi non la stava toccando. Non la stava tenendo sopra di sé in alcun modo.

"Calma, Raven. Non ti farò del male," le disse tranquillamente.

Cercando di recuperare tutto il coraggio che aveva, Mags si fece forza per rimanere esattamente dov'era.

Anche dopo un decennio, dopo tutti gli uomini che non si erano preoccupati minimamente dei suoi sentimenti o di quello che voleva, sapeva che Dave non le avrebbe fatto del male. "Non puoi venire con me," ribadì lei.

"Rimarrò nascosto quando ci avvicineremo alla casa," disse Dave. "Ma ho bisogno di sapere dov'è David. Che tipo di guardie ci sono, quali saranno gli ostacoli per tirarlo fuori. Tesoro, salvare i bambini dai rapitori è quello che facciamo io e i miei ragazzi. Inoltre, non posso sopportare di stare lontano da te anche solo un altro giorno. Ho cercato di darti spazio, non ti ho seguito, anche se tutto dentro di me mi diceva di farlo. Per favore. Anche se tu sei in casa e io sono fuori, almeno ti sono vicino."

Mags chiuse gli occhi e appoggiò timidamente i palmi delle mani sul petto di Dave. Era molto caldo, poteva sentirgli il cuore battere in petto, sotto la propria mano. Le immagini di quando faceva l'amore con lui, proprio in quella posizione, le balenarono nel cervello prima che lei le troncasse senza pietà.

Quello era un mondo diverso. Una vita precedente.

"Dobbiamo parlare," disse Dave gentilmente. "Possiamo parlare un po' mentre camminiamo, stasera voglio portarti nella mia stanza di motel. Potrai fare la doccia e dormire su un vero letto. Possiamo parlare di qualsiasi cosa tu voglia. Ti racconterò tutto del The Pit e di quello che ho fatto da quando sei stata rapita. Non devi dire un'altra dannata parola su quello che ti è successo negli ultimi dieci anni, se non vuoi, ma mi piacerebbe sentire tutto su David. Parlami della sua prima parola, dei suoi primi passi, di cosa preferisce mangiare. Mi sono perso così tanto... e voglio solo sapere tutto di lui."

"Hai ancora il The Pit?" chiese Mags.

"Sì. Mi ha mantenuto sano di mente," ammise Dave.

"Mi racconterai come ti sei fatto questa?" chiese Mags, facendogli scorrere un dito sulla grande cicatrice sul collo.

"Ti dirò tutto quello che vuoi sapere," le disse, i suoi occhi confermavano la sua sincerità.

"*Devi* rimanere nascosto," gli disse Mags, non riuscendo a credere che stesse cedendo.

"Lo farò," disse Dave con fiducia.

"E quando ci avviciniamo, non puoi camminare con me."

"Ok, ma ho bisogno che anche tu faccia qualcosa per me."

Lo stomaco di Mags si contrasse. "Cosa?"

"Ho bisogno che tu mi procuri il DNA di David."

Lei si accigliò. "Perché?"

"Perché mi serve per provare che è tuo figlio biologico. Ti credo, non è questo il punto. È solo che così sarà più facile fargli avere il passaporto."

"Un passaporto? Più facile?"

"Sì, Raven. Abbiamo già lasciato dei paesi senza avere la documentazione adeguata, e potremmo farlo con David, ma dal momento che siamo entrati ufficialmente nel paese, con i nostri passaporti timbrati e tutto il resto, sarà più facile passare attraverso i canali ufficiali in modo da non dover essere separati da David mentre torniamo a casa. Ho già parlato con il mio contatto, sta lavorando su tutto dalla sua parte, ma accelererebbe le cose se avessimo il suo DNA."

Mags deglutì a fatica. "Hai già parlato con qualcuno?"

Il viso di Dave si addolcì. "Sì, mi vergogno della mia reazione quando mi hai detto che avevi un figlio, ma mi sono ripreso appena ho potuto."

Ancora una volta, Mags voleva piangere, invece chiese: "Che tipo di DNA? Non mi è permesso portare niente, dentro o fuori casa."

Dave strinse i denti, ma si limitò a chiederle: "Che ne dici di un fazzoletto? Potresti aiutare David a soffiarsi il naso e poi metterti il fazzoletto in tasca. Dubito che a qualcuno interessi un fazzoletto usato, vero?"

Mags scosse lentamente la testa. No, non interessava a nessuno. Era davvero geniale. "Ci penso io."

"Bene. Hai il permesso di portarlo fuori?"

Lei annuì. "Solo nel cortile. C'è una guardia armata che ci sorveglia tutto il tempo. C'è anche un muro di cemento attorno al cortile, ma lui può uscire a giocare."

"Perfetto. Gli farò una foto quando lo porterai fuori, allora. Se possibile, dopo che ha corso un po', siediti con lui in grembo, di fronte al muro. In questo modo posso zoomare sul suo viso mentre non è in movimento."

Mags riprese ad agitarsi. "Se ti prendono..."

"Non mi prenderanno," disse Dave con convinzione. "Non farò nulla che metta in pericolo la nostra possibilità di lasciare il paese," le disse. "Fidati di me."

"Mi fido."

"Davvero?"

Mags deglutì e annuì.

Lentamente, una delle mani di Dave si alzò verso il viso di lei e gliela mise sulla guancia. Mags si appoggiò contro quella mano grande.

"Questo è un miracolo," disse Dave dolcemente. "Volevo credere che fossi viva, ma non ne ero sicuro. Avrebbero potuto ucciderti un'ora dopo il rapimento e seppellirti da qualche parte nel deserto del Nevada. Ma avevo la sensazione, nel profondo, che tu fossi viva. Ti ho sognata. Sanguinavi e soffrivi, mi guardavi negli occhi e mi dicevi di sbrigarmi a trovarti. Sono proprio dannatamente dispiaciuto di averci messo così tanto. E in realtà io non c'entro niente. Il merito è di Zara. Le devo più di quanto potrò mai ripagare. Mi ci sono voluti dieci anni, ma sono qui, Raven. E non vado da nessuna parte."

Mags chiuse gli occhi, allungò la mano e afferrò il polso di Dave. Avrebbe voluto dirgli che forse era stata Zara a riconoscere la sua foto, ma era stato l'instancabile lavoro di Dave nella ricerca di donne e bambini scomparsi a condurli dove si trovavano. Se non avesse formato i Mercenari di Montagna, se non avesse fatto le conoscenze che aveva, Zara avrebbe vissuto ancora vivere nel quartiere senza incontrare Meat e non sarebbe tornata negli Stati Uniti.

Era tutto collegato, era veramente un miracolo che tra i miliardi di persone nel mondo, lui fosse riuscito in qualche modo a trovarla.

Mags non seppe quantificare per quanto tempo rimasero così, lei aggrappata al suo polso mentre lui le accarezzava la guancia. Il disagio che provava nell'essere seduta su di lui a cavalcioni, a quel contatto, si sciolse gradualmente. Si sentì... contenta. Al sicuro.

Erano dieci anni che non si sentiva così, non voleva muoversi. Mai più.

"A che ora esci di solito?" le chiese Dave dopo un po'.

"Prima che il sole sorga," sussurrò lei.

"Allora dovremmo andare."

Mags aprì gli occhi e si guardò intorno. L'interno della capanna era più chiaro di quando si era svegliata e aveva trovato Dave dietro di lei.

"Non farti prendere dal panico," le disse, sostenendola con una mano sulla vita. "Arriveremo in tempo. Rilassati."

Annuendo, Mags si staccò da lui. Dave si alzò, prese qualcosa dalla tasca e la tirò fuori. Lei non riuscì a capire cosa fosse e non lo prese.

"È una barretta proteica. Ne ho un paio. Ti ho sentito dire che quel bastardo non ti permette di mangiare mentre sei lì. Questo è fottutamente sbagliato, così ho preso un po' di queste per aiutarti a tirare avanti. Puoi mangiarne un paio mentre siamo per strada."

Era un gesto piccolo, ma più tempo Mags passava intorno a Dave, più si ricordava che lui era fatto così. Faceva *sempre* cose del genere. Piccoli gesti a cui molta gente non avrebbe neanche pensato. Ma sembrava che negli ultimi dieci anni, il rispetto e la gentilezza di Dave si fossero trasformati in iperprotettività con tendenze da primitivo. Lei gli sorrise leggermente. Non poteva negare che fosse una bella sensazione.

Aveva passato anni all'inferno, senza contare su nessuno, senza fidarsi quasi di nessuno, sopportando da sola il peso di ciò che pensava fosse meglio fare per suo figlio. Sapere che Dave non solo aveva ascoltato quello che lei gli aveva detto, sulle visite a David, ma che aveva fatto qualcosa per cercare di renderle la vita più facile, era una sensazione incredibile.

Prese il cibo e annuì in segno di ringraziamento, non riusciva a esprimere a parole ciò che le passava per la testa.

Dave fece un cenno verso la barretta proteica e aspettò. Raven si rese conto che lui non sarebbe andato da nessuna parte finché lei non avesse mangiato. Aprì lo snack. L'odore di cioccolato e burro d'arachidi le arrivò al naso e avvertì immediatamente l'acquolina in bocca. Aveva mangiato dei pasti molto buoni nell'ultima settimana... Dave e la sua squadra si erano presi cura di lei e delle sue amiche, per quanto riguardava i pasti. Ma dopo aver dato un morso, chiuse gli occhi e fu sorpresa di quanto le piacesse quella barretta proteica.

Non aveva mangiato molto cibo salutare, negli ultimi dieci anni; per qualche ragione, si aspettava che la barretta proteica fosse tremenda, secca e insapore. Ma qualunque cosa ci fosse in quella che stava sgranocchiando, beh... era tutt'altro. Era come mangiare una vera barretta di cioccolato.

Aprì gli occhi e vide uno sguardo che non aveva mai visto prima sul volto del marito.

Dolore e... orgoglio?

Mags non capì di cosa si trattasse. La tristezza la capiva; lei era piuttosto patetica. Ma non c'era modo che lui potesse essere orgoglioso di lei per qualsiasi cosa avesse fatto nel tempo in cui erano stati separati. Tutto quello che era riuscita a fare era rimanere a galla nel mare nero in tempesta che era diventata la sua esistenza.

Dopo che lei ebbe finito la barretta proteica, Dave si infilò l'involucro in una delle tasche dei pantaloni cargo neri e insieme si diressero fuori dalla porta. Mags non si era accorta che Ro era fuori di guardia, era ovvio che aveva passato la notte sul duro sterrato, proprio come aveva fatto Dave. Dave si fermò brevemente per ringraziare Ro per essere rimasto la notte e gli disse quali erano i loro piani.

"Oggi è il giorno in cui Raven va a trovare David, vado con lei in ricognizione. Torneremo nel pomeriggio."

Ro annuì. "Ok. Ci incontreremo con Daniela per la logistica del trasferimento della clinica in un edificio più grande. Ci occupiamo di questo e teniamo anche d'occhio le donne. Una volta che avrai capito qual è la situazione con David, potremo fare una chiacchierata sui nostri prossimi passi per portarci tutti fuori di qui."

"Tutto bene con Chloe?" chiese Dave.

"Sì. Mi manca."

Dave mise una mano sulla spalla di Ro. "Lo so. Con un po' di fortuna, saremo fuori di qui il prima possibile."

"Non mi stavo lamentando," commentò Ro. "Fai attenzione oggi. Non farti vedere da nessuno mentre ti aggiri per la casa. Se sanno che c'è qualcosa in ballo, potrebbero rafforzare la sicurezza, è un problema di cui non abbiamo bisogno."

"Non succederà. A più tardi."

"A dopo."

Era ovvio che Dave avesse informato i suoi amici su David. Mags avrebbe dovuto essere arrabbiata, specialmente dopo aver mantenuto il segreto per così tanto tempo, ma al momento non le importava altro che raggiungere il figlio.

L'interazione tra Ro e Dave era interessante. Lei sapeva che il marito era responsabile degli altri per la direzione del gruppo. Ma non sapeva come funzionassero certe dinamiche. Dave non era mai stato nell'esercito, non era sicura del perché quegli uomini possenti seguissero volentieri i suoi ordini. Ma tutto quello che vedeva tra Ro e Dave era rispetto. Non quello che derivava dalla forza bruta o dall'intimidazione, a cui assisteva ogni giorno negli uomini di Del Rio.

No. Per la prima volta, Mags capì davvero che quello che aveva detto Dave era giusto. Non era più lo stesso uomo di un tempo.

Era sempre stato protettivo nei suoi confronti, ma lo era diventato ancora di più. Non la toccava mentre camminavano, ma il suo sguardo si muoveva costantemente da un lato all'altro, come se cercasse di scovare un pericolo. Quando arrivarono al marciapiede fuori dal quartiere, lui insistette che lei camminasse vicino al muro, invece che sulla strada. Mise fuori un braccio per impedire a chiunque passasse di toccarla. Quando una bicicletta venne verso di loro un po' troppo velocemente, fece un passo avanti e si mise tra lei e il ciclista.

Negli ultimi dieci anni, nessuno l'aveva trattata con delicatezza. Era stata più un oggetto che una persona vera e propria. Essere una schiava di Del Rio era un modo come un altro per fare soldi, aveva dovuto fare tutto quello che lui le diceva di fare, per sopravvivere. Anche dopo essere stata cacciata dal suo complesso, non era libera. Doveva seguire delle regole per proteggere il figlio. Aveva scroccato del cibo nei bidoni della spazzatura e si era nascosta per sfuggire al troppo interesse di uomini come Ruben.

Mags fu colpita dalla nostalgia, in quel momento. Avrebbe voluto che la vita fosse diversa. Avrebbe voluto vedere suo marito cambiare e crescere negli ultimi dieci anni, come le coppie normali. Ma se era onesta con se stessa, le piaceva l'uomo che Dave sembrava essere diventato. Un po' rude, un po' troppo concentrato interiormente, ma pur sempre gentile, protettivo e leale con gli amici. Non le era sfuggito come lui avesse chiesto di tale Chloe, probabilmente era la ragazza o la moglie di Ro.

La passeggiata fino alla casa dove David veniva cresciuto non sembrò così lunga quel giorno, come lo era stata in passato. Lei e Dave non parlarono molto, ma il solo fatto di averlo lì a proteggerla le permetteva di rilassarsi e di non essere così nervosa. Erano circa otto chilometri a piedi, ma non le era mai importato. Avrebbe camminato anche il doppio se ciò avesse significato poter vedere il figlio.

Quando arrivarono a un chilometro dalla casa dove viveva David, Mags si rivolse con riluttanza verso di lui: "Da qui in poi devo proseguire da sola."

Lui si acciglìo ma annuì. Tirando fuori un'altra barretta proteica, le disse: "Mangia questa prima di arrivare. Non mi piace il pensiero che tu abbia fame."

Mags voleva piangere mentre fissava il cibo, ma si controllò. Lo prese e se lo infilò in una delle tasche. L'avrebbe mangiato riprendendo a camminare. Non poteva portarlo con sé. Veniva sempre perquisita, sia entrando che uscendo di casa.

"E prendi anche questi." Dave tirò fuori un mucchio di

fazzoletti. "Non dovrebbe importare a nessuno, se hai dei fazzoletti in tasca."

Prendendoli, Mags trattenne il respiro quando Dave le prese delicatamente la mano. "Fai attenzione," le sussurrò. "So che lo fai già da un po' e che sei un'adulta, ma non posso fare a meno di preoccuparmi per te e David. Non posso perderti di nuovo. Mi distruggerebbe. Non fare nulla di insolito che possa attirare l'attenzione su di te. Siamo in dirittura d'arrivo, se tutto va bene, potremmo essere tutti sulla via del ritorno negli Stati Uniti in pochi giorni. Se ti comporti diversamente, qualcuno potrebbe pensare che stia succedendo qualcosa. C'è Del Rio quando sei lì?"

Mags voleva discutere. Voleva dire a Dave che non aveva mai accettato di tornare negli Stati Uniti con lui. Si comportava come se fosse una conclusione scontata.

Ma era vero, Mags voleva davvero tornare a casa, più di ogni altra cosa. Voleva rivedere la neve. Voleva respirare il profumo del bar di Dave. Voleva mostrare a David che la vita non consisteva solo nel dover eseguire gli ordini ed essere sempre docili e tranquilli. Voleva essere libera. Voleva che il figlio fosse libero di ridere e piangere, senza preoccuparsi di essere rimproverato per aver fatto troppo rumore. Voleva vederlo correre in giro senza una sola preoccupazione al mondo. Era troppo tranquillo per un bambino di quasi cinque anni. Troppo cresciuto.

Anche le parole di Dave la fecero sciogliere. Era passato molto tempo da quando qualcuno si era preoccupato per lei, il fatto che Dave avesse incluso anche David, che si preoccupasse anche per lui, era un miracolo agli occhi di Raven. Non aveva mai pensato che Dave sarebbe stato cattivo con il bambino, ma neanche che abbracciasse volontariamente il figlio di un altro uomo, che si impegnasse al cento per cento chiamandolo "nostro figlio". Non era qualcosa che lei avrebbe potuto sognare, neanche nelle sue fantasie più assurde.

Ricordando la sua domanda su Del Rio, Mags rispose: "Di

solito non è qui nei giorni in cui ci sono io. A volte si fa vedere solo per ricordarmi che è lui che mi permette di vedere mio figlio, ma David ha detto alcune cose che mi fanno pensare che Del Rio passi a trovarlo quando io non ci sono."

"Va bene. Se dovesse venire oggi, fai quello che fate di solito. Sto lavorando su alcune cose che si spera andranno a buon fine, ma nel frattempo non vogliamo fargli capire che c'è qualcosa di diverso."

Mags lo guardò. "A cosa stai lavorando?"

"Te lo dirò più tardi. Adesso non c'è tempo, non voglio che ti preoccupi di nulla se non di assicurarti che il nostro ragazzo abbia una buona giornata con sua madre. Ok?"

Era una buona risposta, anche se non aveva placato le preoccupazioni di Raven.

Muovendosi lentamente, Dave si chinò e baciò delicatamente Mags sulla fronte. "Ti amo, Raven. So che potrebbe essere imbarazzante sentirtelo dire, ma non posso farci niente. Ti ho amata dal giorno in cui ti ho conosciuta e ti amerò fino al giorno della mia morte. Non farei mai nulla che mettesse in pericolo te o nostro figlio. Sappi solo che sono qui e che ti osservo. Ti aspetterò questo pomeriggio proprio qui. Ok?"

"Ok," disse lei dolcemente. Aveva passato gli ultimi dieci anni senza alcun affetto. Solo sopportando uomini depravati che le facevano tutto quello che volevano, quando volevano. La delicata carezza di Dave le sembrava il paradiso.

Si voltò e si diresse verso la casa dove suo figlio la stava aspettando. David conosceva la loro routine tanto quanto lei, Mags sapeva che il figlio aspettava con ansia quelle visite. Era troppo giovane per capire perché poteva vederla solo pochi giorni alla settimana, Mags era fin troppo consapevole che non sarebbe passato molto tempo, prima che Del Rio cambiasse il loro accordo. Lo aveva accennato l'ultima volta che lo aveva visto, la cosa l'aveva spaventata a morte.

Era terrorizzata dal fatto che Del Rio avesse cominciato a pensare a come far lavorare per lui anche David.

Ma avrebbe trovato un modo per uccidere Del Rio piuttosto che permettergli di vendere David come aveva venduto *lei*.

Scacciando quei pensieri violenti, Mags si concentrò a mangiare la barretta proteica che Dave le aveva dato, per arrivare sana e salva alla casa. L'edificio non era in una gran bella zona, in passato aveva sempre camminato il più velocemente possibile per cercare di evitare gli uomini in cerca di guai, ma quel giorno sapeva con assoluta certezza di essere al sicuro. Dave era lì, da qualche parte, a vegliare su di lei.

Si spaventò per la rapidità con cui aveva tratto conforto dalla presenza di Dave. Ma si era sentita sola per così tanto tempo che sapere di non esserlo più era la migliore sensazione del mondo.

CAPITOLO OTTO

Mags guardava David che correva nel piccolo cortile recintato prendendo a calci un vecchio pallone. Era felicissimo di vederla e lei, come sempre, non appena scorgeva il suo faccino paffuto si sentiva subito meglio.

Dato che non c'erano altri bambini in casa, era abituato a giocare da solo. Di solito non era molto energico, ma lei amava vederlo giocare. Odiava invece che lui dovesse stare in casa la maggior parte del tempo.

Mags non aveva riconosciuto la donna che l'aveva accompagnata nella stanza di David, dopo essere stata perquisita da due uomini di Del Rio al suo arrivo. Non poteva dirsi sorpresa, ad ogni modo. Le donne cambiavano continuamente in quella casetta. Probabilmente per evitare che David si affezionasse troppo a qualcuna, e viceversa. Del Rio poteva essere uno stronzo, ma non era certo uno stupido. Le donne che passavano da David probabilmente si godevano la pausa dal complesso principale, ma se fossero diventate troppo solidali con Mags o con suo figlio, c'era il rischio che cercassero di aiutarla a farlo scappare. Del Rio non voleva rischiare che Mags sparisse per sempre.

Mags non aveva mai fatto molto caso agli uomini che

facevano la guardia a lei e David, in passato. Erano sempre presenti, proprio come nel complesso principale. Spesso si prendevano troppe libertà con le mani, quando la perquisivano. Lei li aveva sempre tollerati perché non aveva altra scelta. Ma quel giorno, quelle dita sudicie che le strizzavano il seno, con la scusa di assicurarsi che non avesse nascosto nulla nel reggiseno di cotone da quattro soldi, le diedero proprio fastidio. Quando uno di loro le aveva tenuto le dita tra le gambe un po' troppo a lungo, lei lo aveva spinto via e gli aveva detto che non lavorava più per Del Rio.

L'uomo aveva sogghignato e l'aveva informata che avrebbe sempre lavorato per Del Rio. Quando lei aveva distolto lo sguardo, lui aveva ridacchiato, come se sapesse di averla colpita.

Persa nei suoi pensieri, Mags non si era accorta che David si era stancato di giocare con la palla ed era tornato passeggiando fin dove lei era seduta. Le salì in grembo e le appoggiò la testolina contro il seno. Mags lo abbracciò e lo tenne stretto. Era da qualche giorno che il bimbo non faceva il bagno, si vedeva, ma poteva ancora sentire il suo profumo da bimbo piccolo sotto lo sporco e il sudore.

Non c'era traccia di Dave, ma lei non voleva nemmeno sembrare troppo interessata al muro. Nel cortile c'erano due uomini con i fucili in mano, non voleva farli insospettire. Sperava solo che Dave riuscisse senza farsi scoprire a fare la foto che gli serviva per il passaporto di David. Era nervosa e ansiosa, detestava quello stato d'animo.

"Ti sei stufato di giocare con la palla, per oggi?" chiese dolcemente a David. Mags aveva parlato in inglese a suo figlio da quando le era uscito dal grembo, di conseguenza David era già bilingue.

"*Sí*. Raccontami una storia, *mamá*," implorò il figlioletto.

"Che storia vuoi sentire questa volta, *mijo*?"

"La storia di *papá*."

Mags sorrise. "Sei sicuro che non vuoi che ti racconti una nuova storia? Magari su un pirata e una principessa?"

David scosse la testa. "No. *Papá*."

Per la prima volta, Mags non si sentiva triste pensando a Dave. Aveva raccontato a David delle storie di suo "padre" da quando era abbastanza grande per capirle. Lei non pensava che David avrebbe mai incontrato Dave, ma si sentiva meglio dando a suo figlio un modello da ammirare. Il cielo sapeva che gli uomini che frequentavano la casa non erano il tipo di uomini che lei voleva dare come modello al figlio. Ma visto che si era presentata la possibilità che lui potesse davvero incontrare Dave, Mags si sentiva quasi inebriata.

"Ma prima dimmi che aspetto ha," chiese David, come faceva ogni volta che parlavano di lui.

"È grande. Alto e muscoloso. Le sue braccia sono grandi come tronchi d'albero, ed è più alto persino del muro che circonda questo cortile," disse Mags con affetto. "Ha una cicatrice che gli corre lungo il collo, fino al colletto della camicia. Lo fa sembrare spaventoso, ma per quelli che ama, è l'uomo più protettivo e gentile che si possa incontrare."

"Una cicatrice?" chiese David dubbioso. "Non me l'avevi mai detto prima. Come se l'è fatta?"

Mags sbatté le palpebre. Naturalmente non l'aveva descritta in passato, non ne era a conoscenza. "Sì. È piuttosto grande."

"Ha sofferto?"

"Temo di sì."

"Gli hai baciato la bua, per farla migliorare?"

Mags sentì le lacrime salirle agli occhi, ma li chiuse e si rifiutò di lasciarle cadere. "Se fossi stata lì, sì, l'avrei fatto," disse al figlio.

"Scommetto che ci ha messo un cerotto. Se mi graffio il ginocchio, mi porta un cerotto?" chiese David.

Mags sorrise e abbracciò più forte suo figlio. "Sì. Non solo, ma ti avrebbe preso in braccio e ti avrebbe fatto sedere su qualcosa. Ci avrebbe soffiato sopra per farti sentire meglio... se avessi pianto, non ti avrebbe sgridato. Ti avrebbe abbracciato fino a quando non avresti sentito più alcun dolore." Mags sapeva esattamente quello che suo figlio voleva sentirsi dire. Non riceveva amore dalle donne e dagli uomini che incontrava quotidianamente, lei sapeva che quando era spaventato o ferito e piangeva, veniva sgridato invece che rassicurato. Lui non piangeva quasi più, certamente a causa dei maltrattamenti ricevuti.

"Dov'è *papá* adesso?"

Avevano affrontato quella domanda molte volte. Mags avrebbe potuto dirgli la verità quel giorno, che suo padre era in Perù e che presto li avrebbe portati entrambi a casa negli Stati Uniti, ma non voleva che lui si lasciasse accidentalmente sfuggire quell'informazione nella sua eccitazione. L'ultima cosa che voleva era che Del Rio venisse a sapere di un tentativo di fuga. Non pensava che Dave avrebbe cambiato idea sul riportare lei e il figlio in Colorado, ma nel caso lo avesse fatto, non voleva deludere David.

"È negli Stati Uniti. Vedi, *mamá* si è persa. Papà sta cercando il più possibile di trovarci. E quando ci riuscirà, andremo a vivere felici e contenti con lui."

David alzò lo sguardo verso di lei. "Avevi paura quando ti sei persa?"

"Sì, tesoro. A volte ho ancora paura. Ma sai cosa mi fa andare avanti?"

"Cosa?"

"Sapere che domani è un nuovo giorno. Devo solo superare un giorno alla volta. E uno di questi giorni mi sveglierò, troverò *papá* qui e ci porterà a casa."

"E potremo vivere tutti insieme? Non dovrai andartene alla fine della giornata?" chiese David.

Quella domanda le spezzò il cuore, ma Mags fece del suo meglio per mantenere la voce salda. "Sì, tesoro. Vivremo tutti insieme nella stessa casa. Avremo tutto il cibo che vogliamo e tu avrai un sacco di amici con cui giocare. Ceneremo insieme e ti rimboccherò le coperte ogni sera." Mags voleva piangere. Aveva raccontato a suo figlio la stessa favola per tutta la vita, ma quel giorno era la prima volta che quello scenario tanto sognato poteva diventare realtà.

"Dovrò fare delle foto con lui?"

Mags si accigliò. Era una nuova domanda. "Cosa vuoi dire? Che tipo di foto? Chi fa foto con te, adesso?"

David scrollò le spalle, ma lei avvertì una tensione improvvisa nelle piccole spalle del figlio e nel modo in cui le premeva più forte la testa sul petto. "Del Rio viene qui, mamma. Con un altro uomo. Giochiamo nudi, Del Rio fa delle foto. Non mi piace, ma devo farlo." La sua voce si abbassò mentre raccontava: "Una volta ho detto di no, non ho potuto mangiare per molto tempo. Del Rio mi ha detto che i bravi ragazzi fanno quello che dicono gli adulti." Poi alzò lo sguardo verso di lei e sussurrò: "Ha detto che non verrai a trovarmi se sono un cattivo ragazzo."

Mags si sentiva sul punto di esplodere. Era indignata, spaventata e fuori di testa.

Del Rio stava addestrando suo figlio a fare qualsiasi cosa i suoi clienti pedofili malati volessero che facesse.

Prese la testa di David tra le mani e lo guardò negli occhi. "Il tuo corpo è *tuo*," disse con voce tremante, facendo del suo meglio per rimanere calma. "Nessuno può toccarti senza il tuo permesso. Non mi interessa se sono adulti o no. E nessuno mi terrà lontano da te, *mijo*. Sarò sempre la tua *mamá* e non permetterò a nessuno di tenerci separati. Ok?"

David annuì. "Ok."

"Puoi dirmi la verità. Quell'uomo ti ha toccato quando eri senza vestiti?" Mags non era sicura di voler conoscere la risposta.

"Stava in piedi accanto a me nelle foto, poi mi sono seduto sulle sue ginocchia."

Mags inspirò profondamente. Di tanto in tanto aveva

visto dei bambini nel complesso, ma dato che David non era tenuto in quello stabile separato, lei aveva sperato e pregato che fosse sfuggito allo stesso destino. Ma in fondo aveva sempre saputo che c'era un motivo per cui Del Rio non le permetteva di lasciare il Perù con suo figlio.

Quanto desiderava strangolare quel fetente a mani nude.

Guardò David negli occhi ancora una volta e gli disse dolcemente: "Ti voglio bene. Più di ogni altra cosa al mondo. Non importa quanto cresciamo o cosa succederà in futuro, io ti amerò sempre. Hai capito?"

"Sì, *mamá*. Ora mi racconterai la storia di come tu e *papá* vi siete incontrati?" chiese David.

Sembrava che non fosse visibilmente traumatizzato da ciò che Del Rio aveva fatto, ma era solo una questione di tempo prima che la faccenda andasse oltre le foto senza vestiti.

David si girò sulle ginocchia della mamma e fissò il cortile, Mags abbassò il mento fino a poggiarlo sulla testolina del figlio. Poi cominciò a raccontargli la stessa storia che lui aveva già sentito innumerevoli volte.

"Il tuo *papá* ha comprato un edificio e ha chiamato il mio ufficio per farlo assicurare. Il mio compito era quello di andare a ispezionarlo per assicurarmi che fosse a posto per far entrare la gente. Quando sono arrivata in quel posto ero nervosa perché non era nella parte più sicura della città, ed ero tutta sola. Sono scesa dalla macchina e il tuo *papá* è uscito dall'edificio."

"E tu avevi paura!" intervenne David.

Mags ridacchiò. "Sì, è vero."

"Perché *papá* è grande. Abbastanza grande da sollevare macchine e picchiare i cattivi!" disse David con entusiasmo.

Mags pensò che Dave si sarebbe divertito con l'immaginazione di David. "Esattamente. È venuto fuori e io avevo paura di stargli vicino. Ma lui se n'è accorto e ha fatto in modo di non avvicinarsi troppo. Questo mi ha fatto sentire meglio. Infatti, quando ho ispezionato l'esterno dell'edificio, è rimasto vicino alla porta d'ingresso, assicurandosi che nessun altro venisse ad infastidirmi, ma anche mantenendo le distanze. Mi ha tenuto aperta la porta quando dovevo entrare e mi ha chiesto se volessi qualcosa di fresco da bere. Dopo essermi assicurata che l'edificio fosse a norma, abbiamo parlato ancora un po'. Era simpatico e mi ha fatto sentire a mio agio. Mi ha chiesto se volessi uscire con lui, e ho detto di sì."

"E siete andati in un ristorante dove tu hai preso una bistecca e lui del pesce!" recitò David felicemente.

"Esatto, tesoro. Poi abbiamo parlato tutta la notte. Alla fine dell'appuntamento non ero più preoccupata di quanto fosse grande. Sapevo che non mi avrebbe mai fatto del male," disse Mags.

David si voltò di nuovo e la guardò. "Solo perché qualcuno è grosso e dall'aspetto cattivo non significa che ti farà del male."

"Esattamente. E d'altra parte, qualcuno che è piccolo e magro potrebbe essere in grado di farti molto più male di qualcuno più grande."

"*Mamá*?"

"Sì, piccolo?"

"Perché alcune persone sono cattive e altre no?"

Mags non avrebbe dovuto sorprendersi della domanda del figlio. Poteva avere solo quattro anni e mezzo, ma non aveva vissuto in una casa stabile o amorevole. Lei aveva fatto del suo meglio per riempirlo di amore e affetto, ma non poteva controllare ciò che facevano le altre persone che lo stavano crescendo. Sfortunatamente, quella gente passava più tempo con David rispetto a lei. "Non lo so. Alcuni probabilmente nascono così. Altri imparano ad essere cattivi guardando quelli che li circondano. Altri sono avidi e farebbero di tutto per ottenere più denaro."

"Non voglio essere cattivo," disse David dolcemente.

"Non lo sei," lo tranquillizzò Mags.

"A volte mi arrabbio molto," ammise suo figlio. "Mi manchi quando non sei qui, e le altre signore che vegliano su di me non si preoccupano se ho fame o se mi faccio male, loro non sono come te. E questo mi fa arrabbiare. Voglio picchiarle!"

Mags sospirò per la frustrazione. "Grazie per essere stato onesto, David. È importante non mentire. Mi dispiace che ti trattino così. Sarà difficile da capire per te, ma a volte le persone si comportano in quel modo perché non hanno scelta. Qualcun altro le costringe ad essere così. O stanno soffrendo così tanto che non hanno l'energia per preoccuparsi di qualcun altro. Stanno semplicemente cercando di arrivare a domani. Un giorno alla volta."

Suo figlio pensò alla sua risposta per un momento, poi annuì. "Come quando arriva Del Rio e urla a tutti, e loro devono fare quello che dice."

Mags si irrigidì. "Viene spesso?" gli chiese, anche per sapere quanto tempo avessero a disposizione lei e Dave per far scappare il bambino.

David scrollò le spalle. Rimasero entrambi in silenzio per un minuto o due. Poi lui chiese a bassa voce: "Pensi che papà ci troverà presto?"

"Ne sono sicura," disse Mags, senza riuscire a trattenersi. In passato aveva sempre cercato di essere ottimista, ma con cautela, per non alimentare le speranze del bimbo. Ma Dave era lì, sembrava pronto a riportare sia lei che il figlio negli Stati Uniti... non poteva fare a meno di dare a David qualcosa da attendere con ansia.

"Pensi che gli piacerò?"

"Oh, dolce fanciullo, certo. Perché non dovresti piacergli?"

David scrollò di nuovo le spalle.

"Guardami," ordinò Mags a suo figlio. Aspettò che lui la guardasse con i suoi grandi occhi azzurro cielo. Le piaceva pensare che assomigliasse più a lei che al suo padre biologico, chiunque fosse. Aveva i capelli neri e gli occhi chiari, proprio come lei. Aveva persino la sua stessa fossetta su una guancia. Prima che nascesse, Mags aveva temuto che guardarlo le avrebbe ricordato l'inferno che aveva vissuto, ma era successo il contrario. La prima volta che l'aveva tenuto tra le braccia, si era innamorata di lui. Immediatamente. Non le importava come fosse stato concepito, tutto ciò che contava era solo che fosse vivo, sano... e suo.

"Sei un bambino straordinario. Sei intelligente, bello e compassionevole. Perché non dovresti piacere a *papá*?"

"Del Rio mi ha chiamato bastardo. Dice che l'unico modo in cui qualcuno mi amerà mai è se faccio quello che mi dicono di fare. Quello che mi dice lui."

Mags voleva urlare. Del Rio non aveva il diritto di dire una cosa simile a suo figlio!

Un tempo, era stata felice di avere un figlio invece di una figlia, pensando che sarebbe stato al sicuro da Del Rio e dai suoi traffici sessuali. Ma era chiaro che non era così. Si era illusa, pensando che l'ignobile criminale non avesse alcun interesse per quel bambino.

Mags non avrebbe permesso a nessuno di toccare il suo David. Non più di quanto avessero già fatto. Per nessuna ragione al mondo. Piuttosto sarebbe morta cercando di salvarlo da quel destino.

"Non ascoltarlo," gli disse lei, un po' più furiosa di quanto avesse voluto. Fece del suo meglio per controllare la propria ira. "Ha torto. E tu hai una mente tutta tua." Gli sfiorò la testolina con un dito. "Sei intelligente e puoi pensare da solo. Se qualcuno ti dice di fare qualcosa che sai essere pericoloso o sbagliato, non devi farlo. Ma ecco il punto... a volte, nella vita, potresti scoprire che devi fare qualcosa che non vuoi fare. Questo non fa di te una cattiva persona. Se qualcun altro te lo fa fare, sono loro i cattivi. Non tu. Capito?"

David annuì, ma Mags poteva ancora vedere il dolore e la confusione nei suoi occhi.

"Ti voglio bene, David. Sei la cosa migliore che mi sia mai capitata. Non cambierei un solo giorno della mia vita, se ciò significasse non averti qui con me. Capito?"

"Sì, *mamá*."

"Dico sul serio. Ho dovuto fare delle cose di cui mi vergogno, ma non mi vergognerò mai di chiamarti mio figlio. Non importa cosa ti riserverà il futuro. Vivi sempre a testa alta e sappi che sei David Justice. Sei intelligente e importante."

Lui le gettò le braccia al collo e le appoggiò la testa alla spalla. Non stava piangendo, ma erano entrambi piuttosto emozionati. Mags voleva solo prenderlo in braccio e portarlo fuori dalla porta, ma sapeva di non poterlo fare.

Aveva già odiato Del Rio con tutta se stessa, ma in quel momento, avendo scoperto cosa stava tentando di fare a suo figlio, giurò a se stessa che l'avrebbe ucciso.

Mags si tirò indietro e prese ancora una volta la testolina di David tra le mani. Guardò i suoi occhi blu e disse: "Il mondo a volte è spaventoso e confuso. Ma qualunque cosa accada da oggi in poi, sappi che la tua *mamá* ti vuole bene. Se ti perdi, io ti troverò. Se qualcuno ti fa del male, io ti starò vicina per farti stare meglio. Se dovrai fare qualcosa che non vuoi, ti amerò lo stesso. Tutto quello che devi fare è resistere fino a domani. Un giorno alla volta, ok, piccolo?"

"Ok, *mamá*. E *papá*? Mi vorrà bene anche lui?"

Solo due giorni prima, Mags non avrebbe saputo rispondere a quella domanda. Ma quel giorno poteva rispondere con sicurezza. "Sì, *mijo*, il tuo *papá* ti vuole già molto bene e farà di tutto per tenerti al sicuro. Puoi affidargli la tua vita, non ti farà mai del male. Mai."

David annuì.

Una porta si aprì dietro di loro e una donna disse con indifferenza: "Il ragazzino deve mangiare."

I pasti erano di solito una tortura per Mags. In passato era stata così affamata che le faceva male fisicamente lo stomaco quando guardava del cibo che non le era permesso toccare.

Ma da quando Dave l'aveva trovata, si era assicurato di farle avere molto da mangiare. Le barrette proteiche che le aveva dato quella mattina le avevano tolto la fame, in quel momento era sazia.

Non che avrebbe comunque potuto mangiare qualcosa... non dopo aver sentito quello che Del Rio stava preparando per suo figlio.

Mags era felice, perché era riuscita a stare seduta senza che David dovesse ascoltare il brontolio del suo stomaco, così si alzò e tenne la mano del figlio mentre rientravano in casa. Era una prigione per entrambi, ma per il momento era contenta che lui non se ne rendesse conto.

———

Lasciare il figlio fu più difficile del normale, quel pomeriggio. Di solito Mags poteva razionalizzare dentro di sé, pensando che lo avrebbe rivisto in pochi giorni, ma dopo aver saputo che Del Rio aveva visitato la casa e fatto foto a suo figlio cercando di riempirgli la testa di idiozie, era ancora più riluttante ad andarsene.

Ma naturalmente non aveva scelta. Proprio alle cinque, uno degli uomini di Del Rio le disse che era ora di andare. Lei tenne il figlio un po' più a lungo del solito e gli ricordò quanto fosse intelligente e quanto gli volesse bene. Fu accompagnata alla porta e il suono delle serrature che le si chiudevano alle spalle la fece rabbrividire. Avrebbe voluto girarsi, bussare alla porta e chiedere che lasciassero andare suo figlio, per poi prenderlo in braccio e scappare il più velocemente possibile. Ma ovviamente non poteva farlo.

Avvolgendosi le braccia intorno al corpo, Mags si voltò e si incamminò sul marciapiede verso il luogo in cui aveva lasciato Dave quella mattina. Lui aveva detto che l'avrebbe aspettata là; per la prima volta dopo troppi anni, lei sentiva il bisogno di qualcuno che la abbracciasse... che le dicesse che tutto sarebbe andato bene, per condividere il peso dello schifo che era la sua vita. Di solito rimaneva stoica su come girava il mondo e sulle difficoltà che sopportava, ma con l'arrivo di Dave e la speranza che le aveva acceso nel cuore, non era più contenta di andare avanti con quella vita misera. Né poteva permettersi di andare avanti in quel modo, considerando i piani di Del Rio per David.

Le sembrava che ci fosse come una nuvola nera che la circondava; più cercava di ignorarla, più la consumava. Stava per accadere qualcosa di brutto, anzi... Era già in agguato. Poteva sentirlo nel profondo delle ossa. Il che le rendeva ancora più difficile separarsi da David.

Girando un angolo, Mags ebbe un sussulto di sorpresa e paura quando rimbalzò contro qualcuno. Sarebbe caduta a terra, ma chiunque si era scontrato con lei la afferrò per le braccia. Lei lottò per una frazione di secondo prima di rendersi conto che era Dave.

Nel momento in cui lo riconobbe si rilassò, lui le mise un braccio intorno alla vita, attaccandosela al fianco mentre camminavano. Dave non disse nulla, si limitò a portarla verso un minivan fermo nelle vicinanze. Lei salì e riconobbe Ball, che era al volante.

Non appena chiusero la portiera, il furgoncino iniziò a muoversi.

"Stai bene?" le chiese Ball.

"Non proprio," disse lei, facendo del suo meglio per controllare le sue emozioni e il bisogno di essere abbracciata dal marito. Sobbalzò quando si rese conto che Dave le stava tirando una cintura di sicurezza in grembo e gliela stava allacciando. Era passato così tanto tempo da quando era salita su un veicolo che non aveva nemmeno pensato di allacciarsi la cintura di sicurezza.

Poi Dave tirò fuori di tasca un'altra barretta proteica e gliela porse, prima di agganciare la propria cintura di sicurezza.

"Beh, come puoi stare bene?" disse Dave con rabbia. "Quello stronzo ha rinchiuso tuo figlio e ti permette di vederlo solo tre giorni alla settimana. E il fatto che rapisca bambini dai bassifondi per venderli non è di buon auspicio per David."

Lei guardò Dave e Ball nervosamente, non sicura di voler parlare di quella che percepiva come le sua più grande debolezza: non avere idea di come salvare il figlio da un destino peggiore della morte.

"Quello stronzo non metterà un dito su tuo figlio," disse Ball dal sedile anteriore. Quelle parole la fecero rilassare. Ball era chiaramente arrabbiato, ma non con lei. Odiava la situazione, come lei. Era arrabbiato perché Mags e David erano stati separati e il bimbo era tenuto in ostaggio da Del Rio.

La rabbia per la situazione di David la poteva gestire, certo.

Mags guardò Dave preoccupata. "Oggi David ha detto delle cose che mi hanno terrorizzato."

Dave le mise una mano in grembo. "Va bene. Ne parleremo quando saremo al motel."

"Oh! E ho usato il fazzoletto, come volevi," gli disse Mags, iniziando a mettere la mano in tasca.

"Bene. Lascialo lì, per ora. Lo daremo a Gray quando arriveremo al motel. Lui lo spedirà al mio contatto negli Stati Uniti."

Mags annuì e diede un morso alla barretta proteica. Aveva un sapore delizioso e la aiutò a saziare la fame che le era appena tornata. "Sei riuscito a scattare una foto?" gli chiese dopo aver ingoiato un boccone.

Dave annuì. Non parlava molto, il che la rendeva nervosa.

"Andava bene? Ho cercato di tenerlo visibile il più a lungo possibile. Ho anche provato a cercarti, ma non volevo creare problemi."

"Sei stata perfetta," disse Dave, sollevandole una mano e baciandone il dorso.

"Cosa c'è che non va?" sussurrò lei.

"Niente."

Mags si morse un labbro. C'era *sicuramente* qualcosa che non andava. Non vedeva Dave da anni, ma nel tempo in cui era stata con lui nell'ultima settimana o giù di lì, aveva cominciato a leggere i suoi stati d'animo abbastanza facilmente. In quel momento era ovvio che ci fosse un problema.

Mags rimase in silenzio per il resto del viaggio di ritorno al motel. Era fantastico non dover camminare per cinque miglia fino al quartiere, non poteva negarlo. Ball entrò in un parcheggio sul retro del motel, lei non fu molto sorpresa di vedere Gray già pronto ad aspettarli.

Dave la aiutò a uscire dal minivan e le tenne la mano anche quando era in piedi accanto a lei.

"Dagli il fazzoletto," disse Dave, sembrando un po' più calmo di quanto non fosse stato nel furgone.

Mags si mise la mano in tasca e tirò fuori il fazzoletto usato in cui David si era soffiato il naso poco prima. Non c'era molto che la disgustasse dopo tutto quello che aveva visto e fatto, ma per qualche ragione, caccole e moccio le facevano ancora venire voglia di vomitare.

Lo tenne per un angolo mentre lo metteva nel sacchetto di plastica che Gray teneva in mano.

Ridendo, Gray disse: "Per me, è il vomito. Posso gestire la merda, lo sputo, il sangue e qualsiasi altra cosa che il corpo umano può espellere... tranne il vomito. Mi fa venire voglia di vomitare ogni volta."

"Come stai gestendo il rigurgito del bambino?" gli chiese Dave con un leggero sorriso.

Gray fece una smorfia. "Me la cavo bene. Voglio dire, quando fa il ruttino dopo aver mangiato, è praticamente solo latte, quindi non è così disgustoso."

"Sarai in grossi guai quando Darby avrà l'influenza," disse Ball con una risatina. Non si era mosso dal sedile del guidatore, era ovvio che avrebbe accompagnato Gray da qualche parte per spedire il fazzoletto.

"No. Io e Allye abbiamo già fatto un accordo. Cambierò i pannolini ogni volta che sarò a casa per tutto il tempo necessario, lei si occuperà di qualsiasi vomito che possa capitare," disse Gray, con un sorriso e un occhiolino. Così facendo smorzò la tensione. "Come sta David?"

Mags trasalì. Non era abituata a parlare del figlio così apertamente. Diavolo, prima di quel giorno, nessuna delle sue amiche ne conosceva l'esistenza. "Sta bene."

"Ho visto le foto che Dave ci ha mandato. È adorabile... è l'immagine sputata di sua madre," disse Gray gentilmente. Poi diede a Dave un'alzata di mento e salì sul lato passeggero del minivan.

Dave non le diede la possibilità di rispondere, si limitò a condurla verso la porta del motel.

Ancora a disagio, Mags lasciò che Dave la conducesse su per le scale fino al secondo piano, a una stanza proprio accanto alla tromba delle scale. Lui le aprì la porta e la tenne aperta, facendole segno di entrare per prima. Lei entrò; a prima vista la stanza non era niente di speciale. Aveva due letti matrimoniali, un piccolo televisore su un comò, un tavolino e una sedia molto piccola in un angolo.

Dave si avvicinò a una borsa sul pavimento e la posò sul materasso. Aveva una specie di serratura biometrica, usò il dito per sbloccarla. Tirò fuori un computer portatile e rimise la borsa sul pavimento.

Mags stava in piedi al centro della stanza, si sentiva a disagio. Per la prima volta, era acutamente consapevole di come doveva apparire... e puzzare. L'igiene personale non era qualcosa a cui pensava molto, semplicemente perché non aveva i mezzi o la capacità di fare molto al riguardo.

Ma stare nella stanza pulita del motel, vedere Dave seduto sul copriletto pulito, le rendeva dolorosamente ovvio il fatto che lei era molto sporca. Non sapeva cosa fare, dove sedersi, cosa dire. Si sentiva estremamente impacciata, cosa che odiava.

Dave aveva aperto il computer ed era impegnato a cliccare sui tasti. Non alzò nemmeno lo sguardo quando disse: "Se vuoi, puoi andare a farti una bella doccia. Di là c'è tutto quello che ti serve."

Dio, quanto avrebbe voluto farsi quella doccia! Era passato così tanto tempo da quando era stata in grado di farsi una doccia calda... e di non preoccuparsi di chi avrebbe potuto unirsi a lei, o di cosa avrebbe potuto volerle fare.

Tuttavia, esitò. "Pensavo che avremmo parlato," gli disse.

Dave allora alzò lo sguardo e Mags quasi barcollò di nuovo per l'espressione che gli lesse negli occhi. Ci vide del desiderio, ma fu più colpita dalla profonda frustrazione e dall'agonia.

"Ci sono tantissime cose che voglio fare per te, Raven. Voglio darti da mangiare. Vestirti. Darti un posto sicuro per riprenderti. Voglio che i miei amici siano anche amici tuoi, voglio dare a nostro figlio il conforto e la sicurezza che gli mancano. E più di ogni altra cosa, voglio abbracciarti."

Sospirò pesantemente. "Ma so che tra tutte queste cose, le uniche che posso fare al momento sono nutrirti e vestirti. Ho fatto prendere a Ball delle cose che pensavo potessero piacerti, potresti indossarle oggi, le trovi in bagno. Ho tirato a indovinare le taglie. Fai con calma. Ti riporterò al quartiere quando vorrai, se vorrai andare. Non sei prigioniera, qui. Ma spero che dopo la doccia tu possa rimanere e... parlare. Solo parlare. Ball ha detto che stanotte dormirà con uno degli altri. Non devi avere paura di stare da sola con me. Parleremo e basta."

"Non ho paura di te," disse subito Mags. C'era molto di più in quello che lui aveva appena detto, ma lei non poteva pensare a tutto senza voler piangere. Così si concentrò sulle cose più semplici. "Sono sicura che qualsiasi cosa abbia preso Ball andrà bene, ma preferirei rimettermi le mie cose."

"Se vuoi, puoi pulirli nella doccia e indossare la roba nuova mentre i tuoi vestiti si asciugano. Poi puoi cambiarti di nuovo con quelli... prima di andare."

Era ovvio quanto fossero difficili quelle ultime parole per Dave. "Non è che non voglia indossare quello che Ball mi ha regalato," cercò di spiegargli. "È solo che mi sento più a mio agio nelle mie cose."

Lui annuì. "Lo so. Fai pure, tesoro. Prenditi il tuo tempo. Devo inviare queste foto e parlare con alcuni dei miei contatti."

Mags sapeva di averlo deluso. Dannazione.

Poi fu colpita da un pensiero improvviso. "I miei genitori lo sanno?"

Dave inclinò la testa mentre la studiava. Mags aveva dimenticato quella posizione, in cui lui si metteva quando stava riflettendo su cosa dire. Era una delle mille e una cosa che amava di lui... e l'aveva dimenticata. La tristezza minacciò di sopraffarla.

"Sanno che ti ho trovata? Sì. Ho mandato loro un'e-mail la seconda notte che ero qui. Sono ansiosi di vederti e di parlare con te, ho detto loro che dovranno aspettare che tu sia pronta. Per riabituarti alla tua vecchia vita ci vorrà un po' di tempo. Ma da allora si sono tenuti in contatto."

"Non hai detto loro di David?" gli chiese.

"No. Non spetta a me."

"Ma l'hai detto ai tuoi amici."

Dave annuì. "Sì. Perché ho bisogno del loro aiuto per portarlo fuori dal paese. Dopo aver visto dove lo tiene Del Rio, non sarà facile come speravo. Dubito che saremo in grado di entrare in quella casa e portarlo fuori."

Mags annuì, accettando la risposta.

"Ecco. Quindi ho dovuto dirglielo. Dovevano sapere che non si trattava più di aspettare che tu ti sentissi a tuo agio per venire via con me. Dobbiamo salvare un bambino. Nostro figlio."

Il modo in cui Dave continuava a rivendicare David come suo minacciava di far sciogliere Mags. "Ho paura di chiederti cosa pensano di me, di te che vuoi ancora stare con me, sapendo che ho avuto un figlio con un altro."

Dave mise da parte il suo portatile e si diresse lentamente verso di lei. Le stava vicino, ma non la toccava. "Raven, loro capiscono. Lavorano a casi di traffico di esseri umani da *anni*. Sanno esattamente come funzionano certe situazioni e ne conoscono le conseguenze. Vuoi sapere cosa pensano di te? Sono fottutamente colpiti, ecco. Sei incredibile. Sei forte come una roccia. In qualche modo sei riuscita a mantenere la tua umanità e la tua compassione anche dopo tutto quello che ti è stato fatto. Sanno che David è tuo figlio, e che ora è anche mio. Noi Mercenari ci prendiamo cura gli uni degli altri. Punto. Non ci saranno domande scomode a cui dovrai rispondere, e ognuno di loro proteggerà David come se fosse suo. Ti do la mia parola."

Dopo un discorso del genere, Mags non poté fare più nulla per trattenere le lacrime. Aveva avuto paura per se stessa un sacco di volte, ma sapere che David poteva contare sulla protezione di ognuno di quegli uomini grandi e grossi, che erano venuti in Perù appositamente per cercarla, aveva fatto sì che Mags si sentisse più emozionata di quanto si ricordasse da molto tempo.

Dave alzò una mano e usò il pollice per asciugarle lentamente le lacrime da una guancia. "Non sei più sola, Raven. Ora hai una grande famiglia. I ragazzi a volte sono una spina nel fianco, magari anche un po' troppo ficcanaso, ma sono leali e ferocemente protettivi l'uno con l'altro." Fece un gesto verso il bagno. "Un uccellino mi ha detto che l'acqua in questo motel è calda e pulita, puoi starci quanto tempo vuoi. Non si esaurirà."

Mags fece del suo meglio per sorridere. "Zara?" chiese.

Dave ricambiò il sorriso. "Già. Meat ha detto che la prima volta è rimasta lì dentro così a lungo che poi aveva tutte le dita rugose, era preoccupata perché pensava non tornassero più come prima."

Mags sapeva che stava scherzando e apprezzò il tentativo di alleggerire l'atmosfera.

"Sei sempre stata così fottutamente bella," disse Dave all'improvviso. "Ma non avevo idea di cosa fosse la bellezza finché non ti ho visto oggi con nostro figlio. È perfetto, Raven. Così fottutamente perfetto che quasi non riuscivo a respirare quando vi ho visti seduti insieme."

Mags riprese a piangere, così dal nulla.

"Giuro sulla mia vita che vi porterò entrambi fuori di qui. Del Rio non sarà altro che un brutto ricordo, passerò il resto dei miei giorni ad assicurarmi che tu e nostro figlio abbiate tutto ciò che i vostri cuori desiderano."

Tutto quello che Mags poté fare fu annuire. Non riusciva più a vederlo attraverso le lacrime, così si girò alla cieca verso il bagno.

Aveva bisogno di allontanarsi da lui e da quelle belle parole. Aveva bisogno di tempo per ricomporsi. Come se si rendesse conto che era sull'orlo di un esaurimento nervoso, Dave la lasciò andare senza dire un'altra parola.

Mags chiuse la porta del bagno e non si preoccupò di chiuderla a chiave. Vedere la pila di vestiti sul mobiletto la fece piangere ancora di più. Aprì l'acqua della doccia; quando questa raggiunse la temperatura perfetta, entrò nella vasca completamente vestita. Alzando il viso verso il getto, lasciò che le lacrime si riversassero calde e veloci.

CAPITOLO NOVE

Dave avrebbe voluto prendersi a calci da solo. Non aveva intenzione di farla piangere, ma non riusciva a trattenersi dal dirle quanto si era commosso nel vedere lei e David insieme. Nel momento in cui aveva posato gli occhi sul bimbo, Dave se ne era innamorato. Poteva vedere molto facilmente i tratti fisici di sua moglie in David; vedere quanto si volessero bene gli aveva fatto giurare proprio in quel momento di fare tutto il necessario per salvarli entrambi.

Il fatto che Raven avesse concepito e partorito un figlio biologico era un *miracolo*. Prima del rapimento, erano pronti ad adottare e avrebbero amato qualsiasi bambino avessero avuto la fortuna di accogliere nella loro casa; ma vedere un bambino che assomigliava così tanto a Raven era una benedizione. Le circostanze della nascita non avevano nulla a che fare con il bambino che era diventato. Dave voleva sempre uccidere tutti quelli che avevano osato toccare sua moglie, ma vedere David gli aveva fatto capire che anche nell'oscurità può sempre trapelare un po' di luce.

Sapeva che né lui né Raven erano le stesse persone di dieci anni prima, ma vederla con suo figlio glielo aveva confermato. Non c'erano più solo Dave e sua moglie; avevano anche un ometto da proteggere. Quello che Dave voleva non aveva più importanza. La sua vita sarebbe stata tutta incentrata sull'assicurarsi che i bisogni del figlio e della moglie fossero soddisfatti, che fossero sicuri e ben certi di essere sempre amati e al sicuro.

In quel momento, David era tutt'altro che al sicuro. Era ovvio, dopo aver visto fino a che punto Del Rio si era spinto nel trattenerlo. C'erano guardie armate che pattugliavano la casa; ogni secondo in cui David e Raven erano in cortile, c'erano occhi puntati su di loro. Era strano che Del Rio tenesse un solo bambino chiuso dietro quelle che in pratica erano le sbarre di una prigione.

Le ragioni per cui Del Rio poteva fare una cosa del genere erano impensabili e ripugnanti, ma Dave non era così sorpreso. I Mercenari di Montagna erano stati mandati in Perù proprio a causa del traffico di bambini.

Come risultato della ricognizione di quel giorno, Dave si rese conto che non sarebbe stato così facile riprendersi ciò che era suo di diritto come invece aveva sperato; sapeva senza pensarci due volte che David era *suo*.

Era riuscito a ottenere le foto che gli servivano per il passaporto del bambino, e molto altro ancora, ma farlo uscire da quella casa era tutta un'altra cosa. Aveva chiamato Gray e gli altri mentre Raven era a visitare suo figlio, avevano fatto un confronto lampo su cosa fare, ma non era stato deciso ancora nulla di certo.

Sebbene Dave volesse uccidere chiunque tenesse lontano lui e Raven dal figlio, non era così facile. I Mercenari di Montagna di solito non uccidevano, a meno che non fosse assolutamente necessario. Non erano affatto assassini a pagamento. Il loro obiettivo principale era salvare donne e bambini da coloro che li opprimevano.

Molto probabilmente avrebbero dovuto rapire suo figlio, anche se una pessima opzione. Dave odiava l'idea di dover traumatizzare il bambino, l'assalto dei Mercenari di

Montagna alla casa in cui era tenuto prigioniero avrebbe probabilmente causato proprio quell'effetto, ma Del Rio non aveva alcuna intenzione di consegnare il bambino spontaneamente.

Più Dave ci pensava, più sapeva che Del Rio aveva un piano per David. Non sapeva quale fosse, ma di certo era qualcosa di orribile. Quell'uomo spregevole aveva deciso di crescere David separatamente dagli altri bambini che aveva rapito nei bassifondi o che aveva preso alle sue donne, doveva esserci per forza un motivo.

Dave doveva essersi perso nei suoi pensieri più a lungo di quanto pensasse, perché sentì la porta del bagno aprirsi cigolando, pochi secondi dopo ne uscì Raven.

I capelli le ricadevano lungo la schiena. Erano ancora bagnati, ma le punte cominciavano ad asciugarsi, arricciandosi leggermente. Il suo viso era arrossato per il calore della doccia. Si era messa i vestiti che Ball le aveva comprato: un paio di leggings e una maglietta scura con un grande lama sopra... Tipico umorismo da Mercenario.

Chiudendo gli occhi, Dave avrebbe potuto immaginarla esattamente com'era quando erano in vacanza a Las Vegas. Lei era uscita dal bagno indossando solo una maglietta bianca, gli aveva sorriso timidamente e fatto un gesto con un dito, facendogli cenno di avvicinarsi.

L'odore del sapone del motel aleggiava nell'aria, Dave avrebbe voluto chiedere a Ball di prendere qualcosa di fiorito per il bagno di Raven.

Lei sembrava esitante e insicura, Dave odiava vederla così. Era sempre stata molto sicura di sé e della propria sensualità, facendo di lui quello che voleva: entrambi erano più che felici di quell'aspetto della loro vita.

Dave batté la mano sul letto accanto a sé. "Vieni a sederti, Raven."

Lei andò lentamente verso Dave, sedendosi con cautela sul letto, ma il più lontano possibile da lui. Ciò lo infastidì più di quanto volesse ammettere, ma non lasciò che quelle emozioni trapelassero dalla sua espressione. L'ultima cosa che voleva era mettere Raven a disagio. Il solo fatto che lei fosse lì era già un passo enorme. Avrebbe potuto tornare direttamente al quartiere a dormire con le sue amiche, invece di accettare di andare con lui al motel.

"È strano sentirti chiamarmi Raven," ammise lei dolcemente.

Dave sorrise. "Lo so, ma è quello che sei per me. La mia Raven."

"Raven se n'è andata," disse lei. "Mags ha preso il suo posto."

Dave scosse la testa. "Neanche per sogno. Raven è lì. Nel profondo, forse, ma è ancora lì."

Sua moglie si limitò a guardarlo. Poi, cambiando argomento, chiese: "Mi dici come ti sei fatto la cicatrice?"

Sospirando, Dave distolse lo sguardo da lei per la prima volta. Non gli dispiaceva dirglielo, ma aveva sperato di iniziare con delle chiacchiere più leggere. Sfiorando la cicatrice nodosa sul collo, Dave cercò di pensare a un buon punto di partenza.

"Non devi parlarne se ti mette a disagio."

"Sono un libro aperto per te, Raven," le disse Dave, voltandosi per incontrare il suo sguardo. "Negli ultimi dieci anni ho fatto cose di cui non vado fiero, ma non cambierei niente se ciò mi impedisse di stare seduto qui con te, in questo momento."

Raven sbatté le palpebre per la sorpresa, ma poi annuì e si mosse per mettere le gambe sotto le coperte. Vederla mettersi a proprio agio aiutò Dave a rilassarsi un po'. Non sembrava che lei si stesse preparando a saltare su e ad andarsene. Avrebbe parlato con lei tutta la notte, se ciò significava tenerla al suo fianco.

"I primi mesi dopo la tua scomparsa... sono stati tremendi," le disse con esitazione. "E so che è ridicolo che te lo dica, considerando quello che stavi passando tu. Il mio essere triste, confuso e arrabbiato sembra insignificante, in confronto."

Lei si chinò e gli mise una mano sul braccio. "Non posso immaginare quello che hai passato," gli disse dolcemente. "Voglio dire, anch'io non ero esattamente in vacanza. Ma un secondo prima ero lì, il secondo dopo non c'ero più, dev'essere stato terribile per te."

"È stato un inferno," confermò Dave. "Un inferno assoluto. Non riuscivo a smettere di pensare a quello che stavi passando. Mi chiedevo se fossi viva o morta... e se eri viva, magari ti stavi chiedendo perché nessuno si faceva vivo per salvarti. Stavo impazzendo. Ho fatto diversi viaggi per tornare a Las Vegas e ho praticamente tormentato la polizia. Quando è stato ovvio che non potevano fare niente di più di quello che avevano già fatto per trovarti, ho perso la testa. Ho deciso che se i poliziotti non avessero fatto il loro lavoro, avrei dovuto farlo io. Anche se non era giusto nei loro confronti: avevano fatto di tutto per rintracciarti, ma sembravi scomparsa nel nulla. Poi mi sono messo in testa che una banda locale di motociclisti ti aveva presa e ti teneva in ostaggio in uno dei loro complessi."

Smise di parlare, ricordando quanto in basso era sceso per cercare di infiltrarsi nel Motorcycle Club Vegas Panthers.

La mano di Raven si spostò dal braccio alla mano di Dave, intrecciò le dita con le sue e le strinse.

Dave fissò le loro mani unite, la palla di odio che aveva covato dentro di sé per dieci lunghi anni sembrò frantumarsi in mille pezzi, per poi semplicemente dissolversi.

Dave aveva ritrovato la moglie, Raven era con lui, pronta a toccarlo di sua volontà, cercava di *confortarlo,* quando avrebbe dovuto essere lui a fare tutto il possibile per prendersi cura di lei... Dave aveva dimenticato il potere che lei aveva sempre avuto su di lui. Con un solo tocco, lei poteva farlo sciogliere.

"Ho fatto delle cose di cui non vado fiero, ma non ho mai

ucciso nessuno. Ho passato più di un mese a frequentare quei motociclisti e a bere con loro. Una sera eravamo in un bar; mentre bevevo, ho iniziato a pensare a te. Ero incazzato e frustrato. Avevo sprecato un mese della mia vita cercando di infiltrarmi nella banda per scoprire se fossero coinvolti nel traffico sessuale, ma tutto quello che avevo ottenuto per i miei sforzi era un mal di testa furioso ogni mattina. Sapevo che nessuno si fidava di me e non riuscivo più a sopportarlo."

"Allora cosa hai fatto?" gli chiese Raven in un sussurro.

"Ho affrontato il capobanda. Ho preteso di sapere dove fossi. Diciamo solo che non era molto contento che non fossi chi avevo detto di essere, o che gli avessi urlato in faccia. Il suo braccio destro, il secondo in comando, mi ha portato sul retro e mi ha picchiato a sangue. Pensavano che fossi di una banda rivale che stava cercando di ottenere informazioni sulle Pantere di Las Vegas. Mi hanno lasciato questa come souvenir."

Ancora una volta, Dave si toccò la cicatrice sul collo. Scendeva oltre il colletto, fino alla parte superiore del petto. Era stato molto fortunato che non avessero voluto ucciderlo davvero. Altrimenti sarebbe morto dissanguato in pochi minuti.

"In quel momento ho capito che dovevo cambiare tattica. Dopo che la ferita è stata suturata, sono tornato a casa a Colorado Springs e ce l'ho messa tutta nell'imparare come usare internet a mio vantaggio. Dovevo vedere se potevo rintracciarti elettronicamente. Ho imparato come ottenere informazioni su quasi tutti i gruppi o individui entrando nei loro conti bancari, nei social media, nelle e-mail, nei tabulati telefonici, o seguendoli entrando nei circuiti delle telecamere del traffico, anche di quelle di sicurezza delle case."

"Come sei arrivato a fare squadra con i tuoi amici?" chiese Raven.

Lo stava guardando intensamente, sembrava veramente affascinata.

"Dopo un po' ho iniziato a scoprire le storie di altre donne che erano state rapite. Mi sono imbattuto in storie di bambini che il genitore non affidatario aveva portato fuori dal paese. Non avevo trovato te, ma mi ero imbattuto in altre reti di trafficanti. Altre donne che erano mogli, sorelle, figlie, amiche di qualcuno. Non potevo lasciarle soffrire, non quando sapevo dove si trovavano e cosa stessero passando. Ma dopo il mio sfortunato tentativo di fare le cose da solo, sapevo che non sarei mai stato in grado di portare a termine un salvataggio fino in fondo. Così... sono entrato in alcuni database militari."

"Porca miseria, non era pericoloso?" chiese Raven, stringendogli la mano.

Non c'era niente di meglio di poterle stringere la mano. Dave annuì. "Sì, se mi avessero preso, sarei stato nella merda, ma sono stato fortunato. Ho consultato le schede personali di alcuni dei più decorati soldati e marinai delle forze speciali. Dovevo sapere che erano in grado di tenere duro, se avessi dovuto spedirli in missioni pericolose. Non volevo che sapessero chi ero, però. Voglio dire, chi avrebbe accettato di lavorare per il proprietario di un bar di basso livello che non era mai stato nell'esercito?"

"Così li ho convinti tutti a venire al The Pit per un 'colloquio', se così vogliamo chiamarlo. Erano incazzati quando 'Rex' non si è presentato, ma quello che non hanno capito è che sapevo già che potevano fare il lavoro. Mi serviva capire se ci fosse chimica tra di loro. Volevo un gruppo di uomini che si coprissero le spalle a vicenda senza alcuna esitazione, che potessero lavorare insieme nelle situazioni più stressanti."

"Così è stato," commentò Raven.

"Hanno legato per l'irritazione della mia assenza, hanno giocato a biliardo e parlato tutta la sera. Prima che se ne andassero, sapevo che erano la squadra di cui avevo bisogno."

"Come facevi a pagarli?"

Dave fece spallucce. "Alcuni investimenti e un po' di

fortuna. Ho incontrato alcune persone online che mi hanno insegnato a investire sicuro, sai, come contare le carte al casinò. C'è voluto un po' di tempo, ma una volta che ho iniziato a guadagnare, non ho più smesso. Ho ricevuto varie donazioni nel corso degli anni." Strinse la mano di Raven. "I soldi non sono un problema. Posso prendermi cura di te e David, darvi tutto ciò che avete sempre desiderato. Attualmente vivo in un piccolo appartamento non troppo lontano dal The Pit, ma posso comprare un appezzamento di terreno e far costruire la casa dei tuoi sogni."

"Non ho bisogno di molto," disse Raven con estrema dolcezza. "L'unica cosa che voglio è essere al sicuro, voglio che David possa correre e giocare, essere libero."

"Affare fatto," disse subito Dave. Dopo un attimo di esitazione, chiese: "Puoi dirmi cosa è successo? Non necessariamente i dettagli, solo in generale? Se non altro, anche se è successo dieci anni fa, potrebbe aiutarmi a capire meglio come opera la rete e come prendono di mira le donne, così posso fare del mio meglio per fermarli."

———

Mags sentiva quella domanda aleggiare nell'aria. Ma stranamente le sembrava di poter condividere tutto con Dave. Erano dieci anni che non parlava con nessuno di come era stata presa o di quello che le era successo. Si era tenuta tutto dentro. Ma dopo aver sentito fino a che punto Dave si era spinto per cercare di trovarla, in qualche modo l'aveva fatta sentire... in pace. Lui non aveva semplicemente fatto spallucce e non era andato avanti con la sua vita mentre lei soffriva.

Aveva sofferto tanto quanto lei... in modo diverso, sì, ma l'agonia era sempre presente. Guardò la cicatrice sul suo collo e rabbrividì. Era stato fortunato. Era una cicatrice piuttosto brutta e profonda, Dave avrebbe potuto morire dissanguato.

     SUSAN STOKER

Nella sfortuna, entrambi erano stati fortunati.

Mags sapeva che alcune persone l'avrebbero creduta pazza. Come poteva definirsi fortunata dopo essere stata rapita e ridotta a schiava sessuale? Era viva, ecco come. Inoltre, quell'esperienza le aveva portato un bambino bellissimo e innocente. Era un miracolo. In qualche modo, per una serie di eventi che lei non avrebbe mai capito, suo marito era lì, in quel momento. Le teneva la mano e la guardava con lo stesso amore e rispetto che aveva nutrito per lei dieci anni prima.

In tutte le sue fantasie, Raven non aveva mai pensato che Dave potesse ancora amarla dopo tutto quello che le era successo. Invece lui era lì, seduto accanto a lei, le mostrava ancora con ogni parola che gli usciva di bocca che le era devoto, esattamente come lo era stato dieci anni prima.

Sì, Mags era fortunata. Sapeva meglio di molti altri quante donne morivano durante la prigionia. Non avevano la possibilità di rivedere le loro famiglie e i loro cari. Venivano usate e abusate finché non si arrendevano.

"Se non puoi, capirò," disse Dave con dolcezza, rispondendo al lungo silenzio.

"Avevo finito di andare in bagno ed ero appena uscita dalla toilette," disse Mags, raccogliendo il coraggio per iniziare il racconto. "Un uomo si è avvicinato e mi ha messo un braccio intorno alle spalle. Era forte, anche se ho cercato di allontanarmi da lui, non ci sono riuscita. Ha detto che se non fossi andata con lui, il suo compagno ti avrebbe ucciso. Ero confusa e spaventata, non sapevo cosa fare. Prima che me ne rendessi conto, ero stata condotta fuori dal club e mi stavano spingendo attraverso il casinò. Mi ha accompagnato attraverso la porta d'ingresso dell'hotel fino a una macchina e mi ha spinta dentro."

"C'erano altri tre uomini, per quante volte chiedessi cosa volessero e dove fossi, nessuno mi rispondeva. Non so quanta strada abbiamo fatto, ma non siamo andati troppo lontano, almeno non credo. Mi hanno portata in una casa, in un seminterrato. Mi hanno infilata in una gabbia per cani e l'hanno chiusa a chiave."

Mags sentì Dave inspirare bruscamente, ma non lo guardò, sapendo che doveva continuare a raccontare tutta la storia. Si concentrò invece sulle loro dita intrecciate. Vedere le grandi dita callose del marito che stringevano le sue la manteneva ancorata al presente.

"Non me ne sono stata zitta e buona," proseguì. "Ho urlato, gridato e preteso che mi lasciassero andare. Penso che si siano stancati di ascoltarmi, qualcuno è sceso e mi ha sparato con una specie di freccetta. Non ricordo molto del viaggio fuori dal paese, ma ricordo che quando mi sono ripresa, ho visto un enorme rimorchio per trattori. Stavano caricando me e altre gabbie con altre donne all'interno, dietro una paratia nascosta. Presumo che sia così che ci hanno portate in Messico."

"Quando finalmente ho ripreso conoscenza, ero in una camera da letto con le braccia incatenate al letto. Non mangiavo da molto tempo ed ero disidratata, ma quella prima notte ho capito cosa sarebbe successo."

"Non ricordo quanti uomini siano venuti nella mia stanza, quella notte. Pensavo che se fossi rimasta immobile, senza reagire, si sarebbero fermati, che non avrebbero voluto stare con una donna che giaceva lì floscia. Ma non è andata così."

"Mi è sembrato che fossero passate delle ore, anche se probabilmente si trattava di molto meno, quando Del Rio è entrato nella stanza. Era la prima volta che lo incontravo. Ero sdraiata sul letto nuda, spaventata a morte e sofferente. Mi ha detto che gli appartenevo, il mio compito era quello di rendere felici gli uomini che venivano a trovarmi. Se l'avessi fatto, alla fine mi sarebbe stata concessa un po' più di libertà di movimento, avrei potuto parlare con gli altri, mangiare. Se avessi continuato a ribellarmi, allora sarei rimasta incatenata al letto e avrei avuto solo qualche briciola di cibo al giorno. In ogni caso, sarei stata costretta ad aprire le gambe a chiunque venisse a trovarmi.”

Mags parlò più velocemente. Poteva sentire la tensione e la rabbia crescere in suo marito. Non poteva biasimarlo. Ma doveva dirglielo. Aveva bisogno che sapesse cosa le era successo e a cosa andava incontro. Se lui avesse pensato di non riuscire a sopportare tutto ciò, lei avrebbe dovuto saperlo subito, prima di tornare negli Stati Uniti.

“Ho lottato. Mi sono rifiutata di stare semplicemente sdraiata e di accettare quello che mi stava succedendo. Ma alla fine ho ceduto. Stavo morendo di fame. Un cliente è entrato nella mia stanza con una mela. Solo una. La teneva in mano e mi ha detto che se mi fossi lasciata prendere senza lottare, me l’avrebbe data.”

Le vennero le lacrime agli occhi, nel ricordare quell’umiliazione. “Avevo troppa fame... Ho accettato,” ammise con voce tremante. “Ho pensato che se non fossi stata trovata a quel punto, forse non sarei mai stata salvata. Non avevo scelta. Se volevo sopravvivere, dovevo adattarmi a quella situazione. Così, la volta successiva che Del Rio è venuto a trovarmi, gli ho detto che avrei fatto quello che voleva.”

“Non dimenticherò mai quel ghigno diabolico. Sapeva di avermi sconfitta. L’aveva fatto moltissime altre volte con centinaia, forse migliaia di donne; aveva tutto il potere.”

“Guardami,” disse Dave in un tono che Raven non riuscì a interpretare.

Lei non voleva guardarlo, ma finalmente alzò lo sguardo verso di lui, aspettandosi di vedere rabbia o disgusto sul suo bel viso. Invece quello che vide quando lo guardò negli occhi la sorprese.

“Sono indignato oltre ogni immaginazione per quello che ti è successo. Ma sono anche incredibilmente orgoglioso.”

“Come puoi esserlo? Non hai sentito quello che ho fatto? Quello che ho fatto *volontariamente*?”

“Non hai fatto *nulla* volontariamente,” disse Dave senza

esitazione. "Solo perché hai fisicamente smesso di resistere, non significa che ti sia piaciuto o che tu lo abbia voluto. Hai fatto quello che dovevi fare per rimanere in vita. Sappiamo entrambi che, se avessi continuato a combattere, ora saresti morta. Del Rio non avrebbe avuto alcun problema a lasciarti morire di fame. Non ha una coscienza. Eri solo un oggetto, per lui. Ma sai cosa ti dico? Hai vinto tu. Pensava di averti distrutta, invece non c'è riuscito. Ti ha reso solo più forte. Tu sei qui, hai un gruppo di amiche che farebbero qualsiasi cosa per te, hai un figlio fantastico. Che si fotta."

Mags non poteva credere a quello che stava sentendo. Dave doveva essere arrabbiato. Doveva essere arrabbiato con lei perché non aveva lottato di più. Invece la stava elogiando. Non riusciva a crederci. "So che ti starai chiedendo perché non ho cercato di mettermi in contatto con te, dopo essere uscita," disse lei esitando.

Dave scosse immediatamente la testa. "No, capisco."

Mags era scettica. "Davvero?"

"Sì. Quando Zara è tornata in Colorado, le ci è voluto un po' per ambientarsi. Quando è stata pronta, ha fatto una conferenza stampa per rispondere ad alcune domande su dove era stata per quindici anni. Una giornalista ha avuto il coraggio di chiederle perché non si fosse sforzata di più, per dire a qualcuno chi era, per chiedere aiuto. Lei non ha perso le staffe, ma ha fatto a pezzi quella giornalista con la sua risposta."

"Cosa le ha detto?" chiese Mags.

"Non ricordo le parole esatte, ma ha fatto passare forte e chiaro il concetto: lei ha fatto il meglio che poteva con le conoscenze e le risorse che aveva in quel momento. Era una bambina, spaventata a morte, che cercava di sopravvivere in un mondo estraneo in cui era stata gettata senza preavviso o alcuna preparazione. Si è assicurata che tutti capissero che la domanda era offensiva. Possiamo mettere in dubbio le sue decisioni quanto vogliamo, ma il punto è che noi non eravamo lì. Non sappiamo cosa stesse passando, quindi non possiamo giudicare comodamente seduti in poltrona. E ora che so di David, capisco ancora di più le tue decisioni."

"Non potevo lasciarlo," sussurrò Mags. "Lui è innocente. Se lo lasciassi, lo getterei in pasto ai lupi. Nessuno si prenderebbe cura di lui come farei io. Nessuno gli direbbe che è intelligente e forte."

"Lo so," disse Dave.

Mags guardò di nuovo le loro mani intrecciate. "E... Mi vergognavo. Non avevo idea se tu fossi andato avanti e avessi trovato qualcun'altra. Non volevo piombare di nuovo nella tua vita, in caso fossi stato felice, magari ti eri risposato. Non mi piaceva affatto quello che avevo dovuto fare per sopravvivere."

"Non sono stato con nessuna dall'ultima notte che abbiamo passato insieme a Las Vegas," le disse Dave.

Quelle parole esplosero come una bomba lanciata nella stanza.

Mags lo fissò stralunata. "Cosa?"

"Non ho toccato nessun'altra donna da quando sei scomparsa," ribadì Dave.

"Ma... sono passati dieci anni!"

"Lo so. Come potevo fare l'amore con un'altra, quando tutto quello che volevo eri tu? Non sapevo se fossi viva o morta, ma non importava. Se avessi toccato qualcun'altra, mi sarebbe sembrato di tradirti. Avrei preferito strapparmi l'uccello a morsi piuttosto che disonorarti in quel modo."

"Dave," sussurrò Mags, sopraffatta.

"Adesso ascoltami, Raven," disse Dave. "Farei qualsiasi cosa per te. *Qualsiasi cosa.* Ho affrontato un gruppo di motociclisti incazzati, ho imparato tutto quello che potevo sul dark web e l'hacking, ho assunto degli ex militari delle forze speciali per dare la caccia agli stronzi e scovare donne e bambini scomparsi nella speranza che, un giorno, tu potessi spuntare tra loro. Sarei pronto a morire, se ciò garantisse la sopravvivenza tua e di nostro figlio. Rinunciare al sesso non era niente rispetto a quello che avevo perso, tesoro."

Muovendosi lentamente, Mags si avvicinò al marito e appoggiò la testa contro di lui. Lui sollevò un braccio avvolgendole una spalla. Lei si tese, non si sentiva a suo agio, intrappolata sotto il suo braccio, ma lui non la afferrò, non fece nulla che la rendesse nervosa, così lei lentamente si rilassò.

I pensieri di Mags erano in subbuglio per tutto quello che aveva scoperto quella sera. Non solo suo marito non si era dimenticato di lei, ma aveva completamente cambiato la sua vita e se stesso per cercare di trovarla. Raven si pentì di non aver cercato di mettersi in contatto con lui nel momento stesso in cui Del Rio l'aveva cacciata dal suo complesso senza darle un soldo. Ma ormai non si poteva cambiare il passato. Si vergognava ancora di quello che era stata costretta a fare, ma in qualche modo, seduta con Dave in quel motel, dopo una bella doccia e sdraiata sul letto più morbido su cui fosse stata negli ultimi dieci anni, la vergogna le sembrava l'ultimo dei problemi.

Non poteva credere che Dave non fosse stato con un'altra donna in tutto il tempo in cui era scomparsa. Non si sarebbe arrabbiata se lui avesse avuto altre donne: la vita andava avanti, lo sapeva bene. Ma il fatto che lui si fosse astenuto dall'avere altri rapporti dimostrava solo quanto fosse profonda la devozione di Dave.

Per un momento, si accese una scintilla di speranza nel petto di Mags. C'era forse una possibilità che potessero riprendere da dove erano stati interrotti dieci anni prima?

Poi anche lei tornò alla realtà dei fatti.

"Non sono sicura di voler più fare sesso in vita mia," gli sussurrò.

Il braccio di Dave si strinse brevemente intorno a lei, in una specie di tenero abbraccio laterale. "Non me ne può fregare di meno. Ne ho fatto a meno per dieci anni, me la sono cavata benissimo anche da solo, quando avevo davvero bisogno di sfogarmi. Non ti amo per il sesso, tesoro. Ti amo per quella che sei. Tutto quello che voglio è che tu rientri nella mia vita. Ti voglio così come sei. Onestamente, non ti biasimo neanche un po'. Se avessi passato quello che hai passato tu, nemmeno io vorrei essere toccato. Il fatto che tu sia qui con me, che mi lasci sedere accanto a te, è un miracolo. Un miracolo per cui ho pregato ogni giorno, negli ultimi dieci anni. Ci faremo strada verso una nuova relazione, insieme."

Wow! Raven aveva sempre saputo che suo marito era un uomo straordinario, ma aveva dimenticato quanto. "Pensi di continuare con i Mercenari di Montagna?" gli chiese dopo un minuto.

"Sì," disse Dave senza esitare. "Ti ho trovata, ma questo non significa che non ci siano altre donne nel mondo che hanno bisogno di essere salvate. Anche loro hanno delle persone care che vogliono disperatamente sapere cosa è successo, dove sono finite. Non posso abbandonarle ora che ti ho trovata. Non posso proprio..."

Mags non si preoccupò di asciugarsi le lacrime che le scendevano dagli occhi, bagnando il cotone della maglia di Dave.

"E poi, ho pensato... non ha molto senso dare la vecchia casa di Daniela a Maria, Carmen, Bonita e Teresa."

Mags si agitò. "Perché?"

"Perché dovrebbero essere in grado di tornare a casa, se vogliono. Tornare in Brasile, Venezuela e Messico. Hanno delle famiglie, proprio come te. Posso mettermi in contatto con i loro parenti per far sapere loro che sono vive."

Merda, Mags stava per impazzire di nuovo. Riuscì solo a dire: "E Gabriella?"

"È nata lì nel quartiere, giusto? Ho pensato che se lei volesse, e se tu fossi d'accordo, forse potrebbe tornare in Colorado con noi. Potrebbe farti bene avere un'amica con te, oltre a Zara, che sa perfettamente quello che hai passato. Una persona positiva."

E proprio in quel momento, Mags si innamorò per la seconda volta di suo marito.

"Mi farebbe piacere. E credo che lo stesso valga per lei," riuscì a dire.

"Bene."

"Adesso che succede?" gli chiese.

"Devo sentire il mio contatto e dirgli che stiamo aggiungendo un'altra persona al nostro gruppo di viaggio. Avrà bisogno di un visto, dovrò ungere qualche ruota con i miei contatti al Dipartimento di Stato. Far tornare le altre nei loro paesi d'origine non sarà una passeggiata, ma penso di poter corrompere alcuni funzionari qui in Perù per far sì che ciò avvenga abbastanza facilmente."

"E David?" chiese Mags nervosamente.

"Per lui è un po' più complicato, ma giuro che non ce ne andiamo senza di lui."

Mags aveva un milione di altre domande, ma era esausta. Era sfinita sia emotivamente che fisicamente. A ogni modo, si sentiva più a suo agio di quanto ricordasse da molto tempo. Il braccio di Dave intorno a lei non sembrava minaccioso. Si sentiva al sicuro. Poteva sentirgli il cuore battere nel petto; quando lui si spostò per sdraiarsi, lei non si fece prendere dal panico.

Muovendosi con lui, si stese sotto le coperte mentre lui rimaneva sopra. Gli poggiò la testa sull'ampio torace, colpita da un flashback di quando dormivano esattamente in quella posizione. La differenza, rispetto al passato, era che dormivano così... nudi.

Ma a ogni modo, Raven si sentiva al sicuro. Tra le braccia di Dave si sentiva *veramente* al sicuro.

Chiuse gli occhi e si addormentò in pochi secondi.

———

Dave rimase il più fermo possibile per abbandonarsi semplicemente alla sensazione di avere di nuovo la moglie tra le braccia. Non poteva credere che lei gli permettesse di tenerla così. Era felice come se fosse Natale e ogni altra festa messe insieme.

Aveva passato gli ultimi dieci anni a sognare esattamente quell'istante; l'istante in cui stringeva Raven tra le braccia, al sicuro... la realtà era molto meglio delle fantasie.

Quella donna aveva passato l'inferno, l'inferno più assoluto. Dave non riusciva nemmeno a cominciare ad elaborarlo. Ma non le aveva mentito: era davvero orgoglioso di lei. Era sopravvissuta. In qualche modo, miracolosamente, era sopravvissuta. Dave odiava che lei si vergognasse, ma avrebbe passato il resto della sua vita ad assicurarsi di farle sapere quanto la amava e quanto fosse orgoglioso di lei.

Era incredibile, Raven era davvero lì, e Dave la teneva tra le braccia. Aveva sempre saputo che sua moglie era una tosta, ma dopo aver sentito la sua storia, dopo aver saputo che aveva partorito il figlio da sola, era ancora più impressionato. Inoltre, aveva fatto tutto il possibile per proteggere anche David, un compito non facile, dato che qualcuno come Del Rio controllava ogni secondo delle attività quotidiane del bambino.

Dave era più che pronto a portare moglie e figlio fuori da quel paese maledetto e tornare a casa, in Colorado. Sfortunatamente, dovevano aspettare di avere il passaporto di David. I Mercenari erano entrati nel paese fingendo di essere dei turisti, anche se poteva sembrare strano avere due persone in più che tornavano a casa con loro (tre, se si fosse unita anche Gabriella) poteva ancora funzionare, specialmente se avessero corrotto qualche agente all'aeroporto.

Per prima cosa, avrebbero dovuto escogitare un piano per far evadere David dalla casa in cui era tenuto prigioniero. Dave non voleva uccidere le persone che lo sorvegliavano, se era possibile evitarlo. Le donne erano certamente sotto il controllo di Del Rio e facevano solo quello che dovevano, per rimanere in vita.

Del Rio aveva molte persone in pugno; c'era la possibilità che, se avesse scoperto il piano di ottenere un passaporto per David e portarlo fuori dal paese, avrebbe fatto qualcosa per bloccare tutto.

Era ormai evidente che l'unica scelta possibile fosse quella di fare irruzione nella casa dove Del Rio teneva David. Non c'era modo di sapere come avrebbero reagito le persone che facevano la guardia al bambino, a fronte di un'irruzione del genere. Dave sapeva che se David fosse rimasto ferito, Raven non sarebbe sopravvissuta. Era ovvio.

Dave avrebbe fatto qualsiasi cosa per riportare David negli Stati Uniti sano e salvo. Non importava se avesse dovuto perdere tutta la dignità e supplicare il capo della più grande operazione di traffico sessuale del Sud America di lasciargli prendere il bambino. Lo avrebbe fatto. La cosa più importante era riportare Raven e David a casa. Non importava cosa andasse fatto.

Per quanto volesse chiamare la squadra e fare irruzione nella casa quella sera stessa, sapeva che dovevano aspettare di avere i documenti pronti per far uscire il figlio dal paese. Mentre Del Rio era uno stronzo che abusava dei bambini, David stava vivendo nella casa da quattro anni e mezzo. Non avevano prove che Del Rio avrebbe fatto una mossa nella prossima settimana o giù di lì. Avrebbero fatto meglio a fare una ricognizione per pianificare l'attacco alla casa e fare i preparativi per andarsene dal paese non appena avessero messo le mani su David. Nel frattempo, non avrebbero potuto fare nulla che potesse insospettire Del Rio.

Forse il boss era già all'occorrente del fatto che ci fosse qualcuno di nuovo che bazzicava intorno a Mags, ma con un po' di fortuna gli ci sarebbe voluto un po' per capire chi fossero quelle persone.

Se avesse saputo che i Mercenari di Montagna erano

tornati e che avevano un legame con la madre di David, la situazione sarebbe precipitata in fretta.

Dave avrebbe tanto desiderato poter agitare una bacchetta magica e teletrasportare moglie e figlio al sicuro nella casa di Colorado Springs, ma sapeva di doversi alzare per continuare a mandare e-mail ai suoi contatti e mettere in moto tutti i meccanismi per restituire le amiche di Raven alle rispettive famiglie. Tuttavia, finché sua moglie gli dormiva tra le braccia, non avrebbe mosso un muscolo. Raven era un vero e proprio tesoro, per lui. Non aveva mai osato sognare un'eventualità simile.

Chiudendo gli occhi, Dave inalò il profumo di sapone pulito che emanava la sua donna, sentendolo fin nel profondo dell'anima. Nessuno le avrebbe più fatto del male. L'avrebbe difesa con la sua stessa vita.

CAPITOLO DIECI

Mags passò i giorni successivi a conoscere di nuovo il marito. Dave era molto simile a come se lo ricordava, ma c'era molto di più. Era perspicace e compassionevole, più dei tempi quando erano stati insieme.

Raven era andata a trovare David altre quattro volte, con la differenza che Dave la accompagnava all'andata e al ritorno per non farle il lungo percorso a piedi da sola. Lei sapeva che il marito e la sua squadra erano impegnati a raccogliere informazioni per qualsiasi cosa stessero progettando riguardo a suo figlio, ma non li aveva mai visti mentre era con David, lui non condivideva con lei alcun dettaglio

Invece *avevano* condiviso con Teresa, Bonita, Carmen e Maria i piani per aiutarle a tornare a casa; tutte e quattro le donne erano state sopraffatte da quella gratitudine. Dave aveva scritto i loro nomi, indirizzi, date di nascita e tutto ciò di cui aveva bisogno, non solo per trovare le loro famiglie (o gli amici, nel caso di Bonita, dato che era stata proprio la sua famiglia a venderla a Del Rio), ma anche per procurarsi i documenti necessari per farle uscire dal Perù. Mags l'aveva osservato mentre faceva quello che gli riusciva meglio… usare il computer per ottenere informazioni e risolvere pasticci.

Anche Gabriella era rimasta sconvolta, quando Mags le aveva chiesto se volesse andare negli Stati Uniti con lei e con il resto dei Mercenari di Montagna. Gabriella aveva accettato immediatamente. Più tardi, aveva detto a Mags di essere spaventata a morte, ma di non avere più niente da fare in Perù: voleva una possibilità di vivere una vita migliore.

Mags aveva pensato che le notti sarebbero state difficili, dormendo nella stanza del motel con Dave, ma sorprendentemente aveva dormito meglio di ogni altra notte degli ultimi dieci anni. Rannicchiata contro di lui, sul letto più morbido del mondo, il profumo del marito nelle narici... Mags non aveva avuto alcun problema a dormire.

Quel giorno, mentre Zara e gli amici di Dave definivano i dettagli per la nuova clinica che Zara stava finanziando, Dave aveva deciso di portare Mags a Miraflores. Era la parte più turistica di Lima. Lei si sarebbe accontentata di stare tutto il giorno nella stanza del motel, ma lui le aveva detto che voleva lasciarle dei bei ricordi del Perù.

Quanta era stato dolce. Mags sapeva che stava solo cercando di distrarla, per non farla pensare al fatto che stavano ancora aspettando i documenti per lei e le altre. E soprattutto... sospettava che non avessero ancora trovato il modo migliore per liberare David dalle grinfie di Del Rio.

In quel momento, Dave si trovava nella stanza accanto a parlare con i suoi amici proprio di quella vicenda. Le loro voci erano iniziate ovattate, ma più passava il tempo, più diventavano intense. La frustrazione e la rabbia che si poteva percepire dall'altra stanza la rendevano nervosa, era contenta che ci fosse un muro tra loro.

Origliò spudoratamente la conversazione. In fondo, parlavano di suo figlio, quindi ciò che aveva a che fare con lui, aveva a che fare direttamente anche con lei.

Raven aveva finalmente rivelato a Dave, proprio la sera precedente, quello che David le aveva detto sulle foto scattate da Del Rio, lui aveva a malapena contenuto la sua rabbia.

Dave era stato molto attento a non perdere le staffe, quando era vicino a lei; faceva del suo meglio per essere dolce e accomodante, ma dopo aver sentito quello che era stato fatto a David, lei poteva vedergli la rabbia scintillare negli occhi, per poi irradiarsi in tutto il corpo. Invece di spaventarla, quella reazione la rassicurò. Voleva che Dave fosse arrabbiato. Voleva che facesse tutto il necessario per salvare David, portandolo fuori da quella situazione. Non era stata in grado di farlo da sola, quindi avrebbe accettato tutto l'aiuto possibile.

"So che pensi che sia un'opzione, ma non è una buona idea," disse Ball a voce alta nell'altra stanza.

"L'unica altra opzione è spaventare a morte mio figlio," argomentò Dave. "E devo considerare qualsiasi altra alternativa che lo impedisca."

"Sei stato il nostro capo per anni," disse qualcun altro. Mags non riusciva a capire chi fosse. "Ci hai predicato svariate volte che siamo una squadra. Entriamo insieme e ne usciamo insieme, quindi perché stai spingendo così tanto per fare così, adesso?"

"Ci sono situazioni in cui a volte è necessario che si impegni una persona sola," disse Dave.

"Tipo quando?" chiese Ro. Mags lo riconobbe per via del suo accento.

"Come quando Gray è salito a bordo di quella barca e ha trovato Allye," rispose Dave. "Come quando Arrow ha dovuto separarsi dal resto della squadra nella Repubblica Dominicana per tenere Morgan al sicuro. Quando Black è entrato in quell'edificio in fiamme per salvare Harlow."

Calò il silenzio per qualche minuto, poi qualcuno disse: "Quelli sono casi completamente diversi."

"No, non lo sono," disse Dave con foga.

"Stronzate. Gray non è andato su quella barca aspettandosi di trovare una donna prigioniera. Se avessimo saputo che Allye era su quella barca, il piano sarebbe stato molto diverso.

Arrow non voleva separarsi dalla squadra; siamo stati costretti a dividerci a causa delle circostanze. Black non è entrato in un edificio in fiamme... ha salvato quelle persone da fuori. I tuoi esempi sono un mucchio di stronzate e tu lo sai.”

Mags trattenne il respiro mentre ascoltava attentamente.

“E che dire del fatto che non sei addestrato?” chiese qualcun altro. “Non riesco a credere che tu possa rischiare di mandare a puttane la missione più importante della tua vita, solo perché non ti fidi della squadra su cui hai fatto affidamento per anni, proprio quando c’è più bisogno di noi.”

Mags trasalì. Negli ultimi giorni, aveva avuto l’impressione che Dave si sentisse in qualche modo in svantaggio a causa della sua mancanza di abilità militari, ma da quello che aveva visto, era perfettamente competente.

“Questo è uno dei motivi principali per cui è nato Rex,” disse Dave ai suoi amici. “Sapevo che avreste avuto problemi a prendere ordini da Dave il barista. Ma le cose stanno così: so cosa sto facendo. Ho prestato attenzione nel corso degli anni. Ho studiato. E ho una motivazione in questa missione, motivazione che nessuno di voi ha. David è mio figlio e Raven è mia moglie. Non farei mai nulla che mettesse in pericolo loro due. So quali sono i miei punti di forza e le mie debolezze. Se qualcuno di voi cercasse di andare a parlare con quello stronzo, lui scoprirebbe tutto in un attimo. Saprà che siete militari. Il vostro aspetto vi tradisce.”

“E non credi che si accorgerà che ti preoccupi un po’ troppo per il bambino?” chiese qualcuno.

“Posso fargli vedere quello che voglio,” insistette Dave. La sua voce perse un po’ della solita grinta, ma parlava ancora forte quando aggiunse: “Non sono un idiota, so cosa c’è in ballo. So anche che se mando tutto a puttane, sarete tutti pronti a portare la mia famiglia fuori dal paese.”

“Certo che lo faremo,” disse Ro.

“Non ci vai da solo,” ringhiò Ball. “Capisco quello che dici sul fatto che è in gioco la tua famiglia, ma andare da solo non è intelligente, e tu lo sai."

Ci fu una lunga pausa prima che Mags sentisse Dave parlare di nuovo. "Perdere David distruggerebbe Raven. L'ho persa una volta e non sono disposto a perderla una seconda volta. Mi sacrificherei volentieri per allontanare David da Del Rio."

"Sappiamo che lo faresti," gli disse Ro. "Ma non sei costretto a farlo. Ecco perché hai formato i Mercenari di Montagna. Per situazioni come questa. Non appena sapremo che il passaporto di David è stato ultimato e che sarà tutto pronto per farlo partire, lo tireremo fuori di lì."

Mags non sentì la risposta di Dave, ma sentì la porta accanto che si apriva e si tese, aspettandosi che Dave tornasse nella sua stanza, dove lei lo stava aspettando.

Infatti, Dave arrivò in pochi secondi.

"Stai bene?" gli chiese subito, senza pensarci. "Mi è sembrata una discussione accesa."

"Dannate pareti di carta velina," mormorò Dave, che poi le si avvicinò, si inginocchiò davanti al punto in cui lei era seduta sul letto, facendo attenzione a non starle troppo vicino e a non toccarla. "Porteremo David fuori di qui. Ok?"

Lei lo guardò dritto negli occhi e vide la certezza assoluta. Nessuna esitazione. Aveva bisogno della forza e della fiducia di Dave più di quanto fosse disposta ad ammettere. "Ok."

"Bene. Ora, che ne dici di uscire? Sei pronta a giocare alla turista per un po'?"

Raven era stata in Perù per un decennio e non aveva mai pensato di avere una giornata spensierata. In realtà, voleva vedere suo figlio, ma dato che era fuori questione, annuì.

Dave si alzò e le tese una mano, aspettando che lei la prendesse. Era una delle tante delicatezze che lei apprezzava e amava di lui. Non le metteva mai fretta. Non la costringeva mai a fare qualcosa che lei non voleva fare. Sapeva che se lei gli avesse detto di voler rimanere al motel, lui avrebbero acconsentito. Se gli avesse detto che voleva andare in giro per i bassifondi, lui sarebbe stato d'accordo e sarebbe rimasto sempre al suo fianco per proteggerla. Non le avrebbe permesso di esporsi al pericolo; né per David, né per lui.

Mags voleva tenere Dave a distanza. Non era sicura di poter riprendere da dove erano rimasti, quel giorno a Las Vegas. Ma ogni giorno, ogni ora che passava con lui, le sue difese si sgretolavano lentamente. Le piaceva l'uomo che era diventato. Molto. Aveva bisogno della sua durezza e della sua forza per andare avanti.

Raven allungò la mano e prese quella di Dave, avvertendo la pelle d'oca sulle braccia quando lui chiuse la mano intorno alla sua e gliela strinse leggermente.

———

Ore dopo, Mags stava camminando mano nella mano con Dave in un parco di Miraflores. La zona brulicava di turisti e c'erano tanti abitanti del posto che cercavano di vendere la propria merce. Molti chiedevano l'elemosina, come aveva fatto lei più volte di quante ne potesse contare. Ma anche se erano circondati dalla folla, lei non era nervosa come al solito.

Suo marito la condusse su una panchina all'ombra, guardarono la gente passare per qualche minuto, prima che lui tirasse fuori dalla tasca un pezzo di carta e glielo consegnasse.

Confusa, Mags chiese: "Cos'è?"

"Aprilo e guarda."

Lentamente, Mags aprì il pezzo di carta e fissò le parole scritte in modo confuso. Poi capì. "Oh, mio Dio," sussurrò.

"Sai che l'altro giorno ti ho chiesto più dettagli sulla nascita di David," esordì Dave. "Non ero solo curioso, anche se ovviamente voglio sapere tutto il possibile su di lui. Avevo bisogno di informazioni per avere questo." Fece un cenno al foglio.

Mags stava guardando il certificato di nascita del figlio.

Ovviamente Dave aveva trovato il modo di farlo stilare, perché di sicuro quel pezzente di Rio non si era preoccupato di registrare la nascita di David. Sul certificato c'era il nome, il peso alla nascita (Mags aveva dovuto tirare a indovinare), l'indirizzo di Daniela indicato come indirizzo della madre. Ma non furono quei dettagli ad emozionarla.

Dave si era registrato come *padre*.

"So che è stato presuntuoso da parte mia," disse lui, come se potesse leggerle la mente. "Ma non volevo lasciarlo in bianco. Avevamo discusso della possibilità di avere dei figli, ed è qualcosa che ho sempre rimpianto... che non siamo mai riusciti a realizzare. Non l'ho ancora incontrato, ma gli voglio già bene semplicemente perché è una parte di te. Mi preoccupo per lui quanto te, nei giorni in cui non riesci a vederlo; non posso sopportare il pensiero che gli accada qualcosa. Sapere cosa ha in mente Del Rio mi fa venire voglia di uccidere chiunque abbia osato anche solo guardarlo. Sì, mettere il mio nome sul certificato di nascita rende più facile per il mio contatto procurargli un passaporto, ma non me ne frega un cazzo. Se preferisci togliere il mio nome e farlo adottare ufficialmente quando torniamo negli Stati Uniti, posso farlo."

"No!" gridò praticamente Mags. "Voglio dire, va bene. Questa è la cosa più incredibile che qualcuno abbia mai fatto per me."

Dave alzò la mano e le toccò delicatamente il lato del viso. "Ti amo, tesoro. Mi dispiace tanto di averci messo così tanto a trovarti."

Lei scosse la testa. "Il fatto che tu non ti sia mai arreso significa per me più di quanto tu possa immaginare."

"Come se avessi mai potuto smettere di cercare," disse Dave con una piccola scossa della testa. "Non importa quanto sia costato o quanto tempo ci sia voluto, non mi sarei mai fermato prima di trovarti, viva o morta."

Mags gli credette. Fissò l'uomo che non avrebbe mai pensato di rivedere e fu travolta da tutte le ragioni per cui si era innamorata di lui. Il tempo era stato clemente con Dave. Aveva qualche ciuffo di capelli bianchi tra le ciocche castano scuro e la folta barba, qualche ruga sul viso, ma era ancora bello come lo era il giorno delle nozze. Le era sempre piaciuto il fisico muscoloso, la stazza, la faceva sentire ancora più sicura, seduta in un parco nel centro di Miraflores.

Mentre lei lo studiava, lui si mosse. Si inginocchiò ai suoi piedi e si mise una mano in tasca. Tirò fuori un anello e lo alzò tra di loro. "Margaret Crawford Justice, vuoi farmi l'onore di risposarmi? Siamo entrambi persone diverse rispetto a quindici anni fa, quando te l'ho chiesto per la prima volta. Siamo più vecchi, spero anche più saggi. Sicuramente più cinici e cauti. Io ti amo. Ti ho sempre amato e ti amerò sempre. Prometto di prendermi più cura di te, questa volta; mi sforzerò sempre di essere il tipo di uomo di cui tu e nostro figlio possiate essere orgogliosi."

Mags chiuse gli occhi e si portò una mano sul cuore, come se ciò potesse bastare a rallentare il battito frenetico del cuore nel petto. Voleva dire di sì. Dio, quanto lo voleva. Ma doveva assicurarsi che lui sapesse a cosa andasse incontro.

Quando lei aprì gli occhi e lo guardò, le dispiacque leggergli dell'insicurezza. "Ho degli incubi," ammise lei. "E probabilmente sarò la madre più iperprotettiva di sempre. Non mi piace la folla, ho difficoltà a fidarmi delle persone. Non ho bisogno di molto; sono sopravvissuta negli anni con nient'altro che qualche avanzo di cibo al giorno e un merdoso tetto di metallo sulla testa. Non mi interessano i soldi o il prestigio, ma non sono sicura di poter essere una vera moglie per te. Ho dei veri e propri problemi di intimità. Non solo, ma probabilmente dirò la cosa sbagliata alla persona sbagliata e ti metterò in imbarazzo..."

La voce di Raven svanì. C'erano un milione di altre cose a cui non riusciva a pensare, in quel momento, per fargli cambiare idea sulla proposta di matrimonio, ma se doveva essere onesta con se stessa, voleva dannatamente quell'anello al dito. La sua fede originale era scomparsa quando si era svegliata incatenata a un letto in Perù; avrebbe dato qualsiasi cosa per riaverla. Ma Dave che le infilava un diamante scintillante al dito era un miracolo che non avrebbe mai osato neanche sognare.

"Se hai un incubo, ti terrò tra le braccia finché non svanirà. Non sarai più protettiva di quanto lo sarò io nei confronti di nostro figlio. Neanche a me piace la folla e non ci sarà più un giorno nella tua vita in cui resterai senza cibo, senza riparo o senza amore. Credimi, ho fatto la mia serie di cose imbarazzanti, ho detto cazzate alle persone sbagliate. Una volta ho detto al presidente degli Stati Uniti che non me ne fregava un cazzo della sua agenda, che ero più preoccupato di trovare alcune delle migliaia di donne e bambini scomparsi, di cui il governo non sembrava preoccuparsi."

Mags spalancò gli occhi. "Davvero?"

Dave annuì. "Sì. Lui si è messo a ridere, poi si è impegnato a sganciare mezzo milione di dollari per rinnovare lo sforzo di trovare i bambini scomparsi. Sposami ancora, Raven. Ti prego."

"Sì." Non c'era altro che potesse dire.

Dave le prese la mano e le infilò delicatamente l'anello al dito.

"Quando l'hai preso?" gli chiese.

"Ieri, quando eri con David."

Mags non riusciva a staccare gli occhi da quel diamante. Era semplice, per nulla appariscente, probabilmente era solo mezzo carato o giù di lì, incastonato basso in una montatura tradizionale. Raven guardò gli occhi marroni di Dave. "Ti amo," gli sussurrò. "Non ho mai pensato che avrei avuto la possibilità di dirtelo di nuovo."

Dave si alzò e si sedette di nuovo accanto a lei sulla panchina. Alzò un braccio, poi esitò.

Facendo qualcosa che non faceva da anni, Mags si chinò in avanti e lo circondò con le braccia. Gli appoggiò la testa sul petto e lo strinse il più possibile. Sentì Dave ricambiare l'abbraccio, invece di farla sentire in trappola e in preda al panico, le sue grosse braccia le offrirono conforto.

Nei suoi pensieri, Raven sperava che forse, e solo forse con suo marito, avrebbe potuto godere di nuovo dell'intimità con un uomo.

Non quel giorno.

Non il giorno successivo.

Ma forse, un giorno.

"Ti amo tantissimo, Raven. So che questo è un miracolo e giuro che non darò mai per scontata te, o il nostro amore."

Lei lo abbracciò più forte, poi alzò lo sguardo. "Quando possiamo tornare a casa in Colorado?" gli chiese.

Uno sguardo di frustrazione gli balenò sul viso, prima che lo facesse sparire. "Non sono sicuro. Il passaporto di David sta richiedendo più tempo del dovuto per essere pronto, non possiamo permetterci una soffiata a Del Rio, rischiare di avere lui o la polizia e i militari che ha pagato a romperci le palle, finché non possiamo partire. Vorrei mandarti a casa con Zara e..."

"No," disse Mags con enfasi, raddrizzandosi e fissandolo.

"Ma..."

"Non me ne vado senza David," gli disse.

Dave sospirò. "Immaginavo che questa sarebbe stata la tua risposta," le disse, senza sembrare troppo turbato.

"Se lo sapevi, perché l'hai suggerito?" chiese lei.

"Perché lo speravo. Ti voglio il più lontano possibile da Del Rio, dove sarai al sicuro."

"Non ero al sicuro a Las Vegas," gli fece notare Mags.

"*Touché*," ammise Dave.

"Allora, qual è il piano? So che ne hai parlato con i tuoi amici. O meglio, so che ne avete discusso."

Dave distolse lo sguardo da lei, Mags si sentì a disagio per la prima volta.

"Probabilmente dovremo prendere d'assalto la casa in cui

si trova. Lo so, lo so," disse rapidamente quando Mags aprì la bocca per protestare. "Non è l'ideale. L'ultima cosa che voglio fare è spaventare David, ma Del Rio non ci lascerà entrare per portarlo via da lì. C'è un sacco di gente che sorveglia il bambino e la casa, ha speso un sacco di soldi negli anni per crescerlo. Non vorrà perdere il suo investimento."

Mags odiava pensare al figlio in quel modo, ma sapeva che Dave aveva ragione. Del Rio aveva già iniziato a cercare di indottrinare David, dicendogli che i bambini obbedivano agli adulti, qualunque cosa dicessero, gli aveva scattato delle foto. Era solo questione di tempo prima che facesse l'impensabile.

"Devi solo sapere che sto facendo tutto il possibile per portarci tutti fuori di qui il più alla svelta possibile. E ora che abbiamo il suo certificato di nascita, spero che tutto proceda molto più velocemente. Se tutto va bene, torneremo presto in Colorado, come una famiglia."

"E se *non va* tutto bene?" chiese Mags.

"Allora tu e David sarete comunque diretti verso il Colorado."

"Non fare nulla per metterti a rischio, non metterti nei guai," gli disse fissandolo. "Non posso tornare senza di te."

Dave le mise le mani sulle spalle e la fece girare più verso di lui. "Puoi farlo, e lo farai. Ho bisogno che tu sia al sicuro, Raven. Tu *insieme* a nostro figlio."

"E io ho bisogno *di te*," ribatté Mags. "Farsi ammazzare non è la soluzione."

"Non morirò," disse Dave con calma. "Sono uno stronzo difficile da far fuori."

Mags gli guardò rapidamente la cicatrice sul collo prima di incontrare nuovamente il suo sguardo. "Promettimi che non farai niente di stupido."

"Te lo prometto," le disse subito. "Sarebbe stupido provocare un incidente internazionale e far sbattere me e il resto dei Mercenari di Montagna in una prigione peruviana. Non succederà."

Mags non poteva nemmeno immaginarlo. Si chinò lentamente in avanti e appoggiò la fronte sul petto di Dave. Gli afferrò gli enormi bicipiti mentre gli diceva: "Non posso averti ritrovato, per poi perderti così presto."

"Non succederà," le promise. "Ora, andiamo, dobbiamo tornare al motel per incontrare i ragazzi. Stasera ci sarà una cena celebrativa."

"Davvero?" chiese Mags, lasciando che Dave l'aiutasse ad alzarsi. Cominciarono a camminare verso il punto in cui aveva parcheggiato prima il minivan, e lui annuì.

"Sì."

"Per cosa?"

"Il nostro ricongiungimento, il fatto che sono diventato papà, il tuo salvataggio, il ritorno di Gabriella negli Stati Uniti con noi, l'imminente salvataggio di nostro figlio, il ricongiungimento delle altre donne con le loro famiglie, l'acquisto della nuova clinica e... beh, la vita in generale."

A Mags tutto ciò sembrava incredibile. "Usciamo?"

"No. Ci infiliamo tutti nella stanza di Gray. Il cibo dovrebbe essere consegnato verso le sei e dobbiamo andare al quartiere a prendere le ragazze. Zara porterà anche Daniela con sé."

"Ci saranno tutti quanti?"

"Già. Per questo ho detto che ci infiliamo nella stanza di Gray," disse Dave con una risata. "Abbiamo pensato di uscire, ma la logistica per tenervi tutte al sicuro sarebbe difficile. Quindi prenderemo un sacco di cibo, ci siederemo a chiacchierare e a ridere come una grande famiglia felice. Pensi che a qualcuno dispiacerà?"

"Dispiacere? Assolutamente no. Onestamente, siamo tutte abituati a rannicchiarci e ammassarci in uno spazio angusto," disse Mags.

"Bene."

Mentre camminavano insieme verso il veicolo, la testa di Dave era sempre in movimento, per controllare che Raven fosse al sicuro. Di tanto in tanto le sfiorava con il pollice l'anello che le aveva messo al dito, Mags poteva vedere il bordo del certificato di nascita di David spuntare dalla tasca della camicia dove Dave l'aveva nascosto. La sua vita aveva fatto un salto molto drastico in solo due settimane, tanto che Mags non riusciva a crederci.

Ma esitava ad abbracciarlo completamente, a causa della vita che aveva condotto per fin troppo tempo. Se aveva imparato duramente una lezione, era che nella vita più perfetta poteva sempre arrivare un'improvvisa bordata a distruggere tutto.

Mags sperava e pregava solo che non succedesse più. Sia lei che Dave, e anche il piccolo David, ne avevano già passate abbastanza.

———

Più tardi quella sera, Dave era seduto sul pavimento accanto a Mags nella stanza del motel di Gray e cercò di memorizzare il momento.

Prima di quel viaggio in Perù, si era preoccupato di cosa avrebbero pensato i suoi amici scoprendo che il barista che li serviva al The Pit era in realtà il loro capo, il misterioso Rex. Non aveva programmato di mantenere il segreto per tutto quel tempo, ma una volta in ballo, gli era sembrato più facile proseguire in quel modo.

Per fortuna, fino a quel momento, tra loro era andato tutto abbastanza bene. C'era stata un po' di tensione quando i suoi uomini non erano d'accordo sul suo piano per sottrarre David dal controllo di Del Rio e riportarlo negli Stati Uniti; a parte quello, Dave non riusciva a percepire alcun tipo di esitazione o sfiducia da parte loro. Ai Mercenari non sembrava importare che lui non fosse stato nell'esercito. A quanto pare aveva dimostrato di essere comunque degno della loro fiducia, il che era un sollievo.

Zara era seduta in grembo a Meat su uno dei letti, traduceva mentre chiacchieravano con Teresa, Bonita e Carmen. Ro e Gray erano seduti vicino a Gabriella e le stavano insegnando un po' di inglese, mentre lei insegnava loro delle parole semplici in spagnolo. Arrow era uscito circa cinque minuti prima per chiamare la moglie e assicurarsi che lei e la piccola Calinda stessero bene. Black e Ball erano seduti vicino a Dave e Mags, che stava traducendo per Maria e Daniela.

I contenitori vuoti di cibo erano impilati vicino al cestino, gli avanzi erano già stati impacchettati per le donne, che li avrebbero portati via, tornando alla baracca.

Dave non aveva mai lasciato la mano di Raven e si stava semplicemente godendo l'atmosfera rilassata della stanza, sapeva di vivere un regalo. Non riusciva nemmeno a distogliere lo sguardo dall'anello che le aveva messo al dito poco prima. Gli era mancato vedere il suo anello al dito della moglie.

Quando sentì Raven irrigidirsi accanto a lui, Dave si rese conto che non stava prestando attenzione. Rimproverandosi mentalmente, si mise a sedere e si guardò intorno per vedere cosa avesse angosciato sua moglie.

Si rese conto che la stanza era diventata quasi silenziosa, tutti guardavano Raven. "Cosa c'è?" chiese un po' troppo duramente.

"Va tutto bene," disse Raven, stringendogli la mano. "Maria mi ha solo chiesto perché non ho mai detto loro di aver avuto un figlio."

"Non sono affari loro," disse Dave.

Raven scosse la testa. "In realtà, sono anche affari loro. Sono mie amiche. Avrei dovuto confidarmi con loro."

Poi si rivolse a Maria e alle altre e cominciò a spiegare in spagnolo, mentre Zara traduceva fluentemente per gli uomini.

"Quando Del Rio mi ha cacciata dal suo complesso, ero sollevata e terrorizzata allo stesso tempo. Non mi aveva permesso di portare David con me, anche se ero felice di essermi ritirata dalla vita che mi aveva imposto, non volevo andarmene senza il mio bambino. Ma lui non mi ha dato scelta. Mi ha detto che mi avrebbe tenuto d'occhio e che se avessi fatto qualcosa per cercare di portargli via il bambino, me ne sarei pentita."

"Sappiamo tutti che Del Rio è uno stronzo di prima categoria, uno che non ha avuto problemi a rapire i bambini, ma perché avrebbe voluto tenere David così tanto, specialmente in una casa praticamente solo per lui?" chiese Arrow. Era tornato dopo aver fatto la sua telefonata ed era appoggiato a una delle pareti.

Raven sospirò. "Non ho mai visto un'altra donna incinta nel complesso, o qualche bambino, ma ogni tanto c'erano dei bambini in giro. Quando una donna scompariva per mesi e poi tornava all'improvviso, si diceva che Del Rio la nascondesse fino a quando non aveva partorito. Alcune tornavano, ma non dicevano mai una parola su dove erano state o su quel che avevano passato. Nessuna di noi faceva domande, perché era ovvio che erano traumatizzate."

"Quando sono rimasta incinta, all'inizio si è incazzato. So che stava facendo dei bei soldi su di me. Mi ha detto che un dottore sarebbe venuto al complesso per 'occuparsi del problema'. Ho pianto e l'ho pregato di lasciarmi tenere il bambino. Ho fatto un accordo con lui: avrei fatto tutto quello che i clienti volevano, tutte le volte che voleva, ogni giorno, se mi avesse fatto tenere il bambino."

Raven deglutì a fatica. Quando le altre quattro donne che erano state usate da Del Rio si riunirono intorno a lei, Dave si alzò e diede loro un po' di spazio. Ognuna posò una mano su di lei in segno di sostegno, ciò sembrò dare forza a tutte loro mentre lei continuava a raccontare la sua storia.

"C'erano molti uomini che pensavano che fosse interessante fare sesso con una donna incinta. Del Rio non mi ha spostato in un'altra parte del complesso fino a quando la pancia non ha cominciato a crescere, a quel punto era evidente che ero incinta. Sono stata tenuta molto occupata; quando è arrivato il momento di partorire, Del Rio mi ha chiuso in una stanza e mi ha detto che se volevo partorire il bambino, dovevo farlo da sola."

Carmen si lasciò sfuggire un commento aspro. "E se ci fossero state complicazioni?"

Raven fece spallucce. "Allora saremmo morti entrambi." Lo disse senza alcuna inflessione nella voce. Per lei era andata così, ma Dave si infuriò visibilmente al pensiero delle azioni di quel mostro di Del Rio.

"Comunque, ho avuto David e Del Rio mi ha cacciata di casa. Non sono ancora sicura del perché, considerando che le altre donne avevano figli e continuavano a lavorare. Ha portato David in una delle sue case più piccole e mi ha permesso di vederlo solo tre volte a settimana. Ero ancora più confusa sul perché mi permettesse di vedere mio figlio, visto che non mi permetteva di uscire con lui, ma non osavo chiedere. L'ho allattato al seno il più a lungo possibile, ma alla fine ho dovuto dargli del latte artificiale perché non ero abbastanza in salute per dargli quello di cui aveva bisogno. Non potevo dirvi nulla," confessò Raven alle sue amiche con grande tristezza. "Se Del Rio l'avesse scoperto, non so cosa avrebbe fatto a mio figlio."

"Ti capiamo," disse Maria dolcemente. "Chiunque di noi avrebbe fatto la stessa cosa."

Carmen sembrava decisamente a disagio. Poi sbottò: "Una volta ho sentito un neonato."

Tutti si voltarono a guardarla, quando Zara tradusse.

"Dove?" chiese Dave, quando nessuno disse nulla.

"Al complesso. Ero chiusa nella mia stanza e non potevo indagare, non che l'avrei fatto comunque, ma ero sdraiata sul letto e ho sentito piangere quello che sapevo essere un neonato. Ero confusa perché, come ha detto Raven, non avevamo visto nessuna donna incinta."

Raven guardò Dave con sguardo angosciato. "Quanti altri

bambini pensi che ci siano in quelle condizioni?" sussurrò. "Cresciuti da Del Rio per qualche scopo orribile?"

Dave non voleva nemmeno pensarci, ma non poteva mentire alla moglie, così annuì. "Non lo so. Ma presumo, probabilmente parecchi. Traffica bambini almeno da qualche anno."

"Dove sono?" chiese, più a se stessa che a chiunque altro. "Sono tenuti nel complesso? Perché non ha tenuto lì anche David?"

"Forse ha lasciato che altri portassero via i loro bambini." Dave non ci credette nemmeno per un secondo, ma lo disse per sperare di togliere un po' di angoscia dagli occhi della sua donna.

"O forse sono stati cresciuti allo stesso modo di tuo figlio," disse Gray a bassa voce.

"Le foto..." sussurrò Raven.

"Quali foto?" chiese Arrow.

Raven chiuse gli occhi e scosse la testa.

Dave rispose per lei. "David le ha detto che Del Rio è andato a trovarlo con un altro uomo e ha fatto delle foto di entrambi senza vestiti addosso."

Quelle parole sembrarono ancora più oscene, quando furono condivise con il gruppo.

"Cazzo," mormorò Arrow.

Anche gli altri uomini iniziarono a imprecare sottovoce.

"Non possiamo più aspettare," disse Dave. "Dobbiamo portare mio figlio fuori da quella casa di merda e tornare negli Stati Uniti, dove sarà al sicuro."

"Sono d'accordo," disse Gray.

"Assolutamente," mormorò Black.

Dave non voleva pensare a Del Rio e ai suoi piani per David, o agli altri bambini che forse erano nascosti in città. Avevano parlato di quello che avrebbero fatto, anche se non avevano stilato un piano definitivo, ma ormai il tempo era scaduto. Non potevano rischiare che Del Rio decidesse di fare qualcosa di più, che scattare fotografie. Dave aveva trovato moglie e figlio appena in tempo.

"Potete perdonarmi?" chiese Raven alle altre donne nella stanza. "Ve l'avrei detto, se avessi potuto."

Un coro di *sì* risuonò nella stanza; certo che la perdonavano.

"Nessuno dovrebbe avere tanto controllo sul sistema riproduttivo di una donna," disse Daniela, tradotta da Zara. "Lo vedo sempre... donne i cui uomini si rifiutano di usare il preservativo, hanno un bambino dopo l'altro. Non riescono a sfamare le famiglie, eppure non possono fare nulla per evitare che le loro famiglie si ingrandiscano. E poi ci sono gli uomini che picchiano le loro donne nella speranza che abortiscano. Questo è solo uno dei motivi per cui sono entusiasta della clinica. Posso dare alle donne più scelte, quando si tratta di questioni familiari. Il controllo delle nascite e la salute prenatale sono carenti in questa zona." Guardò Zara. "Grazie mille, bambina, per aver reso possibile tutto questo. Il mio paese non è stato buono con te, e tu non hai motivo di voler ricambiare in alcun modo, eppure lo stai facendo." Gli occhi di Daniela si riempirono di lacrime. "Che tu sia benedetta."

Ormai quasi tutte le donne nella stanza avevano le lacrime agli occhi, ma Dave era preoccupato solo per sua moglie. Raven sembrava emozionata, ma non completamente devastata, il che gli andava bene. O stava negando a sé stessa ciò che Del Rio aveva pianificato per David, o stava cercando di non pensarci. Lui propendeva più per la seconda ipotesi. Sua moglie non era stupida, ma ne aveva passate tante, e considerando che non poteva fare nulla per aiutare suo figlio, stressarsi per la situazione non l'avrebbe aiutata.

Non era disposto a stare in piedi e lasciare che una conversazione continuasse a spaventare Raven, ma dato che lei sembrava stare bene, cercò di rilassarsi.

"Come stai?" gli chiese Gray, che gli stava vicino.

Dave non tolse gli occhi dalla moglie. "Sto bene."

"No. Come stai," chiese ancora Gray, scandendo deliberatamente ogni parola.

Dave si voltò a guardarlo, inarcando un sopracciglio.

"Non ti allontani dal tuo bar da... Non so da quanto tempo. Hai trovato tua moglie, che era scomparsa da un decennio, e quasi nello stesso istante hai scoperto che aveva avuto un figlio. Un figlio che ora hai rivendicato come tuo. Non solo, ma hai dovuto digerire un sacco di merda su quello che Raven ha passato mentre era scomparsa. E ora, invece di essere sulla strada di casa con la tua famiglia, sei bloccato qui mentre cerchiamo di capire cosa diavolo sta facendo Del Rio e come salvare tuo figlio senza causare un incidente internazionale. Quindi, ti sto chiedendo se stai bene."

Dave annuì. "Sto bene."

Fu il turno di Gray di alzare un sopracciglio, chiaramente scettico.

"Di sicuro non sono felice. Sono stufo di stare seduto ad aspettare il passaporto di David e voglio che mio figlio venga salvato. *Subito*. Ma mia moglie è seduta proprio qui davanti ai miei occhi, e questo è un fottuto miracolo. Quindi reggo."

"Avremo il suo passaporto domani," gli ricordò Gray.

"Lo so," disse Dave con impazienza. "Ma mi sento come se ci fosse un enorme orologio sopra la mia testa, ogni secondo che passa mi riecheggia nella mente."

"Salveremo tuo figlio," disse Gray. "A qualunque costo, lo toglieremo dalle grinfie di Del Rio".

Dave si voltò a guardare Raven. Non poteva stare più di un minuto o due senza osservarla. Le altre donne erano tornate al loro posto, sedute sul letto o sul pavimento, soddisfatte che la loro amica finalmente sarebbe stata meglio. Ma lui aveva la sensazione che ci sarebbe voluto molto tempo, prima di sentirsi a suo agio a stare lontano da lei, a perderla di vista, specialmente in pubblico. "Ho paura," ammise Dave al suo amico.

"Sarei preoccupato se non ne avessi," rispose Gray con un piccolo sorriso.

"Non mi piace farvi correre dei rischi. Non siete solo la mia squadra, siete anche miei amici. L'ultima cosa che voglio è spaventare a morte mio figlio coinvolgendolo in uno scontro a fuoco, ma so che tu e gli altri farete tutto il possibile per impedirlo. E avete tutti una donna che vi aspetta a casa, non voglio dover dire a una delle vostre donne che l'amore della sua vita non tornerà a casa."

"Questa squadra si occupa di riportare a casa donne e bambini rapiti. Tuo figlio è tenuto in ostaggio. Sì, sarà anche in una bella casa e non incatenato, ma è tenuto prigioniero lo stesso," continuò Gray. "Non rischieremo più di quanto faremmo in qualsiasi altra operazione, solo che ora siamo tutti più coinvolti. David è uno dei nostri."

Dave inspirò profondamente. Odiava il piano elaborato fino a quel momento: assaltare la casa e uccidere chiunque si fosse messo tra loro e David. Ma non era disposto ad aspettare oltre, una volta avuti i passaporti tra le mani. Soprattutto dopo aver sentito le voci sugli altri bambini. Del Rio era il diavolo, qualsiasi cosa avesse pianificato per David era pura malvagità.

"Grazie," disse Dave a Gray, intendendo quella parola con tutto il cuore.

"Non credo di averti ancora ringraziato," disse Black a Raven.

"Per cosa?" chiese lei.

"Per aver salvato Meat, per essere stata pronta ad esporti e salvarmi, se la mia squadra non fosse venuta a prendermi appena in tempo."

Black si riferiva alla loro precedente missione, quando lui e Meat si erano separati dal resto della squadra e Ruben e i suoi amici li avevano aggrediti. Probabilmente avrebbero ucciso i due Mercenari di Montagna se Zara e le altre non avessero trascinato via Meat e se gli altri non avessero trovato Black appena in tempo.

Raven fece spallucce. "Eravate lì per cercare di aiutare, non per fare del male. Era il minimo che potessimo fare."

Black abbracciò tutte le donne con lo sguardo mentre diceva: "Nella nostra linea di lavoro, è facile diventare cinici e pensare il peggio del genere umano. Vediamo il peggio del peggio, quindi è bello vedere persone che, anche quando le probabilità sono contro di loro e non hanno nulla da guadagnare, sono comunque disposte ad aiutare. Grazie."

Raven annuì, le altre donne arrossirono quando Zara tradusse per loro.

"Allora, voi ragazzi siete tutti sposati o avete delle fidanzate, giusto?" chiese Raven.

Dave tornò indietro fino a dove lei era seduta sul pavimento e si abbassò sul tappeto per sedersi accanto a lei. Gli sembrò di sentire il cuore sul punto di esplodere, quando lei lo prese per mano. Ogni volta che lei lo aveva toccato volontariamente, da quando si erano ritrovati, Dave si era sentito felice come se avesse appena vinto la lotteria. Fece del suo meglio per prestare attenzione alla conversazione che avveniva intorno a lui, invece che alla sensazione e all'odore di sua moglie accanto a lui. Aveva sognato quel momento più volte di quante ne potesse contare, era difficile credere che fosse tutto reale.

"Sì," rispose Gray. "Mia moglie si chiama Allye. Era una ballerina professionista a San Francisco. Ci siamo conosciuti quando la barca su cui si trovava è affondata e siamo rimasti bloccati insieme in mezzo all'oceano."

Raven inarcò le sopracciglia. "Davvero?"

"Sì. Era stata rapita per strada e stava per essere consegnata all'uomo che l'aveva comprata, ma io ho interferito. Sfortunatamente, lui ha messo le mani su di lei più tardi."

"Ma l'hai trovata?" chiese Raven senza fiato.

"*L'abbiamo* trovata," confermò Gray. "Ora insegna danza ai

bambini di Colorado Springs, e abbiamo appena avuto nostro figlio, Darby James."

Raven si rivolse agli altri uomini. Loro capirono, così uno dopo l'altro le raccontarono le storie (molto riassunte) di come avevano incontrato le loro donne.

"Chloe era tenuta prigioniera da suo fratello. L'ho trovata... e ho deciso di tenermela," disse Ro succintamente.

"Morgan Byrd era una tra le più famose persone scomparse negli Stati Uniti. Ci siamo imbattuti in lei mentre eravamo in missione nella Repubblica Dominicana," disse Arrow. "E sapete che recentemente ha avuto la nostra bambina, Calinda."

"Ho conosciuto Harlow quando eravamo al liceo," raccontò Black. "È una cuoca, lavorava in un rifugio per donne quando un costruttore stava facendo pressioni forti e illegali sul proprietario per vendere. Quel tipo ha finito per dare fuoco al rifugio, Harlow ha dovuto saltare da una finestra del terzo piano per scappare."

"Ho aiutato Everly a trovare sua sorella, che era stata rapita. Pensavamo che si trattasse di un giro di traffico sessuale, ma si è rivelato essere solo un pazzo che stava cercando la sua prossima moglie... voleva tenerla incatenata in casa sua per i prossimi vent'anni," spiegò Ball.

Raven aveva gli occhi sgranati, stessa cosa per le altre donne, quando Zara finì di tradurre le storie degli uomini.

"E tu conosci la storia di Meat, e di come ci siamo conosciuti," disse Zara con una risatina. "L'ho salvato *io*, ma quando qualcuno del mio passato ha deciso di volere i miei soldi, a quel punto si è dovuto salvare da solo."

"Voi non conducete di certo una vita noiosa," scherzò Raven.

"A parte Black, abbiamo tutti incontrato l'amore della nostra vita grazie a tuo marito," disse Gray.

"No, anche se non ho incontrato Harlow mentre ero in missione, non sarei andato al rifugio delle donne per fare corsi di autodifesa se non fossi stato un Mercenario di Montagna," disse Black. "Non sarei nemmeno rimasto a Colorado Springs."

"Vero. Ok, allora, grazie a Rex e alla sua ostinata determinazione a fare tutto il necessario per trovarti, abbiamo trovato le donne che ci rendono completi," rettificò Gray.

Dave si accorse che Raven lo guardava, così si voltò verso di lei. Lo stava fissando con uno sguardo indecifrabile.

Le altre donne nella stanza iniziarono a parlare tutte insieme. Era ovvio che erano impressionate e toccate dalle storie di quegli uomini, di come avevano incontrato le loro donne. L'atmosfera era felice, Dave amava semplicemente passare del tempo con i suoi uomini in quel modo. Non aveva avuto molte occasioni per farlo, in passato, dato che era semplicemente il barista. Stare in mezzo al gruppo ed essere incluso era una sensazione decisamente piacevole.

Ma sedere accanto alla moglie, quando aveva cominciato quasi a pensare che non l'avrebbe rivista mai più, era la ciliegina sulla torta. Era felice per i suoi amici, che avevano trovato la donna giusta da amare, ma era ancora più entusiasta per se stesso.

L'unica cosa che si frapponeva tra lui e una vita finalmente felice con sua moglie e suo figlio era Del Rio. Poi potevano andarsene dal Perù.

Poco dopo aver terminato i loro racconti avventurosi, la festa cominciò a sciogliersi. Daniela disse che doveva rientrare prima che si facesse troppo tardi, le altre furono d'accordo. Non avevano avuto problemi con Ruben e gli altri banditi dallo scontro con Dave, ma nessuno voleva sfidare la fortuna. Black e Ro le avrebbero scortate fino alla capanna e avrebbero fatto la guardia per la notte. Ball e Gray si sarebbero assicurati che Daniela tornasse a casa sana e salva.

Tutti si augurarono la buonanotte e Dave accompagnò Raven nella stanza che avevano condiviso. Lei andò in bagno per prepararsi ad andare a dormire, Dave si spogliò della camicia e dei pantaloni. Si mise sotto il piumone, ma rimase sopra il lenzuolo. Raven uscì dal bagno e si mise a letto. Non disse nulla sul fatto che lui non indossasse una camicia, ma lui capì da come si muoveva che aveva una certa esitazione.

"Posso rimettermela, se vuoi," le disse Dave gentilmente.

Raven fece un respiro profondo, poi scosse la testa. "No. Va bene così."

"Vieni qui," le disse Dave tendendole un braccio.

Lei esitò ad avvicinarsi di più, Dave capì quando Raven si accorse che c'era ancora un lenzuolo a separare i loro corpi. Odiava il sollievo che poteva leggerle negli occhi, ma ricordò a se stesso che si erano ritrovati solo da un paio di settimane. Non era abbastanza per cancellare i ricordi degli altri uomini e delle cose orribili che le avevano fatto.

Lei gli posò con cautela la testa sulla spalla nuda, lui sospirò di sollievo quando lei gli cinse il petto timidamente con un braccio. La testa di Raven si sollevò leggermente, Dave capì che gli stava fissando la cicatrice sulla parte superiore del petto. Il taglio provocatogli dal motociclista gli scendeva lungo il collo, fermandosi appena sopra un capezzolo.

"Chi si è preso cura di te, dopo questo incidente?" gli chiese a bassa voce.

"Nessuno. Mi sono fatto dimettere dall'ospedale il prima possibile, ma non prima che il detective capo del tuo caso mi avesse rimproverato e intimato di andarmene. Sono tornato a casa, a Colorado Springs, e mi sono rimesso al lavoro. Sia al The Pit che alla ricerca su internet, per trovare qualsiasi traccia su te."

"Odio il fatto di non esserci stata."

Dave ridacchiò.

Lei lo fulminò con lo sguardo. "Cosa c'è da ridere? Non c'è niente di buffo!"

"È un po' strano," ribatté lui. "Raven, se ci fossi stata tu, non mi sarei mai fatto male, visto che ho ricevuto questo piccolo ricordo mentre ti cercavo."

Lei sbuffò e rimise giù la testa. "Non mi piace pensare che tu soffra."

Dave le sorrise gentilmente. "Provo lo stesso nei tuoi confronti. Farei di tutto per tornare indietro nel tempo e prendere decisioni diverse, in quel viaggio a Las Vegas. Ma non possiamo. Dobbiamo solo continuare ad andare avanti. Un giorno alla volta."

Lei trasalì leggermente e alzò di nuovo la testa. "Perché hai detto così?"

"Cosa?"

"Un giorno alla volta."

Lui fece spallucce. "È quello che mi dicevo ogni sera quando andavo a letto. Dovevo prendere ogni giorno come veniva. Uno alla volta. Non potevo pensare alla prossima settimana, o al prossimo anno, o ai prossimi cinque anni senza di te. Mi dicevo che tutto quello che dovevo fare era superare un altro giorno. Qualsiasi altra tempistica mi sembrava troppo... Troppo lunga."

"È così che anch'io ho superato il tutto," gli confessò. "Ogni giorno che ero tenuta prigioniera, mi dicevo che dovevo solo resistere un altro giorno. E quando vivevo nel quartiere, ed ero così affamata che mi girava la testa, avevo paura di Ruben e di tutti gli altri, ho tenuto duro pensando che tutto quello che dovevo fare era arrivare a fine giornata. Il giorno seguente sarebbe stato meglio."

"Ti amo," sussurrò Dave. "Anche quando eravamo separati, eravamo sulla stessa lunghezza d'onda."

Lei non ricambiò con le stesse parole, ma gli appoggiò di nuovo la testa sul petto. Il poterla semplicemente sentire respirare sul proprio petto lo faceva sentire meno nervoso. Aveva davvero Raven lì con lui. Era viva. Era un miracolo. Il suo miracolo.

"Domani, dopo averti accompagnato da David, spero di poter ritirare il suo passaporto. Non passerà molto tempo prima che tutto questo sia alle nostre spalle, prima di essere sulla strada di casa," le disse, sapendo che il cambio di argomento era un po' stridente, ma non voleva che lei si addormentasse prima di averle detto che il loro tempo in Perù sarebbe finito. Sperava presto.

Rimasero in silenzio per qualche minuto. Dave pensava che Raven si fosse addormentata, quando lei disse: "L'ho sognato, sai."

"Cosa?"

"Questo momento. Stare con te a letto. Tu che giochi con i miei capelli. Non avrei mai pensato che sarebbe successo."

"È reale. Io sono reale."

"Lo so. Grazie, Dave. Grazie per avermi trovato e amato."

"Ora dormiamo, tesoro. Domani saremo un giorno più vicini a tornare a casa e a vivere il resto della nostra vita in pace e beatitudine con nostro figlio."

Voleva scusarsi ancora una volta per averci messo così tanto a trovarla, per tutto quello che aveva dovuto passare, ma tenne quelle parole per sé. In fondo, sapeva di aver fatto tutto il possibile per trovarla, ma gli dava ancora fastidio che lei avesse sofferto per dieci anni infernali.

La sentì sospirare e rilassarsi completamente contro di lui, mentre cedeva al sonno.

Dave non dormì. Si impegnò a memorizzare la sensazione di avere di nuovo sua moglie tra le braccia, con i lunghi capelli sparsi sulla spalla e sul braccio.

Sperava davvero che il giorno seguente sarebbe stato il punto di svolta nel limbo in cui erano rimasti bloccati. Avrebbe ritirato il passaporto del bambino, lui e gli altri della squadra avrebbero pianificato l'incursione nella casa in cui David era tenuto prigioniero. Poi sarebbero stati sulla strada di casa o sarebbe scoppiato un casino. Lui confidava più nella prima ipotesi, ma sapeva che, se si fosse avverata la seconda, i Mercenari di Montagna li avrebbero aiutati.

Non potevano più permettersi il lusso di aspettare. Non era disposto a rischiare il benessere mentale fisico del figlio, se Del Rio avesse deciso di mettere in atto il piano perverso che teneva in serbo per lui.

Dave cadde in un sonno inquieto, sapendo che il giorno successivo avrebbe potuto cambiare la vita della sua famiglia per sempre, in un modo o nell'altro.

CAPITOLO UNDICI

"Non essere nervosa," bisbigliò Dave a Raven mentre si fermava sul lato della strada dove la lasciava di solito, prima di guardarla incamminarsi verso la casa dove viveva il piccolo David.

"Non posso farci niente," gli disse lei, mordendosi un labbro. "Ogni volta che vengo qui, ho paura di entrare e sentirmi dire che David non c'è più o che Del Rio se l'è preso di nuovo."

Dave detestava la situazione della moglie. Detestava anche il ritardo che stavano affrontando nel liberare il bambino e riportare tutti a casa negli Stati Uniti. "Spero che la prossima volta che verremo qui sia per prendere David e riportarlo a casa," le disse onestamente.

"Anch'io," sussurrò Raven.

"Guardami," le ordinò dolcemente Dave.

La moglie si voltò e lui non poté fare a meno di essere impressionato per l'ennesima volta dal fatto di averla di nuovo al suo fianco. Faceva ancora fatica a crederci, dopo tutti quegli anni di forzata solitudine. "Porteremo nostro figlio a casa. Gli insegneremo a giocare con i LEGO e a ridere quando inciamperemo nei giocattoli che ci lascerà sparsi per casa. Lo porteremo in campeggio... gli insegneremo a fare i biscotti. Avremo un futuro insieme, solo noi tre."

Raven si rilassò visibilmente. "Ok."

"Ok, ora fai attenzione. Non fare o dire nulla che possa destare sospetti, né a David, né a chiunque altro."

"Non lo farò."

"Hai mangiato abbastanza stamattina? Sarai a posto fino a stasera, quando tornerò a prenderti?" chiese Dave.

Raven serrò le labbra. "Sono a posto," gli disse. "Dopo quell'ultima barretta proteica che mi hai fatto mangiare, sono sul punto di scoppiare."

"Hai bisogno di calorie, farti morire di fame è solo un altro marchio nero sull'anima di quel maledetto Del Rio." Dave le tese una mano e lei gliela prese. Lui se la portò alle labbra e le baciò il palmo. "Ti amo. Presto sarà tutto finito."

"Ok," gli disse lei con occhi traboccanti di emozioni. Era sopraffatta e spaventata, ma sotto tutti quei sentimenti negativi Dave intravedeva una fiducia in lui che sperava di non deludere.

Guardò la moglie che si dirigeva verso la porta e l'apriva. Raven la richiuse senza dire altro e si incamminò sul vialetto che conduceva alla casetta. Dave avrebbe voluto lasciarla più vicino in modo da non farla camminare troppo da sola, ma sapeva che era più sicuro stare almeno a un chilometro di distanza per non destare il minimo sospetto.

Per qualche istante, Dave continuò a fissare il marciapiede dove si era incamminata Raven, pensando all'imminente appuntamento presso l'ambasciata americana per ritirare il passaporto di David, all'incursione pianificata con la squadra per quella notte e...

All'improvviso il vetro della finestra accanto a lui andò in frantumi.

Allontanandosi dai frammenti, Dave fu colto di sorpresa da due uomini che lo aggredirono alle spalle, tirandolo verso di loro. Erano possenti, Dave lottò come un indemoniato e riuscì a sferrare solo qualche colpo prima che uno di loro gli puntasse una pistola contro la testa.

"Smetti di lottare o ti faccio saltare le cervella," ringhiò l'uomo.

Dave si bloccò.

Cazzo. Sapeva di poter sconfiggere quei maledetti (erano solo in quattro, numericamente inferiori rispetto al branco che aveva affrontato nei bassifondi) ma nemmeno Dave poteva sopravvivere a una pallottola... aveva un dannato bisogno di vivere per Raven e loro figlio: non poteva liberarli da morto.

Alzando le mani in segno di resa, Dave studiò le facce dei bastardi che lo circondavano. Si sarebbe assicurato di fargliela pagare, così come avrebbe fatto con chiunque altro si fosse messo di traverso tra lui e la sua famiglia.

"Non fai più il duro ora, vero?" gli chiese uno degli uomini, proprio prima che Dave venisse colpito alla nuca da un oggetto contundente.

Un attimo prima stava fissando gli uomini, decidendo come ucciderli; un attimo dopo vide tutto nero.

———

Dave riprese conoscenza nel retro di un'auto, stretto tra due uomini, uno dei quali gli puntava ancora la pistola alla testa nonostante fosse evidente che non era in grado di lottare. Aveva le mani legate dietro la schiena e gli pulsava la testa. Voleva vomitare, ma riuscì a trattenersi.

Fissò l'enorme complesso verso il quale si stavano dirigendo, lo riconobbe immediatamente: aveva passato molte ore a studiare quel posto tramite le foto satellitari. La casa era circondata da diversi ettari di erba curata e un muro di mattoni alto circa tre metri.

Un tempo Dave aveva preso in considerazione l'idea di

avvicinarsi a quel posto da solo, ma la sua squadra lo aveva fatto desistere.

A quanto pare, però, presto avrebbe avuto la possibilità di parlare a quattrocchi con l'uomo che aveva cercato di rovinare la sua vita e quella di Raven.

Dave suppose che qualcuno lo avesse notato e avesse fatto rapporto a Del Rio, o forse il boss aveva fatto seguire Raven per tenerla d'occhio. In ogni caso, Dave era certo che Del Rio fosse a conoscenza della presenza in città dei Mercenari di Montagna e non ne fosse per nulla entusiasta. Il fatto che Dave fosse appena stato rapito non presagiva nulla di buono.

Cercò di riflettere su tutto quello che sapeva su Del Rio. L'unico linguaggio comprensibile per quell'uomo erano i soldi. Ogni azione compiuta da Del Rio aveva a che fare con il profitto, i soldi erano il carburante di tutto il suo mondo; quindi se fossero stati necessari dei soldi per togliere David dalle grinfie di quel demonio, Dave glieli avrebbe offerti. Se ne avesse avuto la possibilità, avrebbe comprato David senza un attimo di esitazione.

Si costrinse a non pensare a Raven che veniva ripetutamente violentata in qualche stanza nella grande casa di fronte a lui, o mentre guardava il bel giardino fuori dalla finestra desiderando di essere altrove. Erano immagini troppo dolorose. Per quanto fosse orgoglioso della moglie, Dave aveva ancora molta rabbia repressa che gli ribolliva nelle vene. Qualcuno avrebbe pagato per quello che aveva passato Raven, e quel qualcuno sarebbe stato proprio Del Rio. Sì... in qualche modo Dave gliel'avrebbe fatta pagare.

Guardò attraverso le finestre della casa, mentre la macchina si fermava, ma vide solo tende tirate. Quante donne si nascondevano lì dietro? Sicuramente c'erano prigioniere che venivano violentate giorno dopo giorno, senza alcuna speranza di essere salvate. C'erano altre americane o donne come Bonita, Carmen e le altre?

Era molto probabile. Era un pensiero ripugnante, ma Dave doveva concentrarsi sul motivo per cui era lì.

Tenete duro, supplicò silenziosamente le prigioniere. *Vi prometto che vi aiuterò, dovete resistere ancora un po'.*

Dave si sentiva in colpa, non era in grado di fare nulla per aiutare quelle donne destinate a una vita che mai si sarebbero potute immaginare, nemmeno nei loro peggiori incubi; ma al momento non era nemmeno in grado di aiutare se stesso.

Fu trascinato fuori dall'auto e quasi cadde in ginocchio nel vialetto. In preda a un capogiro, Dave sentì un rivolo di quello che pensava essere sangue colargli dalla nuca. Qualunque cosa l'avesse colpito lo aveva ferito, ma era ancora vivo.

Lasciare Dave in vita sarebbe stato l'inizio della fine per Del Rio.

"Come mi avete trovato?" chiese agli uomini che lo stavano trascinando verso l'enorme casa.

"Abbiamo molti metodi," rispose l'uomo che impugnava la pistola. "Del Rio è una divinità, da queste parti. Se tu e i tuoi amici pensavate di non farvi notare, siete proprio degli stupidi americani. Abbiamo occhi e orecchie ovunque."

Dannazione. Dave e gli altri avevano cercato di capire più di una volta perché Del Rio non avesse ancora mandato i suoi scagnozzi a cercarli. Erano rimasti vigili, per sicurezza, ma il bastardo aveva aspettato a catturare Dave, attaccandolo quando era solo e senza rinforzi. Il capo dei Mercenari riconobbe di aver compiuto un errore stupido; avrebbe dovuto accompagnare Raven insieme a uno dei suoi uomini.

Fu condotto su per le scale e giù per due corridoi, oltrepassando almeno una dozzina di porte chiuse, fino a giungere in una grande libreria. C'erano scaffali lungo tutte le pareti e una grande finestra dietro l'enorme scrivania che si trovava al centro della stanza. Non c'era nulla appoggiato sulla superficie di legno lucido. Dave vide di fronte alla scrivania una sedia di legno dallo schienale dritto, una guardia la indicò con la pistola mentre un'altra gli liberava i polsi.

Si sedette dove gli era stato detto. O si sedeva, o cadeva; di certo non voleva rendersi più vulnerabile.

Per quanto Dave odiasse stare in quella casa (o meglio, in quella prigione) non era esattamente preoccupato dal fatto che finalmente sarebbe riuscito a parlare con Del Rio.

Almeno, *sperava* che fosse quello che stava per succedere.

Non attese molto per scoprirlo.

La porta si aprì producendo un forte botto quando colpì il muro, quel rumore fece sobbalzare Dave sulla sedia. Il movimento gli scatenò altro dolore alla testa già ferita, ma lui fece del suo meglio per non mostrare in alcun modo quanto gli faceva male.

Nella stanza entrarono tre uomini: due di loro erano vestiti completamente di nero, il terzo era Del Rio. Dave si rese conto che sarebbe stato impossibile uccidere Del Rio in quel momento, essendo in inferiorità numerica di sette a uno. L'ora di Del Rio stava per scoccare, anche se Dave non fosse stato in grado di ucciderlo personalmente in quell'istante, sapeva che l'avrebbe ucciso a breve.

Dave aveva scovato alcune foto di Del Rio su internet, ma nessuna era riuscita a catturare il male che sembrava trasudargli dagli occhi. Non era molto alto, probabilmente intorno al metro e settanta, forse uno e settantacinque. Aveva capelli e occhi castani, la pelle scura e rugosa. Si diceva che Del Rio avesse circa cinquant'anni; osservandolo, Dave ebbe la stessa impressione. Il boss indossava un paio di jeans, una fondina con una pistola intorno alla vita e una camicia a maniche lunghe con bottoni rosso scuro. Camminava con una spavalderia che gli derivava da anni di arroganza e dalla capacità di ottenere tutto a modo suo.

Fece il giro della scrivania e si accomodò sulla sedia. Una guardia stava vicino alla porta, l'altra si sistemò vicino all'angolo posteriore della scrivania, vicino a Del Rio. I quattro uomini che avevano trascinato Dave su per le scale rimasero nella stanza, tutti in piedi intorno alla sedia del capo. Dave non aveva più la pistola puntata alla testa, ma era certo che al minimo tentativo di fuga o aggressione si sarebbe beccato una pallottola più in fretta di quanto potesse alzare una mano per proteggersi.

Portandosi le mani dietro la testa, Del Rio si rilassò appoggiandosi allo schienale, come se non avesse una sola preoccupazione al mondo. "Chi sei, e perché sei qui?" gli chiese in inglese.

Dave non aveva scoperto se il boss potesse capire o parlare inglese, anche se credeva di sì. Un uomo come Del Rio non arriva ad avere tanto potere senza saper minacciare la gente in più di una lingua. Chissà quante ne conosceva quel bastardo.

Ma ad ogni modo... che domanda stupida. Del Rio sapeva esattamente chi fosse Dave e perché era lì, almeno in parte.

"Sono qui per riprendermi ciò che mi hai rubato," gli disse Dave senza mezzi termini, immaginando che il suo modo schietto sarebbe stato apprezzato.

Del Rio fece spallucce. "La tua donna mi procurato un sacco di soldi in passato, ma non mi serve più," disse pigramente. "Non mi interessava che ti scopassi lei e le sue amiche. Ma ora mi sta procurando dei guai... è ora che sparisca."

A quelle parole, Dave si infuriò ancora di più. Raven era molto di più di un mezzo per fare soldi, sicuramente non gli piaceva la minaccia di Del Rio. "Allora lasciami andare, ce ne andremo dal Perù, non torneremo mai più," gli disse Dave. "In effetti, stavamo progettando di partire domani, quindi se mi lasci andare, posso finire i miei piani e ce ne andremo da qui."

Del Rio ridacchiò. "Non credo," disse minacciosamente. "Soprattutto non quando sembra che tu abbia intenzione di prendere ciò che *non* ti appartiene."

Dave socchiuse gli occhi. "Quel bambino è mio figlio, più di quanto tu possa sapere."

"Ecco il punto," disse Del Rio. "Ho dei piani per quel bambino."

"Fanculo tu e i tuoi piani," ringhiò Dave.

Ma l'altro uomo non si scompose, anzi; si mise a ridere e si chinò in avanti, appoggiando i gomiti sulla scrivania di fronte a lui. "Ma non mi hai chiesto quali fossero i miei piani."

"So tutto di te e dei tuoi piani del cazzo," gli disse Dave.

"Non credo che tu sappia tutto. Sai della casa segreta che possiedo, piena dei bastardelli partoriti dalle puttane che lavorano per me? Per quanto ne sa il governo, è un orfanotrofio e io sono l'angelo caritatevole di quei poveri bambini indesiderati. Li aiuto a trovare delle case dove saranno *molto* amati dalle nuove famiglie, finché li vogliono ospitare."

Dave rimase impassibile. Si rifiutò di mostrare il minimo disgusto per l'uomo perfido che aveva di fronte.

"Nessuna risposta, eh?" chiese Del Rio. "Allora che ne dici di questo? Ho deciso di tenere il piccolo David per me."

Dave non poté fare a meno di trasalire leggermente a quella rivelazione.

Ma Del Rio se ne accorse e sorrise ancora di più. "Un giorno avrò bisogno di un successore, qualcuno che prenda il mio posto quando deciderò di ritirarmi. David, con i suoi straordinari occhi blu e l'adorabile fossetta, era semplicemente troppo bello per lasciarmelo scappare. Così l'ho salvato dalla vita destinata a quegli altri marmocchi. Ha avuto un'infanzia ricca di privilegi. Sarà istruito, ho persino permesso a sua madre di fargli visita per insegnargli l'inglese... un'abilità molto utile nel mio lavoro, non credi?"

"Ma il tempo dei giochi e delle coccole è finito, deve crescere. Sta cominciando a imparare che sono *io* a comandare. Tra non molto gli farò conoscere le gioie del piacere sessuale. Imparerà rapidamente che gli conviene obbedirmi, piuttosto che ribellarsi. Non ho un giocattolo nuovo da un bel po' di tempo, non vedo l'ora di prepararlo per compiacere me, e *solo* me."

Dave si sentì travolto da un'ondata di malessere. Non solo Del Rio stava pianificando di abusare di *suo* figlio, ma lo avrebbe istruito per diventare perfido come lui.

Tutti sapevano che Del Rio era un mostro senz'anima che usava e abusava sia donne che bambini, ma quello era troppo.

Non sarebbe successo. *Vaffanculo, no.*

"Vedo che non ti piacciono questi discorsi, ma non importa," continuò Del Rio con un sorrisetto. "Per molto tempo mi sono preso semplicemente quello che volevo... donne che lavorassero qui, nel mio complesso, ma anche bambini da vendere ai compratori più esigenti. Ho scoperto che è molto più facile rapire le donne rispetto ai bambini, la gente protegge di più i piccoli. Ma poi ho capito che avevo la mia fabbrica di bambini proprio qui, sotto il mio tetto! È stato più redditizio di quanto potessi immaginare."

"Posso pagare," disse Dave. "Qualsiasi cosa tu voglia... per il bambino."

"Non stavi ascoltando?" chiese freddamente Del Rio. "Non voglio i tuoi soldi. Voglio il bambino. Prima sarà il mio giocattolo, poi il mio successore. Lo addestrerò ad essere ancora più spietato di me. Alla fine prenderà il controllo del mio impero, e il nome Del Rio sarà pronunciato con timore e riverenza per i decenni a venire."

"Perché?" chiese Dave con disgusto. "Perché lo fai? Ci sono un sacco di donne che sono davvero *disposte* a lavorare nel commercio del sesso. Le donne che tieni prigioniere qui hanno famiglie che si preoccupano per loro. Avevano delle vite, prima che tu le portassi via da tutto in modo così spietato."

"Perché posso," rispose semplicemente Del Rio. "Perché le donne sono viscide. Aprono le gambe a chiunque, pur di ottenere quello che vogliono. Soldi, cibo, prestigio. Sono *inutili*. Gli uomini sono superiori in ogni modo e le donne devono impararlo."

Dave non poteva rispondere a tali idiozie. L'uomo seduto

così tranquillamente di fronte a lui era pazzo. Non solo, ma non aveva un grammo di compassione in corpo.

"Non ti permetterò di portarmi via il mio successore, mio figlio," concluse Del Rio, sollevando il mento.

Dave notò che il boss rivolse il cenno quasi impercettibile a uno degli uomini dietro di lui, ma prima che potesse fare qualcosa, qualcuno gli conficcò un taser nel fianco.

Dave non riuscì a controllare i muscoli e lanciò un grido assordante. Cadde sul pavimento, l'uomo lo colpì di nuovo. Il capo dei Mercenari sentì il corpo attraversato da scariche elettriche, tutto quello che riuscì a fare fu contorcersi sul tappeto costoso.

Del Rio si alzò facendo scricchiolare la sedia su cui si era seduto e si avvicinò a Dave che si contorceva dal dolore. Non poteva difendersi. Non poteva fare altro che guardare mentre Del Rio diceva qualcosa alle guardie. Poi, senza voltarsi, il più famigerato e malvagio trafficante di sesso che Dave avesse mai incontrato si voltò e lasciò la sala, mentre due guardie del corpo lo seguivano senza alcun tipo di espressione in volto.

Gli uomini che lo avevano afferrato dall'auto sulla strada parlottarono tra loro, poi lo guardarono. Uno tirò fuori un coltello, Dave rabbrividì quando vide la luce rifflettersi in modo sinistro sulla lama.

Chiuse gli occhi quando uno degli uomini premette di nuovo il taser contro di lui, rendendolo fisicamente incapace di proteggersi.

L'altro uomo tirò indietro la testa di Dave, esponendogli il collo.

Rifiutandosi di chiudere gli occhi, Dave fissò l'uomo più vicino a lui, pur lottando contro gli effetti paralizzanti dell'elettricità che gli scorreva ancora in corpo.

Pensò a Raven, a quanto si sarebbe arrabbiata se lui non fosse tornato a prenderla.

Ma Del Rio era il diavolo incarnato... e Dave era solo un uomo. Un uomo disperato che avrebbe fatto qualsiasi cosa per alleviare l'agonia negli occhi della sua donna... ma non ne avrebbe più avuto la possibilità.

———

Dave non aveva idea di che ora fosse quando ritornò in sé. Era sdraiato in quello che supponeva essere il bagagliaio di un'auto. Sollevando una mano, si toccò il collo e trasalì quando sentì del liquido.

Ma era vivo. Qualunque cosa fosse successa mentre era incosciente non era risultata letale. O quegli uomini erano degli incompetenti, o avevano intenzione di torturarlo ulteriormente una volta raggiunta la loro destinazione.

La macchina rallentò, poi si fermò. Dave chiuse gli occhi, decidendo di raccogliere quante più informazioni possibili sulla situazione prima di agire. Percepì un fetore insopportabile, ma non reagì in alcun modo.

Il coperchio del baule si sollevò e ascoltò due uomini che parlavano in spagnolo. Dopo un paio di minuti, Dave sentì delle mani che lo afferravano. Si lasciò completamente andare, rendendosi così più difficile da spostare. Gli uomini grugnivano e imprecavano mentre facevano del loro meglio per sollevarlo dal bagagliaio dell'auto. Dave tenne i muscoli sciolti e riuscì a trattenere un gemito quando finalmente lo tirarono oltre il bordo del bagagliaio, lasciando che la gravità facesse il resto del lavoro. Quando rotolò fuori dall'auto, colpì duramente il terreno con la testa.

Ci fu un'altra discussione tra gli uomini, poi ognuno di loro gli afferrò una caviglia e tentarono di trascinarlo da qualche parte. Dave rimase sempre immobile, analizzando come poteva il terreno umido e irregolare su cui veniva trascinato. Puzzava terribilmente, sembrava una combinazione di carne in decomposizione e feci umane.

Con un ultimo grugnito di uno degli uomini, gli lasciarono

andare le caviglie facendogli cadere le gambe a terra. Dave si stava preparando a balzare in piedi e a combattere...

Ma non accadde nulla.

Quando sembrò che gli uomini si stessero allontanando, Dave si azzardò ad aprire leggermente gli occhi per sbirciare cosa stesse succedendo.

Se gli uomini stavano tornando alla macchina per prendere un'arma o qualcosa del genere, avrebbe dovuto muoversi... ma esitò. Voleva balzare in piedi e attaccarli, poi rubare la macchina, ma si sentiva ancora stordito e sofferente, probabilmente per la perdita di sangue e per il modo in cui l'avevano colpito ripetutamente con il taser.

Mentre valutava se disponesse della forza necessaria per sferrare un attacco furtivo, Dave guardò incredulo i due che mettevano in moto l'auto e se ne andavano.

Che idioti! Erano presuntuosi e troppo sicuri di averlo ucciso, o speravano che alla fine sarebbe morto per le ferite che gli avevano inferto.

Avrebbero proprio dovuto assicurarsi di aver finito il lavoro assegnato.

Era un pensiero stupido, ma Dave sapeva che i suoi Mercenari di Montagna non avrebbero mai commesso un errore così grossolano. Non erano assassini, come si erano detti tante volte, ma se si trovavano costretti a far fuori qualcuno nel tentativo di liberare un prigioniero, si sarebbero assicurati che la vittima designata morisse davvero.

Dave riuscì a girarsi su un fianco, tra un gemito e l'altro. Si portò di nuovo una mano al collo e fece pressione sulla ferita; quei bastardi lo avevano colpito mentre giaceva inerme sul pavimento, incapace di difendersi. Il nuovo taglio era perpendicolare alla ferita che si era procurato anni prima. Poteva solo immaginare l'effetto della nuova cicatrice su quella vecchia, in futuro, ma ci avrebbe pensato in un secondo tempo. Al momento riusciva solo a pensare a come andarsene da quel posto, ovunque si trovasse, per salvare suo figlio.

Aprendo completamente gli occhi, Dave vide che era stato gettato in una discarica. C'erano cumuli di spazzatura e rifiuti a perdita d'occhio. Il fetore era orribile, ma era vivo, aveva ancora la possibilità di combattere. In alto volteggiavano diversi uccelli alla ricerca di cibo, riempiendo l'aria altrimenti silenziosa con il loro gracchiare.

Dave cercò di mettersi in ginocchio, ma gli girava troppo la testa. Imprecando, cadde con la faccia nella fanghiglia. Rotolando sulla schiena rimase sdraiato lì, cercando di recuperare le forze.

Doveva arrivare in città, tornare da Raven e salvare loro figlio prima che Del Rio potesse trasferirlo o portare a termine il suo folle piano. Doveva anche capire dove si trovava quel cosiddetto "orfanotrofio", così come David, anche gli altri bambini non meritavano di far parte dei piani di Del Rio.

Dave si trovò in una situazione molto più complicata rispetto all'inizio, quando voleva solo trovare e riportare a casa la moglie, una situazione più intricata di quanto si potesse immaginare...

Ma non aveva importanza. Salvare donne e bambini era quello che facevano i Mercenari di Montagna, e non importava quanto tempo ci sarebbe voluto o quanta burocrazia avrebbero dovuto aggirare, Del Rio non avrebbe vinto quella battaglia. David *sarebbe* tornato a casa e Del Rio avrebbe maledetto il giorno in cui si era messo contro la famiglia di Dave.

Ma prima...

Dave chiuse gli occhi. Prima avrebbe dormito un po' per recuperare le forze, poi si sarebbe alzato, avrebbe ritrovato la strada per tornare in città, avrebbe salvato suo figlio e se ne sarebbe andato dal Perù.

CAPITOLO DODICI

Mags continuava ad aggirarsi inquieta nella stanza di Gray. Erano le sei di sera, Dave non era tornato a prenderla dall'incontro con il figlio. Lei era tornata a piedi al motel, aspettandosi di trovarlo lì pronto a scusarsi per essere stato trattenuto da altre commissioni. Ma una volta arrivata, non c'era Dave ad aspettarla.

Gray non si era nemmeno accorto che Dave era scomparso finché Mags non era arrivata in motel spiegandogli la situazione.

Mags si trovava nella stanza insieme a Zara, Ro e Ball. Gli altri erano radunati in un'altra stanza, impegnati a discutere su come dovessero muoversi per trovare Dave.

"Mi ha detto che sarebbe andato a prendere il passaporto di David e che entro domani ce ne saremmo andati, se andava tutto bene," disse Mags. "Che cosa è successo? Dov'è? David è ancora in pericolo?"

"Niente panico," disse Ro, fin troppo calmo per i gusti di Mags.

"Niente panico?" chiese lei, al limite dell'isteria. "Come faccio? Mio marito è riuscito a trovarmi dopo tutto questo tempo, per miracolo ha accettato il fatto che ho avuto un figlio da un altro e ora è *scomparso*. Questo è grave, Ro. Molto grave. Del Rio è fuori di testa, se ha messo le mani anche su Dave, tutti quelli che amo sono in pericolo."

"Dave non è un soldato, ma ha un buon istinto," le disse Ball. "Anche se si trovasse in una situazione pericolosa, sarebbe in grado di cavarsela."

"Non se qualcuno gli spara in testa!" strillò Mags.

Ro le si avvicinò, la prese per mano e la condusse verso uno dei letti, per farla sedere, poi si inginocchiò davanti a lei. "So che non ci conosci da tanto, ma fidati quando ti dico che stiamo facendo tutto il possibile per trovare Dave e aiutarlo."

"Sapete dov'è?" chiese Mags.

Ro scosse la testa. "No. Ma Dave è intelligente. Diavolo, ci ha aiutato a pianificare centinaia di missioni. Se è nei guai, troverà un modo per salvarsi."

Lei fece un respiro profondo. "Quindi qual è il piano? Stiamo qui e aspettiamo che torni Dave?"

Ro sorrise, sorprendendo e irritando Mags.

"Scusa, tesoro, è solo che... ora capisco perché Dave abbia perso la testa per te. Sei una persona che va dritta al punto, proprio come lui. Comunque, il piano è trovare Dave, recuperare tuo figlio e andarcene da questo paese."

Lei non ricambiò il sorriso. "Come?"

Ro si alzò e arrivò Ball. "Meat si sta mettendo in contatto con i nostri agganci qui a Lima per farci avere altre armi. Ne abbiamo già alcune, ma abbiamo bisogno di più potenza di fuoco. Andremo all'ambasciata e vedremo se Dave c'è andato stamattina. Se non è così, prenderemo comunque il passaporto di David, insieme al tuo e a quello delle altre donne. Vogliamo avere tutto pronto per partire, così non appena troviamo Dave e tuo figlio possiamo andare all'aeroporto. Abbiamo noleggiato un aereo che è già pronto a partire. Dobbiamo solo comunicare un orario e verrà a prenderci e portarci a casa."

Mags assunse un'espressione ancora più corrucciata. "Un jet privato? Di chi?"

"Non importa. I Mercenari di Montagna hanno molti amici negli Stati Uniti, amici altolocati che sono più che disposti a prestarci un aereo, se questo significa che dovremo loro un favore. Meat sta facendo tutto il possibile per trovare Dave entro stasera, ma anche se non dovessimo trovarlo, domani andiamo a prenderci David. Siamo stanchi di aspettare."

Mags inspirò bruscamente e sentì Zara stringerle una spalla. "Domani?"

"Faremo incursione all'alba, quando probabilmente ci sarà meno gente in giro. Speriamo di poter prendere David e andarcene senza causare conflitti. Ma anche se dovesse succedere qualche scontro, non ce ne andremo senza tuo figlio."

"Ma che ne sarà di Dave?" sussurrò lei, combattuta tra l'entusiasmo, all'idea di avere finalmente il figlio al sicuro, e l'agonia di non conoscere il destino del marito.

"Se non l'avremo trovato per quando avremo riportato qui te e David, faremo così: tu, tuo figlio, Gabriella, Zara e metà della squadra andrete all'aeroporto con le altre donne e partirete. Gli altri tre resteranno finché non troveranno Dave."

Mags scosse la testa. "No, non voglio andarmene senza di lui."

"Mags," disse Zara con voce molto dolce, "devi portare David in Colorado, dove Del Rio non potrà più toccarlo; più a lungo resterai qui, invece, e maggiori saranno le possibilità che tuo figlio venga scovato e rapito di nuovo. Dave ci prenderebbe a calci in culo se non facessimo tutto ciò che è in nostro potere per riportarti a casa, con o senza di lui."

Mags lasciò crollare le spalle. Santo cielo, che scelta orribile. Figlio o marito?

"Mags," disse Ball a voce bassa, "guardami."

Mags alzò lo sguardo, incontrando gli intensi occhi azzurri del Mercenario. "Dave è uno di noi. È la nostra squadra. Accidenti, è il nostro capo. C'è sempre stato per noi: anche senza essere fisicamente in missione, è sempre stato *presente*. Si è sempre fatto in quattro per farci avere ogni tipo di informazioni, spaccando culi quando necessario. Non ce ne andremo senza di lui. Ti do la mia parola di Mercenario di Montagna che riporteremo tuo marito a casa. Ok?"

Mags annuì con riluttanza. Non le piaceva la situazione, ma doveva fidarsi degli uomini di Dave: sicuramente sapevano cosa stavano facendo.

"Bene. Ora, non hai toccato la tua cena. Sai che Dave non sarebbe felice se tu non mangiassi. Quindi, per favore, cerca di mangiare qualcosa. Non voglio che tuo marito mi rimproveri se torna e pensa che non ci siamo presi cura di te."

Quella frase fece sorridere un po' Mags, che si voltò e sorrise anche a Zara, poi fece un respiro profondo. Mentre Ro le porgeva un panino e una lattina di Coca Cola, Raven pensò tra sé: *Sarà meglio che tu non sia morto, Dave. Io e tuo figlio abbiamo troppo bisogno di te.*

Quando riprese i sensi, Dave si sentì al limite. Probabilmente si era bruciato i peli nel naso a causa dei miasmi che provenivano dai cumuli di spazzatura intorno a lui. Non aveva idea di che ora fosse, ma intravedendo un bagliore dalla luna calante intuì che mancava poco all'alba.

Considerando che era stato rapito di mattina e poi scaricato in quel postaccio quando il sole era ancora alto, realizzò di essere rimasto svenuto per ore.

Ogni volta che provava a ruotare la testa, veniva invaso da un dolore lancinante sul nuovo taglio inferto al collo. Dave si portò lentamente una mano alla ferita e la sondò con cautela. Non aveva uno specchio, ma il taglio gli sembrava piuttosto superficiale, l'emorragia si era quasi arrestata. I casi erano due: o il coltello era poco affilato, o il tizio che lo brandiva era un dannato principiante nel tagliare gole.

Dave aveva la camicia ancora umida e appiccicosa di sangue, ma era vivo. Del Rio aveva fatto una stupidata madornale: avrebbe dovuto dire ai suoi scagnozzi di controllare scrupolosamente di averlo ucciso.

Dave si mise a sedere lentamente, testando il proprio equilibrio, poi si guardò intorno.

La testa gli martellava e si sentiva un po' debole, probabilmente per la perdita di sangue e la disidratazione. Indossava ancora vestiti e scarpe, le tasche erano vuote; era sparito anche il fodero con coltello che portava alla caviglia. Sul momento Dave si arrabbiò, finché non si guardò intorno: era circondato da spazzatura, ma intravide distese di vetri rotti, varie aste di metallo... vide anche un coltello da carne, seppur malandato. Aveva un sacco di armi tra cui scegliere.

Nel momento in cui si rese conto di indossare ancora la cintura, sorrise. L'aveva comprata tanti anni prima su un sito specializzato in accessori da viaggio. Aveva una comoda tasca con cerniera nascosta all'interno, dove lui teneva sempre un po' di soldi per ogni evenienza.

Dave si sentì meglio sapendo di non essere disarmato e che avrebbe dovuto camminare solo fino a quando non sarebbe riuscito a chiamare un taxi, così si alzò lentamente in piedi. Dopo qualche secondo, fece un respiro profondo e si rese conto che si sentiva fin troppo bene per essere stato quasi ucciso... di nuovo.

Era stato molto fortunato, ma invece di sentirsi trionfante per essere sopravvissuto si infuriava ogni secondo di più. Aveva una moglie e un figlio a cui pensare, e aveva commesso un errore. Avrebbe dovuto fare più attenzione, era prevedibile che Del Rio lo scoprisse e che facesse qualcosa per proteggere quelli che considerava i suoi "investimenti." Aveva preso di mira David, probabilmente anche Raven.

Dave doveva assolutamente tornare in città dalla sua squadra. Ma ancora più importante, doveva raggiungere suo figlio prima che venisse trasferito, o peggio... venisse abusato da Del Rio.

Pensare ai piani di quell'uomo diabolico gli fece diminuire il dolore al collo. Tutto ciò che lo teneva in piedi era la determinazione di portare suo figlio fuori dal paese e successivamente a casa, in Colorado, dove sarebbe stato finalmente al sicuro. Poi, una volta al sicuro e lontano dagli artigli di Del Rio, Dave si sarebbe occupato di porre fine alle sue operazioni criminali.

Infine, Dave e Raven avrebbero potuto finalmente iniziare la loro vita come famiglia, come avevano sempre sognato.

Un suono lo distrasse dalla sua nube carica d'ira. Dave si voltò verso la fonte del rumore e vide un solo faro che si avvicinava alla discarica... era una moto, o uno scooter.

Sorrise e si abbassò per raccogliere un vecchio tubo proveniente da un lavandino da cucina, insieme al coltello che aveva adocchiato in precedenza. Si allontanò in modo silenzioso e rapido dal luogo dove aveva ripreso i sensi e si nascose dietro un mucchio di spazzatura marcia. Ormai non sentiva neanche più alcun fetore, talmente era concentrato sull'uomo che si avvicinava alla discarica.

L'uomo parcheggiò il grande scooter e Dave lo riconobbe immediatamente: era la stessa guardia che l'aveva ferito al collo ed era sembrata fin troppo entusiasta quando il collega stava colpendo Dave con lo storditore elettrico.

Dave iniziò ad infuriarsi, sapeva che avrebbe potuto porre fine alla vita di quell'uomo inutile in due secondi senza provare il minimo rimorso... ma non l'avrebbe fatto. Dave non era un assassino.

Ma ciò non escludeva il fatto che potesse provocare a quell'uomo lo stesso dolore che quel bastardo aveva inferto a *lui*.

Strinse la presa sul coltello, calcolando il da farsi. Dave non sapeva perché l'uomo fosse tornato, forse per assicurarsi di trovarlo morto, ma non serviva farsi troppe domande. Con un po' di fortuna aveva la possibilità di vendicarsi e di andarsene dalla discarica. Non sapeva nemmeno se l'altra guardia fosse lì nei paraggi o se avrebbe raggiunto il collega per finire il lavoro che avrebbero dovuto portare a termine ore prima.

L'uomo andò dritto verso il punto dove aveva abbandonato Dave con l'aiuto del collega nel primo pomeriggio. Quando non lo trovò, ringhiò parole spagnole traboccanti di rabbia.

Dave gli si avvicinò rapidamente da dietro e gli avvolse un braccio intorno alla gola, sovrastandolo, prima ancora di fargli realizzare che non era da solo.

"Sorpresa, stronzo," sibilò Dave, senza curarsi del fatto che l'uomo non potesse capirlo.

La guardia si agitò nel tentativo di liberarsi dalla presa, ma Dave era più grosso di lui e non aveva intenzione di lasciarselo scappare. Gli puntò il coltello alla gola e la tagliò rapidamente, da un orecchio all'altro.

L'uomo di Del Rio urlò e si dimenò nella presa di Dave, rendendo il taglio più profondo del previsto. Dave voleva solo spaventarlo, donandogli una cicatrice che gli avrebbe ricordato per sempre l'americano che lui aveva tentato di uccidere, senza riuscirci. L'uomo si portò subito le mani alla gola, Dave lo fece girare; prima che la guardia potesse difendersi, Dave gli sferrò un forte pugno sul naso. L'uomo cadde a terra con un tonfo.

Giaceva privo di sensi sullo stesso mucchio di sterco e spazzatura in cui aveva lasciato Dave qualche ora prima. Frugandogli velocemente nelle tasche, Dave prese i pochi soldi che trovò, insieme alle chiavi dello scooter. Poi si alzò, sputò su quell'uomo e gli voltò le spalle senza degnarlo di una seconda occhiata. Non gliene importava niente di quel tizio. Se fosse morto dissanguato, beh... non era un suo problema. Gli importava solo della famiglia.

Dave non aveva idea di dove si trovasse, né di come

diavolo tornare al motel, ma avrebbe trovato il modo. Il cielo si stava già rischiarando; più ci metteva a tornare da Raven e a recuperare David, più tutti si sarebbero trovati in pericolo.

Dave aveva la brutta sensazione di aver risvegliato la bestia sopita, c'era la possibilità che Del Rio avesse già spostato David. Quel pensiero gli fece gelare il sangue, ma al tempo stesso rafforzò la sua determinazione. Nessuno fregava il capo dei Mercenari di Montagna. Nessuno.

Mags era nervosa. Si era fatta mattina e non c'era ancora alcuna traccia di Dave, ma era giunta l'ora di andare a trovare David.

La squadra di Dave stava pianificando un'incursione mattutina nella casetta dov'era tenuto prigioniero David. Raven non era di certo entusiasta, sapendo che molto probabilmente il figlio sarebbe rimasto traumatizzato dal rapimento, lo avrebbero strappato dall'unica casa in cui aveva vissuto, ma lei era disposta a tutto pur di allontanarlo da Del Rio.

Quello non era uno dei giorni stabiliti per visitare il bambino. Raven avrebbe bussato alla porta con lo stratagemma di essere stata informata da qualcuno del quartiere che Del Rio aveva richiesto la sua presenza in casa. Quando le avrebbero aperto la porta, la squadra avrebbe preso d'assalto la casa e salvato il bambino.

Erano stipati tutti e sette in unico minivan, Black aveva appena finito di dirle di comportarsi normalmente e di fare tutto il possibile per non destare sospetti. La squadra poteva probabilmente entrare nella casa anche se nessuno apriva la porta a Raven, ma ci sarebbe voluto più tempo; inoltre, gli scagnozzi di Del Rio avrebbero potuto usare quel lasso di tempo per fare del male a David.

"Qualche domanda?" le chiese Black.

Lei scosse la testa. "No."

"Ok, resta calma. Tu e David starete bene. Te lo giuro," le disse.

Mags apprezzò quella rassicurazione. I Mercenari erano chiaramente inquieti e incutevano un certo timore, ma lei si sentiva al sicuro con loro. Per un secondo, desiderò rimanere all'interno del minivan, ma poi fece un respiro profondo e tirò su le spalle. David si sarebbe spaventato a morte se lei non fosse stata presente nel momento in cui lui veniva prelevato da strani uomini, il suo compito era quello di rassicurarlo.

"Ci penso io," disse Raven, più a se stessa che agli altri, ma ovviamente la sentirono tutti.

"Dannatamente giusto."

"Certo che sì."

"Cazzo, sì."

Mags non poté fare a meno di sorridere alle loro risposte, le stavano simpatici quegli uomini. Magari erano un po' rozzi, ma amavano appassionatamente le loro compagne e non avevano paura di fare tutto il possibile per tenere al sicuro i soggetti più vulnerabili.

Mags scese dal minivan e percorse la stradina che conduceva verso la casa in cui viveva David, sapendo che gli amici del marito la stavano seguendo a distanza di sicurezza. Ciò rinvigorì il suo coraggio e la fece sentire meno sola. Poteva farcela. In effetti, lo *stava* facendo. Era stata docile per troppo tempo: era giunta l'ora di riprendersi la sua vita e anche quella di suo figlio, già che c'era. Era ancora molto preoccupata per il marito, ma al momento doveva concentrarsi su David. Odiava dover scegliere, ma in fondo sapeva che Dave le avrebbe ordinato di dare la precedenza a David.

Si avvicinò al cancello di fronte alla casa e suonò il campanello, aspettando che qualcuno rispondesse e ripetendosi mentalmente quello che doveva dire. Dato che non accadeva nulla, Mags si accigliò e premette di nuovo il pulsante.

Diversi minuti dopo, era ancora in piedi fuori dal cancello chiuso. Nessuna risposta.

L'ansia iniziò a divorarle lo stomaco, spingendola a premere freneticamente il pulsante più e più volte. Dal momento che nessuno le rispose, Mags sbirciò tra le sbarre di ferro battuto del cancello e gridò in spagnolo: "Ehi? C'è qualcuno?"

Non vide alcun movimento in casa. Tutte le luci erano spente e dai camini non usciva alcuno sbuffo di fumo.

Disperata, afferrò le sbarre e tirò.

Con sua sorpresa, il cancello si mosse.

Abbassando lo sguardo, Mags si rese conto che non era chiuso a chiave. Lo spinse, spaventandosi quando il cancello si aprì con facilità.

Fece un passo verso la casa, ansiosa di vedere cosa diavolo stesse succedendo, ma qualcuno l'afferrò per un braccio.

In preda al panico, Mags si girò e sollevò il pugno verso dove avrebbe dovuto trovarsi la testa del suo aggressore.

Gray le chiuse il pugno nel palmo di una mano. "Calma, Raven, sono io."

"Gray! Non risponde nessuno," gridò Mags. "Dovrebbero essere qui!"

"Lo so. Ce ne occupiamo noi. Stai calma."

Restare calma? Come diavolo poteva rimanere calma? Prima era scomparso Dave, poi anche David sembrava svanito nel nulla. Mags fece del suo meglio per controllare il panico. Gray fece un cenno a qualcuno dietro di lei, che si mosse appena quando sentì qualcuno prenderla per un braccio. Due settimane prima sarebbe impazzita se qualcuno l'avesse afferrata in quel modo, ma sapeva che suo marito si fidava ciecamente di quegli uomini. Non aveva paura di loro: al momento aveva più paura per il figlio.

Vide Meat apparire al suo fianco. Quando si voltò di nuovo, Gray era scomparso.

"Dov'è andato?" sussurrò Mags.

"Gray è un fantasma," rispose Meat, tranquillo come se stessero parlando del meteo. "Tra tutti noi, è quello che ha la straordinaria abilità di mimetizzarsi con l'ambiente circostante e passare inosservato... Il che può sembrarti strano, considerando quanto è alto, ma è proprio così."

L'aveva fatta allontanare dalla strada, conducendola appena dentro il cancello, in modo che non potessero essere visti dai passanti, poi abbassò un braccio e la prese per mano. Normalmente le sarebbe sembrato strano tenere per mano un uomo che non era suo marito, ma in quel momento Mags apprezzava ogni conforto possibile.

"Gli altri andranno dentro a vedere cosa succede," le disse Meat dolcemente. "Se David è lì, te lo porteranno."

Se era lì. Alzò lo sguardo verso il grande uomo al suo fianco. "Dio santo, Meat, *deve* essere lì."

"*Shhhhh*, Raven. Non scervellarti." La fissò intensamente. "Ti giuro che se l'hanno trasferito da qualche parte, lo *troveremo*."

Tutti continuavano a dirglielo, ma lei non aveva idea di come avrebbero fatto. Le venne in mente la storia di Zara, che era rimasta da sola in Perù fin da piccola.

Come se potesse leggerle la mente, Meat le disse: "David non dovrà crescere senza sua madre. Ti do la mia parola."

Sicuramente Mags aveva preso un'ottima decisione quando aveva organizzato il salvataggio di quell'uomo ferito e sanguinante nel quartiere. All'epoca non lo conosceva, sapeva solo che era stato vittima di un'imboscata mentre tentava di salvare con i suoi compagni di squadra dei bambini a Lima.

Mags avrebbe potuto ignorare le malefatte che Ruben e la sua banda stavano combinando fuori dalla capanna. Avrebbe potuto dire alle amiche di non farsi coinvolgere. Ormai non credeva più che tutto accadesse per una ragione. Come poteva credere che ci fosse una ragione per essere stata rapita e trattenuta contro la sua volontà, costretta a compiere azioni ignobili?

Eppure, in quel momento, appoggiata al muro mentre aspettava che gli uomini della squadra uscissero da quella casa con suo figlio, iniziò a ricredersi. Sì, Mags aveva attraversato l'inferno, ma aveva un figlio. Aveva sempre voluto un figlio; anche se non era arrivato nel migliore dei modi, David era con lei e lo amava più di quanto potesse immaginare, quando sognava di essere madre. Non solo, ma suo marito l'aveva ritrovata dopo dieci anni.

In quell'istante l'uomo che lei aveva contribuito a salvare era in piedi accanto a lei e le giurava che se il figlio fosse scomparso, lui lo avrebbe trovato. Raven si sentì sul punto di piangere.

Guardarono in silenzio le luci accendersi e spegnersi nella casa. Poi gli uomini uscirono lentamente dalla porta d'ingresso, come se fossero i proprietari del posto.

Mags trattenne il fiato.

Arrow fu il primo a raggiungerli. "È vuota. Non c'è nessuno."

"Nessuno?" chiese Mags.

"No," le disse Arrow, sinceramente dispiaciuto.

Mags iniziò ad avere un giramento di testa e chiuse gli occhi. Sentì delle mani posarsi sulle spalle e spalancò gli occhi. Non le piaceva sentirsi intrappolata, ma non mosse un muscolo.

"Non se ne sono andati tanto tempo fa," disse Arrow. "C'è una tazza di tè ancora tiepida sul tavolo. Qualunque cosa abbia pianificato Del Rio, probabilmente richiede tempo. Da quel che abbiamo visto nella casa sembra che sia successo tutto di fretta, quindi non farà nulla con David nel breve termine. Abbiamo tempo per rintracciare Del Rio sia fisicamente che virtualmente. Troveremo tuo figlio."

Sembrava che gli uomini di Dave fossero tutti d'accordo. Continuavano a rassicurarla che avrebbero trovato sia il figlio che il marito... e lei aveva bisogno di sentirselo dire.

Meat la condusse fuori dal cortile e poi verso il minivan,

sempre tenendola per mano. Mags non si rese nemmeno conto di essere salita sul mezzo o di essere tornata in motel. Lo realizzò solo nel momento in cui Zara l'abbracciò forte, nella stessa stanza dove aveva dormito con Dave.

Da quel momento in poi tutto divenne confuso. Gli uomini erano tutti riuniti nella stanza, senza lasciarla sola nemmeno per un secondo. Meat era chino sul computer, picchiettando rapidamente sui tasti, e gli altri parlavano in modo calmo in un angolo, pianificando la loro prossima mossa. Maria, Gabriella e le altre donne entravano e uscivano, preoccupandosi di lei e cercando di rassicurarla.

Era quasi mezzogiorno quando la porta della stanza si spalancò all'improvviso.

Mags sobbalzò e tre Mercenari scattarono immediatamente in piedi, posizionandosi tra la porta e il punto dove lei era seduta, su una sedia contro il muro. Il loro istinto protettivo l'avrebbe rassicurata in qualsiasi altro momento, ma Mags balzò in piedi quando sentì Black inspirare bruscamente ed esclamare: "Dave!"

Si fece largo tra gli uomini e fissò il marito con aria sconvolta.

Dave aveva i capelli tutti scompigliati ed emanava un odore tremendo, ma lei trasalì alla vista del sangue che gli ricopriva la maglia.

"Cazzo, amico, stai bene?" chiese Ball.

"Dove diavolo sei stato?" gridò Gray.

"Siediti, prima di svenire," aggiunse Black.

Ma Dave ignorò i suoi amici: aveva occhi solo per Mags.

Lei trattenne il respiro mentre lui le andava incontro. Non aveva mai avuto paura del marito ma, solo per un secondo, Mags fu atterrita dallo sguardo negli occhi di Dave. Non c'era più l'uomo spiritoso e gentile che lei aveva ritrovato nelle ultime due settimane.

No... Al suo posto c'era un guerriero. Un soldato irritato e a dir poco furibondo.

Dave si avvicinò e si fermò a pochi centimetri di distanza da lei. Mags dovette allungare il collo per mantenere il contatto visivo. "David non c'è più," sussurrò all'unico uomo che avesse mai amato. "Oggi siamo andati a prenderlo, ma quando siamo arrivati la casa era deserta."

Dave strinse i denti. "Del Rio si pentirà di aver preso di mira la mia famiglia. Giuro su Dio, saprà esattamente chi gli ha rovinato la vita e perché."

Nonostante le parole di Dave suonassero piatte e fredde, Mags riuscì a intravedergli l'odio ardente nello sguardo.

"Ok," gli disse, volendo calmarlo, anche se non sapeva come fare.

Senza distogliere lo sguardo da lei, Dave disse: "Meat, devi controllare i conti bancari di Del Rio per vedere se ci sono grossi depositi. Ha una casa piena di bambini, da qualche parte, la spaccia per un orfanotrofio. Dobbiamo rintracciare tutti i depositi e far seguire le tracce ai nostri contatti qui in Perù. Ci porteranno a ricchi stronzi di alto rango che hanno improvvisamente acquistato dei bambini, dichiareranno di averli adottati."

"Immagino che non lo facciano per bontà di cuore," mormorò Gray.

"No," disse Dave in modo asciutto. "Li hanno comprati da Del Rio per sperimentare le loro perverse fantasie sessuali."

Mags sussultò. Tutti sapevano che Del Rio trafficava bambini, ma l'informazione sul presunto "orfanotrofio" gli faceva raggiungere un livello di malvagità completamente nuovo.

"Ci penso io," disse Meat da qualche parte dietro di loro. "Hai idea di quanti ce ne siano?"

"Non ne ho idea. Ma immagino che sia un numero piuttosto elevato, sia maschi che femmine. Dobbiamo anche trovare quel cosiddetto orfanotrofio per impedire che altri bambini vengano venduti."

Meat annuì ma non rispose, già immerso nelle sue ricerche.

"Nella casa dove tenevano David era tutto per aria," disse Gray con tono controllato ma acceso. "Ci sembra che sia successo tutto molto in fretta, probabilmente a causa di quello che è successo a te. A proposito... *cosa* ti è successo?"

"Del Rio si è fatto prendere dal panico," disse Dave. "Il che non è da lui."

"Sì," concordò Gray.

"Avrà imboscato mio figlio da qualche parte, forse con gli altri bambini... almeno per il momento. Dubito che rischierà di portare David nel suo complesso mentre i Mercenari di Montagna sono ancora in città." Mags vide ancora più determinazione scintillare negli occhi del suo uomo. "Partiremo stanotte, non appena avremo qualche informazione su dove Del Rio tiene quei bambini... e forse anche David."

I Mercenari furono tutti d'accordo e si diressero verso la porta, tranne Meat.

"Zara?" chiese Dave.

"Sì?"

"Puoi metterti in contatto con Daniela? Nel caso in cui Meat non riuscisse a trovare nulla, ho bisogno che lei tenga occhi e orecchie aperte su qualsiasi avvenimento che coinvolga bambini sconosciuti che appaiono improvvisamente in zone insolite per loro."

"Ok, ma prima può venire qui a darti un'occhiata?" chiese Zara.

Mags colse la confusione sul viso del marito, che finalmente distolse lo sguardo da lei per girarsi verso Zara. "Perché?"

"Sei coperto di sangue, e credo che tu stia ancora sanguinando," disse Zara dolcemente.

"Sto bene," rispose Dave in tono sprezzante e si voltò di nuovo verso Mags.

"Ma..."

"Ci penso io," disse Mags con fermezza, mettendo una mano sul bicipite di Dave. Si sentiva più forte, con il marito di nuovo lì con lei. Certo, si era fidata dei Mercenari quando le avevano detto che avrebbero trovato David, ma Mags sapeva che Dave avrebbe fatto il possibile per riportarle indietro il figlio; avrebbe rivoltato ogni singola pietra, se necessario. In fondo, aveva trovato *lei*; sicuramente avrebbe trovato anche loro figlio.

"Se lo dici tu," disse Zara, decisamente poco convinta. Poi si voltò e si diresse verso la porta.

Mags sentì appena la porta chiudersi dietro Zara prima che Dave le prendesse una mano e intrecciasse le dita con le sue, per poi condurla verso il bagno.

"Dave?" chiamò Meat prima che ci entrassero.

"Sì?"

"Cos'è successo?"

Dave riprese a camminare. "Tu trovami qualcosa di utile e io ti spiegherò tutto più tardi, quando saranno tornati tutti gli altri."

Evidentemente non era disposto a dire altro, perché entrò nel bagno tenendo Mags sempre per mano e si chiuse dietro la porta.

La tirò verso di sé mentre si sedeva sulla tavoletta del water. Poi le lasciò cadere la mano e si chinò in avanti, appoggiandole la fronte sul ventre.

Mags non reagì immediatamente, sorpresa da quel gesto. Quando lo sentì fare un respiro tremolante, gli chiese dolcemente: "Dave?"

"Mi dispiace," sussurrò lui.

"Per cosa?"

"Avrei dovuto percepire quei tizi che si stavano avvicinando. Mi hanno assalito come se fossi uno sprovveduto, dopo che te ne sei andata."

Mags riuscì a malapena a respirare. "Gli uomini di Del Rio?"

"Sì, è uno stronzo freddo come il ghiaccio," disse Dave senza alzare la testa. "Ero abbastanza disperato da offrirmi di comprare nostro figlio, ma per quanto quel bastardo ami il denaro, voleva vedermi soffrire ancora di più."

Dave alzò lo sguardo e Mags trasalì nel vedere che perdeva un po' di sangue dalla ferita sul collo.

"Ha dei piani terribili per lui," proseguì Dave con una voce così carica di odio che lei avrebbe dovuto avere paura, ma Mags sapeva che quel tono era dovuto alla situazione di David e dunque non si sentiva minacciata. "Vuole crescerlo per farlo diventare suo erede, contaminarlo e trasformarlo in un mostro."

Mags inspirò bruscamente, portandosi una mano alla bocca. Del Rio era il male incarnato, non era una novità, ma lei non aveva idea di cosa stesse progettando per David. Il solo pensiero che quell'uomo volesse trasformare il dolce figlioletto in un bastardo senza cuore la ferì fisicamente.

"Ma ha fatto un errore," disse Dave.

"Quale?" sussurrò Mags.

"Si è messo contro i Mercenari di Montagna. Salveremo i bambini, li porteremo via da lui e rovineremo tutta la sua organizzazione criminale; ma cosa più importante, toglieremo David dalle sue grinfie. Lui non sarà mai come Del Rio. *Mai.*"

Mags percepì chiaramente la fiducia e la convinzione nel tono del marito, portandola a credergli. Era sempre spaventata per David, sperduto chissà dove, ma credeva ciecamente nel suo Dave: lui avrebbe fatto qualsiasi cosa per riportare indietro il figlio. Mags si convinse ancora di più osservando il marito infuriato, imbrattato di sangue, puzzolente come se fosse stato trascinato negli escrementi; Dave aveva appena sputato odio verso l'uomo che aveva fatto il possibile per rovinarle la vita, con la certezza di farla franca.

Deglutendo a fatica, portò le mani ai bottoni della camicia di Dave. Cominciò lentamente a sbottonarli, uno per uno.

Prima che arrivasse all'ultimo, Dave le prese le mani e

disse: "Aspettami fuori. Faccio una doccia e ti raggiungo in cinque minuti."

Lei scosse la testa. "No. Fammi dare un'occhiata alla tua ferita."

"È a posto."

Mags scosse la testa. "Smettila, Dave! *Non* è a posto, stai sanguinando dappertutto. Adesso mi fai dare un'occhiata, devo controllare che non ti escano le viscere dal collo... *poi* potrai andare a salvare nostro figlio e spaccare qualche culo. Va bene?"

L'odio e l'oscurità che albergavano negli occhi di Dave iniziarono a tremolare, per poi dissiparsi totalmente. Mags notò con piacere che era ritornato il marito gentile e amorevole che aveva ritrovato nelle ultime due settimane.

"Ok, Raven. Fai quello che devi fare."

"Lo farò," rispose lei, poi gli sfilò delicatamente la camicia dalle spalle. Aveva già dormito contro il petto nudo di Dave, ma in quel momento Mags avvertì una sensazione differente. Gli osservò per un attimo i pettorali guizzanti, poi si costrinse a guardargli il collo. C'era sangue ovunque. Mags prese uno degli asciugamani, trasalendo perché sapeva che stava per rovinarlo macchiandolo con il sangue del marito.

"Aspetta," disse Dave, "prima fammi fare una doccia rapida per togliere il grosso del sangue e del fetore." Si alzò senza aspettare risposta, costringendo Mags a fare un passo indietro. Lei lo guardò mentre si sbottonava i pantaloni e abbassava la cerniera. Lui si girò in modo da darle le spalle e si liberò dei vestiti.

Mags trattenne il respiro per l'assoluta perfezione davanti ai suoi occhi. Nonostante fossero passati dieci anni dal loro ultimo incontro, Dave era ancora in ottima forma: aveva la piccola fossetta in fondo alla spina dorsale per cui lei lo aveva sempre preso in giro, cosce grandi e muscolose, con un fondoschiena bello tonico.

Dave si chinò e aprì l'acqua della doccia, poi fece per entrare nella vasca, indossando ancora la biancheria intima.

Mags sapeva che l'aveva fatto lei: non voleva forzarla a fare nulla che potesse provocarle del disagio, incluso farsi vedere nudo.

Ma per la prima volta dopo tanti anni, lei non aveva paura di un uomo o dell'idea di vedergli l'uccello. Suo marito era perfettamente proporzionato... dappertutto.

Era un uomo grande e grosso, se avesse deciso di picchiarla avrebbe potuto ferirla seriamente: poteva sopraffarla, bloccarla e farle tutto quello che voleva.

Ma non le avrebbe mai fatto nulla di male.

Mags ne era certa: era pronta a scommetterci la vita e quella del figlio, talmente ne era convinta.

Il desiderio di sentirsi avvolta tra le braccia di Dave rafforzò ancora di più quella convinzione. Voleva sentirlo su di sé, voleva che la guardasse con dolcezza mentre facevano l'amore.

Quando l'avevano costretta a fare sesso con altri uomini, Mags attingeva dai suoi ricordi per sfuggire alla crudele realtà: ma in quel momento, finalmente, era di nuovo con il suo splendido marito. Erano anni che Mags non faceva sesso, dieci anni che non faceva l'amore. Non era pronta a rimettersi in gioco, per così dire, ma per la prima volta si rese conto di desiderare l'intimità che una volta condivideva con il marito. Voleva stare a letto con lui per ore a esplorarlo; voleva vivere di nuovo l'euforia che aveva sperimentato solo con lui e mostrargli quanto lo amava.

Sentendosi più forte di quanto ricordasse negli ultimi anni, Mags si sfilò la maglia da sopra la testa, si abbassò i pantaloni lungo le gambe e fece un respiro profondo. Restando solo in mutandine e reggiseno, tirò da parte la tenda ed entrò nella doccia.

Dave la fissò con un misto di incredulità e speranza, senza mai distogliere lo sguardo le chiese: "Sei sicura?"

Mags annuì. "Devo assicurarmi che tu non muoia dissanguato. Dammi il sapone e ti lavo la schiena... puzzi di merda." Gli sorrise appena e gli porse una mano leggermente tremolante.

Dave le diede la saponetta e poi si voltò verso il getto d'acqua. Alzò la testa e lasciò che il getto gli colpisse la parte superiore del petto.

Mags immaginò che l'acqua calda dovesse fargli un male cane sul collo, ma lui non emise un solo lamento. Allora lei si insaponò le mani e cominciò a lavare la grande schiena del marito: anche quel semplice gesto le riportò a galla dei ricordi... bei ricordi. Come quando ridevano e giocavano insieme sotto la doccia a Las Vegas, godendosi la loro intimità.

Quando lei ebbe finito con la schiena, lui si girò e mise le mani dietro la testa, mostrandole senza parole che non l'avrebbe mai toccata senza permesso.

Mags fece tutto il possibile per pulirgli velocemente il petto e le gambe, provando a nascondergli quanto fosse difficile per lei... Ma lui lo capì lo stesso. Quando lei si raddrizzò e gli porse il sapone, Dave sussurrò: "Mi sbalordisci, Raven. Sei sempre stata una roccia, ma solo in questo viaggio ho compreso la tua vera forza. Mi permetti di restituirti il favore? Giuro che puoi fidarti di me."

Mags annuì deglutendo a fatica. Voleva dargli un'occhiata alla ferita e capire se avesse bisogno di punti, dovevano trovare loro figlio... ma in quell'istante, nella loro piccola bolla, lei doveva provare a entrambi che Del Rio non l'aveva spezzata del tutto.

Come se potesse leggerle la mente, Dave le disse: "Quando non avremo più bisogno di cercare nostro figlio, voglio che ripetiamo questo momento, con tutta calma, per dimostrarti quanto sei importante per me."

Mags annuì di nuovo, deglutendo ancora a fatica.

Si girò e offrì la schiena al marito, pensando che sarebbe

stato più facile se lui avesse iniziato da lì. Dave la insaponò rapidamente, massaggiandole brevemente le spalle mentre la lavava. Si inginocchiò e le prese un piede alla volta, lavandoli accuratamente: Mags rischiò di essere sopraffatta dalla sensazione di quelle grandi mani sui polpacci. Una volta terminato, Dave si rialzò.

Mags si voltò verso di lui.

Dave le insaponò il collo con molta delicatezza, poi passò alle braccia. Si inginocchiò ancora una volta e le lavò la parte anteriore delle gambe. Si insaponò di nuovo le mani e appoggiò la saponetta su un piccolo ripiano nella doccia. Le toccò la vita e le accarezzò delicatamente il ventre, assicurandosi di non spostarsi troppo in alto o in basso. Finito il tutto, Dave si spostò per fare in modo che Mags venisse colpita dal getto d'acqua e si lavasse tutta la schiuma.

La doccia era stata rapida ed efficiente, ma in qualche modo tenera e amorevole. Era stata una dicotomia, proprio come lui.

Mentre Mags guardava la schiuma defluire nello scarico, si sentiva indirizzata verso un nuovo inizio: via il vecchio, avanti il nuovo. Quello era suo marito: un uomo che amava con tutta se stessa, che non aveva mai smesso di cercarla quando tutti l'avrebbero creduta morta, ma soprattutto l'uomo che non avrebbe mai smesso di cercare il figlio fino a trovarlo e riportarlo a casa.

Mags non aveva visto il lato arrabbiato da Mercenario di Montagna fino a quando Dave non era entrato dalla porta furioso e sporco di sangue, ma stranamente non si era spaventava; al contrario, si sentiva confortata. Del Rio era spietato, sì, quindi Dave doveva essere altrettanto spietato (o forse persino di più) per tenere lei e David al sicuro.

Facendo un respiro profondo, Mags toccò delicatamente il mento di Dave. "Guarda verso l'alto, fammi vedere."

Lui obbedì immediatamente. Mags si sentiva decisamente sicura con quell'uomo, persino quel piccolo gesto fu una conferma: Dave la sovrastava in stazza e potenza, eppure aveva obbedito senza esitazione a un suo ordine, rendendosi vulnerabile solo per lei. Era una sensazione... inebriante.

La ferita sul collo non le sembrava così grave, una volta ripulita dal sangue: per fortuna era poco profonda. Mags pensò che sarebbero bastati pochi cerotti a farfalla per tenere a bada la ferita, almeno per il momento. Il taglio gli attraversava la gola, ma per grazia divina non gli aveva reciso la giugulare e non l'aveva fatto sanguinare eccessivamente. Mags gli toccò il bordo della ferita con un dito, non riusciva neanche a immaginare di aver quasi perso il marito.

Dave chiuse gli occhi e le chiese: "Posso abbracciarti?" Rimase immobile, senza pressarla o influenzarla.

Mags si avvicinò al marito e gli cinse la vita con le braccia, senza dire una parola. Gli appoggiò la testa sul petto e trattenne il respiro, aspettandosi un'onda di panico per essere troppo vicina a un uomo.

Miracolosamente, non sentì altro che appagamento.

Dave l'abbracciò lentamente e la tirò ancora più verso di sé. Mags avvertì il corpo muscoloso del marito ma non si sentì spaventata o disgustata, non sentiva nemmeno il bisogno di allontanarsi: al contrario, voleva avvicinarsi ancora di più.

Finalmente, dopo dieci lunghi anni, Mags si sentiva davvero al sicuro. Durante la doccia si era accesa una scintilla di speranza in lei, in quel momento brillava ancora di più. Tra le braccia di Dave, Mags non aveva più paura e non provava alcuna repulsione. Con grande sorpresa sentì i capezzoli irrigidirsi, come se il corpo ricordasse il tipo di piacere che solo lui poteva darle.

Mags non seppe quantificare per quanto tempo rimasero abbracciati, ma alla fine Dave si tirò indietro.

"Grazie, Raven." Le passò amorevolmente una mano tra i capelli. "Per quanto vorrei restare qui così per sempre, abbiamo da fare."

Lei annuì.

"Non è così intelligente come crede di essere, tesoro."

Mags annuì di nuovo. Cos'altro poteva fare?

Dave chiuse l'acqua e tirò indietro la tenda della doccia, prese un asciugamano e glielo porse. Le tenne la mano mentre lei usciva con cautela dalla vasca. Solo allora, Dave prese un asciugamano per sé, avvolgendoselo intorno alla vita e togliendosi le mutande da sotto per non esporsi. "Aspetta qui. Vado a prendere dei vestiti per cambiarmi e ti porto qualcosa."

Mags annuì e rabbrividì quando lui aprì la porta ed entrò l'aria fresca nel bagnetto caldo e pieno di vapore. Dave tornò in pochi secondi, chiudendosi la porta alle spalle.

Le voltò le spalle e iniziò a vestirsi rapidamente mentre Mags faceva lo stesso. Lei non aveva paura che lui si girasse e la sbirciasse mentre era svestita; era suo marito, aveva visto ogni centimetro di lei e non si era nascosta molto bene sotto la doccia... le sue mutandine bianche, una volta bagnate, erano diventate praticamente trasparenti, ma lui le fece comunque la cortesia di girarsi di spalle.

Dopo essersi vestiti, Mags gli guardò di nuovo la ferita al collo, scuotendo la testa per quanto fosse stato fortunato, e ringraziò il cielo per l'inettitudine del cretino che gli aveva inferto il colpo. Dave aveva portato una cassetta di pronto soccorso che avevano comprato per Daniela, che però non se l'era ancora portata nella clinica. Mags gli disinfettò il taglio e poi attaccò quattro cerotti a farfalla sulla ferita, tirando la pelle per chiudere il taglio e favorirne la guarigione.

Mags baciò delicatamente l'ultimo cerotto in punta di piedi, prima di fare un passo indietro per guardare Dave.

In quell'istante, Mags notò una trasformazione: il marito gentile e premuroso svanì lentamente, lasciando il posto a Rex, il tosto leader dei Mercenari di Montagna.

"Devo parlare con Meat," disse. "Andiamo."

Mags lo seguì nella stanza adiacente e non si preoccupò

minimamente quando il marito spostò l'attenzione su Meat, chiedendogli mentre gli si avvicinava: "Cos'hai trovato?"

Mags si sedette sul letto, si tirò le ginocchia al petto e guardò l'uomo che amava fare ciò che apparentemente gli riusciva meglio... ovvero rintracciare il loro figlio scomparso.

CAPITOLO TREDICI

Il sole era già tramontato da qualche ora, ormai si stava facendo tardi. Meat aveva lavorato senza sosta per rintracciare la casa dove Del Rio teneva nascosti i bambini, ce l'avevano quasi fatta quando squillò il telefono. Dave sbatté le palpebre, irritato e ansioso di trovare David prima che Del Rio riuscisse a nasconderlo così bene da dover perdere anni in ricerche.

Meat accettò la chiamata e impostò il vivavoce. "Parla Meat."

"Sono Black. Bisogna che Raven torni subito nel suo vecchio quartiere. Alla svelta."

"Perché?" tuonò Dave, incapace di immaginare la sua donna lontana da lui e in un posto diverso dalla stanza sicura del motel.

"Perché parla spagnolo e abbiamo bisogno di una traduttrice," disse Black bruscamente. "A meno che Zara non sia disponibile a venire al suo posto."

"È ancora via con Daniela e le altre. Che succede?" chiese Meat.

"Quando siamo usciti, siamo andati a prendere i passaporti, poi abbiamo deciso di andare giù al quartiere solo per vedere se riuscivamo a far parlare qualcuno, e abbiamo visto quel coglione di Ruben. L'abbiamo bloccato e lui ha iniziato a parlare a vanvera. Non ero sicuro di cosa stesse dicendo... ma ha pronunciato il nome di David. Ora siamo nella capanna in cui vivevano le ragazze, ho bisogno di qualcuno che traduca mentre lo interrogo."

Raven si era già mossa per indossare le scarpe.

"Lascia che prima le parli," disse Dave a Black. Conosceva bene il potenziale del suo Mercenario: anche se non aveva mai ucciso nessuno durante i suoi interrogatori come Mercenario di Montagna (o almeno, così credeva Dave) Black non ci andava troppo leggero quando si calava nel suo ruolo di interrogatore. Dave non voleva che Raven assistesse a quel tipo di violenza e per di più non gli piaceva l'idea che la moglie stesse di nuovo vicino a Ruben, anche se Black aveva bisogno di lei e del suo spagnolo fluente.

"Sai che non te lo chiederei, ma ha fatto il nome di tuo figlio," disse Black con tono agitato. "Ghignava come se sapesse qualcosa che noi non sappiamo."

"Aspetta," disse Dave, poi spiegò rapidamente alla moglie in cosa consistessero le tecniche di Black.

"Andiamo," disse Raven, alzandosi in piedi. Sembrava ansiosa e determinata al tempo stesso. "Non preoccuparti... non mi dispiace guardare Ruben che viene preso a botte. Se le merita tutte."

"Se diventa troppo pesante, dimmi una sola parola e ti riporto qui."

Lei annuì.

"Dico sul serio. Black è bravo in quello che fa," le disse Dave. "Probabilmente un po' troppo bravo."

"Ho afferrato, Dave. Ma sei fuori strada se pensi che mi impressionerà vedere il sangue di Ruben: se quel cretino sa qualcosa su dove si trova David e non vuole dircelo, non mi interessa cosa gli succede."

Dave adorava il coraggio della moglie, ma comunque non

voleva esporla alla violenza che Black avrebbe usato con Ruben, se necessario. "Va bene, ma se la situazione si fa troppo intensa, ti prendo e ti porto via. Cazzo."

Raven sorrise e allungò una mano verso di lui, facendo bloccare il respiro di Dave. Nelle tre settimane trascorse da quando si erano ritrovati non succedeva spesso che lei lo toccasse o mostrasse il desiderio di farlo. Ma per quanto la circostanza lo permettesse, Dave era felice: evidentemente avevano raggiunto un punto di svolta dopo la loro doccia insieme. Quando lei gli accarezzò una guancia con la mano calda, Dave chiuse gli occhi con gioia e soddisfazione.

Lei iniziò a parlare a voce bassa. "Non avrei mai cercato di contattarti, anche se il pensiero mi torturava... credevo che saresti stato meglio senza di me. Non pensavo che saresti mai stato capace di accettare o superare quello che avevo fatto per sopravvivere. Non pensavo che avresti voluto riprendermi con te. Ma più di ogni altra cosa, sapevo che non avrei mai potuto lasciare David. Sì, certo, è stato concepito nel peggiore dei modi, ma gli voglio bene e morirei per proteggerlo. Anche se avevo intuito che saresti stato un ottimo genitore, non pensavo fosse giusto chiederti di accettare un bambino di cui non conoscevo nemmeno il padre biologico. Ma... Mi rendo conto ora... avevo torto e mi dispiace, davvero tanto. Se avessi cercato di contattarti subito dopo che Del Rio mi ha cacciata, forse non ti saresti perso i primi passi di David, le sue prime parole... o il suo primo sorriso."

Dave prese la mano di Raven e la girò per baciarle il palmo prima di riappoggiarla di nuovo sulla propria guancia, tenendo la mano sopra quella di lei. "Morirei per proteggere te e il nostro bambino," giurò Dave. Lei aveva gli occhi velati di lacrime, ma lui continuò: "Accetto David per sua madre e per quanto lo adora. Tanti anni fa, quando parlavamo delle nostre speranze e dei nostri sogni di creare una famiglia, ho capito che avrei fatto di tutto per farti diventare madre. Qualsiasi soluzione poteva andare bene... figlio in provetta, utero in affitto, adozione... non mi importava. Sapevo che saresti stata una mamma fantastica, e tu ne sei la prova vivente. Ti amo, Raven. Ti amo per la tua forza, il tuo essere protettiva e la tua capacità di tirare sempre avanti, al di là di cosa succede. Sono sbalordito da te e da tutto quello che hai dovuto affrontare. Passerò il resto dei miei giorni facendo tutto ciò che è in mio potere per proteggerti dalla merda che la vita ti vuole propinare. Questo include anche proteggerti dalla violenza bruta che a volte devono usare i Mercenari di Montagna, se vogliono ottenere dei risultati. Va bene?"

Dave sapeva di aver parlato troppo in fretta e di aver saltato da un argomento all'altro in modo incoerente, ma la mente gli traboccava di emozioni: amore per la moglie, sollievo di essere vivo, odio per Del Rio e preoccupazione per il figlio. Aveva trovato Raven, ma sapeva che se fosse successo qualcosa a quel bambino, il bambino che aveva dato un senso agli ultimi quattro anni e mezzo della vita di Raven, l'avrebbe persa di nuovo. Lui non era certo disposto a lasciarsela sfuggire tra le dita... per nulla al mondo.

"Va bene," disse Raven.

"Sei pronto ad andare, Meat?" chiese Dave alzando la voce, senza mai distogliere lo sguardo da quello di Raven.

"Sono pronto," confermò Meat.

Dave si chinò lentamente in avanti per non spaventare Raven e le baciò delicatamente la fronte. Lei sospirò e alzò lo sguardo verso di lui, che aveva già fatto un passo indietro. Sembrava che lei fosse sul punto di dire qualcosa, ma Meat aprì la porta della stanza guastando il momento.

Dave prese Raven per mano e l'accompagnò fuori dalla porta. Ro e Ball li aspettavano già nel corridoio, forse chiamati da Black in precedenza o da Meat tramite computer. Il gruppo si diresse fuori dall'edificio, diretto verso il quartiere.

Dave detestava quel posto, impazziva ogni volta che provava a immaginare quando Raven viveva lì. I bassifondi erano sporchi e deprimenti, pericolosi persino per gli abitanti locali; Dave era orgoglioso di come la moglie se la fosse sempre cavata, persino in quella situazione terrificante.

Attraversarono il varco nel muro di mattoni e si diressero verso la capanna in cui Raven aveva vissuto con le altre cinque donne (sei, quando c'era Zara) e una volta entrati Dave fu accolto da una visione che non lo sorprese.

Ruben era su una sedia di legno traballante, con caviglie e polsi legati da quello sembrava dello spago, o una corda strana. Aveva la testa ciondoloni, gli usciva sangue dal naso e aveva già gli occhi gonfi. Black aveva già iniziato a fargli capire chi fosse il capo.

Non appena Ruben vide Raven, restrinse gli occhi in due fessure e cominciò a parlare molto rapidamente.

Raven spalancò gli occhi e fece un passo all'indietro, andando a sbattere contro Dave. Lui le mise una mano sulla spalla per tenerla ferma, lei raddrizzò le spalle.

"Cosa sta dicendo?" chiese Dave.

"Niente di importante."

Black andò verso di lei e le si avvicinò così tanto che Dave la sentì contro di lui, mentre fissava negli occhi il suo amico.

"Non è così che lavoreremo," disse Black con tono calmo. "Devi dirci esattamente quello che dice lui, parola per parola. Non puoi tralasciare nulla."

"Ho capito, ma ha detto solo delle idiozie per sconvolgermi. Ha detto che era ora che arrivassi, non è una vera orgia senza una donna in cui infilare l'uccello."

Dave si irrigidì a quelle parole crude. Fu felice di constatare che anche gli altri reagirono allo stesso modo, irritati dalla volgarità di Ruben.

Black si voltò verso l'uomo legato al centro della stanza e disse: "Ora sì che ci divertiamo."

Non appena Raven finì di tradurre la frase Dave intravide un guizzo di paura negli occhi del bullo.

"Cosa mi hai detto prima, quando ti abbiamo beccato?" chiese Black a Ruben.

L'attesa per le traduzioni di Raven era un po' imbarazzante, ma lei tradusse senza alcuna esitazione e ben presto tutti si abituarono rapidamente a quel continuo scambio di battute tra più interlocutori.

"Fottiti," disse Ruben.

"No, non mi hai detto questo. Ti serve un aiuto per ricordare?" chiese Black, che poi gli sferrò un pugno sul naso così velocemente da non lasciare tempo a Raven di tradurre.

Ruben ululò e cercò di piegarsi per proteggersi, ma essendo legato non poteva muoversi più di tanto.

"Riproviamo. Cos'hai detto di David?"

"Ho detto che non troverete mai quel fottuto marmocchio," sputò Ruben, tutti percepirono le sue parole cariche d'odio ancora prima della traduzione.

Dave osservava l'interrogatorio in modo distaccato, era più preoccupato per Raven e per come stesse affrontando tutta la violenza di quel momento. La teneva per la vita e la sentiva irrigidirsi minuto dopo minuto, dato che Ruben spesso si rifiutava di rispondere e quindi Black o gli altri Mercenari si vedevano costretti a dargli qualche incentivo. Raven iniziò rapidamente a sudare e trasaliva ogni volta che uno dei ragazzi faceva un passo verso il prigioniero, sorprendentemente testardo.

I casi erano due: o Ruben era un idiota, o aveva più paura di Del Rio che dei Mercenari. Per Dave non era importante, tanto alla fine Black lo avrebbe spezzato e gli avrebbe fatto dire tutto quello che volevano sapere su David e Del Rio.

Quando Black si avvicinò alle scarse posate presenti nella cucina della capanna e prese un coltello, Dave disse: "Aspetta un secondo."

Raven si era irrigidita ancora di più e aveva cominciato a tremare tra le braccia di Dave. Lui la girò verso di sé, facendo in modo che desse le spalle alla maschera di sangue di Ruben, e le prese la testa tra le mani. Raven respirava molto velocemente ed era ovviamente stressata dalla situazione. Gli afferrò i polsi e quasi gli conficcò le unghie nella carne, provocando a Dave la forte tentazione di trascinarla via da quella capanna di merda e portarla di nuovo in motel per abbracciarla... ma dovevano finire di estorcere le informazioni da quel coglione di Ruben. Non avevano altra scelta. *Vaffanculo, Del Rio.*

"Guardami, Raven," disse Dave.

"Sì," sussurrò lei.

"Concentrati su di *me*," le ordinò dolcemente. "Puoi tradurre senza guardare quello che succede dietro di te."

Lei deglutì a fatica e annuì, finalmente sollevata.

Senza distogliere lo sguardo da quello della moglie, Dave disse: "Ok, continua, Black."

"Sembra che tu sia popolare tra le donne," disse Black con tono strascicato, "anche se immagino che sia più perché ti prendi quello che vuoi, anziché chiedere il permesso... ma ad ogni modo ti suggerisco di dirci quello che vogliamo sapere, se ci tieni al tuo cazzo."

Raven tradusse a voce alta, per farsi sentire bene, ma continuò a fissare Dave.

"Ecco," mormorò lui dolcemente. "Stai andando benissimo."

Ruben si lamentò e sputò una raffica di parole. "Tieni quell'affare lontano da me! Non ti dico un cazzo!"

"Vedi, il mio amico qui," disse Arrow a Ruben, "non è uno che bleffa, soprattutto perché non può mentire nemmeno per salvarsi la vita."

"Quel coltello di merda non sembra molto affilato," commentò Ball, unendosi allo scherno. "Secondo me non taglia molto bene. Magari dovresti provare ad affilarlo, prima di tagliare qualcosa."

Dave intravide Black che soppesava il coltello e lo studiava, come se stesse cercando di valutarne l'efficacia.

"No, penso che andrà bene. Forse ci impiegherò più tempo a tagliare la carne, ma dato che un cazzo non ha ossa... è fattibile."

Quell'astuto stratagemma funzionò, spaventando Ruben tanto da farlo balbettare: "Non so niente di certo! So solo quello ho sentito da un amico che mente spesso, quindi magari voleva solo darsi un po' di arie..."

"Cos'ha detto il tuo amico?" chiese Black a voce bassa.

Raven mantenne la voce salda mentre continuava a tradurre.

"Nel suo quartiere c'era molta agitazione perché c'è andato Del Rio, si è diretto a casa di una vecchia della zona. Aveva un bambino con sé, se lo trascinava dietro: il piccoletto scalciava e tentava di liberarsi, ma lui gli ha dato uno schiaffo e gli ha detto di comportarsi bene o non avrebbe più rivisto la madre. Del Rio è stato un po' dalla vecchia, poi se n'è andato da solo. Si vocifera che paghi la vecchia per tenere a bada il ragazzino, e la cosa sta sul cazzo a tutti quanti."

"Perché?" chiese Ro.

"Perché Del Rio di solito parla con un sacco di gente quando scende nei bassifondi, dà soldi per avere informazioni... ma non stavolta. Tutti sanno che probabilmente ha dato un sacco di soldi a quella vecchia puttana, e i soldi li vogliono gli altri."

"C'è dell'altro?" chiese Black.

"Niente, tutto qui!"

Si udì lo strappo di un indumento e l'urlo acuto di Ruben. Dave sapeva che Black gli aveva solo tagliato i pantaloni, ma chiunque avesse udito quell'urlo avrebbe pensato a una ferita mortale.

Le pupille di Raven si dilatarono e lei strinse i polsi di Dave ancora più forte.

"Calma, tesoro. Gli ha solo tagliato i pantaloni. Tutto qui."

Lei annuì, lasciando Dave ipnotizzato dai suoi splendidi occhi blu. "Resisti ancora un po'. Stai andando benissimo."

"Sei pronta a proseguire?" chiese Gray vicino a Raven, con tono tranquillo.

Lei annuì, ma non distolse lo sguardo da quello di Dave.

"Non ce l'avremmo fatta senza di te, sai," si complimentò Gray. "Non è un'impresa facile, ma te la stai cavando benissimo."

Raven sembrò sentirsi leggermente meglio a quelle parole. Dave detestava tutta quella situazione, ma non avrebbe potuto essere più orgoglioso di Raven, neanche se avesse vinto il premio Nobel per la pace.

"Bene," Black si rivolse al prigioniero con tono minaccioso, "quindi il tuo amico sostiene che Del Rio ha portato un bambino nel suo quartiere. Come facevi a sapere che si chiamava David? Cosa non ci stai dicendo?"

"Vi sto dicendo tutto!" piagnucolò Ruben.

Raven udì altri fruscii e Dave riuscì a vedere con la coda dell'occhio che Black aveva fatto a pezzi la camicia di Ruben. Gli teneva la punta del coltello premuta su un capezzolo, facendo formare rapidamente una goccia di sangue che gli colò lungo il petto.

"Fermati! Per l'amor di Dio, fermati! E va bene, ve lo dico!" urlò Ruben. "Il mio amico è entrato nella capanna della vecchia per vedere cosa stesse succedendo e fregarle dei soldi. Ha detto di aver visto il bambino con una catena alla caviglia, piangeva seduto in un angolo. Dopo aver picchiato la vecchia per estorcerle dei soldi, si è fatto dire il nome del bambino, David. Ma la vecchia non sapeva nient'altro, ad esempio non sapeva per quanto tempo avrebbe dovuto badare al bambino o cosa volesse farci Del Rio."

Dave accarezzò delicatamente il viso di Raven con i pollici, voleva calmarla in ogni modo possibile. Detestava il fatto che lei era costretta ad ascoltare le porcherie di Ruben, che dovesse sentire cosa stava passando loro figlio. Voleva uccidere subito quel coglione, ma Raven aveva bisogno di Dave, in quel momento: dovendo scegliere tra la moglie e la vendetta, avrebbe sempre scelto Raven.

"Il bambino ha chiesto al mio amico se conoscesse sua madre, una donna chiamata Mags. Gli ha detto che si sarebbe preoccupata per lui quando non l'avrebbe trovato in casa, ha detto che si era perso e che lei lo avrebbe cercato," continuò Ruben.

"È preoccupato per me," sussurrò Raven con gli occhi pieni di lacrime, dopo aver tradotto le parole del bullo.

"Ma certo," le disse Dave. "Ti vuole bene."

"Dov'è il quartiere dove vive il tuo amico?" chiese Black.

Quando Ruben non rispose, Raven si irrigidì tra le mani di Dave.

"Resisti ancora un po'," le disse lui. "Ci siamo quasi."

"Ti ho chiesto dov'è il quartiere dove vive il tuo amico," ripeté Black estremamente minaccioso.

Raven non udì nulla mentre Black si portò dietro Ruben e si inginocchiò. Senza una parola di avvertimento, afferrò una delle mani del prigioniero e gli tagliò la punta di un mignolo.

L'urlo di Ruben fu a dir poco perforante.

"Basta, basta! Ve lo dico! È a pochi chilometri a ovest da qui, vi posso portare io!" urlò Ruben in preda al panico.

"Dicci dov'è esattamente," gli disse Ball. "*Esattamente.*"

Tra un singhiozzo e l'altro Ruben diede istruzioni dettagliate su come raggiungere il quartiere e la casa dove in teoria era tenuto prigioniero David. Secondo le nuove informazioni, quella parte del quartiere era più grande rispetto a quella in cui si trovavano in quel momento, c'erano circa il doppio delle case. Si affacciava su un complesso residenziale ed era circondato da una recinzione di cemento alta quasi quattro metri per tenere i poveri separati dai ricchi.

Dave sospirò internamente, finalmente avevano ottenuto informazioni utili da Ruben e potevano andarsene. Lasciò cadere lentamente le mani dal viso di Raven e la prese per mano, si avviarono verso la porta quando Black disse: "Solo un secondo, Dave. Ho bisogno che Raven traduca un'ultima cosa per me."

Serrando la mascella, Dave si fermò e annuì. Sapeva che Raven avrebbe protestato se avesse cercato di trascinarla fuori dalla capanna, la sua donna era per natura altruista e desiderosa di aiutare il prossimo in ogni modo possibile. Tanto sapeva che era inutile tentare di proteggerla dagli orrori del mondo, lei li aveva già vissuti ed era una donna straordinariamente forte. Glielo aveva dimostrato ogni santo giorno, lui doveva trattarla come la guerriera che era diventata e sarebbe stato stupido fare diversamente.

Mise un braccio intorno alla vita della moglie, facendole dare le spalle al muro.

"Hai fatto proprio una cazzata quando hai attaccato me e il mio amico Meat," disse Black, mentre Raven traduceva. "Vedi, io e i miei amici odiamo i bulli come te. Non hai problemi a fare il duro con quelli che ritieni più deboli di te, come le donne, i bambini e gli anziani, ma quando si tratta di comportarsi da uomo, non vali un cazzo. Ormai i tuoi giorni da bullo sono finiti, Ruben, e anche quelli dei tuoi amici. Per prima cosa faremo in modo che tu non possa più importi su una donna."

"Non tagliarmi il cazzo!" sbraitò Ruben.

"Oh, non lo farò," disse Black con calma, "ma farò in modo che per molto tempo tu possa solo pisciare, non perdere neanche tempo ad andare in ospedale, ti garantisco che nessuno ti potrà aiutare. Dopodiché, io e i miei amici faremo in modo che Del Rio sappia cos'è successo: sia del tuo amico che si vantava delle sue imprese, sia di te che ci hai vuotato il sacco."

"No. No, no!" urlò Ruben. "Ti prego, no. Mi ucciderà!"

Black fece spallucce. "Non è un mio problema. Non è così divertente quando qualcun altro prende decisioni sulla tua vita, vero?"

Ball fece un cenno a Dave, facendogli capire che Black aveva finito di parlare e Dave ricambiò il gesto, conducendo in fretta Raven fuori dalla capanna.

Si fermò di colpo di fronte a ciò che vide.

Sembrava che mezzo quartiere si fosse riunito nel vicolo

fuori dalla capanna. Per un secondo Dave si irrigidì, ma poi alcune donne si fecero avanti parlando con Raven, lui riuscì a vederle sorridere tramite la luce tenue di un paio di falò vicini. Quando fu sicuro di non percepire alcuna vibrazione ostile, vedendo la moglie tranquilla, Dave lasciò cadere il braccio con cui le cingeva la vita.

Raven si inoltrò lentamente nel gruppo, parlando a bassa voce. Dave rimase sempre dietro di lei, pronto a proteggerla se necessario, ma non aveva nulla di cui preoccuparsi. La folla era molto felice dopo aver ascoltato quel che stava succedendo dietro la lamiera che fungeva da porta.

Meat e Ro apparvero subito alle spalle di Dave; tantissime persone, dopo aver parlato con Raven, ringraziarono anche loro tre.

I Mercenari si mossero verso l'uscita del vicolo tra cori di "*Gracias*" e "*Dios los bendiga*".

"Stanno dicendo *Grazie* e *Che Dio vi benedica*," disse Raven dopo essersi lasciata alle spalle la folla.

"Lo immaginavo," disse Dave con un piccolo sorriso. Avrebbe voluto fermarsi e abbracciarla per rassicurarla che presto avrebbero salvato David, ma non c'era un minuto da perdere: dopo aver scoperto la pista per ritrovare il bambino, i Mercenari dovevano mobilitarsi ed escogitare un piano.

Le persone che avevano origliato l'interrogatorio erano soddisfatte, ma bastava che una sola di loro andasse a informare Del Rio dell'accaduto.

Dave aveva commesso un errore non salvando David il giorno stesso in cui aveva saputo della sua esistenza; non aveva intenzione di sbagliare una seconda volta.

"Quindi stasera possiamo andare a prendere David?" chiese lei speranzosa. "Ora che sappiamo dov'è?"

Dave condusse il gruppo verso l'uscita del quartiere, diretti al motel. Guardò Meat e Ro, poi disse: "Prima di tutto, *noi* non andiamo da nessuna parte. Non ti porterei mai in quel quartiere."

"Ma..."

Dave la interruppe. "No. Niente ma. So che vuoi esserci, ma ti giuro che non farò mai più nulla che possa metterti in pericolo. Mi sento fin troppo in colpa per non averti sorvegliato meglio a Las Vegas; mi dispiace, ma d'ora in poi dovrai sopportare il mio essere eccessivamente protettivo. Secondo, sei mia moglie, non un membro della mia squadra. Su questo punto sono irremovibile. Quello che faccio come capo dei Mercenari di Montagna non deve mai riguardarti. Mai. Mi rendo conto che questo mi fa sembrare uno stronzo, ma devi stare al sicuro. Non sarò in grado di essere lucido se continuo a preoccuparmi per te, chiedendomi se stai bene. Ho *bisogno* che tu rimanga al motel mentre mi occupo di quest'operazione, Raven. Se David è ancora lì, te lo riporterò. Te lo prometto."

Dave assistette chiaramente alla lotta interiore negli occhi di Raven: era dilaniata tra il bisogno di ribattere per partecipare al salvataggio del figlio e il desiderio di concedergli la tranquillità di cui lui aveva bisogno. Quando la vide fare un sospiro profondo e annuire, Dave si sentì molto piccolo al suo cospetto.

"Ti amo," le sussurrò.

"Ti amo anch'io," ribatté lei.

"E per rispondere alla tua domanda, sì, stanotte andiamo a recuperare nostro figlio. Non voglio lasciarlo un secondo di più tra le grinfie di quell'infame. Meat rimarrà al motel con te e prenderà gli ultimi accordi per portare tutte le altre donne all'aeroporto. Finalmente è giunto il momento di concludere questa faccenda e tornarcene tutti a casa."

"E gli altri bambini?"

"Meat continuerà a fare il possibile per scovarli. Era quasi riuscito a rintracciarli prima che lasciassimo il motel, ma non preoccuparti: non li lasceremo da soli. Forse ti sembrerà strano, ma a Lima ci sono tante persone che hanno a cuore quei ragazzini. Meat otterrà tutte le informazioni necessarie per liberarli e farli adottare da vere famiglie amorevoli," le disse Dave.

"Bene," disse Raven dolcemente.

Dave adorava l'animo compassionevole di Raven: nonostante fosse terrorizzata per la sorte del figlio, aveva ancora in mente gli altri bambini che erano in pericolo o soffrivano. La cinse con un braccio e la strinse a sé mentre si dirigevano velocemente verso il motel.

Si stava avvicinando la mezzanotte, ma Dave non si sentiva minimamente stanco. Meat accettò di rimanere a sorvegliare Raven e a sistemare tutto ciò che era rimasto in sospeso, mentre il resto della squadra si preparava per recuperare David.

Dave sapeva che ci sarebbe voluto un po' di tempo perché Gray e gli altri tornassero dal quartiere, ma non appena sarebbero tornati, sarebbero partiti subito per cercare il piccolo David. Dovevano recuperare suo figlio quella sera stessa.

CAPITOLO QUATTORDICI

Dave stava dietro a cinque dei sei uomini di cui si fidava completamente, aspettava il segnale di Gray per uscire allo scoperto.

Non era stato facile convincere Raven a rimanere al motel con Zara, le altre donne e Meat. Dave aveva deciso così per non lasciare le donne da sole nel caso in cui Del Rio avesse scoperto il loro rifugio e avesse deciso di attaccarle, solo per rendersi ancora più odioso.

Anche Daniela si era unita al gruppo, pronta a offrire il suo supporto; a Dave stava molto simpatica l'energica dottoressa, anche se all'inizio non era sicuro di cosa pensare di lei. Era un po' brusca, non si riusciva mai a capire se apprezzasse gli sforzi dei Mercenari. Ma dopo averla conosciuta un po' meglio e aver scoperto che aveva perso il marito e il figlio durante una rivolta di quartiere, Dave aveva capito da dove provenisse parte della sua freddezza.

Meat aveva rintracciato due case in cui probabilmente venivano tenuti prigionieri i bambini che Del Rio riteneva adatti per le "adozioni" dei suoi clienti. Dave era riuscito a mettersi in contatto con alcune squadre peruviane (fidate, non corrotte come le altre con cui aveva collaborato in precedenza) che erano pronte a colpire entrambe le case quella notte stessa, nello stesso momento dei Mercenari. Meat stava ancora cercando di risalire ai nomi e agli indirizzi di chiunque potesse aver comprato un bambino, in modo che le autorità potessero rintracciarli e punirli in seguito.

Per i Mercenari era arrivato il momento di recuperare David. Meat aveva fatto qualche ricerca sul quartiere dove in teoria avrebbero trovato David e si era reso conto che quella era la zona più grande e popolata dei bassifondi.

Gli uomini pronti ad entrare in azione erano solo in dieci, sei Mercenari di Montagna e altri quattro membri di una divisione d'élite delle forze di polizia peruviane, contro le migliaia di persone che vivevano nel quartiere. Non avevano idea di quanti lavorassero per Del Rio o se il boss avesse già spostato David un'altra volta prima che potessero arrivare, ma vista la rapidità con cui avevano scoperto la posizione del bambino, speravano di trovarlo ancora lì.

Dave aveva lasciato ai suoi uomini il compito di guidare l'operazione, ma si era rifiutato categoricamente di restare in macchina o in motel. Aveva una radio collegata a degli auricolari come tutti gli altri e sarebbe rimasto indietro rispetto agli altri, ma sarebbe stato presente a qualunque costo. Aveva *bisogno* di essere presente per abbracciare suo figlio e dirgli che lo avrebbe portato al sicuro.

Mentre tutti facevano i controlli radio prima di entrare nel quartiere, Gray gli si avvicinò furtivamente.

"Stai bene?"

Dave annuì.

"Va bene, tra due minuti partiamo. Conosci il piano?"

Dave cercò di non irritarsi con il suo amico. "Sì, conosco il piano, cazzo. Ho aiutato a realizzarlo, porca miseria, e conosco anche tutti i piani B, C, D ed E. So di essere l'intruso qui, ma non dimenticare chi ha pianificato la maggior parte delle vostre operazioni. Non sono uno qualsiasi preso dalla strada." Inchiodò Gray con uno sguardo pieno di determinazione. "Il punto è che se qualcosa va storto, prendo David e schizzo via."

Gray annuì. "Bene. Possiamo occuparci di qualsiasi problema nel quartiere, se Del Rio si presenta con una qualsiasi arma da fuoco lo terremo a bada mentre tu porti via David. Gli abitanti hanno costruito una scala di fortuna per scavalcare il muro di cinta; tu prendi David e sparisci nel quartiere più in là. Spero che Del Rio non si faccia vedere, ma se dovesse farlo... non si arrenderà facilmente, dato che è uno a cui non piace perdere. Voi due state sempre accucciati e nascosti; noi torniamo in motel, prendiamo le donne e torniamo a cercarvi. Restate nascosti e non correte rischi. Useremo il dispositivo di localizzazione nella tua radio per trovarvi. In ogni caso, non tornate nei bassifondi."

"Non sono un idiota," gli disse Dave. "Sai che ho esaminato le immagini satellitari di questo quartiere. So esattamente dove scapperò con David finché non ci sarà campo libero."

Gray ghignò e scosse la testa. "Scusa. Certi giorni faccio ancora fatica a capire che sei davvero Rex."

Dave si rilassò. "So che non ho la tua esperienza, ma ormai so quello che faccio. Non ho intenzione di rovinare tutto."

"Lo so," gli disse Gray. "Mi fido di te."

Dave apprezzò molto quelle parole. Fino a quel momento non si era reso conto di quanto desiderasse ottenere l'approvazione dei suoi uomini. Un conto era fidarsi di Rex, ma fidarsi di Dave era tutta un'altra storia.

Rimasero entrambi in silenzio per ascoltare le comunicazioni nei loro auricolari: la squadra era pronta a partire in un minuto.

"Non so dove hai trovato i peruviani che ci stanno aiutando oggi, ma sono davvero tosti," commentò Gray.

"Sì," concordò Dave. Aveva stabilito dei contatti praticamente in ogni paese del mondo, ed era più che grato di aver trovato supporto da parte di uomini che non erano stati corrotti da Del Rio. In breve tempo, avrebbero salvato innumerevoli bambini da un destino peggiore della morte e lo avrebbero aiutato a salvare suo figlio. In pochi minuti, Dave avrebbe incontrato per la prima volta il figlio di Raven, o meglio *loro* figlio: era nervoso ma anche stranamente calmo.

C'erano solo quattro uomini peruviani con i Mercenari, ma dato che avevano optato per una tattica mordi-e-fuggi, sperando di evitare un conflitto diretto, in dieci avrebbero dovuto farcela.

Gli uomini si dispersero nel quartiere da quattro entrate diverse dopo aver ricevuto il via libera; prima di andare, Gray disse rapidamente: "Lo troveremo, Dave. Aspetta che ti dia il via libera quando arriviamo alla capanna della vecchia signora. Va bene?"

Dave annuì, anche se non era entusiasta di quel piano. Tuttavia, capiva che i suoi uomini stavano cercando di proteggerlo: se David fosse morto o se la missione fosse andata male, non volevano che Dave vedesse il figlio in quelle condizioni, né volevano esporlo al fuoco nemico, in caso di uno scontro aperto.

Lui e Gray scivolarono nel quartiere e si diressero rapidamente verso il lato nord-ovest del campo, proprio dove aveva riferito Ruben. Per certi versi, quel quartiere era uguale a quello dove aveva vissuto Raven; anche lì c'era spazzatura ovunque e l'aria era densa dei fumi di falò, ma Dave era più preoccupato degli sguardi vitrei e diffidenti degli abitanti che incrociavano lungo il loro percorso.

Quelle non erano persone che si accontentavano dei loro miseri averi: erano uomini, donne e bambini più stanchi, aggressivi e pericolosi. Nessuno disse o fece nulla al loro passaggio, ma era più ovvio che se fosse successo qualcosa i due americani non avrebbero ricevuto alcun tipo di aiuto, a differenza di quello che era successo a Meat e Black mesi prima.

"Obiettivo in vista," disse una voce all'orecchio di Dave, che alzò lo sguardo, rendendosi conto che era stato Gray a parlare; si stavano avvicinando alla fine di una serie di baracche fatiscenti costruite con del ciarpame trovato dagli abitanti locali.

"Arriviamo da est," Dave sentì un'altra voce nell'orecchio.

Dave non si preoccupò nemmeno di guardare le altre coppie che li raggiungevano. Ro e Arrow erano appostati sul muro di fronte al quartiere, pronti a fronteggiare qualsiasi minaccia in arrivo proteggendoli da un lato; Black e Ball erano in coppia con uno dei militari peruviani e stavano convergendo tutti verso la capanna, insieme agli altri.

Era come se Dave avesse i paraocchi, mentre fissava il pezzo di lamiera che teneva chiusa la capanna, non riusciva a vedere altro; pregò con un'intensità per lui inedita, sperando che il piccolo David fosse ancora lì dentro e che stesse bene. Stando alle parole di Ruben, il bambino era stato picchiato da Del Rio, quel singolo ricordo bastò a fargli formicolare le mani. Desiderava uccidere chiunque avesse osato fare del male a un bambino... specialmente al *suo* bambino.

"Calma, Dave," disse Gray, mettendogli una mano sulla spalla. "Resisti per altri tre minuti."

Dave annuì e guardò Black e il suo compagno peruviano che si avvicinavano silenziosamente alla baracca. Dopo aver contato fino a tre, Black tirò indietro il pezzo di metallo e l'altro uomo irruppe nella stanza.

Ball e altri tre soldati peruviani lo seguirono.

Dave udì qualcuno parlare ad alta voce in spagnolo, ma non sentì alcun grido di angoscia o di paura: non era sicuro se aspettarsi notizie buone o cattive. In pochi secondi, sentì Black dire "Campo libero" attraverso la radio e si mosse ancor prima di pensarci.

Seguì da vicino Gray e si strinse agli altri nella piccola capanna affollata.

Guardandosi intorno, Dave notò che quell'abitazione non

aveva nulla di particolare, era simile a quella di Raven: pavimento sporco, vasche usate come lavandini, piatti sporchi e un secchio usato come bagno.

Mentre osservava la stanza, il suo sguardo fu catturato da un paletto di ferro, con una catena attacca. Seguì la catena...

...e inspirò bruscamente quando vide un paio di occhietti blu che lo fissavano da dietro una grande scatola.

Dave sapeva già della catena, dopo aver assistito all'interrogatorio di Ruben, ma vederla di persona e sapere che c'era attaccato *suo* figlio gli fece quasi perdere la testa.

Sforzandosi al massimo per trattenere la collera, Dave si avvicinò al paletto conficcato nel pavimento e lo estrasse dal terreno duro e compatto sfruttando tutta la propria forza. Dopo qualche secondo di fatica, riuscì a far scivolare la catena lontana dalla base del paletto, facendola cadere a terra con un forte rumore metallico.

Lasciò cadere il paletto e si voltò verso il bambino. Con sua sorpresa si ritrovò il bambino già in piedi accanto alla scatola, immaginava di doverlo convincere a uscire da lì. Aveva i capelli scuri tutti arruffati e un livido su una guancia; indossava maglietta e pantaloncini ed era ricoperto di terra dalla testa ai piedi. Dave non aveva mai visto niente di più bello in tutta la sua vita.

Poi il bambino sconvolse Dave e tutti gli altri nella stanza alzando le braccia e gridando: "*Papá!*"

Istintivamente, Dave fece un passo avanti e si abbassò per prendere in braccio il bambino. "David?" gli chiese.

Il bambino sorrise, anche se apparve un po' insicuro. "Dov'è *mamá*? Hai trovato anche lei?"

"Parla inglese," disse Black stupito.

"Gliel'ha insegnato Raven," spiegò Gray.

"Sì, ma pensavo che probabilmente conoscesse solo qualche parola qua e là," rispose Black.

Dave ignorò tutto il resto, aveva occhi solo per il bambino che stringeva tra le braccia.

"Tua madre è al sicuro. Ora ti portiamo da lei. Stai bene? Ti fa male da qualche parte?" gli chiese Dave.

David scosse la testa. "No, *papá*. Sto bene ora che sei qui."

"Come fai a sapere chi sono?" chiese Dave, mentre Black avanzava con un paio di tenaglie per rimuovere l'anello metallico intorno alla caviglia del piccolo.

"*Mamá* mi ha detto come sei fatto. Quando ti ho visto, ti ho riconosciuto subito. Ha detto che ci eravamo persi e che tu ci stavi cercando, e che un giorno ci avresti trovato. Avevo paura quando Del Rio è venuto e mi ha portato via da casa perché non sapevo come avresti fatto a trovarmi... ma ci sei riuscito!"

Dave voleva piangere. Sì, Voleva sedersi nel fango e piangere come una fontana. Raven aveva parlato di lui al figlio, gli aveva detto che aspetto aveva e lo aveva rassicurato sul fatto che li stava cercando.

Lei non aveva motivo di credere che l'avrebbe mai più rivisto, certamente non aveva idea se lui avrebbe accettato David per come era venuto al mondo, eppure aveva comunque detto al figlio che Dave era il suo papà. Si sentì sopraffatto da quelle emozioni.

Esaminò il bimbo, non riusciva a capacitarsi di quanto assomigliasse alla madre. Dagli occhi blu ai capelli neri, era proprio Raven in miniatura. Sembrava abbastanza sano, anche se un po' troppo magro per i gusti di Dave. Voleva metterlo giù e tastargli il corpicino per assicurarsi che non avesse alcuna ferita, ma non poteva letteralmente sopportare di lasciarlo andare anche se per i pochi minuti che avrebbe impiegato a esaminarlo.

Black riuscì a rimuovere il ceppo dalla caviglia di David e Dave sentì subito due gambette avvolgergli intorno alla vita, poi il bimbo gli gettò le braccine al collo e strinse forte, quasi con disperazione. Dave avvolse il piccolo con le braccia e lo strinse ancora più a sé, riflettendo sul fatto che poteva anche essersi perso i primi quattro anni e mezzo di David, ma non si sarebbe perso un solo minuto dei prossimi anni a venire, almeno cinquanta.

David spalancò gli occhi mentre faceva scorrere le manine lungo uno dei bicipiti del suo *papá* e li tastava.

"Wow, *sono* grandi come gli alberi del mio giardino!" esclamò.

Dave sentì uno dei suoi amici ridacchiare, ma non riusciva a staccare gli occhi da David. Gli sembrava quasi impossibile essere lì con il figlio di Raven in braccio. Non riusciva a pensare ad altro, era semplicemente sbalordito. Raven aveva dato alla luce un bambino che in quel momento lui teneva in braccio. No, Dave non poteva essere pronto all'intensità delle emozioni che stava provando quel giorno.

Il gruppo di uomini udì la voce agitata di Ro attraverso le loro radio: "Diavolo, ci sono tre SUV che si avvicinano rapidamente al quartiere."

"Cazzo," mormorò Gray.

Dave si voltò e vide la squadra di uomini del posto parlare con la donna anziana che viveva lì: la signora gesticolava parecchio e aveva gli occhi spalancati dal terrore.

"Cazzo," disse Arrow attraverso la radio. "È Del Rio," informò tutti. "Qualcuno deve avergli detto che siamo qui. Indossa un fottuto completo quando ci sono mille gradi e va in giro come se fosse un dannato re, o qualcosa del genere."

Tutti i presenti nella capanna sapevano che il loro tempo era scaduto.

"Quanti uomini ci sono con lui?" chiese Gray.

"Almeno una dozzina, e si stanno sparpagliando. Non potete uscire da dove siete entrati. Passate al piano B," ordinò Ro.

Senza più considerare la donna che molto probabilmente era stata costretta a ospitare David, Dave si voltò e lasciò la capanna con il figlioletto in braccio. Sapeva che la squadra peruviana avrebbe protetto la signora nel caso in cui Del Rio avesse voluto vendicarsi di lei per essersi fatta portare via David da sotto il naso.

Dave era ben informato degli spostamenti dei progressi di Del Rio e dei suoi uomini mentre si dirigevano verso la capanna, grazie al botta e risposta che riceveva attraverso l'auricolare. I nemici non si muovevano con grande fretta: ovviamente erano dei bastardi presuntuosi sicuri che Dave non avesse alcuna possibilità di fuga. Molti abitanti si erano rintanati nelle loro baracche, nessuno voleva attirare l'attenzione di Del Rio o dei suoi scagnozzi.

"Ok piccolo, ecco il piano," disse Dave a David. "Devi aggrapparti a me con tutta la forza che hai nelle braccia. Qualunque cosa succeda, non mollare la presa. Capito?"

"Sì, *papá*. Andiamo a trovare *mamá*?"

"Sì," rispose Dave. "Ma sta arrivando Del Rio e dobbiamo stargli lontano."

Al solo udire quel nome David impallidì e strinse ancora di più la presa su Dave. Con una vocina spaventata chiese: "Mi catturerà?"

"No," lo rassicurò subito Dave mentre si faceva strada tra le baracche vicine. Era diretto verso il muro sul retro, dove forse sarebbero riusciti a sgattaiolare nella notte.

"Ma ha detto che se scappo, ucciderà *mamá*."

"Non torcerà un solo capello della testa di tua madre, te lo prometto," gli disse Dave. Che minaccia stupida, oltre che crudele, dato che tanto David era stato incatenato al pavimento. Del Rio si era solo divertendo a rivendicare il controllo sul bambino, spaventandolo.

"Ma ha detto che gli appartengo, devo fare tutto quello che mi dice altrimenti non la rivedrò mai più." Gli tremava la vocina. "Forse dovrei restare e basta."

A Dave quasi si spezzò il cuore, ma al tempo stesso si sentì incredibilmente orgoglioso del bambino: proprio come Raven, anche David era altruista e disposto a fare qualsiasi cosa per proteggere la madre. "Non resteremo qui e tua madre è al sicuro," disse Dave, aumentando il passo. "Ti do la mia parola. Ricorda, tutto quello che devi fare è tenerti forte. Va bene? Intreccia bene le dita, così, dietro il mio collo. Bene, esatto. Riesci a resistere se non ti sorreggo con le braccia?"

Quando David annuì, Dave lo mise alla prova, allargando le braccia lungo i fianchi. David gli strinse le gambette intorno alla vita e non mollò la presa sul collo, restando bene aggrappato al padre.

"Ottimo," si complimentò Dave, avvolgendo di nuovo un braccio intorno al bimbo. "Sei davvero forte."

David gli rivolse un piccolo sorriso e arrossì lievemente. Ma santo cielo, a parte Raven nessuno gli aveva mai fatto un complimento?

Dave conosceva la risposta, si sarebbe assicurato che da quel giorno in poi David avrebbe sempre saputo quanto fosse incredibile.

"Ragazzi se non vi state muovendo, sbrigatevi ad andare via," avvertì Arrow attraverso la radio.

"Ci stiamo muovendo, ci avviciniamo al muro posteriore," rispose Dave alla radio. Poi si rivolse di nuovo al figlio. "David, gli uomini che erano nella baracca con me sono miei amici, e quindi anche *tuoi* amici. Se dovesse succedere qualcosa e ci separiamo, devi fidarti solo di loro e di nessun altro. Capito?"

David annuì.

"Si chiamano Ball, Gray e Black. Lo so, hanno nomi buffi, ma ti aiuteranno."

"Conoscono *mamá*?"

"Sì. Ora c'è un altro amico a proteggerla, si chiama Meat. Ci sono anche altri due amici che ci stanno aspettando nelle vicinanze, si chiamano Ro e Arrow. Non sei più solo, campione. Capito?"

"Campione?"

Dave non poté fare a meno di sorridere. "Sì, è un soprannome. Ti piace?"

David annuì con entusiasmo. "*Mamá* ha detto che la chiami Raven, anche se il suo nome è Margaret. E i nonni la chiamavano Magpie. Io non ho mai avuto un soprannome!"

"Adesso sì, campione," gli disse Dave mentre studiava il quartiere stranamente buio e silenzioso intorno a loro. "Ora è arrivato il momento di restare in silenzio e tenere duro, qualsiasi cosa accada."

"Ok, *papá*," sussurrò David.

Dave si affezionava ogni secondo di più a quel nomignolo pronunciato da David, lo rendeva ancora più determinato a portare sia lui che Raven fuori dal Perù.

Estremamente vigile e sempre ascoltando gli spostamenti di Del Rio e dei suoi uomini tramite gli auricolari, Dave si diresse verso la rozza scala messa insieme dai residenti, la trovò nell'angolo posteriore del quartiere; tramite quella scaletta fatta di ciarpame potevano facilmente scavalcare il muro di mattoni che li separava dal quartiere più bello, celato dall'altra parte.

Dave intravide Ball e Gray avvicinarsi dopo essere salito in cima al muro, i due cominciarono immediatamente a smantellare la scala. Sperava che non ci volesse molto, dato che era composta da scatole, giacigli di fortuna e qualsiasi altra schifezza trovata dai residenti, ma il mucchio era immenso.

La cima del muro era stretta, intorno ai sessanta centimetri, ma Dave non aveva alcun problema a restare in equilibrio. Era sicuramente un uomo grosso, ma era agile e stava attento a salvare il suo tesoro più prezioso: suo figlio. Dall'altra parte c'era un dislivello di almeno sei metri, a causa della collina su cui era stato costruito il quartiere, ma duecento metri più avanti c'era un grande pendio che riduceva il dislivello da sei a due metri. Camminare lungo la cima era la parte più pericolosa del piano. Erano esposti a qualunque pericolo e non c'era alcun posto dove nascondersi. Gli altri avevano un piano preciso per raggiungere Dave e sparpagliarsi a ventaglio intorno a loro, ma se Del Rio avesse voluto tirare fuori la pistola sarebbero stati un bersaglio facile.

Tuttavia, Dave era abbastanza sicuro che quello psicopatico non l'avrebbe fatto. Non sembrava il tipo che si accontentava dalla semplice esecuzione di un nemico, presuntuoso com'era. No, Dave sentiva che nel momento in cui Del Rio avrebbe capito chi si trovava davanti, un uomo che era sopravvissuto superandolo in astuzia, avrebbe fatto di tutto per arrivare al confronto individuale per fargliela pagare.

Inoltre, Del Rio non avrebbe mai voluto danneggiare il suo investimento: David. Aveva fin troppi piani per quel bambino, quindi era improbabile che Del Rio ordinasse di sparare a Dave o a suo figlio.

Almeno, Dave lo sperava con tutto se stesso.

Iniziò a camminare e arrivò a metà percorso, quando fu avvistato dagli uomini di Del Rio che iniziarono a correre verso di lui con le armi puntate. Dave ebbe il tempo di avvisare i suoi uomini che era stato individuato e ordinò loro di raggiungerlo per mitigare la minaccia, quando Del Rio urlò: "Fermo lì, oppure ordinerò ai miei uomini di aprire il fuoco!"

Calcolando rapidamente le distanze, Dave sapeva di poter arrivare dove voleva con appena cinque o sei passi veloci. Ma non poteva rischiare che sparassero a David: gli serviva la copertura della squadra per poter fare gli ultimi passi in relativa sicurezza.

Allora si girò per affrontare l'uomo che gli aveva reso la vita un inferno per dieci lunghi anni.

Del Rio gli lanciò uno sguardo a dir poco furibondo. "Tu!" esclamò.

"Io," confermò Dave, strizzando gli occhi alla luce che qualcuno gli aveva puntato contro per cercare di illuminare il muro.

"Ho detto al mio scagnozzo di assicurarsi che tu fossi morto. Avrei dovuto immaginare che aveva fallito, quando non è tornato," disse Del Rio con disgusto.

"Non sono morto," disse Dave a voce alta.

La rabbia svanì rapidamente così com'era apparsa nello sguardo di Del Rio, che presto tornò ad essere il solito arrogante. "Non importa. Non la farai franca con il mio bambino," gli disse, mentre si tirava la giacca del vestito e spazzolava distrattamente qualche pelucco.

"Lo vedrai," gridò Dave. Sentì i suoi uomini alla radio, sarebbero arrivati in venti secondi. Giusto il tempo per dire a Del Rio cosa pensava di lui, prima di svignarsela con il figlio. David si teneva ben stretto, con la testolina sepolta nel collo del padre.

Stringendo un braccio intorno alla vita del bambino, Dave non diede a Del Rio il tempo di dire altro.

"Volevo riservarti una morte facile e veloce, non potevo lasciarti vivere per continuare a rovinare la vita di donne e bambini come se non fossero altro che sterco sotto le tue scarpe. Ma ora mi assicurerò che tu soffra le pene dell'inferno, prima di morire: per ogni donna che hai costretto a una vita di merda, per ogni bambino che ha perso la madre, per ogni bambino che hai sottratto alla famiglia e costretto a fare cose che nessuna persona sana di mente permetterebbe... la pagherai."

Del Rio scoppiò a ridere. "E come vorresti farlo?" gli chiese. "Sei tu quello circondato e senza via di fuga. Non hai idea di quanto potere possiedo in questo paese. A me obbediscono il governo, l'esercito, la polizia... anche la gente di questo buco di merda lavora per me! Non c'è nessun posto dove tu possa andare a nasconderti. Ridammi il bambino e mi assicurerò che la tua morte sia rapida."

"Ecco cosa c'è di sbagliato in quelli come te... Pensi di essere invincibile, ma indovina un po', *Roberto*? Non lo sei."

Dave sapeva che l'uso del nome lo avrebbe fatto infuriare, Del Rio amava essere chiamato solo per cognome perché adorava la paura che incuteva nei cuori dei suoi connazionali.

Dieci secondi.

"Ti ucciderò," ringhiò Del Rio. "Poi troverò la tua donna, me la porterò a casa e la offrirò gratuitamente a chiunque la voglia. Forse la porterò nei bassifondi e permetterò a chiunque di scoparsela, senza chiedere un solo fottuto centesimo in cambio! Hai condannato lei e tutti quelli che frequenta. *Tutti* pagheranno per colpa tua!"

Dave non abboccò all'amo, ma sentì David tremare contro di lui; per fortuna sapeva che la conversazione era quasi giunta al termine. I Mercenari stavano per accerchiare Del Rio e i suoi scagnozzi, in pochi secondi si sarebbe scatenato il finimondo. "Il problema di stare in cima al mondo è che quando cadrai, la caduta ti farà un male fottuto." Rivolse un finto saluto all'odioso nemico sotto di lui. "Addio, Roberto. Non ci vedremo più, ma sarai costretto a guardarti costantemente alle spalle. Il karma è un figlio di puttana, e sta venendo a prenderti."

Non appena finì di pronunciare quelle parole, Dave sentì i suoi Mercenari di Montagna urlare, sembravano essere dappertutto, gridavano ai nemici di mettere giù le armi. La luce che era stata puntata su Dave scomparve, gli uomini di Del Rio si trovarono improvvisamente impegnati a proteggersi, facendolo ripiombare nell'oscurità.

Dave rivolse la sua attenzione al muro, camminando rapidamente verso la sua destinazione. Sentì Del Rio che gridava ordini confusi ai suoi scagnozzi, ma tutta l'attenzione di Dave era rivolta ai propri passi per scendere dal muro. "Pronto, campione?" chiese al figlio mentre si preparava per scendere. Si sedette sul bordo del muro rivolto verso dove dovevano andare, con i piedi a penzoloni.

"Ci siamo, figliolo. Ti fidi di me?" chiese Dave quando il bimbo non rispose. Cinse David con un braccio, stringendolo forte.

"*Sì.*"

"Bene. Chiudi gli occhi e aggrappati forte."

Dave attese che il bimbo chiudesse gli occhi e rafforzasse

ulteriormente la presa con braccia e gambe. Poi fece un respiro profondo e saltò giù dal muro.

L'atterraggio gli fece un po' male, ma Dave piegò le ginocchia e assorbì la maggior parte dell'impatto con le gambe. Perse l'equilibrio e dovette puntare l'altra mano per non cadere, ma si riprese in fretta. Non poteva assolutamente cadere con il figlio in braccio. Non solo lo avrebbe spaventato, ma avrebbe anche potuto ferirlo; Dave avrebbe preferito morire piuttosto che provocare dolore al figlio, dopo tutto quello che aveva passato.

Si sollevò rapidamente in piedi e corse giù per la collina, senza osare guardarsi alle spalle. Sentì molte grida provenire sia dalla direzione del quartiere che dal suo auricolare, ma non si fermò né rallentò, ignorando tutto e tutti. Era ovvio che i nemici non avevano previsto che Dave sarebbe saltato dall'altra parte del muro: Del Rio era abbastanza presuntuoso da credere che Dave si sarebbe semplicemente arreso.

Impossibile.

Avendo studiato le immagini satellitari della zona fino a conoscerle a memoria, Dave sapeva esattamente dove stava andando e dove si sarebbe nascosto. Del Rio era arrogante, non si sarebbe arreso facilmente, ma i Mercenari di Montagna avrebbero tenuto lui e i suoi uomini occupati fino a quando Dave sarebbe scomparso con David, nascondendosi fino al mattino.

Dave si fidava ciecamente della sua squadra, ma per loro i bassifondi peruviani erano un territorio sconosciuto: anche se avevano studiato le foto di sorveglianza, Del Rio e i suoi uomini si trovavano nel loro habitat e quindi Del Rio probabilmente sarebbe riuscito a scappare, ma Dave non era preoccupato. Proprio come gli aveva detto quando era in cima al muro, Dave lo avrebbe ucciso, un giorno o l'altro. Ne era certo.

Il pensiero che Raven fosse in pena per lui, non vedendolo tornare subito con il figlio, lo infastidiva parecchio: le prossime ore sarebbero state pesanti, ma Dave sapeva che i Mercenari sarebbero andati a recuperarli il prima possibile e poi finalmente se ne sarebbero tornati negli Stati Uniti. Valeva la pena resistere ancora per qualche ora.

Più Dave si allontanava, meno sentiva le voci nell'auricolare. Le radio erano fatte per le brevi distanze, erano tutti consapevoli del fatto che ci fosse la possibilità di perdere il contatto, quindi Dave non era in pensiero. Il piano era stabilito, i suoi uomini sapevano badare a loro stessi.

"Era davvero arrabbiato," sussurrò il bimbo dopo un po' che si erano allontanati dal muro e si erano inoltrati nel nuovo quartiere.

Dave non rallentò, si dirigeva rapidamente verso la prima strada. Le case erano tutte vicine tra loro e le più alte avevano solo due piani. C'erano centinaia di case nel quartiere, anche se veniva considerato migliore dei bassifondi, era comunque un quartiere povero. Ma meglio così, perché nascondersi in un quartiere di lusso sarebbe stato più pericoloso: Del Rio lo avrebbe trovato più in fretta, soprattutto dopo che Dave lo aveva umiliato, insultato e minacciato. Il boss non poteva lasciar perdere, non davanti a tanti scagnozzi: sarebbe sembrato un debole.

Ma a Dave non gliene fregava nulla, che lo cercasse pure Del Rio: tanto non lo avrebbe trovato.

I Mercenari e i soldati peruviani avrebbero ucciso Del Rio, se ci fossero riusciti; se avessero fallito, Dave sapeva che ci sarebbero rimasti male. Ma non sapevano che tanto Del Rio l'avrebbe comunque pagata... prima o poi. Anzi, segretamente sperava che lo stronzo passasse un po' di notti insonni a chiedersi come e quando sarebbe stato giustiziato. Voleva farlo diventare paranoico, sperava che si preoccupasse più della sua sicurezza rispetto a ordire trame per rapire donne e bambini innocenti.

Ma anche se tutto ciò non fosse accaduto e Del Rio avesse

scelto di ignorare le minacce di Dave, il karma lo avrebbe colpito lo stesso, prima o poi. Dave ne era certo.

"*Era* arrabbiato," confermò Dave al figlio, "ma non ci troverà. Ci nasconderemo, poi prenderemo tua madre e andremo a casa."

Dave alzò la testolina per fissarlo. "Me lo prometti?"

"Promesso," disse subito Dave.

"Del Rio ha detto che se me ne fossi andato, avrebbe ucciso *mamá*," gli ricordò spaventato David.

Dave era furioso per la tortura mentale che Del Rio aveva inflitto a quel dolce bambino. Sapendo che la questione era importante e che doveva affrontarla subito, Dave si precipitò tra due case e si accovacciò. David appoggiò i piedini a terra e rimase dritto con la schiena, mordendosi il labbro inferiore con esitazione.

Dave mise le mani sulle spalle di David e lo guardò negli occhi mentre gli diceva: "Del Rio è un uomo cattivo, campione. È cattivo e prepotente. Non gli importa se fa del male alle altre persone. Non ho dubbi che ti stesse dicendo la verità, intendeva davvero quello che ha detto. Ma non può fare del male a tua madre, se non riesce a trovarla; devi credermi quando ti dico che non la troverà mai. Non troverà nemmeno te. Oggi hai visto quell'uomo spregevole per l'ultima volta. Non potrà fare del male né a te né a tua madre, perché noi ce ne andremo via."

"Ma lui ha detto che non c'era nessun posto dove potevo nascondermi!" ribatté David.

Dave si accigliò e chiese: "Cos'altro ti ha detto? Quali altre cose cattive ha detto per ferirti? Voglio sentire tutto, così posso rassicurarti che aveva torto."

Ci volle un secondo, ma poi David iniziò a parlare: "Quando ho chiesto se potessi andare a scuola, ha detto che sarebbe stato uno spreco di soldi perché ero stupido. Diceva che ero brutto e che i miei occhi avevano un colore strano, dovevo fare tutto quello che mi diceva perché ero scemo e non sarei mai stato in grado di lavorare e fare soldi da solo. Una volta ho pianto perché mi ha colpito e mi ha fatto male, mi ha chiamato frignone."

David abbassò la testa mentre confessava l'episodio successivo. "*Mamá* ha detto che ci stavi cercando, ma non pensavo che ci avresti trovato in tempo. Quando ho dovuto sedere in grembo all'amico di Del Rio senza vestiti, mi ha detto che presto quell'uomo sarebbe stato il mio nuovo amico e mi avrebbe portato a casa con lui; se non avessi fatto tutto quello che mi diceva o non mi fossi lasciato toccare, Del Rio avrebbe ucciso la mia *mamá*." A quel punto alzò lo sguardo verso Dave. "I tuoi amici mi faranno fare queste cose?"

Dave avrebbe voluto riavvolgere il tempo di venti minuti e ordinare a Gray di piantare subito una pallottola nel cervello di Del Rio, non appena fosse apparso nel loro campo visivo; al diavolo le conseguenze. Sia che avesse pianificato di tenersi David o di venderlo a qualche altro pedofilo malato, il risultato finale sarebbe stato lo stesso.

Fece un respiro profondo e scosse la testa. "No, campione. Mai. Nessuno può toccarti senza il tuo permesso. *Nessuno*. Chiaro?"

Il bambino non sembrava convinto.

"La tua *mamá* sta bene, è al sicuro. Ti do la mia parola di *papá*."

David voleva credergli, si vedeva chiaramente.

Dave sapeva che dovevano rimettersi in cammino. Prese il figlio in braccio e si rimise in marcia. "So che è difficile da capire, ma sappi che Del Rio è un uomo cattivo. Usa le parole per far fare agli altri quello che vuole, e usa anche i pugni per ferire le persone, ma se ti viene detto qualcosa abbastanza spesso, più e più volte, puoi iniziare a crederci." Guardò il figlio. "Non sei stupido, campione. Anzi, sei uno dei ragazzini più intelligenti che abbia mai conosciuto."

David non rispose.

"Tu conosci due lingue. Io non so parlare né capire lo

spagnolo, tu sì. Anzi, sai che nessuno dei miei amici che hai incontrato oggi capisce lo spagnolo? In questo senso sei già più intelligente di noi."

"Davvero?" chiese David.

"Ma certo," lo rassicurò Dave. "E di sicuro parli meglio di tutti gli altri bambini della tua età che conosco. Inoltre, non sei scappato quando hai visto me e i miei amici, sapevi chi ero, anche se non ci eravamo mai incontrati."

"*Mamá* mi ha detto che aspetto avevi."

"Giusto, e te lo sei ricordato. Proprio come fa una persona intelligente." Dave continuò a tessere lodi mentre camminava rapidamente per le strade del quartiere, cercando l'edificio che aveva individuato nelle immagini satellitari.

Sentì David annuire, poi il bimbo gli toccò la ferita sulla gola. "Hai la bua."

Dave ci avrebbe messo un po' per abituarsi ai repentini cambi di argomento del figlio, non vedeva l'ora di conoscere tutto, di quel bimbo meraviglioso. Doveva recuperare quattro anni e mezzo di lavoro, c'era tanto da fare. "Sì," gli disse.

"Sembra brutta, ti fa male?"

Dave fece spallucce. "C'è dolore e dolore."

David lo guardò, palesemente confuso.

"A volte ti si infila una scheggia nel dito, ti viene una vescichetta, ti sbucci il ginocchio; ti fai male, ma non è niente rispetto a una ferita che ti porti nel cuore," disse Dave. "Quando tua madre si è... persa... ho sofferto, mi faceva male il cuore. Ero così triste che non mi importava di mangiare, o dormire, o se mi tagliavo mentre preparavo le verdure per la cena. Il dolore al cuore per aver perso madre era molto peggio rispetto a qualsiasi dolore fisico."

David annuì saggiamente. "Come quando *mamá* doveva andarsene a fine giornata. Non mi piaceva stare in quella casa, tutti erano cattivi e mi urlavano contro. Dovevo stare sempre nella mia stanza e mi davano solo un po' di riso da mangiare. Poi *mamá* tornava e io ero di nuovo felice, anche se per poco."

Sfiorò delicatamente la ferita sul collo di Dave. "Ma tu... tu stai bene, vero? Non perderai di nuovo me e *mamá*, vero?"

"No. Non ci separeremo più, e io starò bene. Grazie per esserti preoccupato per me."

David annuì e si chinò in avanti per appoggiare ancora una volta la testolina sul petto del suo *papá*.

Il cuore di Dave era come sul punto di scoppiare: finalmente capì perché Raven non aveva cercato di contattarlo. Le aveva detto che l'aveva capita, ma non era vero. Eppure in quel momento, stringendo David tra le braccia e sentendo il modo in cui il bimbo si fidava completamente di lui, sentendosi l'unico responsabile del benessere del piccolo, Dave capì che avrebbe fatto qualsiasi cosa per tenerlo al sicuro. E se si sentiva già così dopo averlo conosciuto per meno di un'ora, era ovvio che i sentimenti di Raven nei confronti del bambino fossero almeno cento volte più potenti.

Dave si sentì travolto dall'amore che provava sia per la moglie che per il figlio. Avrebbe fatto qualsiasi cosa per proteggerli entrambi. *Qualsiasi cosa.*

Dopo aver camminato per altri dieci minuti, Dave cominciò a preoccuparsi. Sentiva grida e veicoli in lontananza, doveva trovare subito un buon nascondiglio.

Proprio quando pensava di essersi perso o di aver interpretato male le foto satellitari, girò un angolo e vide ciò che stava cercando.

Aveva raggiunto i confini esterni del quartiere, dove le case erano un po' più degradate. Non erano affatto come quelle del quartiere che avevano appena lasciato, ma era ovvio che i proprietari non avevano modo o intenzione di prendersi cura di quelle case come avevano fatto i proprietari delle altre case. Guardandosi intorno per assicurarsi che non ci fosse nessuno nelle vicinanze, Dave attraversò il prato fino a una delle case posta al centro di una lunga fila. Non c'erano recinzioni tra i cortili, si infilò rapidamente sul retro.

Sorridendo quando vide quello che stava cercando, Dave

disse: "Ok, campione, ho bisogno che tu ti tenga molto stretto. Mi servono entrambe le mani e non sarò in grado di tenerti."

David sgranò gli occhi. "Hai intenzione di andare lassù?"

"Sì," gli rispose Dave, guardando l'albero che cresceva vicino alla casa. "Ti sei mai arrampicato su un albero, prima d'ora?"

David scosse la testa. "No. Non mi era permesso. Uscivo all'aperto solo quando c'era *mamá*."

"Allora sono contento di poter condividere con te la tua prima arrampicata," disse Dave. "Pensi di riuscire a reggerti?"

"*Sí*."

"Va bene. Se ti senti scivolare dimmelo così ci fermiamo per sistemarti meglio."

Dave non attese un istante di più: si avvicinò all'albero, afferrò il ramo più basso e cominciò a salire. Fu più pericoloso del previsto, visto che Dave era un omone e l'albero era un po' più malridotto rispetto alle foto satellitari, ma in pochi minuti si stava arrampicando su uno dei rami più grandi, diretto verso il tetto della casa vicina.

David era come una scimmietta, sembrava nato per stare aggrappato al suo *papá*.

Quando fu abbastanza lontano, Dave fece un respiro profondo e saltò. Atterrò esattamente dove aveva puntato, anche se fu sbilanciato dal peso extra del figlio sul petto. Cominciò a cadere, ma piegò le ginocchia e si contorse fino ad atterrare sulla schiena, invece di schiacciare David.

Chiudendo gli occhi per il sollievo, sentì una risatina sommessa.

Dave aprì gli occhi e vide il bambino a cavalcioni su di lui che rideva. "È stato divertente!"

Più sollevato di quanto potesse dire dal fatto che il ragazzino non fosse spaventato a morte, Dave gli restituì il sorriso. "Vero?"

"Uh-huh . . . possiamo farlo di nuovo?"

"Dammi tregua, campione. Ho bisogno di riposare un po'. Va bene?"

David annuì.

Avvolgendo il braccio attorno al bambino, Dave si mise a sedere e poi si alzò verso il centro del tetto.

Una delle ragioni per cui aveva scelto quella casa era la vicinanza di quell'albero, che garantiva un facile accesso al tetto piatto. L'altro motivo era la quantità di roba che i proprietari avevano accumulato sul tetto. Scatole, contenitori di metallo, un grande condizionatore d'aria e un telo che copriva qualcosa. Dave sapeva che potevano stare sul tetto per qualche ora, anche se sperava che la squadra arrivasse molto prima. Se fosse stato necessario, il telo e il resto delle cianfrusaglie sarebbero serviti a nascondersi da Del Rio e dai suoi scagnozzi.

Stringendo il figlio, Dave si sentì sollevato dal fatto che c'era spazio per nascondersi tra le scatole sotto il telone senza dover spostare nulla. Si mosse all'indietro fino ad appoggiare la schiena contro una scatola e sorrise al ragazzino.

"*Papá?*"

"Sì, figliolo?"

"Ho fame."

Dave sorrise di nuovo, felice di poter risolvere quel problema. Si infilò una mano in tasca ed estrasse una barretta proteica. "Non sono il massimo ma ho un paio di queste, ci daranno forza finché non potremo uscire di qui e trovarci qualcosa di più sostanzioso."

David fissò la barretta con sospetto. "Cos'è?"

"Una barretta proteica. È buona, te lo garantisco."

Il bimbo arricciò il naso ma quando avvertì il profumo di cioccolato, una volta scartato l'involucro, spalancò gli occhi e fissò Dave. "Cioccolato?"

"Sì, cioccolato e burro di arachidi. Non sei allergico alle arachidi, vero?"

David non lo stava più ascoltando, stava fissando la barretta come se ne avesse paura.

"Cosa c'è che non va?" chiese Dave.

"Per me?" chiese David.

"Certo, campione, è per te."

Il bimbo guardò ancora una volta Dave negli occhi. "Non ho il permesso di mangiare dolci."

Dave ebbe una stretta al cuore, ma si costrinse a mantenere la calma. "Queste non sono dolci, campione. Cioè, c'è del cioccolato dentro, ma è per avere energia e calorie. Inoltre, non devi più seguire le regole di quando vivevi a casa di Del Rio. Faremo nuove regole. Avanti, prendila," lo esortò.

Ma il bambino rimase immobile.

Dave spezzò una parte della barretta proteica e gliela mise in mano. "Ecco a te, figliolo. Ti garantisco che è buona."

Con la massima lentezza, David prese il pezzetto di barretta proteica, lo portò al naso e lo annusò. Poi leccò cautamente la granola e il cioccolato. Gli brillarono gli occhi e si infilò il pezzetto di barra in bocca. Masticò per molto tempo, come se stesse cercando di gustare ogni minimo frammento di cibo prima di inghiottire.

"Ti piace?" chiese Dave.

David annuì. Non allungò una mano per prendere il resto della barretta proteica, ma la fissò in modo famelico.

Per i minuti successivi, Dave staccò un pezzo dopo l'altro e lo diede al figlio. Per lui quello fu uno spettacolo commovente e straziante al tempo stesso, David mangiava avidamente e provò un immenso piacere da quella semplice barretta.

Una volta terminata la barretta, David sorrise e guardò il padre. "È stata la cosa più buona che abbia mai mangiato."

"Hai mai mangiato cioccolato e burro d'arachidi?" chiese Dave.

Il ragazzino annuì. "Una volta! *Mamá* mi ha portato una merendina di nascosto, a Natale. Non mi era permesso avere dolci o regali per Natale, ma *mamá* ha detto che Babbo Natale aveva lasciato quella merendina per me. Era tutta schiacciata ma una volta fuori siamo riusciti a mangiarla senza che nessuno vedesse. Era davvero buona."

Ah sì, quel bambino stava devastando Dave. Ogni parola pronunciata gli ricordava la sofferenza patita da moglie e figlio, e tutto quello che si erano persi. Ma in qualche modo, avevano tirato avanti per quasi cinque anni restando ancora compassionevoli e amorevoli. Erano un miracolo. I suoi miracoli.

"Ho un altro paio di quelle barrette proteiche, possiamo mangiarle più tardi, se ci viene fame," disse Dave con voce soffocata dall'emozione, poi si schiarì la gola e disse: "Quando arriviamo in Colorado, negli Stati Uniti, cosa vuoi mangiare come primo pasto nella tua nuova casa?"

Il bimbo lo guardò sorpreso. "Vuoi dire che posso scegliere?"

"Sì, David, puoi avere tutto quello che vuoi."

Il bimbo sembrò eccitato per un secondo, poi abbassò lo sguardo esitante.

Dave gli mise un dito sotto il mento e lo spinse leggermente verso l'alto, poi gli chiese: "Cosa c'è che non va? Va tutto bene, puoi essere onesto con me. Non mi arrabbierò per qualsiasi cosa tu mi dica."

"*Mamá* potrà mangiare con noi? Non voglio mangiare davanti a lei, se lei non può mangiare con me. Si comporta come se non le importasse, ma io sento la sua pancia che brontola e questo mi rende triste."

I sacrifici compiuti da Raven per il piccolo David sciolsero il cuore di Dave. "Tua madre non soffrirà mai più la fame, potrà mangiare quello che vorrà e quando lo vorrà; lo stesso vale per te, mio piccolo campione."

"Possiamo mangiare insieme?" chiese David.

"Ovvio. Mangeremo tutti insieme, come una vera famiglia, ogni volta che sarà possibile. Magari delle sere non sarò a casa con voi, ma ti prometto che farò sempre del mio meglio per esserci il più possibile."

David aveva due grandi occhi luminosi. "Ti voglio bene, *papá*."

Quelle dolci parole sciolsero ancora di più il cuore di Dave. "Anche io ti voglio bene, campione. Ora, cosa vuoi mangiare quando torneremo dalla mamma?"

David spostò gli occhioni blu in quelli di Dave. "*Arroz con pollo*. Ah, e il preferito della mamma, *l'empanada di pollo*."

L'omone ridacchiò. "Me li traduci, campione? Ricordati che non parlo spagnolo."

"Riso con il pollo per me, e pollo…uh…" corrugò la fronte per lo sforzo. "Non so come si dice *empanada* in inglese."

"Cercheremo cosa vuol dire," lo rassicurò Dave.

Proprio in quel momento sentirono un'auto lungo la strada, si muoveva molto lentamente. Udirono voci rumorose che bisticciavano in spagnolo.

Daniel sgranò gli occhi e si allungò verso il padre, portando le dita sulle labbra di Dave.

Dave annuì e prese la manina del figlio, baciandone il palmo in modo rassicurante. Non era sorpreso che gli uomini di Del Rio li stessero cercando, se lo aspettava. Era proprio quello il motivo per cui aveva scelto quella casa tra tante: guardandola dal basso, sembrava che non ci fosse modo di salire sul tetto. L'albero su cui si erano arrampicati non era molto più alto della casa, nessuno avrebbe mai pensato che un uomo grosso come Dave sarebbe riuscito a scalarlo per raggiungere il tetto.

Il SUV proseguì per la sua strada, ma Dave sapeva che erano ancora in pericolo: dovevano restare immobili e portare pazienza. Presto gli scagnozzi di Del Rio sarebbero stati richiamati, supponendo che Dave fosse fuggito per sempre.

L'omone sussurrò lodi al figlio. "Sei bravissimo a restare in silenzio, campione."

Quando David arrossì e distolse lo sguardo, Dave giurò

ancora una volta di lodare il bambino ad ogni occasione: aveva ricevuto fin troppo odio nella sua breve vita. David aveva bisogno di sapere che era capace e intelligente, soprattutto perché era la verità.

Continuarono a chiacchierare con cautela, poi David chiese: "Quando arriviamo a casa... pensi che... potrò andare a scuola?

Dave annuì. "Certo, campione. Perché non dovresti andarci?"

David fece spallucce. "Perché sono stupido e nessuno vuole essere mio amico."

Odiando Del Rio sempre di più, Dave disse: "Ne abbiamo già parlato, campione. Non sei per niente stupido, e poi perché nessuno dovrebbe voler essere tuo amico?"

"Perché sono un bastardo."

Dave trasalì nel sentire quella parola cruda pronunciata dalle labbra di un bambino innocente.

"Cosa significa *bastardo, papá?*"

Dave desiderò che Raven fosse lì con loro; provò a controllare la furia che cresceva a dismisura per le cattiverie inflitte dal perfido Del Rio. Lei avrebbe saputo esattamente cosa dire per rassicurare il figlio, Dave stava improvvisando e si sentiva completamente allo sbaraglio in quel momento. "Immagino che avrai così tanti amici da non riuscire neanche a contarli, campione," lo rassicurò Dave. "Sei un bravo ragazzo, amichevole, premuroso e intelligente. Perché mai qualcuno non vorrebbe essere tuo amico?"

Dave sapeva di dover stare attento nelle sue risposte, David non aveva ancora cinque anni ma aveva sentito quella parola e poiché era *intelligente* aveva capito che era una specie di insulto. Dave non voleva assolutamente che il figlio pensasse di essere inferiore a chiunque altro. "*Bastardo* è una parola cattiva usata dai bulli quando cercano di ferire qualcuno."

"Sì, ma cosa significa?" chiese David, determinato a scoprirlo.

Dave rifletté rapidamente e optò per la verità. Beh, una mezza verità. "Un bastardo è qualcuno che nasce da una mamma e un papà che non sono sposati. Ma dato che io e tua mamma *eravamo* sposati quando sei nato, tu non sei un bastardo."

L'onda di sollievo sul volto di David gli avrebbe fatto tremare le ginocchia, se fosse stato in piedi.

"Quindi non sono un bastardo?"

"No, figliolo, certo non lo sei. Sei David Justice, figlio di Margaret e Dave Justice."

Il bimbo sgranò gli occhi. "Ti chiami Dave?"

"In realtà mi chiamo David. Ma tutti i miei amici mi chiamano Dave."

"Ci chiamiamo nello stesso modo!" esclamò David.

Dave annuì, sorridendo mentre gli occhi del figlio si riempivano di orgoglio. Strinse a sé il piccolo e gli chiese: "Dimmi, hai dormito un po' prima che ti portassimo via da lì?"

David scosse la testa. "No, avevo paura. La signora non voleva parlarmi e avevo fame."

Dave si sdraiò più comodamente e sistemò il figlio su di sé, finché entrambi furono a loro agio. "Non devi più aver paura, figliolo. Sono qui con te e ti proteggerò. Ora chiudi gli occhietti e schiaccia un pisolino. Quando ti sveglierai, ti darò un'altra barretta proteica."

"Non sono stanco," disse David, ma poi si lasciò scappare un enorme sbadiglio.

Dave fece un gran sorriso e disse: "Va bene, campione. Allora risposa con gli occhi chiusi e io ti racconterò delle storie, va bene?"

"Sì."

Sdraiato sul tetto della casa di uno sconosciuto, sperduto nei bassifondi di Lima, mentre l'uomo più vile della terra gli dava la caccia, Dave abbracciava il figlio e gli raccontava storie di come sarebbe stata la loro nuova vita in Colorado. Continuò a parlare anche quando udì il leggero russare di David, dicendogli quanto gli voleva bene e quanto era intelligente, promettendogli di proteggerlo il più possibile dagli orrori del mondo.

Dave non era affatto stanco, anzi, provava una sorta di febbrile eccitazione. Ovviamente era preoccupato per Raven e per quello che avrebbe potuto pensare non vedendolo tornare, ma sapeva che i Mercenari si sarebbero presi cura di lei e l'avrebbero rassicurata sul fatto che sia lui che David stavano bene. Conoscendola, sapeva che comunque lei non si sarebbe rilassata fino a quando li avrebbe visti tornare con i propri occhi e avrebbe saputo che l'incubo di Del Rio era finito una volta per tutte.

Dave sussurrò: "Resisti, tesoro. Ti chiedo un ultimo sforzo. Resisti."

CAPITOLO QUINDICI

"Cosa vuol dire che non ci sono?" chiese Mags quasi istericamente quando accolse il ritorno di tutti quanti; c'erano tutti tranne Dave e David.

"Calma," le ordinò Gray. "Stanno bene."

"Ma non sono qui con voi!" urlò lei. "E avete detto che c'era anche Del Rio? Oh, Dio... è arrivato da David prima di voi? Dave è andato a cercarlo?"

"No. Fai un respiro profondo, Raven," le ordinò Arrow mentre la prendeva per mano e la conduceva gentilmente verso il bordo del letto dove lei dormiva con Dave.

"Tutto è andato secondo i piani," proseguì Arrow, provando a rassicurarla.

"Ah, quale piano? A, B, C o D?" chiese Mags in modo sprezzante. Ma si pentì di aver sputato quelle parole iraconde non appena le pronunciò. Non poteva trattare male gli stessi uomini che erano giunti dagli Stati Uniti per salvarla.

Con sua grande sorpresa, però, Arrow e gli altri scoppiarono a ridere.

"È sicuramente la moglie di Dave," commentò Ball.

"Piano B," le disse Arrow. "Abbiamo trovato David nel punto indicato da Ruben e..."

"Stava bene?" lo interruppe Mags.

"Sì, stava bene. Era incatenato al pavimento, aveva solo qualche livido."

Mags fece un gran sospiro di sollievo. "Ok, e poi?"

"E poi siamo passati al piano B perché è arrivato Del Rio," disse Ro.

Mags si irrigidì, ma fece il possibile per mantenere la calma. I Mercenari erano relativamente tranquilli, quindi era ovvio che David stava bene e non era successo nulla di grave. Almeno, lei si sforzò di pensarla così.

Ball proseguì: "Studiando le foto satellitari abbiamo scoperto che gli abitanti della zona avevano costruito una sorta di scala per scappare dal quartiere, oltrepassando un grande muro. Dave è salito su quel muro con David, abbiamo tolto tutto prima che arrivassero Del Rio e i suoi uomini. Quando hanno capito le intenzioni di Dave, ormai era troppo tardi per raggiungerli. Lui e Del Rio si sono lanciati qualche insulto mentre noi ci siamo messi in posizione per coprirli, poi Dave è scomparso oltre il muro. Ora Dave e il piccolo si stanno nascondendo fino a quando non potremo andare a prenderli, poi correremo in aeroporto."

"Ce ne andiamo?" chiese Mags.

"Ce ne andiamo sì, porca troia," aggiunse Meat. "Siamo stati qui abbastanza a lungo, non credi?"

Mags annuì, anche se era ancora terrorizzata all'idea che il marito e il figlio fossero ancora sperduti chissà dove nei bassifondi, braccati da Del Rio e dai suoi tirapiedi. "Beh, e adesso?"

"Adesso ci assicuriamo che tu e le altre siate pronte a partire," rispose Arrow. "Tu, Zara e Gabriella dovete salutare Daniela, Bonita, Carmen, Maria e Teresa."

"Le lasciamo qui?" chiese Zara accanto a Meat.

"No," la rassicurò Meat. "Stasera le portiamo in aeroporto, il prima possibile; oggi abbiamo ottenuto i loro passaporti e abbiamo già prenotato i biglietti per voli notturni verso i loro rispettivi paesi. Saranno accolte da amici e familiari al loro arrivo. Tu, Gabriella e Mags, invece, verrete all'aeroporto con me e Black e salirete sul nostro aereo privato. Gli altri andranno a recuperare Dave e David, ci incontreranno lì."

Mags voleva protestare: moriva dalla voglia di insistere per andare con gli altri a prendere il figlio, ma tenne la bocca chiusa. Quegli uomini avevano già fatto fin troppo per lei e lei non voleva proprio combinare qualcosa che potesse guastare il salvataggio di David o la loro unica possibilità di scappare dal Perù una volta per tutte. Non era mai stata così vicina a tornare a casa, anche se restava sempre spaventata dal fatto che qualcosa poteva andare storto e c'era il rischio di finire di nuovo nel complesso di Del Rio.

"E Del Rio?" chiese Zara. "Ci avete pensato voi?"

Gray scosse la testa. "No. È riuscito a fuggire dal quartiere con alcune delle sue guardie. In questo momento probabilmente sta cercando Dave."

"Perché non l'avete ucciso?" chiese Zara.

Prima che qualcuno di loro potesse rispondere, Mags disse: "Perché i Mercenari non sono come lui."

Zara si accigliò. "Ma quel coglione deve morire," insistette. "Ha rovinato tantissime vite... Non capisco."

Meat baciò la testa di Zara. "Beh, sarò onesto...Anche noi volevamo farlo fuori, ma Dave ci ha detto che se non ci fossimo riusciti, non avremmo dovuto perdere tempo cercando di rintracciarlo. Gli ha promesso che avrebbe avuto quello che gli spettava. Dave ha in mente qualcosa... non so cosa, ma qualunque cosa sia, state sicure che Del Rio non sarà un problema ancora per molto."

"Rex conosce un sacco di gente," disse Gray a bassa voce. "Anche se... pensare che in realtà Rex è un barista... è difficile da credere." Fece un gran sorriso. "Ma lavoriamo con lui da molto tempo e siamo sempre stati stupiti da tutte le sue conoscenze. Quindi se esiste qualcuno in grado di far avere a quella merda di Del Rio quello che si merita... quel qualcuno è Rex."

Anche Mags faceva ancora fatica a credere che il suo premuroso marito fosse il capo di uomini tosti come i Mercenari di Montagna, e che per anni lo avessero conosciuto solo come Rex. Ma d'altra parte, Dave era sempre stato testardo e carismatico: solo lui poteva tessere una rete segreta di alleati potenti e pericolosi per ritrovarla.

"Potete comunicare con lui?" chiese lei.

Meat scosse la testa. "Purtroppo no, le nostre radio sono adatte solo per comunicare a brevi distanze, ma lo stiamo rintracciando." Andò verso il suo portatile e lo aprì, spostandolo in modo che Mags potesse vederlo. "Vedi? Quel puntino blu lampeggiante è Dave. È al sicuro, rannicchiato proprio dove avevamo previsto."

Mags fissò il punto blu sullo schermo indicato da Meat: era immobile, Dave si trovava nella periferia di un grande quartiere confinante con quello dove secondo Ruben c'era la signora che teneva David prigioniero. Fece un respiro profondo e annuì, in fondo Dave le aveva dimostrato più volte di saper badare a se stesso, era sicura che si sarebbe preso cura anche di loro figlio.

La vita di Mags era cambiata molto rapidamente in brevissimo tempo, tanto che quasi le girava la testa, ma erano rimaste immutate due certezze: l'amore e la fiducia che nutriva verso il marito. Aveva quasi dimenticato quanto lui potesse essere testardo, ma nelle ultime due settimane Dave l'aveva trovata, aveva elaborato il fatto che era stata violentata e messa incinta da uno sconosciuto e aveva accolto a braccia aperte il bambino nato da quella brutta situazione. In qualche modo, Dave era riuscito a penetrare tutti gli scudi difensivi di Mags, eretti in seguito alle sue esperienze traumatiche, e lei si era sentita di nuovo al sicuro dopo dieci anni. Era riuscita a dormire accanto a lui, persino a fare la doccia insieme quasi nudi...

In pratica Dave aveva compiuto un miracolo: le aveva fatto pensare che forse sarebbe stata in grado di tornare negli Stati Uniti senza considerarsi un completo disastro, al suo fianco.

Tra tutte le persone al mondo, Mags si fidava di lui ed era l'unico che potesse proteggere suo figlio e riportarglielo.

"Ok, allora... Abbiamo un sacco di lavoro da fare e poco tempo, se vogliamo andarcene da qui il prima possibile."

Mags riconobbe l'ammirazione negli occhi degli uomini e ciò l'aiutò a controllarsi ancora di più. Sarebbe stato difficile separarsi dalle altre donne, ma potevano tenersi in contatto e finalmente sarebbero state al sicuro da Del Rio: cullata da tali pensieri, Mags riconsiderò meno amaro il fatto di doversi separare dalle amiche.

Altro pensiero positivo era quello di Gabriella, che sarebbe tornata con loro negli Stati Uniti; Mags era entusiasta a quell'idea, sia per lei che per l'amica. Di certo non sarebbe stato facile riabituarsi ad affrontare una vita normale, ma con l'aiuto di Zara, Gabriella, Dave (e ovviamente di David) ci sarebbe riuscita.

Dopo che molti degli uomini ebbero lasciato la stanza, Zara si avvicinò a Mags e le chiese: "Stai bene?"

A dispetto di quanto potesse immaginare, Mags si sentiva bene. Era sempre preoccupata per David e Dave, ma sapeva che in fondo stavano bene; inoltre, Dave non avrebbe permesso che succedesse qualcosa a loro figlio. "Sì, sto bene."

"Sei contenta di tornare a casa?"

Mags annuì. "Sì, anche spaventata se devo dirti la verità."

"Ti capisco," rispose Zara. "Ma ci sarò io ad aiutarti, insieme a Dave. Tuo figlio ti terrà sempre occupata tra compere e l'iscrizione a scuola... anche se sono sicura che quando le altre sapranno di lui, tu e Dave dovrete pregarle di smettere di comprare cose per vostro figlio!"

"Non mi hai mai parlato molto di loro," disse Mags. "Sicuramente sarò la più grande tra tutte. Pensi che mi accetteranno?"

"Oh, cielo, ma stai scherzando?" esclamò Zara, "Già ti *adorano*! Vedi, tutte loro ne hanno passate di cotte e di crude e stimano molto il tuo Dave. Quindi non devi assolutamente preoccuparti, ti considerano già parte del gruppo. Sono brave persone, Mags. Fidati di me."

Mags sospirò. "Sono molto nervosa all'idea di rivedere i miei genitori," ammise.

Zara prese Mags per mano e la strinse. "Da quello che mi ha detto Meat, li sta tenendo informati su tutto quello che sta succedendo qui, ovvero che Dave ti ha trovata, stai bene e ha detto loro che hanno un nipotino. Sono felicissimi ma anche nervosi. Però affrontiamo le cose giorno per giorno, che ne dici?"

"Sanno di David?" chiese Mags, scioccata.

Zara annuì. "Ho discusso molto con Meat per questo motivo. Secondo me non doveva dirglielo lui... mi dispiace."

"No, va bene così. Voglio dire, sono sorpresa ma anche un po' sollevata. Non ero sicura di come avrebbero reagito... sai, viste le circostanze della sua nascita."

"È stato un miracolo," disse Zara a bassa voce. "L'hanno capito, proprio come l'ha capito Dave. Io sono l'ultima persona che può parlare, visto che ero vergine quando ho conosciuto Meat, ma posso garantirti che qui nessuno giudica male te o tuo figlio per come è stato concepito. Non sai quanto ti ammiro, Mags. Quando non avevo nessun altro, tu ci sei stata per me. Mi hai fatto da madre e da amica, quando ti vedo non riesco a pensare ad altro... Quello che hai passato ti rende semplicemente una donna guerriera, non qualcuno da compatire o da guardare dall'alto in basso. Chiunque la pensi diversamente può andare a farsi fottere."

Mentre ascoltava l'amica, Mags iniziò a sentire gli occhi umidi, ma ridacchiò per l'ultima frase. "Grazie, Zed," le disse dolcemente, usando il soprannome che Zara utilizzava quando fingeva di essere un maschio per evitare molestie nei bassifondi.

"Andiamo. Sei nel motel solo da una settimana, ma credo che tu abbia più roba di quella che ho portato io. Dobbiamo anche assicurarci che Daniela stia bene, l'acquisto della nuova clinica sta procedendo rapidamente, sai? Prendiamo la valigia che ti hanno dato i ragazzi e vediamo quanta roba riusciamo a ficcarci dentro." Zara le strinse di nuovo la mano e poi si diresse verso l'armadio.

Mags annuì, Zara aveva ragione. Avevano un sacco di cose da fare, avrebbero avuto tutto il tempo di emozionarsi prima di salutare le altre amiche. Avrebbe preferito avere Dave al suo fianco per farsi rassicurare, ma lui era impegnato a proteggere il figlio. Doveva farsi forza e tirare avanti, mentre aspettava il ritorno della sua famiglia.

Dopo aver chiuso gli occhi per rivolgere una rapida preghiera per il marito e il figlio, Mags si voltò e seguì Zara verso l'armadio.

———

"Mi racconti un'altra storia, *papá?*" chiese David.

Dave non aveva idea di quanto tempo fosse passato, ma fuori c'era ancora buio. David aveva dormito per un po', poi si era svegliato e aveva mangiato un'altra barretta proteica con lo stesso entusiasmo della volta precedente. Faceva un caldo infernale sotto il telone, anche se il sole ormai se n'era andato, ma Dave non aveva intenzione di rischiare, andandosene. Doveva aspettare i Mercenari. Non aveva sentito Del Rio o i suoi tirapiedi nelle ultime ore, ma ciò non era garanzia di sicurezza, potevano essere in agguato da qualche parte.

"Che tipo di storia?" chiese Dave.

"La storia di come hai conosciuto *mamá,*" disse David senza esitazione.

Sorpreso da quella richiesta, Dave non sapeva bene da dove iniziare.

Il figlio andò in suo soccorso. "Hai comprato un edificio e *mamá* è venuta a vederlo," incominciò David.

Ridendo, Dave si rese conto che il bimbo aveva già sentito dalla madre la storia del loro primo incontro, probabilmente più e più volte. "Giusto, tua madre è venuta ad assicurarsi che il mio nuovo edificio fosse sicuro per tutti quanti."

"Era nervosa perché eri tanto grande da sollevare macchine e picchiare i cattivi!" aggiunse David con entusiasmo.

Dave annuì. "Sì. Ma il fatto è che nel momento in cui ho visto tua madre, volevo rassicurarla che non doveva avere paura di me. Indossava un paio di pantaloni scuri e un bel top blu scuro, che le metteva in risalto gli occhi. Aveva i lunghi capelli mossi dalla brezza, mi sembrava una principessa delle fate."

David aveva gli occhioni spalancati e pendeva dalle labbra del padre. Per anni aveva ascoltato la storia solo dal lato della madre e Dave voleva fargli capire quanto fosse stato colpito da Raven in quel magico giorno.

"Si mordeva nervosamente un labbro quando mi guardava, le tremavano le mani: non mi piaceva vederla così. Normalmente non mi importava di spaventare gli altri con il mio aspetto, ma non volevo spaventare lei. Allora ho fatto in modo di tenermi a distanza per non spaventarla ancora di più. Doveva fare il giro dell'edificio, così stavo vicino alla porta in modo che non si sentisse nervosa per la mia vicinanza. Però ti confesso che è stata una rinuncia... volevo stare vicino per proteggerla da chiunque avesse cattive intenzioni. Non c'era nessuno di minaccioso eh, però volevo proteggerla."

"Era contenta," disse David. "Aveva paura di te."

"Lo so, mi ha fatto male proprio qui," disse Dave, portandosi una mano al cuore. "Non volevo che avesse paura di me. Volevo piacerle, proprio come lei piaceva a me. Quando ha finito di controllare l'esterno dell'edificio, è dovuta entrare per ispezionare l'interno. Le ho fatto una battuta, l'ho fatta ridere… e ti giuro, campione, in quel momento preciso mi sono innamorato di lei."

"Davvero?"

"Sì, davvero. Vedendo quanto era bella con quegli occhi blu scintillanti quando rideva, non potevo fare a meno di desiderare di vederla sorridere ogni giorno per il resto della mia vita."

"*Mamá* dice sempre che eri molto simpatico," lo informò David.

"Beh, non saprei. Comunque abbiamo parlato un'ora e poi doveva andare via, allora le ho chiesto se volesse uscire a cena con me più tardi."

"E lei ha detto sì!" disse David, battendo le manine. "E tu hai preso il pesce, e lei una bistecca!"

"Proprio così. Vedi, campione… un giorno incontrerai la persona con cui sai di voler passare il resto della tua vita, quella con cui vuoi creare una famiglia e per la quale rinunceresti a tutto ciò che possiedi, anche solo per renderla felice. Ci dovrà essere una scintilla, un qualcosa di magico in quella persona, qualcosa che ti farà pensare di avere una vita incompleta se non riesci a vederla o a parlarle ogni giorno. È quello che ho provato per tua madre quando l'ho vista per la prima volta. Durante quel primo appuntamento, in quel ristorante, sapevo che se lei non mi avesse sposato, non sarei mai stato completo. Tua madre mi completa, non le farei mai del male. Mai. Magari sì, possiamo litigare e urlare, ma non le ho mai messo addosso le mani per la rabbia, e mai lo farò. Come potrei farlo, alla donna che è come l'altra metà della mia anima?"

Con quelle parole cariche d'amore Dave sperava di sanare qualsiasi danno psicologico inferto dal perfido Del Rio, eliminando tracce di violenza o svalutazione nei confronti delle donne. Non sapeva se stesse funzionando, ma David lo osservava con uno sguardo curioso che sembrava penetrante nella sua intensità. "Come hai fatto a perdere *mamá*?"

Domanda difficile e dolorosa, ma Dave si ripromise di non mentire mai al figlio. "Sai una cosa? Non sono ancora sicuro di come sia successo, ma tutto quello che so è che è stato doloroso. Ogni giorno era una tortura, perché non sapevo dove fosse o se fosse ferita. Non sapevo se qualcuno le dava da mangiare o la trattava male. Mi mancava, campione. Ogni giorno mi mancava sempre di più. Avevo il cuore vuoto senza di lei. L'ho cercata ovunque, ho riunito tutti i miei amici per aiutarmi; c'è voluto molto tempo, troppo tempo, ma alla fine l'ho trovata. E sai una cosa?"

"Cosa?"

"Ho trovato anche te. Sei stato una sorpresa, una delle migliori sorprese della mia vita."

"Davvero?"

"Sì, campione. Perché io e tua madre parlavamo spesso di voler avere un bambino. Volevamo un figlio da amare per completare la nostra famiglia. Ma lei si è persa prima che potessimo farlo."

David lo studiò con attenzione per qualche istante, era chiaro che stesse riflettendo profondamente. "So che non sei il mio vero padre," disse dopo un po'. "Del Rio ha detto che *mamá* non sapeva chi fosse il mio vero padre, che mio padre non voleva avere niente a che fare con me."

Dave mise un dito sotto il mento del bimbo costringendolo delicatamente a guardarlo negli occhi. "Io *sono* il tuo vero *papá*," gli disse con fermezza. "Ti voglio bene, e voglio bene anche alla tua *mamá*. È questo che lega una famiglia... l'amore. Del Rio non sa queste cose, lui è cattivo e prepotente, ricordi? Il suo scopo nella vita è rendere gli altri tristi. Secondo te sarei qui se tu non fossi mio figlio, se non fossi il tuo vero *papá*?"

David era visibilmente confuso, ma alla fine scosse la testa.

Dave abbassò il capo fino a poggiare delicatamente la fronte contro quella di David. "Trovare te e tua madre è stato un miracolo, figliolo. Quando ho perso tua madre ero triste, ma ora che ho trovato te *e* lei... Sono doppiamente felice. Andremo in Colorado e vivremo felici e contenti. Tu andrai a scuola e diventerai ancora più intelligente, avrai un sacco di amici e crescerai per fare una vita straordinaria. Lo so e basta."

"E tu sarai sempre il mio *papá*? Anche quando sarò cattivo? Non mi rimanderai indietro?"

"No, David. Non tornerai mai più qui, a meno che tu non lo voglia. Tu sei mio figlio. Mio. Non lascerò mai te o tua madre. Mai. E poi stai tranquillo perché non puoi essere cattivo, non è possibile. Potresti prendere delle decisioni che non sono giuste, potresti combinare qualche guaio, ma ciò non ti rende cattivo. Capito?"

David annuì.

Sentendo la necessità di alleggerire l'atmosfera, Dave si tirò indietro e disse: "Allora... tua madre mi ha detto che ti sta insegnando i numeri. Vuoi mostrarmi cosa hai imparato?"

Il sorriso di David fu così luminoso che Dave ne fu quasi accecato. "Sì!"

"Va bene allora, campione. Quanto fa uno più uno?"

David alzò le manine, sollevando un dito da ciascuna. "Due!"

Dave spalancò gli occhi ed esclamò: "Wow, *sei* intelligente, proprio come dice tua madre." Il sorriso sul viso del bambino si allargò ancora di più; Dave giurò che avrebbe passato il resto della vita a fare tutto ciò che era in suo potere per mantenere sempre brillante lo splendido sorriso del figlio.

Circa un'ora dopo, Dave e David erano usciti dal nascondiglio. Erano usciti dal nascondiglio per farsi vedere dai Mercenari, che sarebbero arrivati presto. Si sdraiarono sulla schiena, fianco a fianco, e guardarono le stelle.

"Non so molto sulle costellazioni," si scusò Dave, "quindi non posso indicartele, ma posso dirti una cosa."

"Cosa?" chiese David.

"Le stelle mi hanno salvato la vita."

"Davvero? Come?" chiese il bimbo, meravigliato.

"Ero molto triste per il fatto che tua madre si era persa e che non riuscivo a trovarla. Sapevo solo che aveva paura e non potevo aiutarla. È stato il dolore più grande che abbia mai provato in vita mia. Allora sono andato al mio bar, quello dove ho incontrato tua madre, e sono salito sul tetto. È piatto, molto simile a questo qui. Mi sono sdraiato e ho guardato le stelle, come stiamo facendo noi ora. Mi mancava molto tua madre, ho chiesto al cielo se fosse ancora viva e se stesse bene. E sai cos'è successo?"

"No, cosa?" chiese David, sempre più emozionato.

"Ho visto una stella cadente. La più luminosa che abbia mai visto. Ha attraversato il cielo proprio sopra di me. In quel momento ho capito che tua madre poteva guardare le stesse stelle, proprio in quell'istante. Forse pensava a me, e forse per quello ho visto la stella cadente."

"Wow," esclamò David.

"Così, da quel momento in poi, sono uscito per guardare le stelle il più possibile. Mi confortava sapere che tua madre stava guardando le stesse stelle, ovunque si fosse persa. Mi faceva sentire più vicino a lei."

"*Mamá* non poteva stare con me quando faceva buio, ma una volta mi ha detto che se avevo paura dovevo guardare le stelle fuori dalla finestra, significava che mi stava pensando. Lo scintillio delle stelle era lei che mi faceva l'occhiolino e mi guardava dall'alto," disse David.

Dave fece un respiro profondo e chiuse gli occhi per cercare di controllare le proprie emozioni. Alla fine, li riaprì e girò la testa per guardare il figlio. "Quando arriveremo a casa, ci sdraieremo tutti e tre nel nostro giardino, guarderemo le stelle e ci rallegreremo del fatto che ci siamo trovati. Ok?"

"Ok. *Papá?*"

"Sì, campione?"

"Ora sono pronto ad andare."

Dave ridacchiò. "Lo so, anch'io, però dobbiamo aspettare ancora un po'. I miei amici, anzi... i *nostri* amici stanno venendo a prenderci."

"Ci sarà anche *mamá?*"

"No, ma sarà all'aeroporto, pronta per incontrarci. Sei emozionato all'idea di volare su un aeroplano?" chiese Dave, volendo distrarre il bambino, che si era comportato in modo eccezionale per tutta la notte: non aveva paura del buio e non si era mai lamentato per la noia. Si divertiva con poco ed era molto intelligente per la sua età. Raven aveva fatto un lavoro incredibile nel crescerlo così bene.

"Sì!" disse David, un po' troppo forte.

"*Shhhh*, abbassa la voce, campione," lo avvertì Dave.

"Scusa, *papá*. Sì, non vedo l'ora!"

Controllando l'orologio, Dave vide che mancava solo un'ora o poco più, prima che arrivassero i Mercenari. Scendere dal tetto avrebbe richiesto l'aiuto dei suoi uomini, così sarebbero scesi in fretta e nessuno si sarebbe accorto della loro presenza. Era ansioso di aggiornarsi con il resto della squadra: sperava che tutto fosse andato secondo i piani e che nessuno fosse rimasto ferito.

Rivolgendo di nuovo l'attenzione al figlio, Dave fece del suo meglio per contenere l'adrenalina. Dopo dieci lunghi anni, era quasi arrivato il momento di riportare a casa la moglie. Non vedeva l'ora.

CAPITOLO SEDICI

Quando finalmente udì il crepitio della radio nell'orecchio, Dave pensò sollevato che quello fosse uno dei suoni più belli che avesse mai sentito. Finalmente era giunta l'ora di andarsene da quel tetto e dal Perù. David gli si era profondamente addormentato sul petto, stava per albeggiare e il quartiere era immerso nel buio e nel silenzio, fatta eccezione per qualche luce fioca proveniente dalle case nei dintorni.

Dave si sedette lentamente per non disturbare il piccolo e premette sulla radio nell'orecchio, attivando il collegamento in vivavoce.

"Rex, se ci ricevi, la tua regina richiede l'onore della tua presenza."

Dave voleva ridere, ma se i suoi uomini avessero portato Raven con loro si sarebbe infuriato.

"Se la mia regina è qui, qualcuno verrà mandato via a calci in culo," sussurrò.

Risate. "Certo che no, anche se ci ha supplicato. Tu e il principe siete pronti a partire?"

"Sì."

"Siamo lì tra cinque minuti."

Dave riconobbe la voce di Ball e si rilassò leggermente:

Ball era il migliore della squadra, al volante. Se fosse successo qualche imprevisto, Dave sapeva che il suo Mercenario sarebbe stato in grado di portarli all'aeroporto in un lampo, tutti interi.

Dave si alzò molto lentamente, stupito dal fatto che David non si mosse di un centimetro. O aveva il sonno a prova di cannonate oppure era esausto per tutte le emozioni e lo stress che era stato costretto ad affrontare in quella lunga giornata. Secondo Dave, si trattava di entrambe le cose. Ancora una volta, pensò a quanto non vedesse l'ora di scoprire tutto sul figlio, voleva conoscere tutte le sue stranezze. Gli piaceva svegliarsi presto la mattina? Sarebbe stato un chiacchierone già dalla colazione, o avrebbe avuto bisogno di tempo per carburare? A scuola quale sarebbe stata la sua materia preferita? Sarebbe stato un tipo più atletico o più studioso?

Questioni interessanti, ma potevano aspettare. Prima dovevano occuparsi di ciò che era importante, ovvero scappare illesi dal Perù.

Dave camminò silenziosamente verso il lato della casa, stringendo il figlio a peso morto contro il corpo. Scendere dal tetto sarebbe stato più facile rispetto alla salita, perché il piano era che Ball guidasse il minivan attraverso il cortile, fino al lato della casa; Dave avrebbe passato il bambino a Gray che sarebbe stato in piedi sul tetto del veicolo, dato che era il Mercenario più alto.

Dave continuò ad ascoltare i suoi uomini che contavano i minuti che li separavano dal loro arrivo, ma si irrigidì quando Ball imprecò.

"Che succede?"

"Abbiamo compagnia," rispose Ball in modo secco. "A quanto pare gli uomini di Del Rio sono più testardi di quanto pensassimo, perché stanno ancora perlustrando il quartiere: dobbiamo raccattarvi in fretta."

"Oppure hanno ricevuto dei maledetti incentivi,"

commentò Ro. "Immagino che Del Rio li abbia minacciati di non poter vivere un altro giorno se fossero tornati al complesso senza Dave o il bambino."

Dave scosse delicatamente il bimbo per svegliarlo. "David? Devi svegliarti."

In un attimo, David passò dal sonno profondo allo stato di veglia: "Cosa c'è che non va, *papá?*" gli chiese, con la vocina tremante di paura.

"Sei pronto ad andare all'aeroporto per incontrare *mamá?*" chiese Dave.

David annuì con entusiasmo.

Dave tentò di spiegargli rapidamente la situazione: "Dovrai essere coraggioso ancora per un po'. I miei amici, quelli che hai già conosciuto, arriveranno tra circa un minuto e mezzo, parcheggeranno proprio laggiù." Dave indicò il punto sotto il bordo del tetto su cui si trovavano. "Gray, il nostro amico molto alto, salirà in cima al minivan e ti aiuterà a scendere. Pensi di potercela fare?"

David si morse un labbro, chiaramente preoccupato. "Vieni anche tu?"

"Certo, campione, ti seguirò a ruota. Non posso saltare con te in braccio, è troppo alto; per questo ti faccio calare dal tetto, ma Gray sarà pronto a prenderti. Andrà tutto bene, te lo prometto."

"Ok, *papá*. Va bene."

"Bravo ragazzo," si complimentò Dave. "Ma dovremo fare molto in fretta perché gli uomini di Del Rio non vogliono che torni da tua madre, per questo ci siamo nascosti su questo tetto nella speranza che smettessero di cercarci. Tutto chiaro?"

David annuì solennemente, Dave detestava pensare che il bimbo sapesse fin troppo bene quali sarebbero state le conseguenze, se fossero stati scoperti. "Andrà tutto bene," gli ripeté con fermezza. "Mi credi?"

Dopo un secondo, David annuì di nuovo.

Dave appoggiò il piccolo a terra e si accovacciò per guardarlo negli occhi. "Non ho trovato te e tua madre, dopo tutto questo tempo, solo per perdervi un'altra volta. Figliolo, ti giuro che presto ti riunirai con tua madre e ce ne andremo negli Stati Uniti."

Padre e figlio si fissarono per un lungo momento, finché finalmente Dave sussurrò: "Ok, *papá*."

"Venti secondi," disse Ball all'orecchio di Dave.

"Sei pronto, campione? I nostri amici stanno arrivando di corsa."

"Pronto," disse David con vocina tremante.

Dave era sempre più furioso con Del Rio, come osava causare tanta paura a suo figlio? Come osava sentirsi in diritto di rapire chiunque volesse per i suoi spregevoli piani? Sentì la bile farsi strada nel corpo, ma fece di tutto per arginare quell'odio. Doveva restare concentrato sulla missione e restare lucido per David e Raven, che contavano su di lui.

Nonostante fossero solo venti secondi, a Dave sembrarono ore, ma finalmente vide il minivan nello stesso momento in cui sentì Ball comunicare la loro presenza via radio.

Si mise in ginocchio e si avvicinò al bordo del tetto. "Dammi le mani, campione. Sentiti libero di tenere gli occhi chiusi, se vuoi. Sarà tutto così rapido che non avrai il tempo di avere paura."

"Mi fido di te, *papá*," disse David.

Il cuore di Dave fu sul punto di scoppiare per l'orgoglio nei confronti di quel piccoletto. Lo conosceva da meno di ventiquattr'ore, sapeva della sua *esistenza* da circa due settimane, eppure era già diventato tutto il suo mondo.

Dave guardò Ball rallentare appena mentre si dirigeva a tutta birra verso la casa. Il Mercenario schiacciò i freni e derapò fino a fermarsi a pochi centimetri dal lato dell'edificio. Mentre Dave prendeva David per le mani e cominciava a calarlo verso il basso, Gray era saltato fuori dal minivan e ci stava salendo sopra.

"Pronto, campione?" chiese Dave quando Gray fu in posizione per prendere il bambino.

David lo guardò negli occhi e annuì. "Non ho paura, *papá*. Non faresti nulla per farmi del male."

Accidenti... Che tesoro di bambino.

Dave inclinò leggermente la testa per incontrare gli occhi di Gray. "Pronto?"

"Pronto, capo."

Dave non perse tempo a fare conti alla rovescia, lasciò semplicemente andare le mani di David, che in due secondi era già al sicuro tra le braccia di Gray. Certo, quelli furono i due secondi più lunghi della vita di Dave; ormai detestava perdere il contatto fisico con il figlio, anche quando si trattava solo di pochi attimi per slanciare le gambe oltre il bordo del tetto e calarsi giù, restando appeso per le braccia. Nell'istante in cui Gray disse: "Vai," Dave lasciò la presa e atterrò in cima al minivan.

Gray era già sceso con David per introdursi nel veicolo. Sentendo lo stridio delle gomme, Dave capì che non c'era un secondo da perdere; sicuramente erano stati avvistati da una delle bande di Del Rio.

Dave saltò dal tettuccio e si gettò nel minivan. Ro sbatté la portiera dietro di lui e Ball aveva già avviato il motore prima che Dave recuperasse l'equilibrio; si girò e raggiunse David, Gray glielo passò immediatamente.

Dave fu grato per il successo dell'estrazione, con un braccio intorno al figlio e l'altro aggrappato al sedile del passeggero anteriore. Però non erano ancora fuori dai guai.

"Puoi seminarlo?" chiese Arrow a Ball, dal sedile accanto a lui.

"Un gioco da ragazzi," mormorò Ball mentre spegneva i fari e premeva sull'acceleratore.

Dave non sapeva proprio come diavolo facesse Ball a vedere qualcosa in quel quartiere scarsamente illuminato, ma non era preoccupato; quell'uomo gli aveva dimostrato più volte quanto fosse abile nel seminare i nemici. Il minivan non era esattamente il veicolo più veloce o più maneggevole del mondo, ma sicuramente Ball avrebbe trovato un modo per seminare tutti quanti e arrivare all'aeroporto senza problemi.

David, intanto, fissava i Mercenari con occhi spalancati.

"Ehi, ometto," lo salutò Ro. "È bello rivederti."

"Va tutto bene?" chiese Gray al bimbo apparentemente sconvolto.

Dopo aver cercato con lo sguardo Dave (che gli rivolse un cenno incoraggiante) David annuì. "Sto bene, signor Gray."

"Ti ricordi il mio nome?" chiese Gray stupito.

David annuì. "Non vedo il signor Meat, però."

"Ci raggiungerà all'aeroporto, al momento sta tenendo al sicuro tua madre finché non li raggiungiamo. Ti ho detto che questi uomini sono i nostri amici, non sono come Del Rio o i *suoi* amici: non ti faranno mai del male. Mai. Se in qualsiasi momento hai bisogno o paura, puoi rivolgerti a uno di loro e ti aiuteranno a metterti in contatto con me o la mamma. Va bene?"

David annuì.

"Bene. Allora, lui è Ro. Sarà facile da ricordare perché è quello con l'accento buffo. Poi lui è Arrow, Ball è quello che sta guidando."

"Tenetevi forte," li avvisò Ball con voce salda mentre prendeva una curva probabilmente su due ruote; Dave strinse la presa sul figlio mentre il minivan scattava in avanti dopo aver fatto la curva.

"Siete arrivati all'aeroporto senza problemi?" chiese Dave a Gray.

L'altro uomo annuì. "Sì. Le ragazze sono riuscite a partire tranquillamente. Gabriella e Zara hanno versato fiumi di lacrime ma si sono promesse di restare tutte in contatto."

"E Raven?" chiese Dave.

"Ah, solida come una roccia," gli disse Gray, chiaramente orgoglioso. "Era triste, sì, ma sapendo i drammi che avevano passato tutte quante era più felice che triste per la loro partenza. Zara ha detto a tutte che finalmente erano libere e non dovevano più pensare al passato... l'importante era affrontare la vita un giorno alla volta."

Dave annuì. Era proprio la sua Raven.

"E Daniela?"

"È al sicuro, nella clinica; ha già promesso di fare tutto il possibile per aiutare i bambini, quando verranno trovati. Sta lavorando con gli uomini delle squadre peruviane: dopo la fuga di Del Rio, hanno subito fatto irruzione in due delle case dove quel coglione teneva nascosti alcuni bambini. Lavoreranno insieme a Daniela per trovare le famiglie dei bambini, oppure per sistemarli in case nuove. Continueranno a cercare altri 'compratori' di bambini, usando qualsiasi informazione utile trovata da Meat."

"Bene. Sembra che tutto sia andato secondo i piani."

Ro si schiarì la gola e Dave si voltò verso di lui. "Non è così?"

Tutti scivolarono sui loro sedili quando Ball fece un'altra curva a gomito. Stava guidando come un razzo, ma nessuno disse una parola mentre lui faceva del suo meglio per eludere gli uomini di Del Rio.

"Ci ha chiamato Meat, dice che per fortuna il nostro aereo è arrivato nella sezione commerciale dell'aeroporto... uno dei suoi contatti gli ha rivelato che ci sono agenti di polizia dappertutto alla ricerca di un gruppo di americani che non hanno i documenti adatti per lasciare il paese. Parlano di una coppia che sta cercando di rapire un bimbo peruviano."

"Cazzo," imprecò Dave, poi sospirò. "David, fai finta di non aver sentito niente. È una brutta parola, tua madre *non* sarebbe contenta se tu cominciassi a dire parole del genere... resterebbe molto delusa."

David ridacchiò, sorprendendo il padre. "Ok, *papá*, tranquillo. Non dirò niente."

"Grazie, campione, lo apprezzo." Poi, voltandosi di nuovo verso Ro, Dave chiese: "Allora, qual è il piano?"

"Ball ci farà scendere, incontreremo uno dei tuoi mille contatti e saremo scortati all'aereo dove tutti gli altri ci stanno già aspettando. Poi ce ne andremo via di qui, diavolo," spiegò Ro in modo schematico.

"Comunque, come *fai* a conoscere così tanta gente?" chiese Arrow.

"Svolta a sinistra!" gridò Ball.

Tutti si prepararono alla curva quando Dave rispose: "Ho passato gli ultimi dieci anni a farmi amicizie altolocate. Ogni volta che i Mercenari di Montagna completavano una missione, stringevo sempre più rapporti con persone potenti. Nelle ultime due settimane ho chiamato un sacco di gente, potete starne certi."

"Beh... Sono grato ad ogni singolo contatto. Non avremmo mai potuto ottenere tutti quei passaporti senza di loro," disse Arrow.

"O salvare tutti quei bambini," aggiunse Gray.

"O far arrivare questo aereo privato per farci portar via," concluse Arrow.

"Se all'aeroporto qualcosa dovesse andare storto, prendete David e andate via," disse Dave, ignorando le lodi della squadra. Aveva solo fatto il suo dovere, non si pentiva di nulla, anche se significava essere in debito per il resto della vita con le persone che lo avevano aiutato a salvare la sua famiglia.

"Non ti lasceremo indietro," disse Ball mentre sterzava bruscamente a destra. "Tutto quello che dobbiamo fare è seminare la macchina che ci segue, poi saremo liberi."

Dave sapeva che non era proprio così, aveva capito cosa intendesse dire Ro. Del Rio aveva mobilitato il suo esercito e avrebbe fatto qualsiasi cosa per impedirgli di lasciare il paese con David e Raven. Ma Dave si sarebbe addirittura sacrificato, se necessario, pur di liberare per sempre i suoi cari dall'inferno in cui erano piombati.

Come se potesse leggergli nel pensiero, Gray disse: "Non pensarci nemmeno, Dave. Saliremo tutti su quell'aereo, quindi non fare niente di stupido. Tua moglie ha bisogno di te, per non parlare di questo piccoletto."

Ball imboccò una delle autostrade intorno a Lima con uno scatto. "Tra un attimo saremo molto vicini," disse, mentre accelerava. "Questo tizio è testardo, ma non preoccupatevi, datemi due minuti che lo semino."

Dave si posizionò di nuovo sul sedile e strinse David un po' più a sé. Si fidava ciecamente di Ball, ma non degli altri automobilisti intorno a loro. Per fortuna l'autostrada era abbastanza sgombra, dato che era ancora presto. Però ciò significava che anche chi li inseguiva incontrava meno difficoltà.

Rimasero tutti in silenzio mentre Ball si districava tra il lieve traffico dell'autostrada.

Stavano per passare uno svincolo quando, all'ultimo secondo, Ball sterzò per imboccare la rampa di uscita, tagliando la strada a un camion. Dopo qualche secondo, scoppiò a ridere e disse: "Addio, sfigato!"

"Ce ne siamo liberati?" chiese Arrow.

"Per ora," confermò Ball.

"Come diavolo fai a sapere dove siamo?" chiese Ro.

"Ho studiato le mappe della zona," rispose Ball. "Pensi che rischierei di rovinare l'intera missione perdendomi come uno sprovveduto?"

Ro ridacchiò: "No, ma c'è sempre una prima volta."

"Ah, non per quel che mi riguarda. Conosco tutte le strade," si vantò Ball. "Non mi perdo mai."

David continuava a rimbalzare lo sguardo da un uomo all'altro, mentre parlavano.

Dopo un quarto d'ora relativamente tranquillo Ball entrò nel lato commerciale dell'aeroporto internazionale di Lima, rispettando il limite di velocità e non guidando più come un forsennato, come aveva fatto fino a pochi minuti prima.

"Ti do cinque minuti per parcheggiare questo affare da qualche parte e raggiungerci," disse Gray a Ball.

La squadra aveva discusso di lasciare il furgone proprio sul marciapiede appena arrivati in aeroporto, ma così avrebbero attirato troppa attenzione.

"Lo so, ho capito. Ci sarò."

Dave guardò il figlio. "Ok, campione. Siamo quasi arrivati, ce la fai a essere coraggioso ancora per un pochino?"

Il bambino annuì. "Non ho paura, *papá*."

"Bene, tua madre sarà proprio felice di vederti!" si entusiasmò Dave.

Non appena Ball fermò il minivan, Gray aprì lo sportellone e scesero tutti velocemente, camminando a passo spedito (ma senza esagerare) verso l'ingresso.

Come varcarono la soglia dell'edificio, un uomo li fermò.

"Signor Justice?"

"Chi vuole saperlo?" chiese Arrow, mettendosi tra Dave e l'uomo.

"Un amico di Rex," fu la risposta.

Tutti si rilassarono leggermente e Dave fece un passo avanti. "Grazie per l'aiuto."

L'uomo annuì e disse: "Dobbiamo sbrigarci. L'aereo è pronto a partire, ma c'è una tempesta in arrivo, dovete partire subito."

Dave annuì, comprendendo la metafora. Si chinò e prese David in braccio, sapendo che poteva muoversi più velocemente in quel modo.

Il gruppo iniziò a camminare attraverso il terminal, l'uomo che li aveva incontrati alla porta chiese: "Avete i vostri passaporti?"

Gray rispose: "Sì, è tutto a posto. Sta arrivando un altro membro del nostro gruppo, sta parcheggiando il minivan."

L'uomo annuì, portandosi un cellulare all'orecchio dopo aver premuto un pulsante per avviare una chiamata. Disse qualche parola, poi riattaccò. "Sarà accolto alla porta e accompagnato all'aereo."

Dave non fu sorpreso quando non dovettero nemmeno passare attraverso alcun tipo di sicurezza: i suoi contatti sapevano quanto era importante non dare nell'occhio e ovviamente avevano già unto tutti gli ingranaggi necessari per rendere la loro partenza il più agevole possibile.

L'uomo si fermò vicino a una porta e la aprì, mostrando ai Mercenari un aereo privato di medie dimensioni che li aspettava a un centinaio di metri in una piazzola. Aveva già il motore acceso e la scaletta pronta per accogliere i passeggeri.

Dave tirò un sospiro di sollievo (anche se non era ancora del tutto tranquillo: si sarebbe rilassato solo in volo) si girò verso l'uomo e gli tese una mano.

Dopo la stretta di mano, Dave gli disse: "Di' al tuo capo che sono in debito con lui."

L'uomo scosse la testa. "Sapeva che l'avrebbe detto, quindi mi ha ordinato di dirle che ora siete pari."

Dave sorrise. "Come sta la figlia?"

"Bene. Ha passato dei momenti difficili, ma visto che l'avete salvata così in fretta presto starà bene."

Dave sapeva che i suoi amici stavano ascoltando con grande interesse, annuì di nuovo e rispose: "Bene. È fantastico."

"Buon volo," disse l'uomo, che poi si voltò per tornare al terminal.

Dave non si voltò mentre si dirigeva verso l'aereo, sentiva gli occhi di Raven fissi su di sé: probabilmente era spaventata e preoccupata da morire.

Gli sembrava di avere il paraocchi mentre camminava verso l'aereo: raggiunse le scale e fece due gradini alla volta, sbattendo le palpebre mentre metteva a fuoco l'interno luminoso dell'aereo.

Sentì il grido gioioso e sollevato di Raven, e poi eccola lì.

Si gettò su di lui, avvolgendo contemporaneamente sia lui che il figlio.

"*Mamá*!" esclamò David con gioia.

Raven non alzò la testa, continuò a tenerla premuta contro la spalla di Dave mentre stringeva entrambi.

Sapendo che la squadra doveva salire dietro di lui, Dave la spinse leggermente all'indietro finché non si trovarono nel corridoio. Le baciò una tempia e le disse dolcemente: "Siamo arrivati. Stiamo bene."

Raven annuì contro di lui e fece un respiro profondo. Quando alzò la testa, aveva le lacrime agli occhi e un gran sorriso: "Ciao."

"Ciao, bella. Stiamo bene."

Poi lei si rivolse al figlio. "Ehi, piccoletto."

"*Mamá*! Guarda, *papá* ci ha trovati!"

"Sì," disse Raven.

"Del Rio mi ha portato in una casa molto piccola, con una vecchia signora. Non era cattiva, ma nemmeno molto gentile. Poi *papá* è arrivato con il signor Gray, il signor Black e altri amici, e mi ha salvato! Siamo saliti su un muro molto alto, *papá* ha fatto arrabbiare Del Rio. Siamo saltati giù dal muro e abbiamo camminato e camminato e camminato... Poi ci siamo arrampicati su un albero e abbiamo dormito sul tetto della casa di qualcuno! Sotto un *telo*! È stato divertente. Io e *papá* abbiamo guardato le stelle, mi ha raccontato tante storie. Poi mi ha fatto scendere dal tetto e ci siamo trovati in un camioncino che sfrecciava qua e là. Il signor Ball guidava e *papá* ha detto una brutta parola. Ora siamo qui, e stiamo andando negli Stati Uniti!" David riassunse gli ultimi avvenimenti facendo del suo meglio, mischiando tante parole.

"Wow, sembra tutto molto emozionante. E dimmi, hai avuto paura?" chiese Raven.

David scosse la testa. "All'inizio sì, ma quando è arrivato *papá* mi ha detto che non mi avrebbe fatto del male, che ti avrei visto presto e che avremmo potuto mangiare insieme e vivere tutti nella stessa casa!"

Raven annuì e fece un respiro profondo prima di appoggiare ancora una volta la fronte contro il petto di Dave.

Lui sapeva che la moglie stava facendo del suo meglio per rimanere composta, non gli piaceva vederla piangere ma sapeva che quelle erano lacrime di pura gioia.

"Eccomi!" disse Ball entrando sull'aereo. "Dobbiamo andarcene da qui. *Ora*."

Le due assistenti di volo chiusero il portellone mentre Dave esortava Raven a sedersi con David. Si chinò e baciò entrambi sulla testa. "Torno subito. Allacciate le cinture di sicurezza."

"Va tutto bene?" chiese Raven con voce tremante.

Dave annuì. "Certo."

Si girò per andarsene e Raven lo prese per mano. Lui la guardò e sentì il cuore sul punto di esplodere per la felicità: non riusciva a credere di non essere in un sogno. Finalmente aveva trovato la moglie e stavano tornando a casa. Le strinse la mano, poi si voltò verso la parte anteriore dell'aereo, verso la cabina di pilotaggio.

Fece un cenno a Zara e Gabriella mentre le superava e oltrepassò la squadra (che stava ignorando le povere assistenti di volo, insistevano per farli restare seduti ma non c'era verso) per raggiungere la porta della cabina di pilotaggio.

Infilò dentro la testa a disse: "Sono Dave Justice. Anche se sono molto contento di vedervi, spero vivamente che voi non vi facciate intimidire facilmente, perché ho la sensazione che stia per scoppiare un casino."

L'uomo sulla sinistra fece un cenno con la testa, sembrava sulla cinquantina. "Sono il capitano Mark Brown. Questo è il mio copilota, Porter Hilliard. Entrambi abbiamo volato più di cento missioni nella guerra del Golfo. Sappiamo qual è la sua storia, signore, e può contare su di noi. Sua moglie e suo figlio ne hanno passate abbastanza, è ora che torniate a casa."

Dave annuì a entrambi, felice come non mai di avere alla guida due veterani.

Mark si portò una mano all'orecchio per attivare l'auricolare e si irrigidì all'istante. Si tolse l'auricolare e cominciò a premere in fretta una serie di interruttori e pulsanti. "Vada a sedersi e si allacci le cinture, questo sarà un decollo difficile."

Vedendo delle luci con la coda dell'occhio, Dave si girò verso uno dei finestrini e vide un veicolo della polizia che si dirigeva verso di loro con i fari accesi.

"Merda," mormorò. Poi, voltandosi verso il pilota, chiese: "Possiamo decollare se non ci è stata data l'autorizzazione?"

"Cazzo, sì che possiamo," disse Porter. Dave si voltò e disse a Meat, che era in piedi proprio dietro di lui: "Merda in arrivo. Vai a dire agli altri di allacciarsi le cinture, rassicura le donne."

"Sarà fatto." Meat si voltò per andarsene. "E tu?" chiese a Dave.

"Arrivo subito," gli disse Dave.

Meat annuì e si affrettò a riferire l'informazione agli altri. Prima che potesse andarsene, Dave lo fermò mettendogli una mano sulla spalla. "Meat?"

"Sì?"

"Grazie per esserti preso cura di Raven al mio posto e aver portato tutte le altre in aeroporto."

Meat annuì. "Figurati." Poi si voltò e si diresse verso i compagni.

Dave notò subito Raven che lo guardava con espressione preoccupata, le diede una rapida alzata di mento e poi tornò nella cabina di pilotaggio.

Stavano sfrecciando lungo una delle strade di accesso alla pista. Non riusciva a vedere nulla dietro di lui, così chiese: "Ci stanno seguendo?"

Mark ridacchiò. "Non avrei mai pensato di vedere il giorno in cui una macchina della polizia avrebbe inseguito un fottuto aereo, cercando di farlo accostare... Ma non si preoccupi, non ci fermeremo. Dopo tutto quello che ha passato la sua famiglia, non saranno due luci del cazzo a farmi fermare."

"E la torre di controllo? Cosa dicono alla radio?" chiese Dave rivolgendosi a Porter, che indossava ancora le cuffie.

"Non sono molto contenti ma è davvero un peccato che io non riesca a capirli molto bene con il loro strano inglese." Gli fece l'occhiolino. "Prima ci hanno dato l'autorizzazione e, per quanto mi riguarda, si stanno solo assicurando che siamo pronti a partire."

Dave fu colpito da quegli uomini che stavano mettendo a repentaglio la loro carriera per lui e la sua squadra. Non se ne sarebbe dimenticato; certo, erano lì perché i suoi favori meritavano di essere ripagati, ma se quei due fossero stati in grado di far decollare quel dannato aereo e abbandonare il perimetro peruviano, Dave sarebbe stato per sempre in debito con loro.

Stava in piedi dietro di loro, respirando a malapena mentre il capitano spingeva in avanti le leve del motore. Affrontarono una brusca curva per posizionarsi sulla pista, Gabriella imprecò in spagnolo dietro Dave; lui capì che era un'imprecazione, dal suo periodo in Perù aveva imparato alcune cosucce. A ogni modo Dave non si mosse, non ci riusciva: era troppo teso e pronto a qualsiasi evento catastrofico che impedisse loro di decollare. Se i tirapiedi di Del Rio fossero stati furbi, si sarebbero posizionati *davanti* all'aereo, evitando di seguirlo da dietro.

Con quel pensiero in mente, vide le luci della polizia che sfrecciavano verso la pista, dalla loro destra.

Il tempo era quasi scaduto. Se i veicoli fossero arrivati sulla pista prima del decollo, non ce l'avrebbero fatta.

"Fottetevi, figli di puttana," borbottò Mark mentre si spingeva in avanti, portando i motori dell'aereo al massimo.

"Volo tre-due-sette in decollo," annunciò Porter alla radio.

Dave si aggrappò allo schienale dei sedili dei piloti così forte da farsi sbiancare le nocche. Teneva gli occhi fissi sulle auto della polizia che si avvicinavano rapidamente. Non stavano rallentando, se non si fossero fermati sarebbero tutti morti in una grande esplosione tra fuoco e fiamme.

"Andiamo, andiamo," mormorò Mark mentre l'aereo iniziava a vibrare con grandi scossoni, prendendo sempre più velocità mentre procedeva sobbalzando sulla pista.

C'erano almeno tre auto della polizia che li seguivano da destra e chissà quante altre dietro l'aereo. Dave vide anche due Humvee[1] dietro le auto della polizia: ovviamente Del Rio aveva chiamato tutti i rinforzi possibili.

Dave sapeva che se fossero stati fermati e presi in custodia non avrebbe mai più rivisto la moglie e il figlio, nemmeno la sua squadra, composta dagli uomini che aveva imparato ad amare e rispettare come fratelli; avrebbero trascorso anni rinchiusi in una prigione peruviana mentre gli agganci di Del Rio si sarebbero assicurati di non far mai arrivare i loro casi in tribunale. Anche Zara e Gabriella sarebbero diventate prigioniere di Del Rio...

...e Dave sarebbe stato torturato fino a ridursi in fin di vita, probabilmente costretto a guardare la moglie che veniva aggredita giorno dopo giorno, fino a che entrambi non fossero impazziti dal dolore e dall'impotenza.

"Portateci via da qui e vi pagherò personalmente un milione di dollari a testa," disse Dave ai piloti.

"Col cazzo," disse Mark a denti stretti. "Non mi ha sentito dire che so qual è la sua storia e che la riporterò a casa?"

L'aereo vibrava ancora di più mentre il pilota lo portava al limite.

Dave trattenne il respiro e non riuscì a distogliere lo sguardo dalle luci rotanti che venivano verso di loro, sempre più veloci. L'aereo e le macchine stavano giocando a un pericoloso braccio di ferro, che avrebbe causato la morte di tutti quanti se qualcuno non si fosse tolto di mezzo.

Fortunatamente per l'aereo, l'auto della polizia di fronte a loro cedette.

L'autista frenò poco prima che l'auto entrasse sulla pista, proprio davanti all'aereo.

Il carrello di atterraggio si staccò dal suolo e Dave vide gli uomini saltare fuori delle macchine e alzare i fucili, puntando sull'aereo.

Peccato ragazzi, troppo tardi. Erano in volo.

Ma erano al sicuro?

"Dave?" chiamò una voce da dietro di lui.

Quando una mano gli toccò la schiena, Dave si girò e per vedere Raven, pallida e tremante. Dave l'abbracciò e la tirò a sé, senza dire una parola, voltandosi di nuovo verso i piloti. Con la coda dell'occhio vide David seduto vicino a Gray che gli mostrava qualcosa fuori dal finestrino, distraendo il bambino da quel brusco decollo.

Barcollando per via dello spostamento dell'aereo, Dave puntò le gambe e afferrò la porta della cabina di pilotaggio.

"Ci abbatteranno?" chiese Raven tremante.

Dave aprì la bocca per rispondere, ma Porter lo bruciò sul tempo.

"No, signora. Non oserebbero."

Dave non era sicuro di essere completamente d'accordo con il copilota, ma non lo contraddisse. Non poteva ancora rilassarsi, però, non avrebbe potuto farlo finché non sarebbero stati ben al di sopra delle nuvole, fuori dalla portata dei missili e lontani dal Perù una volta per tutte.

Raven rimase immobile, non cercò di convincerlo a sedersi con lei ma si limitò ad appoggiargli la testa contro il petto.

Dave non aveva idea di quanto tempo fosse passato, ma le assistenti di volo cominciarono a percorrere il corridoio chiedendo ai passeggeri se volessero qualcosa da bere, quindi realizzò di essere rimasto a fissare il cielo per un bel po'.

Mark si rimise le cuffie e disse: "Dieci-quattro. Il volo tre-due-sette sta entrando nello spazio aereo ecuadoriano."

Proprio in quel momento, Dave sentì le ginocchia pronte a cedere.

Chiuse gli occhi e si sentì sprofondare lentamente sul pavimento, ma Raven lo sostenne per tutto il tempo e, una volta che toccò terra con il sedere, lei si sedette a cavalcioni su di lui e lo abbracciò.

David li stava guardando e li raggiunse subito, sistemandosi comodamente tra entrambi.

Allora e solo allora, con moglie e figlio tra le braccia, Dave si lasciò finalmente andare.

Scoppiò a piangere, per tutto: per i dieci anni che avevano perso, per il dolore e la sofferenza che Raven aveva dovuto sopportare, per non essere stato lì a proteggere David ed essersi perso la sua nascita.

Ma soprattutto, pianse perché ce l'aveva fatta: aveva trovato Raven. Tutti gli avevano detto che ormai lei non c'era più, che doveva farsene una ragione e andare avanti con la sua vita. Ma Dave non ne era stato capace. La sua vita si era fermata il giorno in cui Raven gli era stata portata via, ma l'aveva ritrovata e quindi, finalmente, poteva andare avanti con la sua vita.

Entrambi potevano tornare a vivere.

CAPITOLO DICIASSETTE

Alcune ore dopo, l'aereo atterrò all'aeroporto di Colorado Springs e Mags era nervosa. Dave e gli altri avevano continuato a rassicurarla che non ci sarebbe stata la stampa al loro arrivo: nessuno era a conoscenza della sua scomparsa o delle sue disavventure. Per quanto riguardava le trafile in aeroporto, il loro era un normale aereo privato in atterraggio, sarebbero scesi nella piazzola e si sarebbero avviati verso il terminal come chiunque altro.

Quando Dave era salito sull'aereo con David, Mags si era sentita estremamente sollevata. Si era preoccupata da morire e sapeva che non si sarebbe rilassata fino a quando avrebbe visto marito e figlio con i propri occhi, nonostante le continue rassicurazioni di Meat e Black sul fatto che i piani stessero procedendo bene.

Il volo era stato relativamente tranquillo, una volta in volo dopo l'estenuante decollo di cui Dave aveva raccontato tutto a Mags a pericolo scampato. David era su di giri per il suo primo viaggio in aereo e aveva passato la maggior parte del tempo con il naso incollato al finestrino, portando Mags a fare un pensiero: suo figlio aveva tutto un mondo da scoprire; finalmente avrebbe potuto mandarlo a scuola e dargli tutto ciò di cui era stato privato per i primi quattro anni e mezzo della sua vita.

Non sapeva cosa pensare per se stessa; non sapeva cosa avrebbe fatto di preciso, ma Dave la tranquillizzò dicendole che non doveva fare nulla: poteva prendersi tutto il tempo necessario per riabituarsi alla vita negli Stati Uniti. Zara le aveva detto quanto avesse fatto fatica nello svolgere anche le azioni più semplici, come ad esempio fare la spesa, ma Mags si sentiva un po' meglio sapendo che avrebbe condiviso quei momenti con Zara e Gabriella.

La vista di suo marito che scoppiava in lacrime le aveva quasi lacerato il cuore. Dave era sempre stato forte, un vero uomo, e quindi vederlo piangere come un bambino era stato al tempo stesso straziante e commovente; lei aveva capito che Dave stava sfogando tutte le emozioni che aveva trattenuto negli ultimi dieci anni. Al momento si sentiva ancora un po' stordita, ma sapeva che anche lei avrebbe avuto i suoi momenti di pianto nei giorni successivi.

Tuttavia, nell'istante in cui si trovò seduta in grembo a Dave, con un braccio intorno a lui e l'altro intorno a David, Mags era esattamente dove voleva essere. Dave non le avrebbe mai fatto del male, anzi: avrebbe protetto lei e David con la sua stessa vita. Mags non aveva idea se avrebbe mai potuto essere di nuovo una "vera" moglie per lui, ma decise che avrebbe fatto tutto il possibile per provarci. Avrebbe fatto terapia, avrebbe parlato con altre sopravvissute al traffico sessuale e soprattutto avrebbe fatto del suo meglio per non dare a Del Rio un altro secondo di potere su di lei.

Una volta arrivati, tutti scesero dall'aereo e andarono verso il terminal mentre Dave si trattenne con i piloti, stringendo la mano a entrambi e dicendo loro: "Presto avrete notizie dal mio contabile."

Il pilota si accigliò e disse: "Senta, sarò felice di ricevere un invito alla festa di compleanno di suo figlio o alla sua laurea, ma se mi manda qualcos'altro mi incazzo."

"Lo stesso vale per me," disse il copilota. "Ne abbiamo già parlato. Stavamo facendo il nostro lavoro e devo ammettere che è stato molto divertente fare a braccio di ferro con quegli stronzi. L'unico ringraziamento di cui ho bisogno è vedere i volti sorridenti di quei due." Fece un cenno a Mags e David.

"Bene. Ma se avete bisogno di *qualsiasi* cosa, chiamatemi," disse Dave.

"Sarà fatto."

"Certo."

Detto ciò, i due uomini uscirono per fare i loro controlli dell'aereo.

Dave girò Raven verso di lui e le mise le mani sulle spalle. Solo pochi giorni prima, quel gesto l'avrebbe spaventata, ma dopo aver visto il marito mettere a nudo la sua anima durante il volo lo vedeva sotto una nuova luce.

"Prima di entrare, devo dirtelo... i tuoi genitori sono qui."

Mags lo fissò incredula, poi scosse la testa. "No, io... non sono pronta."

"Tesoro, fidati di me. Hanno sofferto tanto quanto me. Andrà tutto bene."

Mags non poteva proprio fare a meno di preoccuparsi: anche se i genitori avevano già saputo di David, il ricongiungimento non sarebbe stato in qualche modo più facile. Era passato molto tempo da quando aveva visto i suoi genitori e per quanto desiderasse essere ancora la figlia che conoscevano e amavano, era cambiata molto.

"Andrà tutto bene," ripeté Dave, sapendo esattamente a cosa stesse pensando Mags, poi si chinò in avanti per appoggiare la fronte su quella di lei. "Non potrebbero essere più felici di David, non vedono l'ora di conoscerlo e hanno bisogno di vederti di persona. Li ho avvertiti che subito dopo l'atterraggio probabilmente non era il momento migliore, ma conosci tuo padre... non poteva aspettare un secondo in più per vederti."

Mags aveva paura, anche se sapeva di doverlo fare. Accidenti, *voleva* vedere i suoi genitori. Si era preoccupata per loro per anni, chiedendosi se stessero bene e se fossero ancora vivi. Sapere che erano ancora vivi e che godevano di buona salute era un sollievo enorme, anche se Mags avrebbe preferito aspettare un attimo prima di vederli. In quel momento non si sentiva pronta.

"Andiamo," disse Dave, raggiungendo David. "Probabilmente stanno dando di matto, visto che gli altri sono già dentro."

Mags gli lasciò prendere il figlio e si rilassò un po' quando il marito la prese per mano, così alzò lo sguardo verso di lui. "Starai sempre con me?"

"Sempre al tuo fianco. E se qualcuno se ne esce con una sparata negativa ce ne andiamo, anche se sinceramente non credo che possa succedere."

"Ok."

"Ok."

Lei gli strinse la mano, poi scese la scaletta stretta e lo aspettò in fondo. Quando lui fu di nuovo al suo fianco, le afferrò ancora la mano e le disse: "Raven?"

"Sì?"

"Ci saranno anche tutti gli altri."

Lei sbuffò una risata e scosse la testa. "Mi spieghi chi sarebbero 'tutti'?"

"Allye e Darby, figlio suo e di Gray; Chloe, Harlow, Everly, Morgan e Calinda, figlia sua e di Arrow."

"E basta?"

Dave fece spallucce. "Barbara Ellis, la proprietaria della scuola di danza dove lavora Allye, Nina Scofield e sua madre, Noah, uno dei baristi del The Pit. Forse anche Carrie, Julia Sue, Melinda, Ann, Lauren e Bethany. Non sarei sorpreso se si presentassero anche Loretta Royster ed Edward. Oh, e naturalmente Elise, la sorellina di Everly."

Mags non riuscì a non scuotere di nuovo la testa, confusa. "Dovrei sapere chi sono tutte queste persone?"

"No," le rispose Dave portandosi la mano di lei alla bocca per baciarne il dorso. "Ti avverto solo che ci sarà una folla. Ho lasciato la città molto in fretta quando ho scoperto che Zara ti conosceva."

"Quindi sono tutti qui per te," disse Mags dolcemente. "Perché ti ammirano e si preoccupano per te."

"Suppongo di sì," ammise Dave. "Ma se ti dà fastidio dimmelo e ti faccio andare in disparte con i tuoi genitori, così potrete parlare con calma."

Mags scosse la testa. Era commossa dal fatto che così tante persone erano andate a sostenere suo marito. Sì, probabilmente erano contenti che lei stesse bene, ma in fondo non la conoscevano; conoscevano Dave e lui era importante per tutti loro, volevano assicurarsi che sapesse quanto erano felici per lui. O meglio, per *loro*, lei e Dave. Come poteva infastidirsi per una cosa simile?

Dave le aprì la porta quando arrivarono nell'edificio e lei fece un respiro profondo. Aveva sognato quel momento per dieci lunghi anni e non riusciva a credere che stesse succedendo davvero.

Salirono una rampa di scale e Dave le tenne aperta un'altra porta. Entrarono nel piccolo aeroporto e Raven sorrise vedendo David a occhi spalancati. Stava assorbendo tutto in silenzio, con la meraviglia innocente di ogni bambino. Non vedeva l'ora di portarlo allo zoo di Colorado Springs, al Children's Museum di Denver, all'acquario... David si era perso così tante cose nei suoi primi anni di vita che Raven non vedeva l'ora di rimediare.

Durante il volo, Dave le aveva detto che secondo lui David era molto intelligente per un bambino della sua età, non ragionava come un bimbo di quattro anni e mezzo. Mags se n'era già accorta e preoccupata in passato; David non aveva avuto problemi a imparare sia l'inglese che lo spagnolo, aveva detto le sue prime parole intorno ai dieci mesi e assorbito tutto ciò che lei gli aveva insegnato sui numeri, i colori e qualsiasi altra cosa le venisse in mente per intrattenerlo durante le loro giornate insieme. Lei era ovviamente orgogliosa, ma anche preoccupata per cosa poteva aspettarlo, in Perù.

Ma non appena vide il grande gruppo di persone che li aspettava all'uscita, per un momento Raven non pensò più al figlio. Si sentì parecchio nervosa e fu sul punto di chiedere a Dave di farla uscire da una porta sul retro per non dover affrontare tutta quella gente...

...ma poi intravide una signora tra la folla, una signora dai capelli bianchi. Era in piedi accanto a un alto signore anziano. Lui le teneva un braccio intorno alle spalle ed entrambi fissavano Mags come se fosse un fantasma. La signora piangeva copiosamente, sembrava devastata ed euforica al tempo stesso.

La reticenza di Raven svanì in un istante.

"Mamma?" sussurrò.

Iniziò a camminare sempre più velocemente allontanandosi da Dave, tenendo gli occhi incollati in quelli della madre. Più si avvicinava, più iniziò a correre incurante delle lacrime che iniziavano a formarsi. Sua madre si allontanò da suo padre e le tese le braccia.

Mags corse dritta verso di loro. "Mamma!" singhiozzò mentre fu avvolta dalle braccia materne e dal suo familiare profumo di lavanda.

Entrambe piangevano e Mags non riusciva a smettere. Era davvero tornata a casa, tra le braccia della madre che non era morta in quei dieci anni, anzi, in qualche modo sembrava più forte. Era Mags a sentirsi indebolita.

Sua madre si tirò indietro e le mise le mani sulle guance. Erano alte più o meno uguali, mentre Mags fissava gli occhi della madre si rese conto di quanto fossero simili ai propri. "Ti voglio bene, mamma," sussurrò.

"Fatti guardare," disse Justine Crawford ancora piangendo, mentre teneva la testa della figlia tra le mani.

"Smettila di monopolizzarla," si lamentò John Crawford dando un leggero colpo d'anca alla moglie.

Mags rise e guardò suo padre, anche lui aveva le lacrime agli occhi. Lo abbracciò forte, inalando il suo familiare odore di fumo. John fumava solo quando era stressato, ovviamente era stato molto stressato di recente. Justine odiava quel vizio e rimproverava aspramente il marito ogni volta che lo beccava.

"Ehi, Magpie," le disse dolcemente mentre la abbracciava.

"Ciao, papà," rispose lei, chiudendo gli occhi con soddisfazione quando sentì il vecchio soprannome coniato dal padre tanti anni prima.

Mags sorrise ancora di più nel vedere i genitori ancora in salute e ancora innamorati. Avevano sempre avuto un buon rapporto e anche lei, dopo tutto quello che aveva passato, voleva quel tipo di matrimonio. Non riuscì a trattenersi e si voltò per cercare Dave con lo sguardo.

Nel momento in cui i loro sguardi si incontrarono, lui si fece avanti. Era rimasto lì vicino pronto a intervenire se necessario, proprio come le aveva promesso.

"Mamma, papà, vorrei presentarvi mio figlio, David."

"Oh, mio Dio," disse Justine sottovoce. "È identico a te."

Dave si avvicinò, strinse la mano di John e girò David verso di loro. "Campione, questi sono i tuoi nonni."

Il bimbo sgranò gli occhi; li guardò, poi guardò sua madre, poi di nuovo Dave. "Davvero?"

"Davvero," lo rassicurò Dave.

David iniziò ad agitarsi e Dave si chinò per metterlo giù. Il bimbo corse subito verso Justine e l'abbracciò forte. Le appoggiò la testolina sulla pancia e disse: "Ho sempre voluto una nonna!"

Mags vide che la madre ricominciò a piangere. Poi David si staccò dall'abbraccio e si mosse per mettersi di fronte al nonno, lo guardò e sorrise. "Ciao, sono David."

"Ciao, David. Hai fatto un buon volo?"

Era proprio la domanda giusta.

David annuì felicemente. "Sì! Non sono mai stato su un aereo. Potevo quasi allungare una mano e toccare le nuvole! E le montagne sembravano così piccole, abbiamo volato sopra l'oceano! Ho mangiato pretzel, il signor Meat mi ha anche portato da mangiare *arroz con pollo*, *mamá* ha mangiato il suo piatto preferito, l'*empanada di pollo*. *Papá* e i nostri amici hanno mangiato gli hamburger. Quando siamo atterrati, l'aereo andava così veloce. Zooooooom!" Fece un movimento con la mano per mostrare esattamente quanto pensava fosse stato veloce l'atterraggio.

Mags guardò suo padre accovacciarsi di fronte al piccolo. "Ah sì? *Così* veloce?"

David annuì. Poi inclinò la testa e guardò il nonno da vicino. "*Mamá* si è persa. Poi ha avuto me, e poi *papá* ci ha trovati."

"Sì, è vero. Non potrò mai ringraziarlo abbastanza," rispose il nonno con voce rotta.

Poi David, come se fosse soddisfatto delle sue parole e di aver conosciuti i nonni, annuì e si voltò di nuovo verso Dave.

Questi si chinò e riprese in braccio il bambino.

"Un giorno avrò braccia come tronchi d'albero, proprio come il mio *papá*," dichiarò David a voce alta, per farsi sentire da tutti quanti,

Tra risatine generali Mags si appoggiò a Dave, mettendogli un braccio intorno alla vita, guardò tutte le persone che le sorridevano e si rilassò. Aveva immaginato mille volte quanto sarebbe stato bello tornare, ma non aveva idea di quanto sarebbe stato fantastico nel profondo dell'animo.

Era finalmente a casa e non si era mai sentita meglio.

———

Dopo aver lasciato l'aeroporto erano andati tutti a casa di Gray e Allye per una festa improvvisata, poi David si era addormentato mentre andavano verso l'appartamento di Dave sul nuovo seggiolino che Meat gli aveva comprato. Una volta arrivati a casa, Raven e David avevano ispezionato l'appartamento da cima a fondo, poi si erano ammassati tutti e tre nel lettone. Solo a quel punto Dave si rilassò e guardò con piacere moglie e figlio che dormivano.

Per la prima volta gli sembrava di poter finalmente respirare, dopo dieci anni infernali. Sapeva dov'era sua moglie: era proprio lì, accanto a lui. Non era una vittima, nossignore. Era una sopravvissuta, aveva affrontato esperienze traumatiche che avevano devastato tante altre; era stata maltrattata, picchiata e abusata in ogni modo possibile... Ma ogni volta si era rialzata, sempre più forte e determinata a sopravvivere a tutto il male inflittole da Del Rio e dai suoi scagnozzi.

Dave scivolò silenziosamente fuori dal letto facendo attenzione a non urtare né Raven né David. Non voleva lasciarli soli nemmeno per un secondo, ma aveva ancora una missione da compiere prima di poter finalmente rilasciare la rabbia e l'odio che nutriva nei confronti dell'uomo spregevole che aveva preso ciò che non gli apparteneva, senza averne *alcun diritto*.

Prese un telefono satellitare non rintracciabile che aveva ricevuto da uno dei suoi contatti nell'FBI e uscì dalla camera da letto. Si avvicinò al balcone e aprì la porta di vetro scorrevole; da lì in genere riusciva a vedere il maestoso monte Pikes Peak, di solito quella vista lo tranquillizzava. Quella notte era scura e non riusciva a vederlo, ma tanto non gli avrebbe prestato attenzione.

Compose un numero che aveva memorizzato circa un anno prima e si portò il telefono all'orecchio.

"Assistenza Silverstone. Come posso aiutarla?"

"Sono Rex. Ho un lavoro per te."

"Rex! È un po' che non ti sentiamo. Va tutto bene?"

"Ho ritrovato mia moglie," disse Dave all'uomo all'altro capo della linea.

"Davvero? Cazzo, fantastico!" L'uomo fece una pausa, poi chiese: "Suppongo che il lavoro abbia a che fare proprio con questa novità."

"Ben detto. Il lavoro è in Perù. Lima, per essere precisi. È un problema?" chiese Dave.

"Che domande, certo che no. Mandaci tutti i dettagli. Daremo un'occhiata e vedremo cosa possiamo fare."

"Ottimo, lo apprezzo... Mi raccomando, deve soffrire."

L'altro uomo abbassò la voce. "Raven starà bene?"

"Sì. Quell'uomo deve pagarla."

"Sarà fatto."

"Sono in debito con te," disse Dave all'altro uomo.

"No, nessun debito. Considerala una ricompensa per tutte le volte che hai aiutato chi non poteva aiutarsi da solo."

"Grazie."

"Se ti capita di passare nella zona di Indianapolis... e ti serve un rimorchio... Passa pure da noi, ci farebbe piacere."

Dave ridacchiò. "Lo farò. Grazie."

"Sono davvero felice per te, Rex. Ce ne occuperemo noi. Tu riprendi a vivere da dove ti sei fermato dieci anni fa. Va bene?"

"Lo farò. Ciao."

"Ciao."

Dave riagganciò e sospirò. Non si sentiva minimamente in colpa, anzi, sentì le spalle molto più leggere dopo aver fatto quella telefonata. Tornò nell'appartamento, chiudendosi la porta scorrevole di vetro alle spalle. Poi si infilò in camera da letto e sorrise nel vedere la sua famiglia che dormiva ancora profondamente. Si infilò sotto il lenzuolo e si accoccolò contro la schiena della moglie. Lei non si mosse, indice di quanto fosse esausta per gli eventi degli ultimi giorni.

Dave chiuse gli occhi e cadde in un sonno profondo, un sonno che non aveva da almeno tremila seicentocinquanta giorni.

EPILOGO

Due mesi dopo il ritorno a casa

Dave era sul divano a guardare il telegiornale della notte con Raven mentre David dormiva nella sua stanza. I due erano stati dal dottore per un controllo completo, avevano carenza di vitamine e Raven avrebbe dovuto continuare a vedere un dottore, ma non fu esattamente una sorpresa. Erano stati anche da dentista e oculista.

Quando Raven si era sentita pronta, Dave aveva portato lei e il figlio al centro commerciale per fare un po' di compere di prima necessità. David aveva sempre gli occhi spalancati alla vista di quei negozi luminosi e quasi scoppiò a piangere quando il padre gli comprò una borsa piena di vestiti nuovi di zecca, non gli era mai successo in tutta la sua vita.

David aveva iniziato la scuola materna e si divertiva un mondo. Dave era molto orgoglioso del bimbo: David all'inizio era titubante e spaventato, aveva paura di non piacere a nessuno, ma nel giro di pochissimo tempo era diventato estroverso e popolare con gli altri bambini. Infatti nei fine settimana era triste quando non riusciva a vedere i suoi amichetti.

Dave e Raven avevano parlato a lungo con l'insegnante,

che aveva confermato la loro ipotesi: David era più intelligente rispetto ai coetanei. L'insegnante aveva suggerito loro di fargli fare un test del quoziente intellettivo per sapere esattamente come sfruttare le sue qualità, si era anche offerta di lavorare a stretto contatto con David per assicurarsi di spingerlo al massimo, ma in realtà tutti e tre avevano concordato che sarebbe stato meglio lasciare David nella classe attuale senza esercitare troppa pressione su di lui. Aveva bisogno di restare in contatto con i bambini della sua età e imparare a socializzare con gli altri.

Negli Stati Uniti, Gabriella stava fiorendo. Aveva vissuto con la famiglia Justice per un po' e da un paio di settimane si era trasferita in un posto tutto suo, sempre nella zona. Si era iscritta a un corso di inglese e stava imparando incredibilmente in fretta. Durante il giorno andava a lezione o lavorava con Harlow, le due avevano fatto subito amicizia e Gabriella stava diventando una cuoca eccellente. Di solito la sera passava a trovare Raven e David.

Raven aveva cominciato ad accompagnare Dave al The Pit. I primi tempi era molto nervosa, anche se di giorno non c'era tanta gente. Era ancora intimorita dagli uomini e ogni volta che Dave pensava al motivo doveva controllare la propria rabbia.

Ma quando Raven lavorava con lui dietro al bar sembrava relativamente tranquilla. Probabilmente tra il fatto di stare accanto al marito e avere il bancone che la separava da tutti quanti, si sentiva in una sorta di bolla protettiva di cui aveva tanto bisogno.

Dave amava starle vicino e lavorare fianco a fianco con lei. Era letteralmente un sogno diventato realtà, per entrambi. Durante il giorno si occupavano del bar, nel pomeriggio andavano a prendere David a scuola e passavano le serate a ridere e a imparare come tornare ad essere marito e moglie, tornare una famiglia.

Ogni sera leggevano una storia a David, poi gli rimboccavano le coperte e si sedevano uno accanto all'altra sul divano. Era diventata la loro nuova routine. A volte guardavano la televisione, a volte parlavano, altre volte leggevano libri. Ma qualunque cosa facessero la facevano insieme, sempre restando in contatto: si tenevano per mano, o Raven si appoggiava a lui o gli metteva le gambe in grembo mentre lei usava il bracciolo del divano come cuscino.

Dave adorava quei momenti. Si ricordava fin troppo bene quanti giorni avesse trascorso da solo, su quel divano, a fissare il vuoto e torturarsi, chiedendosi cosa stesse facendo la moglie in quel momento... chiedendosi se avrebbe mai avuto di nuovo la possibilità di parlarle e farle capire quanto significasse per lui.

Vivevano ancora nell'appartamento di Dave, ma stavano parlando con un agente immobiliare e scandagliando tutti gli annunci possibili per vedere se potevano trovare una casa con giardino, o un terreno da poter comprare per costruirci sopra una casa modesta, dove avrebbero potuto vivere il resto della loro vita in pace.

Dave era perso nei suoi pensieri sulle case che aveva visto poco prima quando percepì Raven sussultare; tornò subito in stato di allerta.

Lei gli strinse forte un avambraccio ma fissava lo schermo del televisore. Dave scattò in avanti per vedere cosa avesse allarmato la moglie: la conduttrice del telegiornale era seduta dietro una scrivania e sopra la spalla sinistra aveva in sovrimpressione una foto, nientemeno che Roberto Del Rio.

"Oggi l'uomo conosciuto come Del Rio è stato trovato morto nel suo vasto complesso a Lima, in Perù. I dettagli sono ancora poco chiari, ma basandosi sulle foto della scena del crimine una fonte interna ha suggerito l'omicidio, a giudicare dalla natura raccapricciante della scena. Del Rio è stato a lungo sospettato di essere il capo di un'enorme operazione di traffico sessuale; quando la polizia ha fatto irruzione nel

complesso sono state trovate numerose prove di pornografia infantile insieme a decine di giovani donne provenienti prevalentemente dal Centro e Sud America, ma anche da paesi di tutto il mondo. Le fonti ipotizzano che Del Rio possa essere stato preso di mira da fazioni criminali rivali."

"Lima ha lottato a lungo contro la corruzione dilagante tra polizia, esercito e agenzie governative; oltre alle donne e alla pornografia, all'interno della casa sono state rinvenute anche pistole, droga e liste di nomi. Probabilmente Del Rio stava ricattando quelle persone o forse li stava pagando per chiudere un occhio sulla sua attività. La nostra fonte rivela che ci vorranno mesi, se non addirittura anni, per sistemare la situazione e che probabilmente centinaia di persone perderanno il posto di lavoro a causa della corruzione. Dovranno anche essere riesaminati migliaia di casi nei tribunali peruviani. Centinaia di vittime innocenti potrebbero essere rilasciate dalle prigioni peruviane quando verrà scoperta la portata della corruzione."

"Gli esperti avvertono che nei prossimi mesi a Lima ci sarà una lotta di potere tra coloro che potrebbero voler riprendere da dove si è fermato Del Rio. Vi terremo aggiornati ogni volta che scopriremo qualcosa su questa situazione in costante aggiornamento. Tom, che tempo farà domani?"

Raven si lasciò andare all'indietro per fissare Dave. "Oh, santo cielo... è vero? È davvero morto? Siamo davvero liberi?"

Dave tirò a sé la moglie, gioendo del fatto che lei non indietreggiasse più quando lui si muoveva troppo velocemente o quando la abbracciava. "Se lo dicono al telegiornale, dev'essere vero," le rispose.

"Non posso crederci. Io... Sapevo di essere al sicuro qui. Voglio dire, lui era laggiù in Perù e io qui negli Stati Uniti, ma una parte di me non riusciva proprio a rilassarsi. Mi ha catturata quando ero a Las Vegas, mi chiedevo se fosse così furibondo da spedirci qui qualcuno per riportare indietro me e David... Ma... se la notizia è vera... possiamo davvero rilassarci! Non pensi che qualcun altro verrebbe qui per vendicarsi, vero?" chiese lei, con voce leggermente tremante.

"Assolutamente no, tesoro. Come ha detto la giornalista, saranno tutti troppo occupati a cercare di pararsi il culo o di salire al potere, troppo impegnati per vendicarsi di te, o di me... o di David." Le baciò una tempia. "Quindi sì, siamo liberi: liberi di vivere le nostre vite come avremmo dovuto fare negli ultimi dieci anni, essere felici e vedere nostro figlio crescere e sbocciare, uscire con i nostri amici e ridere delle scemenze più totali."

Era pronto a consolare Raven qualora piangesse, ma non rimase stupito quando lei gli rivolse un sorriso radioso. "So che è sbagliato festeggiare la morte di un altro essere umano, ma in questo caso non me ne frega niente. Ci è rimasto del gelato o se l'è mangiato tutto David?"

Dave sorrise di rimando. "Forse ne ho nascosto un'altra confezione in fondo al freezer, in modo che non la trovasse e non ci implorasse di averne un'altra pallina."

Raven rise, finalmente spensierata. "Conosci bene nostro figlio."

Dave sentì il cuore sul punto di esplodere dalla gioia. "Sì, è vero," concordò. Poi si alzò e aiutò Raven ad alzarsi. Le avvolse un braccio intorno alla vita e camminarono insieme verso la cucina, lui tirò fuori la confezione di gelato al cioccolato con pezzi di cioccolata e caramello (il preferito di Raven) mentre lei prese due cucchiai. Si diressero verso il balcone e Dave se la fece sedere in braccio.

Entrambi si persero nei loro pensieri mentre si gustavano il gelato guardando le stelle.

"Grazie per non aver rinunciato a cercarmi," disse Raven dopo un lungo momento.

"Grazie a *te* per non esserti mai arresa," ribatté Dave.

Più tardi, dopo aver finito il gelato, si diressero verso la camera da letto e come ormai facevano da due mesi si prepararono per andare a letto e poi si accoccolarono sotto le coperte.

"Dave?"

"Sì, tesoro?"

"Non sono pronta in questo momento, ma... una notte voglio fare l'amore con me."

Ancora una volta, Dave sentì il cuore fare i salti di gioia. Era davvero orgoglioso della sua guerriera, era la persona più forte e coraggiosa che avesse mai incontrato in vita sua.

Non voleva scoraggiarla dicendole che non gli importava nulla del sesso, così si limitò a dirle: "Va bene, amore."

Tre mesi dopo il ritorno a casa

Dave era seduto a un tavolo nella stanza sul retro del The Pit e guardava i Mercenari di Montagna. Gli avevano chiesto se potessero incontrarlo e naturalmente lui aveva accettato. Gli piaceva l'idea di stare seduto lì con loro, di persona, piuttosto che ricorrere al telefono con la voce distorta come aveva sempre fatto, prima che i Mercenari scoprissero la sua identità segreta.

Diretto come sempre, Gray si schiarì la gola e andò dritto al punto. "Ne abbiamo discusso per un po', vorremmo chiederti se puoi considerare l'idea che i Mercenari di Montagna si occupino solo di casi nazionali, da questo momento in poi."

La richiesta era schietta ma abbastanza prevedibile.

Dave conosceva molto bene i suoi uomini, ormai li osservava e guidava da anni. Aveva percepito un cambiamento nelle loro priorità già da quando Gray aveva incontrato Allye. Non era stato del tutto contento del cambiamento, perché temeva che avrebbe intralciato la missione per salvare Raven, se mai l'avesse trovata.... ma aveva cambiato idea dopo aver visto di persona quanto potessero diventare pericolose le missioni all'estero.

Non aveva dubbi sulle capacità dei suoi uomini, ma le difficoltà non si limitavano ad evitare proiettili e rischiare la vita; si trattava anche di affrontare barriere linguistiche, la corruzione e anche la minaccia di essere gettati in qualche pericolosa prigione straniera senza alcuna possibilità di fuga.

Ormai tutti loro avevano delle famiglie di cui preoccuparsi, donne e bambini che contavano su di loro e che li amavano. Dopo l'ultimo viaggio in Perù, tutti i Mercenari si erano presi tre mesi di pausa; Dave li aveva visti più rilassati, più allegri e ovviamente meno stressati.

Black aveva informato tutti che Harlow era incinta, Meat e Arrow si erano sposati. Calinda e Darby crescevano a vista d'occhio e, almeno una volta al giorno, uno dei Mercenari (a volte anche di più) si fermava al Pit per salutare e chiacchierare con Raven e Dave.

Guardando i suoi uomini uno per uno, Dave disse: "Forse è arrivato il momento di sciogliere i Mercenari di Montagna."

Ovviamente i sei uomini si ribellarono con calore:

"No!"

"Non è quello che intendevo!"

"Assolutamente no!"

"Non possiamo scioglierci!"

"Ma che cazzo dici?"

"Non è quello che vogliamo!"

Dopo un secondo, tutti ridacchiarono per le loro sparate simultanee. Ro si chinò in avanti e parlò a nome del gruppo. "Non vogliamo smettere di lavorare, ci sono ancora migliaia di donne e bambini che hanno bisogno del nostro aiuto. È solo che le missioni all'estero ci portano via dalle nostre famiglie per molto tempo e hanno più incognite. Non vogliamo smettere, vogliamo solo cambiare il nostro obiettivo. Ma se per te non va bene, non c'è problema. Chiederemo solo più tempo tra una missione e l'altra."

"Affare fatto," disse Dave senza esitare. "Mi concentrerò

sulla ricerca di persone scomparse solo all'interno degli Stati Uniti."

"Davvero?" chiese Ball.

"Davvero," confermò Dave.

"Ma cosa succede se troviamo informazioni su una come Morgan, che è stata rapita dagli Stati Uniti e ha bisogno di essere salvata?" chiese Meat.

"Allora passerò le informazioni a uno dei miei contatti," disse Dave, appoggiandosi alla sedia e incrociando le braccia.

"Uno dei tuoi misteriosi agganci," commentò Arrow.

"Sì," annuì Dave.

"Quante squadre stai gestendo?" chiese Black.

"Solo questa," disse Dave ai suoi amici. "Ma so che esistono altri gruppi simili al nostro... Per non parlare dei miei contatti con l'FBI, la CIA, i capi della polizia e i capi di varie organizzazioni mafiose che non si occupano di traffico di esseri umani."

Gray scosse semplicemente la testa. "Sapevo che avevi tanti contatti, ma ce ne hai nominato a malapena la metà, vero?"

Dave non sorrise. "Già."

"Mi sembra giusto," disse Gray. "Allora è deciso."

"Sì."

"È stato molto più facile di quanto pensassi," ammise Ball. "Di solito sei un maledetto testone, Rex."

A quel punto Dave sorrise. "Grazie."

"Non era un complimento," mormorò Ball, che poi tirò fuori dalla tasca una busta e la gettò sul tavolo, verso Dave.

"Cos'è?" chiese lui.

"Tu sei testardo," disse Ball. "Ma noi lo siamo ancora di più. Ti prendi questa roba e noi non accettiamo un no come risposta."

Chinandosi in avanti, Dave prese la busta ed estrasse i fogli contenuti all'interno. Gli ci volle un minuto per capire cosa stesse leggendo ma una volta realizzato, sobbalzò e fissò scioccato la squadra.

"Sono sedici ettari di terreno vicino a Monument. Ci hai fatto incontrare le nostre compagne e hai aiutato centinaia di persone. Questo mondo sarebbe un posto peggiore, senza di te. Sappiamo che stavi cercando un posto per stabilirti con la tua famiglia, e questo terreno è perfetto. È isolato, ma non così lontano da non avere accesso a linea telefonica, internet, acqua, elettricità e fognature. La vista dall'estremità nord della proprietà è splendida perché c'è un promontorio che si affaccia su una bella vallata di montagna. Puoi decidere di costruire una casa grande o piccola, come vuoi. Ma *non* puoi rifiutare il nostro regalo."

Dave non sapeva cosa dire, non gli sembrava di aver fatto niente di speciale. Dopo tutto, aveva formato i Mercenari di Montagna per una ragione estremamente egoista: stava cercando sua moglie e aveva semplicemente trovato altre creature bisognose di aiuto lungo il percorso. Ma guardando gli uomini a cui aveva affidato la vita (e, cosa più importante, a cui aveva affidato la vita della moglie e del figlio) annuì e disse semplicemente: "Grazie."

Sette mesi dopo il ritorno a casa

Mags era sul promontorio del terreno di proprietà e guardava il marito. Il vento soffiava dolcemente e al momento l'unico suono era il canto degli uccelli intorno a loro. Erano soli (beh... quasi soli) un avvenimento più unico che raro, negli ultimi tempi.

Dave si trovava di fronte a lei, tenendole ben salde le mani.

Quando erano in Perù e Dave le aveva chiesto di risposarsi, Mags aveva detto di sì. Avrebbero potuto fare una grande cerimonia con famiglia e amici, ma quando Dave le aveva proposto un rito semplice ma significativo, rinnovarsi le promesse matrimoniali mentre erano da soli, lei aveva colto l'occasione al volo.

Entrambi avevano passato le pene dell'inferno; pene diverse, ma avevano sofferto molto. Sentivano che riaffermare le loro promesse da soli era la cosa più giusta da fare.

Amici e familiari li stavano aspettando al The Pit, Gabriella e Harlow avevano cucinato per tutti e ci sarebbero state più di cinquanta persone per festeggiarli. Ma in quel momento, avevano occhi solo l'uno per l'altra.

"Margaret Crawford Justice, tu sei l'amore della mia vita. Sei la ragione per cui mi batte il cuore, mi dai il coraggio di alzarmi dal letto ogni giorno per affrontare il mondo. Mi sbalordisci di continuo e non so esprimere quanto tu mi renda orgoglioso con la tua forza d'animo. Sei una vera e propria guerriera," disse Dave fissandola intensamente negli occhi. Il vento le portò i capelli in faccia, ma prima che lei potesse sollevare una mano per toglierli, Dave era già pronto. Mags rabbrividì quando lui le sfiorò la pelle sensibile dell'orecchio con i polpastrelli.

"L'unica cosa che mi ha fatto andare avanti in tutti questi anni è stata la certezza che un giorno sarei stato in grado di poter guardare di nuovo i tuoi bellissimi occhi azzurri. Ti faccio la mia promessa solenne, proprio qui e ora, che ci sarò sempre per te. Non ti tradirò mai, non alzerò mai le mani su di te o su nostro figlio. Mi farò in quattro per darti sempre tutto quello che vuoi e di cui hai bisogno. Ti amerò per tutti i giorni della mia vita, e anche oltre. Ti affido cuore e anima, Raven, e non potrei esserne più felice."

Mags si perse nei profondi occhi scuri di Dave mentre lui parlava, sembravano traboccare d'amore. Era un pensiero fantasioso e sciocco, ma Mags non aveva mai dimenticato quanto fossero espressivi quegli occhi. Non sapeva come faceva ad essere così fortunata.

"L'unica cosa che ha fatto andare avanti *me* è stato il

pensare a te," disse Mags all'inizio delle sue promesse. Non aveva pianificato nessun discorso perché voleva che le parole fossero dettate dal cuore e dal momento. "Volevo arrendermi e trovare un modo per togliermi la vita, ma non ci sono riuscita. *Sapevo* che mi stavi cercando. Sapevo che avresti fatto di tutto per trovarmi... ed è stato così. Quando ne ho avuto la possibilità, non ho provato a contattarti, non perché non pensassi che mi avresti amato, ma perché credevo di non essere più degna del tuo amore. Ma ci sono volute meno di due settimane per farmi cambiare idea, dopo che mi hai trovata, e mi sono pentita di non aver trovato un modo per farti sapere che ero viva e per chiederti di venire a prendere me e David."

"L'amore guarisce tutte le ferite; anche se non dimenticherò mai quello che mi è successo, il tuo amore mi ha aiutato ad affrontare un giorno alla volta e a godermi ogni istante, da quei tragici giorni. Ti amo, David Justice. Non ti tradirò mai e ti sosterrò ogni giorno per il resto della nostra vita. Grazie per avermi trovata. Grazie per non esserti arreso. Ma soprattutto, grazie per amarmi."

Dave spostò l'altra mano e le prese la testa tra le mani, chinandosi lentamente in avanti e sfiorando le labbra contro quelle di lei. Poi lo fece ancora, più volte... finché Mags si sentì così eccitata e frustrata da quei baci gentili che gli afferrò una manciata di capelli sulla nuca e lo divorò.

Quella passione improvvisa la sorprese; Mags amava il marito ma temeva che la propria libido ormai fosse sepolta da anni. Invece in quel momento desiderava ardentemente Dave: fu una sorpresa e un enorme sollievo.

Avvertì le labbra di lui incurvarsi in un sorriso, ma Dave non approfondì il bacio.

Era stato molto attento a non farle la minima pressione, evitando di fare qualsiasi cosa che rischiasse di riportare a galla vecchi demoni. Mags lo sapeva e così prese il controllo, mostrandogli quello che voleva... quello di cui aveva bisogno.

Spingendogli la lingua in bocca, Mags lo baciò in un modo in cui non baciava da anni.

Lui gemette, incapace di controllare la propria erezione che puntava sul ventre di Mags; per la prima volta dopo molto tempo lei non solo non era impassibile, ma non era neanche spaventata dall'eccitazione di un uomo.

Su di giri per il fatto che il corpo reagiva in sintonia con quello di Dave, esattamente come quando reagiva prima della cattura a Las Vegas, Mags si abbandonò al marito.

Si baciarono a lungo sul promontorio, Mags non sapeva di certo quantificare quanto tempo passò, ma quando udirono il rumore di un motore in lontananza, il suono la fece ridacchiare, interrompendo il momento.

"Alla faccia della nostra romantica cerimonia di rinnovo delle promesse," disse Dave contrariato.

Mags lo abbracciò e gli appoggiò la testa sul petto. "Prima costruiscono la nostra casa, prima possiamo trasferirci," gli ricordò.

La squadra edile era occupata a costruire la casa dei loro sogni. Dave voleva dar loro il giorno libero per avere la proprietà tutta a sua disposizione, quando avrebbero pronunciato le promesse matrimoniali, ma Raven non era d'accordo, sostenendo che un giorno senza lavori era un giorno di attesa in più per trasferirsi. Lui aveva accettato con riluttanza.

"Ti amo, Dave. Sei tutto per me."

"Le parole sembrano così... insoddisfacenti... per esprimere quello che provo per te," rispose Dave.

Raven gli sorrise e arrossì imbarazzata quando lo stomaco scelse proprio quel momento per brontolare furiosamente.

Dave ridacchiò. "Sembra che sia giunta l'ora di nutrire la mia donna," disse. "Andiamo. Sono sicuro che David sta facendo impazzire tutti per assaggiare quella torta."

Mentre si allontanavano per dirigersi verso l'auto di Dave, Mags disse: "Di chi è la colpa se ha sempre un'enorme voglia di dolci?"

"Mia," ammise subito Dave senza vergogna.

Mags scosse la testa, anche se in fondo non le importava che Dave viziasse loro figlio. Stava cercando di fargli recuperare i primi quattro anni e mezzo della sua vita, anni in cui gli era stato negato praticamente tutto: cibo, affetto, amici.

Dave le aprì la portiera e aspettò che lei si sistemasse comodamente sul sedile del passeggero prima di fare il giro e raggiungere il volante. Prima di partire, Dave si chinò e prese Raven per il mento. Le girò la testa e la baciò dolcemente. "Ti amo, Raven."

"Ti amo anch'io."

Mentre andavano verso il The Pit e l'enorme festa che li aspettava, Mags si meravigliò ancora una volta di quanto fosse fortunata ad avere quell'uomo al suo fianco. Dave era paziente, amorevole e completamente devoto a lei. Ovviamente aveva anche lui i suoi bravi difetti, ma non significavano nulla, tanto era meraviglioso, sotto molti aspetti.

Presto Mags avrebbe trovato il coraggio di dimostrargli fisicamente quanto ci tenesse a lui. A un certo punto aveva davvero pensato che non sarebbe mai più stata in grado di condividere il proprio corpo con un uomo. Eppure Dave le stava risvegliando il desiderio, in modo lento ma inesorabile. Lei non vedeva l'ora di tornare a essere capace di fare di nuovo l'amore con il marito... e dimenticare il passato una volta per tutte.

———

Un anno dopo il ritorno a casa

Finalmente la casa era stata costruita e si erano trasferiti: Dave non riusciva ancora a crederci.

Non gli era dispiaciuto vivere in appartamento per tanti anni, tutto quello che gli importava era ritrovare la moglie. Ormai l'aveva ritrovata e coccolata per un anno, con anche il privilegio di assistere alla crescita di David, che diventava un bambino ben inserito e felice; Dave non poteva immaginare di vivere ancora in uno spazio così piccolo e angusto come il suo appartamento.

La nuova casa era frutto di idee sia di Dave che di Raven. Avevano optato per vetrate su ogni lato della casa, in modo da poter ammirare la bellezza naturale che li circondava a ogni ora del giorno e della notte. Avevano costruito una pedana in legno molto grande e anche un piccolo gazebo sul promontorio.

Tutti i Mercenari di Montagna e le loro donne avevano aiutato nel trasloco e dopo aver improvvisato un barbecue, Dave non riusciva a ricordare l'ultima volta in cui era stato così felice.

David si era addormentato non appena aveva toccato il cuscino con la testolina. Era entusiasta di dormire nella sua stanzetta; anche se Dave sapeva che Raven era un po' triste per il fatto che il figlio era diventato già così indipendente, era contenta che il bambino non sembrasse affatto spaventato di trovarsi nella nuova stanza di una nuova casa.

Raven era andata di sopra circa dieci minuti prima, mentre Dave finiva di mettere gli ultimi piatti sporchi nella lavastoviglie. Una volta finito di sistemare, anche lui si avviò verso la loro stanza, ansioso di stringere la moglie tra le braccia e di passare accoccolati la prima notte nella loro nuova casa.

Aprì la porta della grande camera da letto principale, che aveva progettato pensando alla moglie, e si bloccò di fronte alla vista che lo accolse.

Raven era in piedi accanto al loro letto e indossava un succinto body bianco.

Quando lei lo vide, sorrise. "Era ora che arrivassi," scherzò. "Pensavo che non avresti mai finito con quei piatti."

Dave non sapeva cosa dire. Aveva sempre trovato sua moglie attraente, anche se più di ogni altra cosa amava la sua personalità. Eppure in quel momento non poteva proprio negare che vederla lì in piedi, con un misero indumento di pizzo, lo eccitava.

"Raven?" le disse esitando, non voleva fraintendere le sue intenzioni.

"È il momento. Sono pronta," gli disse lei.

Dave camminò lentamente verso di lei e si fermò a due metri di distanza, dandole spazio. "Pronta per cosa?" le chiese, voleva sentirlo dire da lei.

"Sono pronta a fare l'amore con mio marito e a lasciarmi il passato alle spalle, una volta per tutte."

"Sei sicura?" sussurrò Dave.

"Al cento per cento. Non sto dicendo che sarà facile o che non avrò brutti momenti, ma non ho alcun dubbio che sarai prudente con me e che non pretenderai più di quello che posso dare."

"Cazzo no, non lo farò," mormorò Dave, che poi si afferrò lentamente il bordo della maglia e la sollevò da sopra la testa. Amava lo sguardo lussurioso negli occhi di Raven e aveva sognato a lungo quel momento, era molto più intenso di quanto potesse immaginare. Dave si tolse i pantaloni e i calzini, restando solo in boxer: era così eccitato da non lasciare nulla all'immaginazione, ma Raven non esitò; lo abbracciò riducendo lo spazio tra loro.

———

Mags era nervosa ma non per quello che avrebbe potuto fare suo marito: era insicura riguardo le proprie reazioni. Desiderava Dave e aveva bisogno di fare l'amore con lui, ma anche se mentalmente era pronta, non sapeva come avrebbe potuto reagire il proprio corpo a livello inconscio.

Mentre avvolgeva le braccia intorno a Dave e avvertiva l'erezione sulla pancia, non sentì alcuna repulsione. Inspirò profondamente, venendo invasa dal profumo del marito. Lui emanava un odore unico al mondo e creava in lei una sensazione unica; lui era grande, e quando l'abbracciava la faceva sempre sentire protetta.

"Sei sicura?" le sussurrò Dave all'orecchio.

Mags si tirò indietro, gli infilò le mani sotto i boxer e gli palpò il sedere in tutta risposta. Avvertì i muscoli di lui contrarsi al contatto e sorrise mentre gli affondava le unghie nella pelle sensibile del sedere. "Sono sicura," gli disse, poi gli spostò le mani sui fianchi e lentamente gli abbassò le mutande fino a farlo rimanere di fronte a lei nudo come il giorno in cui era venuto al mondo.

Allora lei fece un passo indietro, tenendogli una mano sul bicipite mentre lo esaminava. Accidenti, era bellissimo. Anche se Dave aveva più di quarant'anni, aveva un aspetto migliore di quello che lei si ricordava, da tanti anni prima. Aveva cosce muscolose e non poteva considerarlo grasso, anche se non aveva gli addominali a tartaruga. Aveva una manciata di peli sul petto che lei amava accarezzare con le dita quando erano a letto insieme.

Ma in quel momento lei non riusciva a distogliere lo sguardo dal pene di Dave.

Era un uomo grande e grosso, in tutto e per tutto. Quell'aspetto non era cambiato rispetto agli ultimi dieci anni, era passato molto tempo da quando Raven aveva goduto del sesso, ma vedere Dave lì in piedi davanti a lei in tutto il suo nudo splendore le riportò subito alla mente alcuni ricordi su come lui si era sempre assicurato di farla venire per prima, o di come era sempre stato gentile, o quanto le piacesse il modo in cui lui le faceva perdere il controllo. Si erano divertiti a sperimentare di tutto a letto, avevano fatto l'amore in quasi tutte le posizioni possibili. Raven rivoleva tutto quanto, ne aveva bisogno.

"Guardami, tesoro," le disse Dave.

Rendendosi conto di essersi fissata sul pene, Raven alzò il mento e incontrò lo sguardo del marito.

Lui le sorrise divertito. "Per quanto mi faccia piacere che

tu non stia impazzendo nel vedermi nudo, se dobbiamo farlo, ho bisogno che tu mi parli. Ho bisogno di sapere dove hai la testa, in ogni momento. Se ti tocco in un modo che non riesci a gestire, devi dirmelo. Non soffrire in silenzio, non posso fare nulla se penso anche solo per un solo secondo che sei a disagio ma non vuoi dirmelo."

"Lo farò."

"Dico sul serio, Raven. So già che sei una fottuto guerriera, ma non devi esserlo anche quando sei a letto con me. Se non ti piace qualcosa, dimmelo. Va bene?"

Ecco l'ennesima ragione per cui Raven si era innamorata di quell'uomo. "Va bene."

"Bene." Poi Dave le passò di fianco rapidamente e si sdraiò sul letto. Si portò le mani dietro la testa, e Mags poté vedergli la lussuria negli occhi. L'uccello non era completamente duro, ma era impressionante anche così.

Lei camminò intorno al letto, ci salì sopra e gattonò verso Dave. Guardò l'uccello contrarsi e sorrise. Non si fermò finché non gli fu a cavalcioni sulla pancia.

Per Raven, quell'indumento bianco era un'iniezione di fiducia: aveva fatto molta strada dalla donna magra e malnutrita di un anno prima. Aveva messo su peso in tutti i posti giusti e aveva di nuovo le sue curve, sentendosi molto sexy.

Si prese una bretella e se la fece scivolare lentamente lungo un braccio. Fece lo stesso con l'altra e lasciò che la camicia da notte le ricadesse sulla pancia.

Le pupille di Dave si dilatarono e lui si leccò le labbra.

Mentre il marito si affaccendava al piano di sotto, Mags aveva deciso di dominare il loro atto d'amore. Sapeva che se avesse permesso a Dave di fare a modo suo, si sarebbe preso il suo tempo e avrebbe fatto tutto ciò che era in suo potere per farla sentire a suo agio, sarebbe stato gentile; non le sarebbe di certo dispiaciuto, ma non era quello che voleva per quella prima volta. Aveva bisogno di riprendersi tutto ciò che le era stato portato via, la prima cosa nella lista era domandare quando voleva qualcosa.

Anzi, no, esigere.

Si mise una mano tra le gambe e sbottonò il body, raccogliendo la stoffa intorno al ventre e si spostò in avanti fino a mettergli la passera sopra la bocca. "Fammi venire," gli ordinò.

Senza un secondo di esitazione, Dave sollevò la testa e la leccò da cima a fondo.

Entrambi gemettero.

Dave si prese il suo tempo per riscoprirla. Leccò delicatamente e le strofinò il naso tra le grandi labbra. Di tanto in tanto le colpiva il clitoride con la lingua.

Mags apprezzava quelle attenzioni, ma Dave ci stava mettendo un po' troppo. Gli afferrò le mani (che lui teneva ancora dietro la testa) e se le posizionò sui fianchi. "Stringimi," gli disse.

Lui le afferrò con forza i fianchi e lei inarcò la schiena, lasciandogli sorreggere un po' del proprio peso. Ma non era ancora abbastanza per Mags: guardò verso il basso e vide che lui la stava fissando, come se stesse cercando di capire cosa stesse pensando lei.

Mags sorrise.

"Leccami il clitoride, Dave. Fammi venire. Per favore. Ne ho bisogno... è passato troppo tempo."

Dave aveva bisogno di sentire quelle parole. Le affondò le dita nella carne e chiuse gli occhi quando tornò a concentrarsi sul clitoride, risucchiandolo con la bocca e facendo guizzare la lingua come se fosse un mini-vibratore.

"Oh sì, così. Proprio lì! Ancora... santo cielo, sto per venire!"

Mags non era pronta a un orgasmo così rapido e sconcertante. Ondeggiò contro il viso del marito, ma lui la tenne stretta senza mai perdere il contatto con il clitoride. Mags tremò travolta dall'orgasmo.

Fu appagante.

Davvero appagante.

Fu anche liberatorio, Mags non provava sensazioni simili da troppo tempo.

Le sembrò che il corpo fosse diventato improvvisamente una grande gelatina. Rotolò di lato ma si assicurò di tirare con sé Dave. Lui si puntellò cautamente su un gomito accanto a lei e usò la mano libera per spostarle i capelli lontano dal viso e dagli occhi.

"Facciamo l'amore," lo implorò Mags mentre lo guardava.

"Sei sicura? Sono felice anche se ora ci addormentiamo abbracciati," disse Dave.

"Sono sicura," gli disse Mags. "Ho davvero bisogno di te adesso."

"Vuoi stare sopra?"

Le piaceva quanto fosse sensibile, ma scosse la testa. "No. Voglio che stia sopra tu."

"Non ti riporterà alla mente brutti ricordi?" chiese Dave.

Mags scosse di nuovo la testa. "No. Voglio guardarti mentre mi prendi, voglio aggrapparmi alle tue braccia e avvolgerti le gambe intorno alla vita. So chi c'è nel mio letto, Dave: ci sei tu, non mi faresti mai del male o non mi faresti mai fare niente che io non voglia fare."

"Hai fottutamente ragione," disse lui mentre si spostava su di lei, poi rimase immobile per un momento, come per darle la possibilità di cambiare idea.

Ma Mags non aveva paura, quello era Dave: era suo marito, l'uomo che amava.

Lui usò una mano per posizionare l'uccello tra le gambe di Mags, poi si fermò ancora una volta. Lei sapeva quanto doveva essere difficile per lui, ma Dave non lasciava trapelare alcuna espressione di fatica o dolore emotivo.

Mags sollevò i fianchi, sentendo la punta del pene che si faceva strada dentro di lei. Dave allargò le narici ma mantenne il controllo, spingendo lentamente.

Fu un po' doloroso per Mags, perché era passato molto tempo da quando aveva fatto l'amore. Entrambi lasciarono uscire i respiri che avevano trattenuto quando i fianchi di lui incontrarono quelli di lei, e lui fu dentro fino in fondo.

"Cazzo, ti amo," sussurrò Dave.

"Anch'io ti amo," gli disse Mags.

"Tutto bene?" le chiese.

Lei annuì. "Avevo dimenticato questa sensazione, quanto fosse piacevole con te."

"Io non l'ho mai dimenticata, nemmeno per un secondo," le disse Dave mentre sollevava i fianchi e poi spingeva delicatamente di nuovo dentro di lei. Lo fece alcune volte, assicurandosi che lei stesse davvero bene.

"Più veloce," lo esortò Mags.

Lui non le chiese più se fosse sicura, accelerò i movimenti.

Però si stava ancora trattenendo, Mags lo aveva capito.

Dave fece scivolare una mano tra i loro corpi caldi e le sfiorò il clitoride, facendola sussultare contro di lui.

Il ritmo costante vacillò per un momento e lei sorrise. Spostando la mano più in basso, lo accarezzò in tutta la sua lunghezza mentre lui si tirava fuori, usò l'indice per disegnargli dei cerchi sullo scroto ad ogni colpo.

"Dannazione, tesoro. Se continui a fare così, non durerò."

"Chi ha detto che devi durare?" chiese lei.

"Voglio che ti piaccia," disse lui a denti stretti.

"Mi piace già, e voglio che piaccia anche *a te*," ribatté lei.

"Mai stato meglio," ringhiò Dave mentre riportava le mani in alto e smetteva di trattenersi.

Mags si strofinava il clitoride mentre lui la scopava; proprio quando lei era sul punto di raggiungere un secondo orgasmo, Dave si irrigidì su di lei e spinse il più forte possibile. Tremò senza controllo mentre si svuotava dentro di lei.

Mags era un po' delusa di non aver raggiunto l'orgasmo, ma avrebbe dovuto capire che non avevano ancora finito.

Mantenendosi dentro di lei, Dave si sollevò più in alto e la fissò. "Continua," le ordinò. "Fatti venire."

Mags non se lo fece ripetere due volte; continuò a masturbarsi mentre lo fissava negli occhi. Sembrava ancora più intimo, in quel modo. Lei sollevò i fianchi e lui scivolò fuori, facendola gemere con disappunto, ma Mags non smise di toccarsi. Dave si spostò fino ad appoggiarsi su una sola mano e con l'altra le accarezzò un fianco, poi le mise delicatamente un dito nella fessura fradicia.

Lui continuava a fissarla. "Ecco, Raven. Scopami il dito."

Mags obbedì; di certo il dito non poteva sostituire l'uccello, ma era incredibile avere qualcosa dentro di lei. Mentre lei si stringeva e pompava su di lui, sentiva l'orgasmo ormai prossimo. Lui non cercò né di prendere il controllo né di spingerle via la mano presumendo di conoscere il suo corpo meglio di lei.

In pochi secondi, Mags sollevò i fianchi e fu travolta dal secondo orgasmo. Chiuse gli occhi e inclinò la testa all'indietro, inarcando la schiena mentre veniva. Si aggrappò ancora una volta ai bicipiti di Dave, tornando a fare i conti con la realtà.

Il tessuto del body le scavava la pancia, ma lei non lo sentì nemmeno. Dave estrasse lentamente il dito e si sdraiò su un lato, portandola con sé fino a farla sdraiare accanto a lui con la testa sulla sua spalla. Lei gettò una gamba sopra quelle di lui e Dave le palpò il sedere mentre la stringeva a sé.

Quando riuscì a respirare di nuovo, Mags inclinò la testa all'indietro e lo guardò.

Lui la fissava con uno sguardo d'amore così intenso che l'avrebbe spaventata, se non fosse stata sicura di avere lo stesso sguardo dipinto sul proprio volto.

"Mi sento come se fossero arrivati il mio compleanno, anniversario e Natale tutti insieme," ammise Dave.

"Anch'io."

Passarono diversi minuti in cui rimasero entrambi persi

nei loro pensieri, poi Dave ruppe il silenzio dicendo: "Grazie."

"Credo che dovrei dirlo io," scherzò lei.

"No, dico sul serio. Grazie per essere stata così coraggiosa. Ero pronto a passare il resto della mia vita senza fare ancora l'amore con te. Non so come o dove tu abbia trovato la forza di provarci, dopo tutto quello che hai passato, ma sono più grato di quanto possa esprimere per la tua volontà di andare avanti. Non ti sto ringraziando per aver fatto sesso con me, ma sono davvero felice per *te* che sei stata in grado di dire 'fanculo' a ogni singolo stronzo che ti ha ferita, e non ti sei lasciata abbattere. Capisci cosa intendo?"

Certo che Mags capiva, ogni singola parola. In effetti anche lei era proprio orgogliosa di se stessa. "Sì," sussurrò. "Capisco."

Poi Dave le baciò una tempia e scese dal letto. Una volta in piedi, le tese una mano. "Ci facciamo una doccia? Magari senza vestiti, questa volta?"

Lei sorrise per il riferimento a Lima, quando lui era stato ferito e puzzava in modo indicibile perché aveva passato un sacco di tempo in una delle discariche della città. Prese la mano di Dave e lasciò che lui la aiutasse a scendere dal letto. Rimase immobile mentre lui le sfilava il body dai fianchi, rabbrividendo per il respiro caldo di lui sul petto che le fece indurire subito i capezzoli.

Dave fece finta di non aver notato quella reazione, ma era ovvio che l'avesse vista. Entrarono nell'enorme bagno per il quale lui aveva speso molti più soldi di quanti lei avesse ritenuto ragionevole, anche se era segretamente entusiasta come una ragazzina alle prime armi con il fidanzatino per quanto era venuto bello.

Mentre lui si chinava per aprire l'acqua, Mags non poteva proprio fare a meno di guardargli il fondoschiena. Sì, era una donna fortunata.

Sette anni dopo il ritorno a casa

"Che gran confusione," disse Allye Martin al resto delle donne sedute sul portico posteriore di Dave e Raven.

"Ma non potrebbe essere altrimenti," disse Morgan ridendo.

Le sette donne erano d'accordo e sorridevano mentre guardavano tutti i loro figli e i loro uomini correre nel cortile. Avevano appena finito la caccia al tesoro che David aveva preparato per tutti. Aveva passato gli ultimi due giorni a scrivere i biglietti e a nasconderli in tutta la proprietà.

Mags non poteva essere più orgogliosa del figlio: aveva quasi dodici anni e amava uscire con Darby, Calinda e tutti i figli più giovani dei loro amici. Si consideravano tutti cugini e si vedevano sempre.

Harlow aveva avuto due figli, Chloe uno, Everly un paio di gemelli e un altro bimbo, Zara e Meat avevano deciso di non avere figli ma avevano adottato un sacco di animali domestici.

Nel cortile c'erano schiamazzi e risate, mentre gli uomini giocavano ad acchiapparello con i bambini. David se ne stava in disparte con il figlio più piccolo di Everly in braccio.

Per certi versi Mags sentiva il Perù lontano una vita, per altri le sembrava che fosse successo tutto il giorno prima. Le donne sedute intorno a lei si erano rivelate la sua salvezza: insieme avevano pianto, riso e condiviso le loro esperienze traumatiche; era stato bello fare amicizia con altre persone che avevano lottato per andare avanti, proprio come lei. Inoltre, stavano tutte vivendo delle vite meravigliose nonostante i loro passati tormentati.

"David ha un bell'aspetto," osservò Zara. "Non sarà molto alto, però, vero?" disse con una risata.

Mags scosse la testa. "Purtroppo no. Non avrà mai 'braccia grandi come tronchi d'albero' come aveva detto una volta da bambino." Ridacchiarono tutte quante.

"Ma è un gran giocatore di basket," osservò Morgan.

"Beh, fa sempre canestro, ma quando gli altri ragazzi diventeranno più alti di lui farà fatica a marcarli," disse Mags con un'alzata di spalle.

"È un bravo ragazzo," disse Harlow a bassa voce.

Mags guardò l'amica, cercando di capire cosa intendesse dire. "Sì."

"Voglio dire che è *davvero* un bravo ragazzo," proseguì Harlow. "L'altro giorno è venuto ad aiutare me e Gabby con il cibo che stavamo preparando per il rifugio, non si è lamentato minimamente di dover passare tutto il pomeriggio con noi. Quando siamo arrivate al rifugio ha iniziato subito a giocare con i bambini. Sto solo dicendo che potrà anche aver avuto un inizio difficile, ma tu e Dave state facendo un ottimo lavoro con lui. Scommetto che siete molto orgogliosi."

Il cuore di Mags era sul punto di scoppiare; ovviamente sì, *era* orgogliosa del figlio. "Grazie. Sono sicura che combinerà qualche guaio quando inizierà l'adolescenza, ma oltre ad essere intelligente e atletico è anche molto empatico. Forse dipende da ciò che ha passato durante i primi anni di vita, ma sono estremamente grata."

"Gli hai detto di Lima?" chiese Chloe.

Mags scosse la testa. "Non ancora. Lo farò quando sarà pronto. Mi ha chiesto di vedere delle foto di lui da bambino e ho dovuto dirgli che non ne avevo, non perché non mi importasse abbastanza di lui, ma perché eravamo così poveri che non potevo permettermele. Per ora si è accontento, ma so che avrà altre domande."

"Non ho dubbi che tu e Dave troverete il modo di raccontargli il suo passato in un modo che lui capirà," disse Everly fiduciosa.

"Lo spero," disse Mags.

"I nostri uomini ne avevano bisogno," disse Harlow dopo un minuto.

Mags annuì, concordava con la sua amica. I Mercenari

erano tornati da poco da una missione che era stata davvero
tosta. Avevano fatto irruzione in una casa a New York dove si
vociferava che donne e adolescenti fossero tenuti prigionieri
contro la loro volontà. Le voci si erano rivelate corrette:
avevano salvato otto donne, tutte tra i quattordici e i dician-
nove anni. Quattro di loro erano bambine scomparse dagli
Stati Uniti, le altre quattro venivano dal Canada, dall'Italia e
dal Messico. Erano tutte dipendenti dalla metanfetamina e
costrette a prostituirsi per ottenere la droga che i loro corpi
tanto agognavano.

Fu tremendo, soprattutto perché la metà delle donne non
voleva essere salvata. I Mercenari le avevano convinte a
curarsi in varie strutture di riabilitazione, poi sarebbero state
riunite con le loro famiglie, preoccupate e molto grate.

I Mercenari di Montagna avevano contribuito a salvare la
vita di più di duecento donne e bambini negli ultimi sette
anni, da quando si erano concentrati sulle missioni negli Stati
Uniti; avevano persino ricevuto un encomio dal presidente.

Ma se qualcuno li avesse visti in giro per strada non li
avrebbe considerati come dei grandi salvatori, ma più come
degli uomini devoti alle rispettive mogli e famiglie.

Calinda arrivò di corsa fino al portico ansimando,
dicendo: "Ho sete, mamma. Posso avere qualcosa da bere, per
favore?"

"Com'è educata," mormorò Morgan, poi rispose a voce
alta alla figlia: "Certo. Forse questo è comunque un buon
momento per una pausa merenda."

Calinda si voltò verso il cortile e gridò a squarciagola:
"Merenda!"

Tutti i ragazzini si bloccarono un istante e poi corsero in
massa verso il portico.

Mags si alzò e rise, imitata da tutte le altre.

Dave le si avvicinò e le avvolse un braccio intorno alla
vita, chinandosi a sfiorarle il collo.

"Che schifo! Sei tutto sudato!" si lamentò lei, cercando di spingerlo via mentre rideva.

"Questo significa solo che più tardi dovrò fare la doccia," le sussurrò Dave all'orecchio. "E se faccio puzzare anche te, sarai costretta a unirti a me."

Mags alzò gli occhi al cielo ma segretamente amava che il marito la desiderasse esattamente nello stesso modo in cui la voleva prima del rapimento.

Poi Dave tese un braccio e David si accoccolò al fianco del padre, sciogliendo il cuore di Mags. Sapeva che presto il ragazzino non avrebbe più voluto troppe effusioni dai genitori, così cercava godere di ogni singolo abbraccio.

"Ehi, campione?" chiamò Dave.

"Sì?" rispose David, voltandosi verso il padre.

"Puzzi."

David si mise a ridere. "Sì, guarda che radunare tutti i bambini e strisciare nel fango per aiutarli a cercare gli indizi nella caccia al tesoro è un lavoraccio! Preferisci che stia dentro a leggere o a fare problemi di matematica? Mi dici sempre di uscire e giocare all'aria aperta."

Dave ridacchiò. "Vero. Lo facevo notare solo perché tua madre mi ha detto che puzzavo, e non volevo essere da solo nella mia puzza."

"Tonto," disse David scuotendo la testa.

Mags sfoggiò un sorriso immenso. Loro figlio adorava imparare cose nuove, leggeva qualsiasi cosa su cui poteva mettere le mani e adorava i problemi di logica e guardare le persone che risolvevano problemi di matematica su YouTube. Non era uno che guardava molto la televisione, altra cosa di cui lei era grata.

Entrarono in casa e si scatenò un putiferio di voci e risa. Ma abbracciando con lo sguardo i fantastici amici presenti e avvertendo nell'aria solo felicità e amicizia, Mags non poteva fare a meno di sentirsi soddisfatta.

Dieci anni dopo il ritorno a casa

Dave era sdraiato tra la moglie e il figlio mentre ammiravano il cielo pieno di stelle, tutti comodamente adagiati su una coperta posta sul promontorio. Lo facevano almeno una volta al mese. Uscivano quando si era fatto buio e semplicemente si godevano il profumo dell'aria e la reciproca compagnia.

David cresceva sempre di più e si teneva molto impegnato. Era entrato nella squadra di basket e anche se non era un titolare e non passava molto tempo in campo, gli piaceva tantissimo. Non era molto alto, era intorno al metro e settantacinque, ma l'allenatore lo voleva in squadra perché al momento aveva realizzato ventisette tiri liberi, sbagliandone zero. Era un tiratore eccellente ed era sempre la prima scelta quando si trattava di andare in lunetta.

David era entrato anche nella squadra di robotica e nel club di dibattito. Era uno di quei rari personaggi che era amico sia dei ragazzi popolari che di nerd e secchioni. A David non importava quanti soldi avessero gli altri o quale fosse il loro status a scuola; era gentile con tutti e non discriminava o parlava alle spalle di nessuno. Era anche il primo a difendere le ragazze quando venivano prese di mira o trattate male dagli altri.

Dave era davvero molto orgoglioso del figlio, soprattutto per quell'ultima qualità. Non gli importava più di tanto se David fosse atletico o avesse buoni voti (gli bastava che venisse promosso), ma il fatto che il figlio era compassionevole e avesse imparato come trattare le donne avendo lui e gli "zii" come esempio era ciò che contava di più.

David aveva iniziato anche a frequentare le ragazze, con grande disappunto di Raven. Dave sapeva che la madre voleva che il figlio restasse un bambino per sempre, ma era inevitabile che David fosse così gettonato. Le ragazze della sua scuola conoscevano il suo valore ed erano certe che, se fossero uscite con lui, sarebbero state trattate bene. Dave non poteva esserne più contento.

Con il fatto che David era molto impegnato e che gli restavano solo un paio d'anni di liceo, Dave sapeva che presto il loro tempo insieme si sarebbe esaurito, così come i loro campeggi e le loro escursioni. Stare sdraiati sulla loro proprietà a fissare le stelle sarebbe diventato solo un altro bel ricordo. Quella prospettiva lo rattristava, ma Dave sapeva che faceva parte della crescita del figlio.

"Mi ricordo di averlo fatto con te in Perù," disse David all'improvviso, scuotendo Dave dai propri pensieri.

"Davvero?" chiese lui sorpreso. "Avevi solo quattro anni e mezzo."

"Lo so, però me lo ricordo," insistette David. "Ci stavamo nascondendo su un tetto dai nemici che ci cercavano. Ci siamo sdraiati uno accanto all'altro, proprio come stiamo facendo ora, e abbiamo guardato le stelle. Non erano così luminose come qui, ma era una vista stupenda. Mi hai detto che non sapevi nulla di come si chiamassero le stelle, ma mi hai detto che le stelle ti avevano salvato la vita."

Dave sbatté le palpebre, sorpreso. Aveva dimenticato ciò di cui aveva parlato con il figlio su quel tetto, tantissimi anni prima. Ma non appena suo figlio ne parlò, gli tornò in mente come se fosse successo il giorno prima. "Sì. Ti ho detto che quando tua madre si era persa, io guardavo le stelle e la immaginavo fare la stessa cosa ovunque fosse. Il pensiero che stavamo guardando le stesse stelle mi confortava."

"E poi hai visto una stella cadente," continuò David. "Pensavi fosse un segno e che mamma *fosse* da qualche parte, a guardare quelle stesse stelle proprio in quel momento."

Dave sentì Raven inspirare bruscamente e le prese la mano, ma non smise di guardare la moltitudine di luci brillanti sopra di lui. "Proprio così."

"Ricordo che avevi detto che quando saremmo tornati a

casa, l'avremmo fatto tutti e tre insieme. Eccoci qui, sdraiati a terra e guardare le stelle.... Io... volevo solo farti sapere che mi sono ricordato di quella conversazione, e sono felice di essere qui in questo momento, sdraiato qui con voi a guardare le stelle insieme."

Dave sentì Raven tirare su con il naso e le strinse la mano. "Anch'io, campione. Anch'io. Ricorda, non importa dove andrai nella tua vita, non importa dove vivrai o cosa farai, ma quando guarderai le stelle, sappi che io e tua madre ti pensiamo e siamo orgogliosi di te."

Sentì il figlio quattordicenne sfiorargli la mano, Dave l'afferrò e la strinse.

Rimasero in silenzio per molto tempo a guardare le stelle, tenendosi per mano tutti e tre, grati per quello che avevano e per la bella famiglia che erano.

La vita non era sempre facile. Tutti e tre sapevano fin troppo bene quanto la vita potesse essere bastarda, ma ciò che la rendeva migliore erano le persone scelte. Dave sapeva di avere vicino le persone più straordinarie, e ciò faceva tutta la differenza.

Quindici anni dopo il ritorno a casa

"Di chi è la lettera?" chiese Dave mentre Raven rientrava in casa dopo aver preso la posta, aveva aperto la busta mentre tornava a casa e leggeva mentre camminava.

Poteva essere di Teresa, Bonita, Carmen, Maria, o anche di David, che al momento frequentava l'università. Per qualche curiosa ragione, amavano scrivere e scambiarsi lettere piuttosto che comunicare tramite rapide e-mail. Per quanto fosse una passione bizzarra, Dave non poteva negare che amava vedere quanto si illuminasse il volto della moglie quando arrivava una nuova lettera.

"È di Maria," rispose Raven, senza alzare lo sguardo. "Ha

avuto il suo bambino, stanno entrambi bene. Dice che vuole venire a trovarci tra qualche mese."

"È fantastico, tesoro. Sarà bello rivederla. Quanti figli ha adesso?" chiese Dave.

"Questo è il quinto."

Dave emise un fischio basso.

A quel suono Raven alzò la testa, prima china sulla lettera. Lo guardò per un lungo momento e poi si avvicinò a lui, seduto sul divano. "Ti dispiace che non abbiamo avuto altri figli?"

Dave scosse immediatamente la testa. "No. Amo David con tutto il cuore ma sono anche egoista, sono felice di non averti dovuto condividere con nessun altro."

Lei alzò gli occhi al cielo e scosse la testa.

Dave le fece cenno di sederglisi in grembo e le appoggiò il mento sulla spalla mentre lei continuava a leggere la lettera. Lui non riusciva a capire una parola di spagnolo ma sapeva che era piena di buone notizie, dato che la moglie spesso ridacchiava mentre leggeva. Quando ebbe finito, Mags piegò la lettera e la rimise nella busta. Dave sapeva che Mags avrebbe risposto a quella lettera la sera stessa, per non far aspettare troppo Maria.

"Oggi viene il tizio a cui sto pensando di vendere il The Pit per dare un'occhiata. Vuoi venire con me?"

"Certamente. Sei sicuro di voler vendere il bar?" chiese Raven, girandosi tra le braccia del marito.

"Sì. Sono pronto a rilassarmi e a non dovermi più preoccupare di fornitori e di trattare con gli imbecilli. Non ringiovanisco, sai."

Raven lo prese in giro. "Anche se ha quasi sessant'anni, puoi ancora spaccare il culo a tutti. Soprattutto agli stronzi ubriachi che diventano un po' troppo maneschi e irrispettosi."

Era vero, ma visto che ormai i Mercenari di Montagna si erano ritirati dalle missioni, Dave voleva godersi gli anni d'oro con Raven. Sperava che avessero ancora altri decenni da condividere, ma non voleva rimpiangere di aver passato troppo tempo a lavorare se fosse successo qualcosa a uno dei due. Entrambi sapevano quanto potesse essere breve e volubile la vita, e lui non voleva sprecarne neanche un secondo.

I soldi non erano un problema: tra i suoi investimenti e la vendita del The Pit, Dave e Raven non avrebbero mai avuto quel tipo di preoccupazioni, potevano semplicemente godersi la vita.

"Lo so, ma tutto quello che voglio fare è sedermi sul nostro portico, sul retro, sorseggiando caffè e godendo della tua compagnia."

Raven si mise a ridere. "Come se fosse l'unica cosa che farai una volta venduto il bar. Ti conosco, Dave. Troverai un progetto o qualche altra diavoleria in cui tuffarti... non riesci a stare fermo, devi aiutare gli altri."

"Allora troveremo altre persone da aiutare, ma lo faremo insieme," le disse semplicemente.

Raven annuì. Gli avvolse un braccio intorno alle spalle e gli appoggiò la fronte contro la tempia. "Insieme. Mi piace."

"Sempre," le disse Dave. Guardò l'orologio. "Penso che potremmo avere il tempo di... una doccetta, prima di dover incontrare il tizio."

Raven scosse la testa e alzò gli occhi al cielo. "Ma non sono sporca."

"Posso sporcarti," le disse Dave con una faccia seria.

"Pensi di riuscire a starmi dietro, vecchietto?" chiese Raven saltandogli giù dal grembo e dirigendosi verso le scale.

Dave sorrise e le diede un po' di vantaggio prima di correre su per raggiungerla. La sentì ridacchiare dalle scale sopra di lui e, per l'ennesima volta da quando l'aveva trovata in Perù, rivolse una silenziosa preghiera colma di gratitudine per il fatto che era lì con lui, sana e salva; poi la seguì sulle scale.

Vent'anni dopo il ritorno a casa

Dave sentì le unghie di Raven scavargli nell'avambraccio mentre sedevano sulle gradinate dell'Università di Denver e guardavano David alzarsi per fare il discorso di apertura.

C'erano proprio tutti: Gray e Allye, Ro e Chloe, Arrow e Morgan, Black e Harlow, Ball ed Everly, Meat e Zara. C'era anche Gabriella con il marito e i due bambini.

Dave aveva cercato di offrire loro una via di fuga dicendo che le cerimonie di laurea non erano tra gli eventi più emozionanti a cui assistere e tanto si sarebbero incontrati tutti al The Pit (sotto una nuova gestione, ma sempre proprietà di Dave) ma gli altri avevano detto che non volevano perdersi il discorso di suo figlio.

David era una delle persone più intelligenti che Dave avesse mai incontrato, e non lo pensava solo perché era suo figlio. Quel giorno stava celebrando il suo master in finanza quantitativa applicata. Era già stato assunto da una società d'investimento con sede a Denver come ingegnere finanziario. Aveva ricevuto molte offerte di lavoro, ma il ragazzo aveva scelto un lavoro per stare vicino a Colorado Springs e alla sua famiglia. David era sempre molto legato alla madre e Dave amava vedere come il loro legame diventasse sempre più profondo e duraturo con il passare del tempo.

"È bellissimo," sussurrò Raven. "Sono così dannatamente felice per lui."

Dave strinse la moglie con il braccio che le aveva avvolto intorno alle spalle e rivolse la sua attenzione al figlio sul palco, in piedi di fronte alla folla.

"Buon pomeriggio a tutti voi, rettore, decani, famiglia e amici e, naturalmente, colleghi laureati. Grazie per avermi dato l'onore di parlare alla nostra cerimonia di laurea. Abbiamo passato molte notti in bianco tra litri di caffè e riunioni stressanti con i nostri relatori di tesi, ma alla fine ce l'abbiamo fatta. Siamo qui!"

"Devo proprio dirvelo... per me essere qui di fronte a voi è letteralmente un miracolo. Ho una storia da raccontarvi, una di cui non ho mai parlato pubblicamente. È più su mia madre, però."

"Sono nato a Lima, in Perù, in un complesso dove mia madre era tenuta prigioniera. Era stata rapita da Las Vegas e costretta a sottomettersi al traffico sessuale. Giorno dopo giorno ha subito abusi di ogni tipo ma quando ha scoperto di essere incinta di me, ha pregato il suo aguzzino di permetterle di tenermi."

"Lui le ha detto di sì ma quando è arrivato il momento l'ha sbattuta in una stanza da sola per partorire. Dopo essere sopravvissuta, mia madre è stata buttata fuori e separata da me, senza il becco di un quattrino, così è stata costretta a trovare un posto dove vivere e a procurarsi tutto il cibo che poteva rimediare. Ma ogni lunedì, mercoledì e venerdì, camminava per circa sedici chilometri solo per venire a trovarmi. Vedete, l'uomo che l'aveva imprigionata aveva deciso di tenermi per ragioni depravate."

David fece una pausa quando il pubblico sussultò.

"Proprio così. Il mio futuro era stabilito il giorno in cui sono nato: non c'era bisogno di educarmi perché l'unica cosa a cui ero utile era fare soldi per un uomo perfido e perverso. Ma... ovviamente questo non è successo, perché oggi sono qui davanti a voi."

"Mia madre mi ha insegnato l'inglese. Mi ha insegnato la matematica e i colori. Mi ha insegnato il significato della dignità umana."

"Quando avevo quattro anni e mezzo e a poche ore dall'essere separato per sempre dalla mia *mamá*, è apparso mio padre, che mi è sembrato l'eroe più grande di tutti i tempi dopo aver ascoltato tante storie su di lui. Non avevo nemmeno cinque anni, ma ricordo che ero sdraiato sul tetto di un edificio di Lima, mentre gli uomini del perfido ci stavano dando la caccia; guardavo le stelle con il mio *papá*... ed ero felice. Ero troppo piccolo per capire cosa avessi rischiato, ma non così piccolo da non sapere che l'uomo che mi aveva portato via dai cattivi mi avrebbe tenuto al sicuro."

"I miei eroi sono mio padre e mia madre. Non hanno mai riso di me quando volevo stare alzato fino a tardi a guardare video su YouTube di persone che risolvono problemi di matematica. Al contrario, mi hanno sempre incoraggiato ad essere una brava persona e a tenere per me i commenti cattivi e giudicanti."

"Dove voglio arrivare? Per prima cosa... la dignità umana. Non perdetela mai. Ogni volta che accendo la televisione vedo solo storie di persone derubate, uccise e ferite da altri. Poi mi collego al mio account sui social media e vedo persone che si scagliano contro gli altri, che si lamentano delle loro vite e che in generale sono meschini o infelici, semplicemente perché pensano che sia un loro diritto. Non c'è niente di male nell'avere un'opinione, ma non bisogna sempre condividerla. La prossima volta che incrociate qualcuno che chiede l'elemosina per strada, magari fermatevi a parlargli. Se avete un po' di soldi e vedete qualcuno che usa i buoni pasto nel negozio di alimentari, offritevi di pagargli un pasto. Non giudicate gli altri finché non avete provato a mettervi nei loro panni."

"E in secondo luogo, se qualcuno mi avesse visto quando ero in Perù non credo che mi avrebbe mai immaginato qui, oggi, davanti a voi. Ma *tutti* hanno il potenziale per avere successo, se solo gliene viene data la possibilità. Non giudicate mai qualcuno per i vestiti che indossa, per il colore della pelle o per quanti soldi possiede."

"*Mamá*... Grazie. Grazie per non esserti arresa, per avermi amato abbastanza da sopravvivere un giorno. Poi quello dopo. E quello dopo ancora. Grazie per aver visto il potenziale in me e per avermi amato nonostante le circostanze di come sono venuto al mondo. Grazie per aver introdotto *papá* nella mia vita, per avermi dato un uomo da ammirare. Un giorno spero di essere la metà dell'uomo che è lui. Grazie per avermi mostrato com'è una relazione sana e amorevole. Si ride, si piange, si litiga, ma alla fine della giornata si tratta solo di godersi ogni singolo momento della vita con qualcuno al proprio fianco."

"Oggi noi ci laureiamo, ma il solo fatto di avere in mano un pezzo di carta non ci rende più intelligenti o migliori di qualcuno che non ha avuto le risorse e le opportunità di fare lo stesso. Mentre andate avanti nelle vostre vite, ricordatevi di essere persone degne. Vivete ogni giorno come se fosse l'ultimo, e apprezzate chi vi circonda. Grazie."

La folla scoppiò immediatamente in un fragoroso applauso e Dave si alzò in piedi accanto alla moglie. Era immensamente orgoglioso di suo figlio e sentì qualche lacrima pungergli l'angolo degli occhi. Si girò verso Raven e le vide le gote bagnate di lacrime.

Chinandosi, le disse all'orecchio: "Stai bene?"

Ancora piangendo, lei lo guardò e disse: "Sto più che bene."

Dave usò un pollice per asciugarle una delle guance. "Sei sicura?"

Lei si illuminò. "Queste sono lacrime di gioia e orgoglio. Ti amo."

"Ti amo anch'io."

Si voltarono e guardarono loro figlio che stringeva le mani di ogni persona sulla piattaforma. Poi, mentre tornava al suo posto, veniva fermato da quasi tutti quelli che incrociava con un saluto a pugno chiuso, una stretta di mano o una pacca sulla schiena.

Dave era raggiante di orgoglio quando suo figlio si sedette di nuovo al suo posto. Era un giovane eccezionale ed era fiero di chiamarlo figlio. Sapeva che David avrebbe fatto una differenza positiva nel mondo.

Quella sera Dave e Raven dopo essere tornati a casa da una cena celebrativa e dopo essere stati seduti sul portico posteriore a parlare della bella cerimonia a cui avevano partecipato quel giorno e di quanto fossero orgogliosi del loro figlio e di tutto ciò che aveva realizzato, si spostarono sul divano.

Un tempo Mags sarebbe stata molto imbarazzata all'idea che David raccontasse la sua storia ad un auditorium pieno di gente, ma ormai aveva deciso che non aveva nulla di cui vergognarsi. Se la sua storia avesse potuto aiutare anche una sola persona che si fosse trovata in una situazione simile, ne sarebbe valsa la pena.

Lei e Dave un giorno avevano preso da parte David, quando frequentava l'ultimo anno di liceo, e gli avevano raccontato l'intera storia della sua vita prima che compisse cinque anni. Gli avevano spiegato tutto: come era stato concepito, che non sapevano chi fosse il padre biologico, cosa aveva vissuto in quella piccola casa che apparteneva a Del Rio. Gli avevano raccontato anche dei piani di quello psicopatico, di come Dave era arrivato in tempo per salvarlo da quella vita e li aveva portati entrambi via dal Perù, a Colorado Springs, dove si erano rifatti una vita.

David non aveva detto molto, limitandosi ad ascoltare attentamente. Ma quando l'intera storia era finita, aveva abbracciato forte la madre e le aveva detto che le voleva bene ed era orgoglioso di lei per tutto quello che aveva sopportato. L'aveva ringraziata per essersi presa cura di lui e le aveva detto che, per quanto lo riguardava, da quel momento e fino alla morte, considerava Dave come suo vero padre e non aveva la benché minima intenzione di rimettere piede in Perù, e certamente non aveva alcuna intenzione di rintracciare lo stupratore che l'aveva messa incinta. Era stata una conversazione difficile, ma David l'aveva affrontata con maturità.

Mags non si aspettava che il figlio si aprisse circa il suo

passato davanti a una folla, ma non avrebbe potuto essere più fiera dell'uomo incredibilmente intelligente e compassionevole che era diventato.

Sentendosi soddisfatta e tranquilla, si accoccolò su Dave nel momento in cui lui le si sedette accanto. Riteneva che le braccia del marito fossero uno dei posti in cui si sentiva più sicura in assoluto.

Mentre erano seduti lì, ognuno perso nei propri pensieri su tutto quello che era successo quel giorno, Mags non riuscì a trattenersi dal chiedere qualcosa che si era chiesta di tanto in tanto negli ultimi vent'anni.

"Dave?"

"Sì, tesoro?"

"Hai ucciso tu Del Rio... non è vero?"

Lui apparve sorpreso da quella domanda, ma riuscì a mascherare lo stupore in pochi istanti... "Perché me lo chiedi? Sai che sono stato sempre con te da quando siamo tornati a casa. Credo che siano passati circa tre anni prima che riuscissi a passare anche una sola notte lontano da te e da David."

"So che non l'hai fatto tu personalmente, ma intendo... l'hai organizzato tu... giusto? Va bene," si affrettò a dire. "Non sono arrabbiata per questo. È solo che... ho bisogno di sapere."

Dave la tirò più vicino a sé e Mags si lasciò trascinare volentieri. Gli appoggiò una mano sulla pancia e gli appoggiò la testa su una spalla. Anche se avevano sessant'anni, erano ancora attivi in camera da letto e lei adorava accoccolarsi su di lui.

"Non l'ho ucciso io, ma... conosco la squadra di uomini che l'ha fatto. Ho chiesto un favore, e loro hanno accettato volentieri."

"Ha... ha sofferto?" Mags trattenne il respiro mentre aspettava la risposta.

"Sì, Raven. Non ti dirò i dettagli perché non ti serve sapere altre cose brutte legate a quell'uomo, ma stai sicura che sapeva esattamente chi ha mandato gli uomini che lo hanno ucciso e perché è morto in quel modo."

Mags lasciò uscire il respiro che aveva trattenuto. "Bene. Sono contenta. Ti amo, Dave," sussurrò. "Non so cosa ho fatto per meritarti, ma ho una certezza."

"Cioè?" le chiese.

"Rivivrei tutto quello che mi è successo, se significasse finire qui con te adesso."

"Raven," sussurrò Dave, ma non riuscì a dire altro.

"Grazie, *Rex*. Grazie per esserti assicurato che nessun altro soffrisse tanto quanto me. Sei il mio eroe."

"No," protestò Dave. "Tu sei la *mia* eroina. Non ho mai incontrato una donna più forte o più sorprendente di te in tutta la mia vita."

Mags si chinò e baciò la mascella di Dave, poi gli riappoggiò la testa sulla spalla. Volendo alleggerire il momento e sentendosi per qualche motivo rasserenata, dopo aver scoperto che Dave aveva contribuito a uccidere il suo aguzzino, disse: "David è stato bravo oggi, vero?"

"Diavolo, sì," disse Dave con un sorriso. "Stai guardando questo programma?" le chiese, indicando la televisione con il mento.

"Non proprio, perché?"

"Ho pensato che potremmo andare di sopra."

Mags sorrise. "Ah sì? Hai qualcosa da farmi vedere?"

"Oh, sì. So che ti piacerà tanto," le disse Dave, prendendole la mano che lei gli teneva sulla pancia e portandola in basso.

"Sei un vecchio sporcaccione," lo stuzzicò Mags mentre gli toccava l'erezione.

"E tu sei una vecchia sporcacciona," rispose lui. "La *mia* vecchia sporcacciona."

Mags si alzò con un sorriso luminoso e gli tese una mano. "Bene, allora andiamo di sopra e vediamo in quali guai possiamo cacciarci."

Mentre salivano le scale mano nella mano, diretti verso la loro camera da letto, Mags teneva gli occhi fissi sul sedere del marito e sorrideva. Sicuramente lei aveva passato le pene dell'inferno e aveva scelto di essere una sopravvissuta, non una vittima. Forse la gente poteva non crederle, ma Mags non era mai stata così felice quanto negli ultimi vent'anni della sua vita: tutto grazie all'uomo protettivo che le teneva la mano e la stava praticamente trascinando a letto.

"Ti amo, Dave."

Lui si fermò appena entrati nella camera da letto e si voltò. Le avvolse le braccia intorno alla vita e la tirò a sé in un grande abbraccio. "Anch'io ti amo, Raven. Non saprai mai quanto."

Mags sorrise, perché in realtà lo *sapeva*.

Senza dire un'altra parola, Dave la tirò verso il letto e mentre la stendeva sul materasso, Mags sapeva di essere la donna più fortunata del mondo.

———

Grazie per aver letto la serie sui Mercenari di Montagna! Se non hai ancora cominciato la mia serie Forze Speciali alle Hawaii, puoi partire subito dal 1° libro: *Trovare Elodie*!

Grazie a tutti per aver letto la mia serie dei Mercenari di Montagna! Quando ho iniziato a scrivere *Difendere Allye* non ero sicura di quale potesse essere la storia di Rex. Ma più scrivevo, più ero entusiasta di arrivare al libro finale. Sia Rex che Raven ne hanno passate di cotte e di crude, ma sono contenta di essere riuscita a dare loro un meritato lieto fine.

Sarete curiosi di conoscere l'altra "squadra" contattata da Rex... quella che si è occupata di Del Rio. Scoprirete tutto su di loro nella mia nuova serie in arrivo! Gli uomini dell'Assistenza Silverstone si dedicano a liberare il mondo dal male, a qualunque costo.

Apprezzo ognuno di voi, cari lettori. Grazie per aver seguito le mie storie e ricordatevi di essere sempre gentili.

NOTE

CAPITOLO 1

1. "Raven" in inglese significa "corvo" [NdT]

CAPITOLO 16

1. Il veicolo militare da ricognizione dell'esercito. [NdT]

Also by Susan Stoker

Mercenari di Montagna

Difendere Allye
Difendere Chloe
Difendere Morgan
Difendere Harlow
Difendere Everly
Difendere Zara
Difendere Raven

Ace Security

Il riscatto di Grace
Il riscatto di Alexis
Il riscatto di Bailey
Il riscatto di Felicity
Il riscatto di Sarah

Forze Speciali alle Hawaii

Trovare Elodie
Trovare Lexie (10 Aug 2021)
Trovare Kenna (19 Oct 2021)
Trovare Monica
Trovare Carly
Trovare Ashlyn
Trovare Jodelle

Delta Force Heroes

Salvare Rayne
Salvare Emily
Salvare Harley
Il Matrimonio di Emily
Salvare Kassie
Salvare Bryn

Salvare Casey
Salvare Sadie
Salvare Wendy
Salvare Mary
Salvare Macie
Salvare Annie (Feb 2022)

Armi e Amori

Proteggere Caroline
Proteggere Alabama
Proteggere Fiona
Il Matrimonio di Caroline
Proteggere Summer
Proteggere Cheyenne
Proteggere Jessyka
Proteggere Julie
Proteggere Melody
Proteggere il Futuro
Proteggere Kiera
Proteggere i figli di Alabama
Proteggere Dakota

In inglese:
Delta Force Heroes Series

Rescuing Rayne
Rescuing Aimee (novella)
Rescuing Emily
Rescuing Harley
Marrying Emily (novella)
Rescuing Kassie
Rescuing Bryn
Rescuing Casey
Rescuing Sadie (novella)
Rescuing Wendy
Rescuing Mary

Rescuing Macie (novella)
Rescuing Annie (Feb 2022)

Delta Team Two Series

Shielding Gillian
Shielding Kinley
Shielding Aspen
Shielding Jayme (novella)
Shielding Riley
Shielding Devyn
Shielding Ember (Sep 2021)
Shielding Sierra (Jan 2022)

Eagle Point Search & Rescue

Searching for Lilly (Mar 2022)
Searching for Bristol (Jun 2022)
Searching for Elsie (Nov 2022)
Searching for Caryn (TBA)
Searching for Finley (TBA)
Searching for Heather (TBA)
Searching for Khloe (TBA)

Badge of Honor: Texas Heroes Series

Justice for Mackenzie
Justice for Mickie
Justice for Corrie
Justice for Laine (novella)
Shelter for Elizabeth
Justice for Boone
Shelter for Adeline
Shelter for Sophie
Justice for Erin
Justice for Milena
Shelter for Blythe
Justice for Hope

Shelter for Quinn
Shelter for Koren
Shelter for Penelope

SEAL of Protection: Legacy Series

Securing Caite
Securing Brenae (novella)
Securing Sidney
Securing Piper
Securing Zoey
Securing Avery
Securing Kalee
Securing Jane

SEAL Team Hawaii Series

Finding Elodie
Finding Lexie (Aug 2021)
Finding Kenna (Oct 2021)
Finding Monica (May 2022)
Finding Carly (TBA)
Finding Ashlyn (TBA)
Finding Jodelle (TBA)

Ace Security Series

Claiming Grace
Claiming Alexis
Claiming Bailey
Claiming Felicity
Claiming Sarah

Mountain Mercenaries Series

Defending Allye
Defending Chloe
Defending Morgan
Defending Harlow

Defending Everly
Defending Zara
Defending Raven

Silverstone Series

Trusting Skylar
Trusting Taylor
Trusting Molly
Trusting Cassidy (Nov 2021)

SEAL of Protection Series

Protecting Caroline
Protecting Alabama
Protecting Fiona
Marrying Caroline (novella)
Protecting Summer
Protecting Cheyenne
Protecting Jessyka
Protecting Julie (novella)
Protecting Melody
Protecting the Future
Protecting Kiera (novella)
Protecting Alabama's Kids (novella)
Protecting Dakota

BIOGRAFIA

L'autrice best seller del *New York Times*, *USA Today,* e *Wall Street Journal*, Susan Stoker ha un cuore grande come lo stato del Texas, dove vive, ma questa tipica ragazza americana ha trascorso gli ultimi quattordici anni vivendo nel Missouri, in California, in Colorado, e nell'Indiana. È sposata con un ex militare dell'esercito, che ora la segue in tutto il Paese.

Ha debuttato con la sua prima serie nel 2014, seguita dalla serie SEAL of Protection, che ha consolidato il suo amore per la scrittura, e la creazione di storie in cui i lettori possono perdersi.

Se ti è piaciuto questo libro, o qualsiasi libro, per favore considera di lasciare una recensione. Gli autori lo apprezzano più di quanto tu possa immaginare.

www.stokeraces.com
susan@stokeraces.com

www.ingramcontent.com/pod-product-compliance
Lightning Source LLC
Chambersburg PA
CBHW060227100726
47907CB00003B/541